ハヤカワ・ミステリ

马 伯庸

西遊記事変

太白金星有点烦

馬《ば》 伯庸《はくよう》

齊藤正高訳

TOKYO
HAYAKAWA
BOOKS

A HAYAKAWA
POCKET MYSTERY BOOK

太白金星有点烦
by
马伯庸 (MA BOYONG)

Translated by
MASATAKA SAITO
First published 2025 in Japan by
HAYAKAWA PUBLISHING, INC.
This book is published in Japan by
arrangement with
CHINA SOUTH BOOKY CULTURE MEDIA CO., LTD.
through BARDON-CHINESE MEDIA AGENCY.

装画／月岡芳年
装幀／水戸部 功

西遊記事変

主な登場人物

李長庚《りちょうこう》（太白金星）　金星の神仙
玄奘三蔵《げんじょうさんぞう》　三蔵法師。仏祖の二番目の弟子・金蟬子《こんぜんし》の生まれ変わり
孫悟空《そんごくう》（斉天大聖《せいてんたいせい》）
猪八戒《ちょはっかい》（天蓬《てんぽう》）
沙悟浄《さごじょう》（巻簾大将《けんれんたいしょう》）　｝玄奘の弟子
観音大士《かんのんだいし》　仏教の菩薩の一尊
西王母《せいおうぼ》　西方崑崙山に住む女神
織女《しょくじょ》　西王母の娘
太上老君《たいじょうろうくん》　道教の最高神のひとり。老子
玉帝《ぎょくてい》　道教の最高神のひとり
仏祖《ぶっそ》　仏教の開祖。釈迦如来《しゃかにょらい》
阿儺《あなん》　仏祖の弟子
黄風怪《こうふうかい》　阿儺の腹心
二郎神《じろうしん》　玉帝の甥
嫦娥《じょうが》　月の仙女
鎮元子《ちんげんし》　五荘観の主
黒熊精《こくゆうせい》　修行中の熊の精
白骨精《はっこつせい》　鎮元子の友人の精
昴宿《ぼうしゅく》　二十八星宿の一人
黄袍怪《こうほうかい》　二十八星宿の一人・奎宿《けいしゅく》の生まれ変わり
六耳獼猴《ろくじびこう》　野ザルの精。六つの耳を持つ
通背猿猴《つうはいえんこう》　花果山のサル

第一章

ああ、煩《わずら》わしいことじゃ。

この時、李長庚《りちょうこう》は鶴にまたがって、雲霧《うんむ》をつっきりながら考えごとをしていた。啓明殿《けいめいでん》はもうすぐだというのに、鶴も呆《ほう》けたか、速度も落とさず一直線に飛んでいく。ハッとわれにかえって払子《ほっす》をふると、鶴は左右の翼をひと打ち、身を傾けて宮殿の階《きざはし》に降り立つ。

鶴の背からとびおりて李長庚《りちょうこう》は腰をかがめた。階段に損傷はないが、仙鶴《せんかく》の右の翼からは長い羽根が数本ぬけている。ああ、もったいない、この鶴はもう老齢で、新しい羽根が生えるのは容易なことではないぞと思った。

耄碌《もうろく》した鶴は不満そうに嗄《しわが》れた声をあげた。その頭をなでてやり、李長庚《りちょうこう》はため息をついた。こいつとは飛昇《ひしょう》以来のつきあいだが、いまや寿命がつきようとしていて、とうの昔に敏捷で優雅な様子はない。同期の神仙はさっさと威風堂々とした神獣にのりかえているが、李長庚《りちょうこう》はずっと昔なじみの鶴にのって四方に奔走してきた。

仙童を呼んで鶴を禽舎《きんしゃ》に引いていかせ、しっかりと餌をやるように言いつけた。袍角《ほうかく》（長衣の両側の細長く垂れている部分）を持ちあげると、トントントンと小走りに啓明殿に入っていく。門扉《もんぴ》をおして宮殿に入ると、卓《たく》のむこうに織《しょく》女《じょ》が座っていて、宝鏡を見つめている。手は無縫《むほう》の天衣を織るのに忙しく、見る見るうちに片方の袖が形をなしていく。

「おかえりなさい」織女《しょくじょ》は顔もあげずに鏡を見ている。

「戻りました」

童子がさっそく淹《い》れた茶を取って、李長庚《りちょうこう》はごくごくと半分飲んだ。茶が腹におさまると、仙露茶《せんろちゃ》の味がじわりとしてくる。ああ、もったいない、前回の蟠桃《ばんとう》会《え》で西王母《せいおうぼ》から贈られた品だ。三千年に一度葉をつみ、三千年に一度炒《い》った品で、ずっと飲まずに取っておいたものを……よりによっていまいましい童子がこんないいお茶を出してくるから、がぶ飲みして無駄にしてしまった。

歯ぐきを吸うように口を結び、いらだたしげに椅子にかけると、ふところから玉簡《ぎょくかん》（玉の板、道教で祭文を書く）を取りだした。ふいに織女《しょくじょ》が近づいてくる。

「ねえ、玄奘《げんじょう》に会った？」（三蔵法師、六〇二年～六六四年）

「今回は双叉嶺《そうされい》から帰ってきたのです。あの者を送り出すためにの」

「かっこよかった？　どう？」織女《しょくじょ》がまた問うた。

「おやおや、あなたはとうに結婚しておられるはず、和尚《おしょう》の顔など気にしてどうなさる？」

李長庚《りちょうこう》はまじめな顔になる。織女《しょくじょ》は口元をゆがめた。

「結婚してちゃいけない？　結婚したら美形の後生《わかもの》を鑑賞しちゃいけないの？」そして、突然、秘密めかしてつづける。

「ねえ、仏祖《ぶっそ》（シャカ、釈尊、如来）の二番弟子、金蟬子《こんぜんし》の生まれ変わりってほんと？」

「それを誰から聞いたのじゃ？」李長庚《りちょうこう》の表情がこわばる。

「太上老君《たいじょうろうくん》ですよ（道教の最高神の一人、老子のこと）。もう天庭《てんてい》（神仙の集う天の朝廷）じゅうが知ってるんだから。こそこそ隠そうとしているのは殿主だけです」ばかにしたように織女《しょくじょ》が答えた。

「あの御方の噂好きには困ったものじゃ！」

「じゃ、ほんとね？」

李長庚《りちょうこう》は肯定も否定もしない。

「前世が誰かなど関係はありません。つまりは実力があるかどうかです。あの者は今生《こんじょう》では大唐指《ゆび》おりの高僧、長安の水陸大会《すいりくたいえ》（水陸の亡魂に対する施餓鬼）をとりおこない、大唐皇帝（唐の第二代皇帝、太宗、李世民）が親しく封じた御弟《ぎょてい》（義弟）ですぞ。九回生まれ変わり、どの生涯でも大善人、これまで一度も元陽《げんよう》（精液）をもらしたことがない」（『西遊記』第十二回）

〝元陽をもらしたことがない〟と聞いて、ぷっと織女《しょくじょ》は吹きだした。

「それも長所に数えちゃうんだ？」

「なぜ笑いなさる？　あの者が仏法を弘《ひろ》めることに一心に打ちこんでいる証拠じゃ。そうでなければ西天に経典を取りにいく者に選ばれようか？」

「そんなにがんばってるなら、すぐに仏《ほとけ》にしてあげればいいじゃない？　なんで大唐からてくてく歩かないといけないの？」

「将軍になるには兵卒から、宰相《さいしょう》になるには州部《しゅうぶ》（行政単位、唐代には三五〇あった）からですぞ。俗世の洗礼をうけずに仏になっても衆生《しゅじょう》が納得などしません──仏祖もよくよくご苦心なされたのですなあ」

李長庚《りちょうこう》は遠い目をして重々しく言ったつもりだったが、織女《しょくじょ》が分かっていないのに気づいて、思わずかるくため息をつく。

この織女《しょくじょ》という姑娘《くーにゃん》（若い女性）、性格はわるくないのだが、なにぶんお嬢さま育ちで、やや世事にうといところがある。織女《しょくじょ》は西王母《せいおうぼ》（西方崑崙山に住むとされる女神）の末娘、牛郎《ぎゅうろう》と駆け落ちして二人の子を生んでいる。それをなんとか母が説きふせてつれもどし、啓明殿にあずけて神仙の着物を織るという閑職をあたえた。李長庚《りちょうこう》からは何も仕事をあたえず、むかいの席に座らせているだけだ。

これは教育のよい機会だろうと李長庚《りちょうこう》は思った。玉簡の山から一枚を引きぬいて見せる。この文書は大長篇で、仏祖が霊鷲山《りょうじゅせん》の盂蘭盆会《うらぼんえ》で行った説法が書いてあった。仏法の源流を述べ、東土の信心深い者たちを西天にまねき、三蔵《さんぞう》の経典（『西遊記』では法・論・経の仏教経典、一万五千百四十四巻）をもち帰って衆生を救うようにと法旨《ほうし》（命令）を下している。

「そんなの、よくある話じゃない？」織女《しょくじょ》はまだ分かっていない。

李長庚《りちょうこう》は指を伸ばして落款《らっかん》を叩いた。「どこから送られたか、よくごらんなさい――霊鷲山《りょうじゅせん》ですぞ、わかりますかな？」

啓明殿で仕事をするようになって数千年、あちこちの神仙を送り迎えしてきて、李長庚《りちょうこう》の火眼金睛《かがんきんせい》（鋭い目のこと。赤い眼に金色の光彩。孫悟空が老君の八卦炉に閉じこめられてこうなった）は磨きぬかれている。霊鷲山《りょうじゅせん》の文書はふつう大雷音寺《だいらいおんじ》（玄奘が経典を取りにいく天竺の寺）から送られてくるものだが、今回は仏祖の住む霊鷲山《りょうじゅせん》から直接送られてきた。その意味は深い。

この文書は誰と指名しているわけではなく、ただ東土の高僧すべてを招いている。だが、東土と西天の距離は十万八千里、尋常の凡胎《ぼんたい》（人間の身体）がどうして歩いていける？　この条件ひとつで九割九分がふるい落とされるから、じつは条件にあうのは玄奘《げんじょう》ただ一人だ。玄奘《げんじょう》が西天取経《せいてんしゅきょう》の苦難をのりこえ、経歴に仏法を弘《ひろ》めた功徳をくわえれば、将来、仏と成る時に名分がそなわるというわけだ。

李長庚《りちょうこう》の解説を聞いて、織女《しょくじょ》は二度舌打ちをした。

「十万八千里も歩くなんてたいへんじゃない！　わたしの旦那なんて鵲《かささぎ》の橋で二歩こっちに近づくのも面倒くさがるのに……」

李長庚《りちょうこう》は咳払いをして、そんな夫婦の内情など言わなくてもよいとほのめかした。

織女《しょくじょ》がまた問う。「いろいろと聞いてると、それってみんな霊鷲山《りょうじゅせん》の仕事でしょ。どうして殿主が下界で世話をやくことになるの？」

霊鷲山《りょうじゅせん》は釈門《しゃくもん》（仏教）の本山、天庭《てんてい》は道門《どうもん》（道教）の正統だ。東土の和尚が経典を取りにいくのに啓明殿の老神仙に仕事をさせるというのは、織女《しょくじょ》でさえちょっと変だと思う。

その話題になると李長庚《りちょうこう》は憤懣《ふんまん》やるかたなく、ガチャンと茶杯を卓に叩きつけ、織女《しょくじょ》を相手に大いに苦水《うらみごと》を注ぎはじめた。

事は二日前から説き起こさねばならない。霊霄殿《れいしょうでん》（道教の最高神の一人、玉帝の宮殿）が霊鷲山《りょうじゅせん》の文書を受けとった。いま述べたように、東土の高僧が経典を求めに西天に来ることになり、諸国を通過せねばならぬので、天庭に世話をしてほしいと依頼してきたのだ。文書の裏には仏祖の法旨までつけてあった。

玉帝《ぎょくてい》は文書の下に先天太極図《せんてんたいきょくず》（陰と陽の循環図）を描くと、一字も書かずに啓明殿に転送してきた。

その文書を捧《ささ》げもったまま、李長庚《りちょうこう》はしばらく思案した。太極図はキラキラと紫の気を発しているから、たしかに玉帝《ぎょくてい》が描いたものだ。だが、その陰と陽の魚はぐるぐると回って、上になり下になり、玉帝《ぎょくてい》が同意したのか、同意しなかったのか、判断することは難しい。李長庚《りちょうこう》が解釈に悩んでいると、観音大士《かんのんだいし》が門から入ってきて、この取経《しゅけい》の件は自分が啓明殿と折衝することになったと言った。

キラキラ光って透きとおる玉浄瓶《ぎょくじょうへい》（水差し）を手にのせ、観音《かんのん》は満面の笑顔でありがたい荘厳な雰囲気をかもしだしていた。責任者が彼女だと聞いて、どこかおかしいのではないかと思ったが、よく考える間もなく、大士《だいし》は熱心に話しはじめていた。

それによれば、観音《かんのん》は長安からの帰路で、玄奘《げんじょう》に錦《きん》襴《らん》の袈裟《けさ》と九環《きゅうかん》の錫杖《しゃくじょう》をさずけてきたところ、いまや四大部洲《しだいぶしゅう》（全世界、須弥山を取り囲む四つの大陸）は聖僧が万里はるばる経典を取りにいくという話でもちきりだそうだ。今回、啓明殿に来たのは李《り》仙師とつぎの手配を話すためなのだと言う。

李長庚《りちょうこう》はむっとした。仕事をはじめてから知らせてくるとは、わしはおまえの部下か？　やや意地わるく役人口調で答える。

「ごらんの通り、玉帝《ぎょくてい》から御指示があったばかりでしてな。啓明殿といたしましてもその玄機《げんき》（深い意味）を参《さん》悟《ご》しておるところなのです」

「如是我聞《にょぜがもん》（このようにわたしはきいた。仏教経典の定型句）。この件はもう仏祖が玉帝《ぎょくてい》と話しております。お二人ともたいへん重視しておられるのです」

観音《かんのん》の言葉にはしかけがあった。〝重視〟という言葉の意味はあいまいで、同意したのも重視なら、同意しなかったのも重視だ。あいにく李長庚《りちょうこう》は確かな指示をあおぐことができない。玉帝《ぎょくてい》の描いた陰陽の魚に目をやっても、たがいの尾を追いかけているだけ、思わずため息が出たが、まずは探りをいれておくしかない。

「聞けば、玄奘《げんじょう》法師は仏祖の二番弟子、金蟬子《こんぜんし》の生まれ変わりだそうですな」

観音《かんのん》は柳を拈《ひね》って微笑《ほほえ》み、答えをさけた。（拈華微笑のもじり。釈迦が説法の時に黙って蓮華をひねってみせ、その意味を迦葉だけが理解した。以心伝心の由来。観音に三十三の姿があり、楊柳観音は右手に柳の枝を持つ）

それを見て、仏祖がこの件を表沙汰にしたくはないのだと李長庚《りちょうこう》は理解した。なにか重要なことだと察して、口調を改める。

「大士《だいし》は啓明殿にどのような協力をご希望ですか？」

「如是我聞。仏祖は仰せになりました。法は軽々しく伝えるべからず。玄奘《げんじょう》は道中、すべからく劫難《ごうなん》に錬磨《れんま》され、真の経典を得るは容易ならざる事であると世にあきらかにし、仏にむかう心の堅貞《けんてい》なるを証《しょう》すべし……具体的にどんな劫難《ごうなん》を用意するかについては、李《り》仙師が手慣れておりますわね。護法《ごほう》にかけては、わたくしどもより詳しいはずですもの」

ひとくちに「如是我聞」と観音《かんのん》は言うが、李長庚《りちょうこう》にはどれが仏祖の法旨で、どれが彼女の意見なのか区別がつかない。だが、それでも要点は把握した。霊鷲山《りょうじゅせん》が希望しているのは啓明殿が玄奘《げんじょう》に〝劫難《ごうなん》〟を準備することで、それは後日、称賛するための材料なのだ。

むろん、天道には常《つね》がある。上の境界にいきたいなら試練からは逃げられない。たとえば玉帝《ぎょくてい》も一千七百五十の劫難《ごうなん》に苦しみ、やっと無極大道の境地にいたった。だが、人それぞれに運命もことなる。どんな劫難《ごうなん》をのりこえるか、どうやって劫難《ごうなん》をのりこえるか、いつ劫難《ごうなん》をのりこえるか、その変化はきわめて多岐にわたり、たとえ大羅天《だいら》に住む金仙《きんせん》（不老不死の天仙たち）でも完全に推算することなどむずかしい。だから、啓明殿にひとつ職がある。素質のある神仙や凡人に何とかのりこえられるくらいの劫難《ごうなん》を用意する——これが〝護法《ごほう》〟だ。無事に劫難《ごうなん》をのりこえさせなくてはならないし、相手が死んでしまって道が亡ぶのは避けねばならない。

李長庚《りちょうこう》は長年この仕事をしてきた。ふところには数十の錦《にしき》の嚢《ふくろ》をいれてあり、この錦嚢《きんのう》（詩稿を入れる袋で秘策の意）ひとつひとつに劫難《ごうなん》の筋書きが用意してある。道を悟って昇天するとか、妖魔を斬《き》るとか、顕聖《けんせい》して物に変化するとか、生まれ変わって災いをうけるなど何もかも取りそろえている。劫主《ごうしゅ》（苦難を受ける者）が嚢《ふくろ》を選べば、もうあとの心配はいらない。啓明殿が安全かつ便利に劫難《ごうなん》をのりこえられるように一切の手配をおこなう。偶然にやってくる野劫《やごう》よりずっとよいのだ。

今回、太白金星《たいはくきんせい》（金星を司る九曜仙官）たる李長庚《りちょうこう》（太白も長庚も金星の意味）を霊鷲山《りょうじゅせん》が指名し、玄奘《げんじょう》の護法を担当させるのはむろんこのためだ。

気に入らないのは、華々しい長安での幕開けを観音《かんのん》でやっておいて、取経の旅に出発して骨の折れる汚れ仕事がはじまったとたん、こちらに頼んできたことだ。そんな李長庚《りちょうこう》の不満など気にもせず、観音《かんのん》は目を細めて笑って言った。

「如是我聞。能《のう》あるかたには苦労も多いものですわ」

ハハハッと李長庚《りちょうこう》は笑い、帰ってから〝参悟《さんご》〟いたしましょうと言った。すかさず、「いそいで下さいね」と観音大士《かんのんだいし》が催促する。玄奘《げんじょう》はもうすぐ長安を離れるらしい。天上の一日は人間界の一年だから瞬く間のことだ。

李長庚《りちょうこう》がうなずいて身をひるがえすと、ふいに観音《かんのん》が呼びとめた。

「あっ、李《り》仙師、お伝えするのを忘れていました。玄《げん》奘《じょう》はこの数年、仏法の研鑽をつんでいて、戦闘はあまり得意ではないの。御手配の際にはくれぐれも考慮していただかなくてはなりません。自分で立ち回りをするはめになって格好がわるくならないように」

李長庚《りちょうこう》は眉間にしわをよせた。そちらがたのむのによくもまあ、あれこれ要求をつけるものだ！　だが、護法を長くやってきて、見たこともないような要求にも文句をつけずにこなしてきた。

護法にかけては実績がある。この仕事は難しくはないが、こまごまと面倒なのだ。妖怪は現地の者を雇うか？　天庭から派遣するか？　劫難《ごうなん》をのりこえる舞台は賃借するか？　臨時に建てるか？　凡人に伝えるには夢に現われることにするか？　なにか化身《けしん》をつかうか？　劫難《ごうなん》をのりこえた時に瑞雲《ずいうん》や後光《ごこう》といった演出は必要になるか？　もし神霄《しんしょう》派の五雷をつかうなら玉《ぎょく》清府《せいふ》（玉皇上帝の住み家）の雷部に予約をいれなくては……

ひと幕の劫難《ごうなん》には十数の仙衙《せんが》（衙は役所）が関わること

もめずらしくない。だが、啓明殿ならば協力をとりつけられる。

今回は玄奘《げんじょう》に戦闘をさせたくないという点を考慮して〝凶に遇《あ》って吉に化す〟という嚢《ふくろ》を李長庚《りちょうこう》は選んだ。この筋書きは簡単だ——妖怪が劫主《ごうしゅ》をつかまえて洞穴につれさり、さまざまな脅しをくわえる。劫主《ごうしゅ》の節操がかたく、どこかで高潔な者が感化されて、知らせを聞いて救いだすという筋立てだ。

やや単調だが、苦痛がすくないという点はよい。劫《ごう》主《しゅ》はほとんどの時間、囚《とら》われて待っているだけでいいのだ。長年の経験から、この仕事に創意工夫などいらぬと思う。穏当がいちばんだ。

選んだ場所は、河州衛《かしゅうえい》の福原寺《ふくげんじ》付近の山中、取経の旅ではかならず通る場所だ。このために熊山君《ゆうさんくん》（熊の精）、特処士《とくしょし》（野牛の精）、寅将軍《いんしょうぐん》（虎の精）という三匹の現地妖怪を雇い、それぞれの役わりをていねいに伝え、台本どおりにひと通り稽古《けいこ》をつけてから配置につけた。

日程どおりなら、もうすぐ玄奘《げんじょう》が福原寺に到着する頃あいだと思い、仙鶴にのって様子を見に行くと、思わず目の前が真っ暗になった。

玄奘《げんじょう》ひとりと馬一頭、そうはっきりと観音《かんのん》は言っていたのに、まず二人の凡人が同行している。それは置くとしても、玄奘《げんじょう》の頭上十丈（およそ三十メートル）の空中にウジャウジャと神々がひしめいていた。四値功曹《しちこうそう》（道教の神仙。日・月・日・時の四名）、五方羯諦《ごほうぎゃてい》（仏教の五方力士、五名）、六丁六甲《ろくていろくこう》（道教の十干十二支の神仙、十二名）、十八護教伽藍《じゅうはちごきょうがらん》（仏教の寺院守護神、十八名）と、総勢三十九もの神々が黒々と群れている。

李長庚《りちょうこう》はあわてて飛んでいき、どうしたことかと問うた。神々はあらぬ方を向いて答えない。いそいで観《かん》音《のん》に飛符《ひふ》（符はおふだのこと）を送って問いあわせると、しばらくして八字だけ返してきた。

「如是我聞、大雷音寺」

観音《かんのん》の説明はじゅうぶんではなかったが、それでも李長庚《りちょうこう》には分かった。

取経の旅は霊鷲山《りょうじゅせん》の計画で、大雷音寺は霊鷲山《りょうじゅせん》の総本山だから、とうぜん人員を派遣して監督をしなければならない。天庭も計画にのったからには、いきおい相応の人員を手配しなければならなくなる。

こんなことになったわけを李長庚《りちょうこう》は想像できた。霊鷲山《りょうじゅせん》は当初、観音《かんのん》だけを派遣したのだが、天庭が四値功曹《しちこうそう》を派遣するとは思わなかったのだ。これをみて霊鷲山《りょうじゅせん》はまずいと思ったのか、頭数で天庭を押さえようとして五方羯諦《ごほうぎゃてい》をさがす。すると、天庭もつりあいを考えて六丁六甲《ろくていろくこう》を派遣し、それならばと霊鷲山《りょうじゅせん》はいっきに十八名の護教伽藍《ごきょうがらん》をくわえた……というわけで、そっちが二つ追加なら、こっちも二組追加と、経典を取りにいく者の数十倍の監督者一行ができあがったというわけだ。

三十数名の神仙をみて、李長庚《りちょうこう》は心のなかで計算した。この者たちが護法に干渉さえしなければ、まとめて接待をすることにしよう。だが、今回の護法は一昼夜かかるという点が問題で、そうなると三十九名の宿舎を手配しなければならない。

四値功曹《しちこうそう》と六丁六甲《ろくていろくこう》は天庭の者だから、毎日打座《だざ》（座って気をめぐらす）しなければならない。打座には一人ひとつの洞府《どうふ》が必要で、その付近には神仙にふさわしい甘い水の泉とか、古い樹木とか、藤づるなどが必要だ。古い樹木だと千年はたっていないとならぬし、藤づるだと十丈の長さはなければならない。五方羯諦《ごほうぎゃてい》と護教《ごきょう》伽藍《がらん》は霊鷲山《りょうじゅせん》の者だから俗な趣味はないが、毎日灯明《とうみょう》を供《そな》えられることになっている。それも獣脂の蠟燭《ろうそく》では生臭《なまぐさ》だから、草木の油で灯す燭《しょく》でなければならない。

これらの手配で目が回るほど忙しい思いをして、やっと準備ができると、また問題が起こった。

玄奘《げんじょう》がやってきたので、例の現地妖怪三匹が筋書きどおりにやろうとしたのだが、ふと見あげると、数十もの神々が空中でそれぞれに帳面をもって下界を凝視している。これにたまげて、妖怪たちがその場で変化《へんげ》を解いてブルブルとふるえだし、どうしても動こうとしないのだ。

李長庚《りちょうこう》が雲にのって神仙たちに事情を問いにいくと、すべて記録しないといけません、これは仏祖と玉帝《ぎょくてい》のいいつけですのでとの答えだった。しかたがないから、なんとか三匹の妖怪をおだてあげ、もう一度人に変化《へんげ》させ、おっかなびっくり玄奘《げんじょう》に虎の穴へ入ってもらった。だが、妖怪三匹は動転のあまり演技がかたく、なんとも間がぬけている。李長庚《りちょうこう》が姿を隠して、ずっと台詞《せりふ》を教えてやらねばならなかった。

玄奘《げんじょう》はしらけきった表情で、剃《そ》りあげた頭にかすかに青筋がういていた。きっと不満だったのだろう。

どうにもまずいので、李長庚《りちょうこう》はさっさと演技を切りあげさせ、玄奘《げんじょう》を穴から連れだした。玄奘《げんじょう》は気まずそうに格好をつけ、空中の護教伽藍《ごきょうがらん》に記録を撮らせると、一言も口を利かず、馬にまたがってさっさと行ってしまった。二人の従者はいつの間にか、いなくなっていた（『西遊記』第十三回で妖怪に食われた）。

李長庚《りちょうこう》は雲にのってついていき、玄奘《げんじょう》が双叉嶺《そうされい》の猟師、劉伯欽《りゅうはくきん》に会うところを確認してから、やっと天庭にかえってきたのだ。

「まったく、なんたることじゃ！」

ながながと話して李長庚《りちょうこう》が顔をあげると、卓のむこうには誰もいない。時間をみれば、フン、なるほど未《み》時《じ》をすぎている（午後二時すぎ）。

織女《しょくじょ》は駆け落ちをして男女の双子を生んだ。そのあと、西王母《せいおうぼ》につれもどされたが、子供は夫の家にあずけている。いまでは牛郎《ぎゅうろう》と義母の関係もよくなり、西《せい》王母《おうぼ》は乞巧節《きっこうせつ》（七夕のこと、縫い物が巧みになるように神に乞う）を支援するという名目で数十万羽の鵲《かささぎ》をあつめ、毎年一回会えるように橋をかけている。天上の一日は人間界の一年だから、織女《しょくじょ》は毎日定時にあがると、夫と子供に会いにいって一家団らんの充実した時間をすごす。

いまや啓明殿はひっそりと静かだった。李長庚《りちょうこう》は一人きりで、のこりの仙露茶をのみほした。織女《しょくじょ》は定時であがれるが、自分にそんなことは許されない。

妖怪三匹の報酬、虎の穴の賃借料、いずれもすみやかに支払わねばならない。こうした点を天庭は厳格に管理していた。一日がすぎると――人間界の一年――支払いがおくれるのだ。財神のところにおくる経費精算がちょっとでもおくれると、趙公明《ちょうこうめい》（財神。趙元帥とも言う。伝説では秦の時代に乱世を避けて山に入った人物）の顔が彼の乗る黒虎《こくこ》よりも黒くなる。

だが、三十九名の神々の接待費を落とす予算はない。あの者たちは玄奘《げんじょう》について来たことを〝名分のない出兵〟とは認めまい。幸いこういう事態にそなえて、ちゃんと予備費を計上してあるのだ。あとでなんとか名目をつけて費用を付けておこう。ちょうど自分の仙鶴も負傷したから、そちらの予備費からちょっとよい餌もやれるかもしれない。

経費処理のほかにも、今日の劫難《ごうなん》について掲帖《けいちょう》を書かねばならない。これは四方三界（全世界）に送られて広報資料になる。

じつは霊霄殿《れいしょうでん》にも専門の物書きがいる。しかし、魁《かい》星《せい》や文曲《ぶんきょく》（受験や文運の神）といった連中はちょっとめずらしいくらいの怠け者で、いつも啓明殿に物品を要求することしかやらない。あの者たちを頼るより自分で書いたほうがよっぽどいい。

残務を整理すると、頭がぼんやりしてきた。醒神丹《せいしんたん》をひと粒飲みくだして、かごの中の玉簡の山を何気なく動かすと、ふいに低い地響きが聞こえてきた。宮殿全体が不穏に震え、ガラガラと玉簡の山が床に落ちる。びっくりして音のしたほうを見ると、どうも東方の下界のようだ。だが、霊霄殿《れいしょうでん》をゆらすなど、どんな大事件だ？　まさかまた大妖怪の出現か？

だが、そんな事態を察知するのは千里眼《せんりがん》と順風耳《じゅんぷうじ》（いずれも遠方のできごとを察知する神仙）の役目だ。李長庚《りちょうこう》は神仙になって久しい。自分が問う必要もないことをむやみに尋ねることもないと知っていた。好奇心を押さえつけ、かがみこんで床に散らばった玉簡を拾う。こうして拾っていると、ふいに半分だけ書いた篆書《てんしょ》の奏上をみつけ、思わず心中にさざ波がたった。

神仙としての修行に自分はずいぶん長くつまずいている。啓明殿は風光明媚といわれるが、そのじつ、仕事は煩瑣《はんさ》をきわめ、気をつかう雑事ばかりで修行の時間などまるでない。もう一歩進んで金仙になりたいとは思うものの、どうしたらよいのか分からず、心にずっとわだかまりがあり、それが消えなかった。境界もずっと上がっていない。

正直にいえば、もう何の希望ももっていない。年期が来たら散仙《さんせん》にでもなってさすらい、朝には蒼梧《そうご》（湖南省、古代の聖王、舜の墓があるとされる）、暮れには北海《ほっかい》に遊ぶのもわるくないという心境だった。しかし、五百年前に天庭で大乱があり、大羅天《だいらてん》にいる金仙の定員にいくつか空きがでた。自分の経歴ではまだ早いとは思うが、境界を上げたいなら枠を争うのもよいと考えていた。

今回うまくやれば、金仙に昇れるかもしれない。そう考えると、ひとすじの淡い熱意がわいてきて、気持ちをふるいおこして目の前の掲帖に意をそそいだ。

掲帖の書き方は十分に研究している。まず、劫難《ごうなん》全体についてふり返りをしなくてはならないが、この回顧ではぜったいに護法の裏側にふれてはならず、脚本のとおりに書く――みんな何が起こったかは理解しているのだが、そのように書かねばならないのだ――つぎにこの劫難《ごうなん》の意味がどこにあるのかという点にふれる。劫主《ごうしゅ》にどのような求道《ぐどう》の態度が見られたか？　どういった奥深い天道を悟ったか？　後輩の修道者に啓発する点があるか？

なかでも、やや境界のおよばぬ神仙になりかわったつもりで書き、まったく重要な点に書きおよばないところには微妙な心づかいをする。

李長庚《りちょうこう》は精神を集中してサラサラと掲帖を書きおえると、二、三考えてからまた筆をとり、掲帖の上に標題を書いた。

〝高僧は輪廻《りんね》して息《や》まざるも真《まこと》を求めて止《や》まず〟

すこし見直して、「輪廻《りんね》して息《や》まざるも」の部分をけずった。これでは受動的すぎるだろう――「修行して息《や》まず」に書きなおした。もう一度読んで、さらに「高僧」に修飾語をくわえ――「東土の高僧」にする。こうすると、東の天庭と西の霊鷲山《りょうじゅせん》の関与を表現できる。三度目にじっくりと見て「劫難《ごうなん》を歴《へ》て」をくわえた。だが、どうもしっくりこない。そこで霊鷲山《りょうじゅせん》の通知をとりだして検討すると、自分が誤りを犯していることに気がついた。

〝法は軽々しく伝えるべからず〟と仏祖は言っている――〝伝えず〟ではなく〝軽々しく伝えるべからず〟だ。ということは、劫難《ごうなん》そのものが重点でなく、どうやって劫難《ごうなん》を克服したかという点が重要となる。それが仏祖の法を弘《ひろ》めようとする真の意図なのだ。そこで「劫難《ごうなん》を歴《へ》て」をぬりつぶして「劫難《ごうなん》に克《か》ち」と改めた。そして、あの三十九名の神々の視察を思い出して……「孤身《ひとり》、路に上《のぼ》りて」と書きくわえる。

だが、書き改めてみると、どうも長すぎるような気がしてきた。李長庚《りちょうこう》はしばらく苦心して考え、いさぎよくすべて削って、まったくちがった文句を書いた。
〝あえて問う、路《みち》は何《いず》れの方《かた》にありや〟（一九八六年の中国テレビドラマ『西遊記』の主題歌のタイトル。再放送も多く現代の中国人にとっては懐メロの一つ）今度はまあまあいい。李長庚《りちょうこう》は何度も読み返して気に入った。この文面は派手ではないが、穏当で情報も多く、各方面に配慮もある。魁星《かいせい》や文曲《ぶんきょく》でも欠点を指摘できまい。

つづいて熟練の筆で枕と結びを書きくわえる。〝山のごとく大きな福縁《ふくえん》、海のごとく深い善慶《ぜんけい》〟といった常套句で体裁をととのえ、これで完成したので観音《かんのん》に送っておいた。

仕事をやりおえて、李長庚《りちょうこう》は大きなあくびをすると、どっと疲れを感じた。神仙も眠くなるのかと凡夫は思うだろうが、それは愚かというものだ。神仙の仕事は仙家の事務であり、心神を消耗することは同じだ。もうすこし仕事をするつもりだったが、頭がぼんやりしてきたから洞府に帰って打座《だざ》をして回復しなければならない。

机上整理をしてから啓明殿を出て、鶴にのろうとすると、門番の王《おう》霊官（八卦炉から出た孫悟空と戦った）が近づいてきた。

「李《り》さん、南天門に来客です」

「どなたか？」李長庚《りちょうこう》はややとまどった。

「どなたって、ほかにいますか？ 告御状《こくぎょじょう》（直訴状）の者ですよ」

下界には散仙や野妖がいて、訴えるところのない無実の罪をきせられると、天庭を騒がすことがある。玉《ぎょく》帝《てい》には惻隠《そくいん》（思いやり）の心があって、すべてを拒むのもよろしくないと考えた。そこで思い切って啓明殿の仕事をふやし、これらの散仙や野妖の世話をさせることにした。李長庚《りちょうこう》はしっかりと話を聞く性分なので、なりゆきで世話する者も多くなるが、じっさい訴えの多くが荒唐無稽なので、今後は一律に当事者の属する世界に差しもどそうかと思っている。

告御状と聞いて李長庚《りちょうこう》は顔もあげずに答えた。

「わしは打座したいから、明日また来るように言ってくれ」

王《おう》霊官は苦笑した。「ふつうなら追い返すところですが、ここで一ヵ月も待っていて帰ろうとしないんです。なんともがまん強いやつのようで——しかも、すこし特殊でして」

王《おう》霊官が目をぱちくりするので、李長庚《りちょうこう》にも好奇心がわいてきた。

二人で南天門を出ると、やせた小さな影が大門の柱からとびだしてきた。あの猴子《サル》（猴はニホンザルのようなマカク属のサル。猿はテナガザルで区別がある）かと思い、李長庚《りちょうこう》の心臓が半拍停止する。

まさか、孫悟空《そんごくう》のやつじゃ？　五行山《ごぎょうざん》の下に押さえつけられているはずでは？

もう一度よく見るとやや姿がちがう。耳が六つあって花輪のように頭を取りまいている。表情はおずおずとしていて花果山の傲岸不遜《ごうがんふそん》なサルとは似ても似つかない。相手は李長庚《りちょうこう》を見ると、いそいでお辞儀をした。

啓明殿はもう閉めたので、南天門の前で話を聞くことになる。

「名は何という？　訴えは何じゃ？」

「小妖《わたくしめ》は六耳獼猴《ろくじびこう》ともうします。名前を詐称された件で天庭の公正なお裁きをお願いしたいんです」

担当者をずっと待っていたのだ。ここぞと小さなサルは自分の事情をしゃべりだす。

この六耳獼猴《ろくじびこう》は野ザルの精だが、山で一心に修行にはげみ、ずっと天界に昇る正道を歩もうと思っていた。もちろん、妖、怪、精、霊といった四つの身分の者が六合《ろくごう》（東西南北上下の世界）をはなれて神仙の列にくわわるのはきわめて難しい。まず、正道の仙師につき、修行の成果が身について、はじめて飛昇する機会が得られる。

六耳獼猴《ろくじびこう》が弟子になりたかった師は、霊台方寸山《れいだい》、斜月三星洞《しゃげつ》の菩提祖師《ぼだい》だった。資質、悟性、骨格、縁などを調べられたが、ずっと待っていても音沙汰がなかった。六耳《ろくじ》は菩提《ぼだい》祖師がけっきょく妖属を見くだしているのだと思い、がっかりして妖術の修行に転向した。それからというもの、あちこちをさすらって暮らしてきたが、ただ神仙となる途《みち》が断たれてしまったことにずっと心のこりがあったようだ。

ある日、六耳《ろくじ》はひとりの修道者にあった。聞けば菩《ぼ》提《だい》祖師の弟子だという。二人は話をするうちに、師が奇妙な石ザルを弟子に取り、その石ザルがたいへん目をかけられていたことに及んだ。法名までもらって〝悟空《ごくう》〟と言う。祖師が深夜に法を授け、悟空《ごくう》に真法を得させたと兄弟弟子の間では噂されている。ただ、師のもとを離れるとき、悟空《ごくう》が外界で師の名を出すことを禁じたのはやや不可解なことだった（『西遊記』第二回）。

六耳《ろくじ》はおおいに困惑して深く調べ、その後、悟空《ごくう》が陰曹地府《いんそうちふ》（冥府）に押し入り、サル属の生死簿を墨塗りにしたことに気づき、さらに怪しいと思った。悟空《ごくう》はこの騒ぎで寿命さえ不明になり、いつ弟子入りしたかも証拠がなくなった（『西遊記』第三回）。

つまり、あの石ザルが自分と身分をすり替え、菩提《ぼだい》祖師の弟子になったのではないかというのが六耳《ろくじ》の疑惑だった。その後、あの石ザルが地府で証拠を隠滅したと言うのだ。こうなるともう憤懣《ふんまん》やるかたなく、天庭に告訴しようと決意したのだった。

話をおえると、六耳《ろくじ》は耳の中から巻紙を取りだした。びっしりと文字が書いてある。この長い訴状を読みおえ、李長庚《りちょうこう》はどうも腑に落ちないと思った。孫悟空《そんごくう》というサルについて知りすぎるほど知っている。悟空《ごくう》を二度も官に推挙したが、こんな秘密があったと思ったこともない。笑って六耳《ろくじ》に言う。

「孫悟空《そんごくう》は騒ぎを起こして五行山《ごぎょうざん》に押さえつけられておる。それはお前も知っておろう?」

六耳《ろくじ》はうなずいた。「わたくしめもあいつをどうこうしようというのではありません。ただ、あらためて菩提《ぼだい》祖師の門下に入って、横骨《おうこつ》（人以外の獣にあると言われる骨）を化して修行をしなおし、この数百年みすみす棒にふった時間をとりもどしたいのです。仙師さま、どうぞ公正なお裁きを！　どうぞどうぞ、お願いします！」

そう言って、サルは涙をうかべ、ぺこぺこと何度もお辞儀をする。

たとえ天庭が認めたとしても妖術から仙術に転向するのは千万の苦難がともなう。しかし、李長庚《りちょうこう》は相手がしょげているのを見て、はっきり言うのがかわいそうだと思い、なんとか言いつくろった。

「事実を調べたら、できるだけはやく知らせるとしよう。だから、ここでずっと待っていなくともよい」

六耳《ろくじ》は千恩に万謝し、うれしそうに去っていった。

李長庚《りちょうこう》は六耳《ろくじ》の訴状をしまいこむと、王《おう》霊官と別れ、仙鶴にのって自分の洞府に飛んでいった。帰路を半ばまで飛ぶと、突然、伝書《でんしょ》が送られてきた。天庭の内部通知だ。下界の大唐と韃靼《だったん》（タタール）辺境の間に位置する両界山《りょうかいざん》で地震があったそうだ。

李長庚《りちょうこう》は驚愕した。両界山《りょうかいざん》はまたの名を五行山《ごぎょうざん》という。山が押さえつけているのは尋常の者ではない。さきほどの地震はまさかあの化け物ザルが脱獄したのではあるまいか？

啓明殿に戻るべきかと思案していると、ふいに観音《かんのん》から飛符伝信《ひふでんしん》を受け取った。

「最新情況を共有します。玄奘《げんじょう》がたった今、弟子をとりました」

伝信をひらくと、そこに李長庚《りちょうこう》は孫悟空《そんごくう》の名をみつけた。

「無量天尊《なんてことだ》！」思わず叫んでいた。（無量天尊も道教の最高神の一人）

第二章

余人はいざ知らず、孫悟空《そんごくう》という名を李長庚《りちょうこう》は知りすぎている。

あの石ザルが生まれ、弼馬温《ひつばおん》（悟空の初の職、天馬の世話係で官位もない）から斉天大聖《せいてんたいせい》（弼馬温をやめて花果山に帰った悟空は部下から斉天大聖と呼ばれ、二郎神などとの戦いをへて、玉帝と太白金星が有名無実の官として斉天大聖を認めた。『西遊記』第四回）になるまで、すべて自分が一手にしたことだ。もう少しで乱暴者を帰順させる大功が立てられたのに、あのサルが人の気も知らずに、天庭じゅうを騒がすから、仏祖に五行山《ごぎょうざん》の下に押さえつけられて、もう五百年になる。

いま、仏祖があやつを解き放ったのはいったい何のつもりだ？　あのサルがかんしゃくを起こしたら棒のひと打ちで玄奘《げんじょう》をなぐり殺すかもしれぬぞ？　もっと言えばこんな重要なことを観音《かんのん》がどうして事前に言わなかった？

李長庚《りちょうこう》はひとしきり腹を立てたが、いやいやもうどうでもいいと思った。これは西天の計画で、自分はすこし輔佐しただけだ。もう仕事は終えたから好きな者を弟子にすればよかろう、啓明殿と何も関わりはない。

ふいに六耳獼猴《ろくじびこう》の後ろ姿が心に浮かび、訴状をふところから取り出して、思わず軽いため息をついた。一時《じ》辰《しん》（二時間《ほど》）前ならば六耳《ろくじ》の訴えも解決できたかも知れぬ。だが、今となっては孫悟空《そんごくう》が玄奘《げんじょう》の弟子となってしまい、情況が変わった。

「まあよい。妖術を習ったサル一匹、菩提《ぼだい》祖師の門下に入ったところで何も成就はできまい。ひきのばしておけば事情を悟って洞府に帰るだろう」と、李長庚《りちょうこう》は思った。


その時、腰帯にさした笏板《しゃくばん》（高官が天子に拝謁するときにもつ細長い板）が鳴った。観音《かんのん》が伝音《でんおん》をしてきたようだ。李長庚《りちょうこう》は訴状を袖のなかに戻しながら気持ちをきりかえる。

観音《かんのん》は開口一番ほめたたえた。「李《り》仙師、掲帖をみました。とてもいい出来ですわ。やっぱり、手慣れたかたは文章がひきしまっていますのね。これからもしっかりお願いしますね」

李長庚《りちょうこう》は眉間にしわをよせた。話がちがうと思ったが、また観音《かんのん》に主導権をとられる。

「くわしく言うのを忘れておりましたけれど、仏祖は玄奘《げんじょう》の取経をそれは重くみておられるの。ですから、与える劫難《ごうなん》は九九《くく》八十一難となります。二人でやりぬきましょうね」

李長庚《りちょうこう》は目の前がまっくらになった。なんの冗談だ？　あれをあと八十回もやれだと？　頭がおかしいのか？

観音《かんのん》があわてて なぐさめる。「あ、いえ、この数はあくまで目安ということで、弾力的に数えていいのですよ。玄奘《げんじょう》の出生から――いえ、前世の金蟬子《こんぜんし》から数えられますの。ちょっと数えてさしあげますね。金蟬《こんぜん》子《し》が仏法を軽んじて下界に落とされたのが第一難でしょ、玄奘《げんじょう》に転生して赤子の時に殺されかけたのが第二難でしょ、満月の夜に江《かわ》に捨てられたのが第三難でしょ、母の父親を探して仇を討ったのが第四難でしょ(『西遊真詮』第九回)。それで李《り》さんが手配したあの一難も〝城を出て虎に逢《あ》う〟と〝従者と別れて坑《あな》に落つ〟の二つに数えるから――ほら、もう六難もあるじゃない？」

それを聞いて李長庚《りちょうこう》の感情もやや好転したが、ちょっと考えてみたら……ちがう！　取経はあきらかに霊《りょう》鷲山《じゅせん》の仕事、自分は協力する立場にすぎない。なんで続きの仕事を全部こちらがやるような口ぶりなのだ？

この点を問いただそうとすると観音《かんのん》がもう先にしゃべっている。

「あの掲帖を仏祖もほめていらして、もう諸天の仏陀《ぶっだ》、菩薩《ぼさつ》、羅漢《らかん》、比丘《びく》、比丘尼《びくに》などに伝えましたの。みなさん大喜びで、そろってすばらしいとほめ讃《たた》えていますわ」

しまった！　はめられた。李長庚《りちょうこう》の心は一気に沈んだ。

仏祖が八十一の劫難《ごうなん》を指定したことを観音《かんのん》は当初から知っていたにちがいない。だが、李長庚《りちょうこう》には一つだけと匂《にお》わせておいた。だから、臨時の手伝いと思っていたのだ。だが、掲帖が出てしまえば、この護法は太白金星の護法だと広く知られることになり、もちろん次の仕事もお前の責任というわけだ。

ごていねいに観音《かんのん》が劫難《ごうなん》を数えてくれたのを思い出し、李長庚《りちょうこう》は苦々しく思った。本来ありもしない苦労を解決してやったという顔をし、いらぬ親切をおしつけてくる——なるほど天界の神仏がみな清静無為《せいせいむい》、不《ふ》昧諸縁《まいしょえん》で通すはずだ（いずれも高潔な態度で物事にわずらわされないこと）。自分から仕事を引き受けなければ因果《いんが》に染まることもないからな！

李長庚《りちょうこう》がだまりこんだので、観音《かんのん》にも相手のいきどおりがわかったようだ。

「李《り》仙師、あなたの護法はきわだっていて、道法に精《くわ》しく深いことがわかります。将来、きっと金仙になれますわ。その時には、わたくしが素酒《そしゅ》（醸造していない精進用の酒）をさしあげることを忘れないでね」

これは李長庚《りちょうこう》の心をくすぐった。こうなったら思いきり成績をあげ、何とかして金仙の境界にあがるしかない。「そうですな」とぎこちなく答えた。

すかさず観音《かんのん》がなだめにかかる。

「安心して、これは二人の仕事です。あなただけに苦労はさせません。李《り》さんは帰って休んでください。いくつか責任をもってやっておきますから」

こんなふうに観音《かんのん》は懇《ねんご》ろにうけあい、呼び方も〝李《り》仙師〟から〝李《り》さん〟にかえた。李長庚《りちょうこう》は何か苦情を言うのも気が引け、だまって笏板《しゃくばん》をしまって鶴にのって九刹山《きゅうさつざん》に帰った。

九刹山《きゅうさつざん》は天庭がわりあてた洞天福地で、あまり広くはないが、険しい山に深い谷、興趣をさそう木々にこと欠かない。ただ一つの瑕疵《かし》はもうだいぶ古いということで、滝の水は涸れがち、洞窟もあちこち崩れて小さな不具合はたえなかった。

李長庚《りちょうこう》は洞府に入り、まず鶴の羽毛を洗ってやり、道袍《どうほう》をぬいで去塵咒《きょじんじゅ》（衣服をきれいにする呪文）を唱えた。ふいに顔をあげると、天井にすこし水滴がついている。岩の間の霊泉から漏れてきたようだ。山神《さんしん》には何度も言っているのだが、てきとうに避水珠《ひすいじゅ》をかけただけで、力士を修繕によこしてはいない。

　こんな些事を考えて霊芝《れいし》をぼりぼりとかじり、李長庚《りちょうこう》はござの上に膝を組んだ。だが、小周天《しょうしゅうてん》（気を丹田から会陰に落とし、背中から頭に引き上げる気功）をひと運《めぐ》りする間もなく、頭上に光が閃いた。知らせが来た合図だった。

　飛符《ひふ》は光の一団となって渦をまき、すみやかに実体となって降りてくる。李長庚《りちょうこう》はため息をついた。この洞府は数ある幽谷のなかでも最も奥まっていて、ほんらい静寂なところだが、飛符がそんなことを感じるわけもなく、おかまいなしに山頂で実体となるだろう。

「明日読もう」とは思ったが、どうにも気になった。思い切って太股を手で打ち、ござから立ち上がってゼイゼイとあえいで九刹山《きゅうさつざん》のてっぺんに登った。山頂にたどりつくと、光の一団がキラキラと輝き、いかにもな仙気をかもしだしている。李長庚《りちょうこう》は観音《かんのん》の発した飛符をいっきにすべて受け取った。

　第一の飛符、「李《り》さん、双叉嶺《そうされい》で玄奘《げんじょう》が劉伯欽《りゅうはくきん》に会う前に、たまたま虎にでくわしたでしょ。あれ、わたくしが第七難に認定しておきました」

　第二の飛符、「李《り》さん、両界山《りょうかいざん》で玄奘《げんじょう》が孫悟空《そんごくう》を弟子にした件、わたくしが第八難に認定しておきました。添付したのは掲帖です。見ておいて」

　第三の飛符、「西海竜王が三番目の太子を鍛えてやってくれっていうの。わたくしが鷹愁澗《ようしゅうかん》で玄奘《げんじょう》の白馬を食べちゃいなさいって手配しておいたわ。これで第九難もできあがりね。竜王の太子には罰として玄奘《げんじょう》の乗り物をやらせます」

　第四の飛符、「つかれたので沐浴《もくよく》します。第十難は李《り》さんの出番よ。第九難との間があかないようにお願いします」

　第五の飛符、「そうだ。孫悟空《そんごくう》の戦闘能力はわるくないです。次から護法はちょっと大胆にしていいわよ」

李長庚《りちょうこう》はほっと息をついた。またたくまに第九難まですすんだ。まあ速いほうだろう。「仙体、お大事に」と返して、ぶらぶらと洞府に帰って、膝をくみ、五行山《ごぎょうざん》の掲帖を読む。

観音《かんのん》はとにかく派手に書いていた。仏法の広大無辺と不良ザルの改心を大げさにほめたたえている。絵いりだ。サルが金の箍《たが》を頭にのせて玄奘《げんじょう》の前に跪《ひざまず》いている。玄奘《げんじょう》は手をあわせて経をとなえていて、なにやら神妙な顔つきをしていた。

なんどか読んでみて、表現がやや仰々しいが、大きな問題はないように思い、それを傍らに置いて修行をつづけた。周天を三回ほど運《めぐ》らすと霊台《れいだい》（頭のこと）もはっきり、心も塵を払ったようにすっきりした。すると突然、じっくり考えることができ、おかしなことに気づいた。

観音《かんのん》のしたことは、まず長安で玄奘《げんじょう》に袈裟《けさ》と錫杖《しゃくじょう》を贈り、その後、劉伯欽《りゅうはくきん》に世話をさせ、つづいて孫悟空《そんごくう》を弟子にするように手配し、竜王の第三太子を乗り物にした——何だこれは！　名目上は劫難《ごうなん》だが、玄奘《げんじょう》に都合のよいことばかりだ。

こうした目立つ功績でこちらを日陰者に追いこむのも腹が立つが、問題は相手がまだ鍵を隠しもっているから自分はいいように使われるままなのだ。

もちろん、護法の企画には人数が大いに関係する。一人の小さな錦嚢《きんのう》と四人の錦嚢《きんのう》では大きくちがう。四人以上の大きな錦嚢《きんのう》となると考え方からちがってくる。もともと李長庚《りちょうこう》が慎重に選んだ筋書きはどれも玄奘《げんじょう》ひとりに対するものだったが、いま観音《かんのん》は断りもなくサル一匹と龍一匹を追加した。考えていた筋書きはすべてふいになってしまった。あらたに調整しなくてはならんぞ！

なるほど観音《かんのん》がすこし大胆にやってよいと励まして

くるはずだ。結局、またとんでもない大仕事になるではないか。

　そう考えると、とつぜん気を運《めぐ》らすような心境ではなくなった——称賛はすべてあやつがぼろもうけ、骨が折れて憎まれる仕事はわしにやらせる。そのうえ、厚かましくも飛符まで送ってきて自分の功績をほこり、それをわしのためを思ってやっているように言う。

　もうすこしで山頂にのぼって罵倒の文句をならべた飛符を送ってやるところだった。だが、なんとか思いとどまった。じっさい、何を罵倒すればいいのだ？　観音《かんのん》のしていることは外づらは堂々としていて立派な行いだ。仏祖や玉帝《ぎょくてい》の前でも誤りを指摘できない。こちらが罵倒などすれば、かえって修養が足らぬやつと見られてしまうだろう。

　あやつは真のやり手だ。こちらに損な役回りをさせ、しかも感謝までさせようとする。

　だが、これでとことんわかった。この仕事をぶちこわしてやればよい。仙界では〝道法自然〟を追究する。なにを〝自然〟と言うか？　天が地を圧《あっ》し、高きが低きを圧することこそ自然、一度ゆずればあちらはつけあがり、こちらは言いたいことを呑みこむはめになる。

　李長庚《りちょうこう》は洞府にかえって地図を取り出し、唐僧《とうそう》（玄奘）がとる道すじを探した。しばらく見ていると、突然、目が輝いた。一計が心に浮かぶ。すぐに鶴をよび、まっすぐに下界にむかった。

　老仙師は鶴にのり、まず西番《チベット》の哈咇《ハミ》国につくと、すぐに玄奘《げんじょう》と孫悟空《そんごくう》がとある人家の中庭に立っているのをみつけた。傍らには白い龍馬もいる。老人がひとり、手に豪華な装飾のついた鞍《くら》、轡《くつわ》、手《た》綱《づな》などを捧げもち、もったいぶって贈ろうとしていた。玄奘《げんじょう》はかすかにうなずき、えらそうな顔つきで、いかにも当然と言いたげな態度だ。それを悟空《ごくう》が傍らで腕を組んで冷笑している。

ほかの者ならいざ知らず、李長庚《りちょうこう》はひと目で看破した。どこの凡人がこんな宝をもっている？　あの老人はあきらかに落伽山《らくがさん》の山神が化けているのだ。落伽山《らくがさん》と言えば観音《かんのん》の道場、言うまでもない、観音《かんのん》が手を回したにちがいない。今夜、観音《かんのん》は李長庚《りちょうこう》に何も言わなかったが、八十一難に数えずにひそかに援助をしていたのだ。

その証拠に玄奘《げんじょう》にぴたりとついている三十九の神々が今は近くにいないではないか。

李長庚《りちょうこう》は眉間にしわをよせた。自分がいやな予感にかられてここに来なければ、この援助は誰にも知られなかっただろう。もう一度よくみると孫悟空《そんごくう》が手で耳をほじっている。この場面にうんざりしているようだ。

五行山《ごぎょうざん》の下に押さえつけられて以来、李長庚《りちょうこう》ははじめて孫悟空《そんごくう》をみた。以前の傲岸不遜な態度は消えているが、眉間にひとすじの冷意がふえ、まるで世間の因果すべてを断ち、三界に身をおいていないかのようだ。李長庚《りちょうこう》はあんな目をみたことがあった。北海眼《ほっかいがん》（北方の深い湖か）に封じられている申公豹《しんこうひょう》（『封神演義』に登場する恩人を裏切って人をそそのかす悪神）があんな目をしていた。

その時、何かを感じたのか、ふと孫悟空《そんごくう》は顔を上げて空中を見やった。李長庚《りちょうこう》はいそいで雲のなかに隠れる。サルは視線を戻したが、その目の焦点は虚空にすえられたままだ。

玄奘《げんじょう》が馬具を白龍馬につけたのをみて、老人がいきなり空中に浮いて正体を現わした。

「聖僧よ、失礼いたしました。わたくしめは落伽山《らくがさん》の山神、土地神でございます。菩薩《ぼさつ》様からつかわされた馬具をあなた様にお渡ししました。いっそう西への旅にはげみ、一時も怠るなかれとの仰せにございます」

フンと李長庚《りちょうこう》は鼻を鳴らした。はっきりと恩をほどこしたいなら、なんで凡人を装う必要がある？　もうみるのも面倒だ。すぐに鶴をいそがせ、本来の計画どおり西に飛んだ。

耳元で風が鳴る。孫悟空《そんごくう》の虚空にすえた目がどうしても脳裏から離れない。天庭のなかでも自分はあのサルを熟知している一人だ。好奇心がわいてくる。孫悟空《そんごくう》は傲岸不遜で玉帝《ぎょくてい》の前で叩頭するのもいやがったのに、どうしてあれほど素直に取経の旅にくわわったのだ？　観音《かんのん》はどうやってあやつを説得した？

あれこれ考えても李長庚《りちょうこう》にはまったく分からない。そのとき、鶴がするどく鳴いて、物思いから引きもどされた。下界を見ると地図にあるように山中に禅院がみえた。その名を〝観音禅院〟という。

「第十難を押しつけられたからには、どうなろうと恨《うら》まれる筋あいはないぞ」

へへへと李長庚《りちょうこう》は笑い、神通力を発揮して禅院を中心に周囲百里を見まわした。

そうして見まわすと妖精を一匹みつけた。あれは熊の精だ。ちょうど自分の洞府で目を閉じて修行をしている。李長庚《りちょうこう》は化身となるのも面倒と、風のように洞府のなかに飛びこんだ。

この黒熊精《こくゆうせい》、毛皮も干《ひ》からび、骨も浮き、つらい修行をしていることがわかる。そこへ突然、仙人が目の前に現われたものだから、びっくり仰天、いそいでひれ伏した。李長庚《りちょうこう》は親切に助け起こし、思いつくまま身の上を問うた。黒熊精《こくゆうせい》はやや恥ずかしそうに、精《せい》となって四百五十年になります。いま横骨《おうこつ》を化しているところで、もう五十年も修行すれば神仙となる資格が得られるのですと言った。

憧れでいっぱいの黒熊精《こくゆうせい》の表情を見ていると、李長《りちょう》庚《こう》はふいに六耳《ろくじ》獼猴《びこう》を思い出した。咳払いをして言う。

「神仙の列にくわわるのは、お前の考えているように容易なことではないのじゃ。ただ、わしの仕事に協力したら機会があるやもしれぬ」

黒熊精《こくゆうせい》は望外のことと大喜び、猛然と身をひるがえして伏し拝んだ。李長庚《りちょうこう》はちょっと微笑むと耳を近《ちこ》うよせるように言い、こまかく説明した。黒熊精《こくゆうせい》はじっくり聞き、はいはいと連呼する。

準備を終えると李長庚《りちょうこう》は払子《ほっす》をひとふり、また観音禅院に行き、細かな手はずをととのえ、玄奘《げんじょう》が禅院に入って休息しているのを確かめると、鶴にのって九刹《きゅうさつ》山《ざん》に帰った。

翌日早朝、李長庚《りちょうこう》が啓明殿にやってくると、観音《かんのん》があわてふためいて入ってきた。

「李《り》さん、あの第十難はいったいどういうこと！」

李長庚《りちょうこう》はとぼけた。「錦嚢《きんのう》のとおりですぞ。今回選んだのは〝自業自得〟という筋書きで、金池《きんち》長老が袈裟に欲心を起こし、火を放って玄奘《げんじょう》のいる禅院を焼くようにしました。孫悟空《そんごくう》が広目天王《こうもくてんのう》の辟火罩《へきかとう》（火よけ籠）を借りて……」

観音《かんのん》が顔をこわばらせて言う。「あのう、それですけど、錦襴《きんらん》の袈裟をつかったのは何で？　あれは仏祖がくださったものよ。万一、まちがいがあったらどうなさるおつもり？」

観音《かんのん》が言いがかりをつけるつもりだと分かったので、李長庚《りちょうこう》は胸を叩いてうけあった。

「大士《だいし》、ご安心くだされ。袈裟はなくなったように見えるだけ、人に見張らせてありますので問題などありません」

観音《かんのん》は苦情が通らず、さらにケチをつけてくる。

「それに、なんで孫悟空《そんごくう》に広目天王《こうもくてんのう》のところへ辟火罩《へきかとう》を借りにいかせたの？　まるで蛇足じゃない！　斉天《せいてん》大聖《たいせい》にそんな大役をやらせて、玄奘《げんじょう》は出火ひとつも解決できないの？　ほかの人がやらせだって言うかもしれないし、そうなると玄奘《げんじょう》が恥をかくばかりか、仏祖も気まずい思いをすることになるのよ」

李長庚《りちょうこう》は淡々と言った。「取経の大業は霊鷲山《りょうじゅせん》と天庭の双方がたいそう重視しているので、どちらからも関心を引かねばなりません。これはあなたが言ったことではありませんかな？」

両者が重視しているということは、霊鷲山《りょうじゅせん》が主導権をとるつもりなら天庭も手を出す資格があるということだ。広目天王《こうもくてんのう》は南天門に奉職している。この一手は余計のようにみえるが、じつは観音《かんのん》に立場を思い知らせてやるのが目的だ——すなわち、わが啓明殿は天庭の役所である。断じて落伽山《らくがさん》の下部組織ではない。

観音《かんのん》もその方向にからむことはできなかった。天庭に介入する資格がないなどと言えようか？　観音《かんのん》はまだ辟火罩《へきかとう》の件について欠点をあげつらおうとしたが、ちょっと考えて思いとどまった。広目天王《こうもくてんのう》は天庭に奉職しているとはいえ、出身は釈門だ。これ以上文句をつけたら自分のほおを打《ぶ》つことになる——どうやら、この老神仙は熟慮をかさねたらしい。そうでなければ、火をふせぐ法宝《たから》をもつ神々からどうして広目天王《こうもくてんのう》を選ぶかしら？

観音《かんのん》は唇をかみしめ、地団駄をふんで、ついに本心を言った。

「李《り》仙師、この御手配ですけど、どこがよくないかって、よりにもよってどうして観音禅院を選んだのよ？　それも欲心を起こすのが禅院の長老なんて、わたくしの顔に泥をぬる気！」

してやったりと李長庚《りちょうこう》は心中ほくそ笑んだが、表情には出さない。

「地図をごらんください。玄奘《げんじょう》は西番《チベット》の哈咇《ハミ》国を通りすぎましたから、つぎはもちろん観音禅院ではありませんか？　ですが、あなたからの申し送りで第九難と第十難の間があいてはならぬとのことでしたのでな」

これに観音《かんのん》はぐっと言葉につまり、青頸観音《しょうきょうかんのん》の姿になる（観音三十三相のうち十四番目の相で、青い顔のシヴァ神がモデルと言われる）。

李長庚《りちょうこう》は相手が絶句したのを見て、笑ってつけたす。

「御用がなければ殿内に入ります。この劫難《ごうなん》の掲帖をまだ書いていませんので」

観音《かんのん》はびっくりして引きとめた。

「李《り》さん、ちょっと、ちょっとだけ待って。その掲帖だけど、ムリだから。わたしの名誉が傷ついちゃうでしょ！」

李長庚《りちょうこう》はわざとらしく驚く。「どうしてですかな？　これは観音禅院で起こった事で、観音大士《かんのんだいし》、あなたのことではありませんぞ」

「よしてよ！　仙界がどんなところか、あなたも知らないわけじゃないでしょ？　万一、兜率宮《とそつきゅう》の老君にいいように切りとられて尾ひれをつけて噂されたら、このわたくし、観音菩薩《かんのんぼさつ》が袈裟を盗めってそそのかしたことになるわ！」

「あ、それはいけませんな。あなたのせいではないと、はっきり声明を出しておかないと」

観音《かんのん》はあやうく玉浄瓶《ぎょくじょうへい》を落としそうになる。

「そんなもの、だれが見るのよ！　西王母《せいおうぼ》があの時、サルが蟠桃《ばんとう》園で桃を盗んだって何回声明を出したか知ってるでしょ？　効果なんてなかったじゃない？　李《り》さん、あなたの掲帖は取りさげていただかなくてはなりませんわ。でないと霊霄《れいしょう》宝殿に行って、はっきり言いますからね！」

観音《かんのん》が言葉を選ばなくなったので、李長庚《りちょうこう》はおもむろに文書を取り出した。

「霊霄殿《れいしょうでん》に行く労をとってもらわなくても、玉帝《ぎょくてい》陛下がすでに指示をだしております」

観音《かんのん》は文書の末尾に書いてある先天太極図をみて、

イライラと言った。

「わたしは釈門の者です。あなたがた玄門（道教）の暗号なんてわからないわよ」

「この太極図は陰陽の二匹の魚がたがいに尾をくわえており、くるくると休まずに回転しております。どんな意味だか御判りですかな？　これは陛下が教えているのです。われら二人の仕事は一方を重視して他方をおろそかにしてはならぬと言うことです」

観音《かんのん》はやっと気づいた。こちらの思い通りになるような人物がどうして啓明殿で長く仕事をできるだろうか。そう察すると、すばやく姿をあらためて合掌観音《がっしょうかんのん》（観音三十三相の第二十九相で最高の境地にあるとされる）の姿に変わって笑顔でわびた。

「仕事が多くて御連絡をおろそかにしていましたわ。わたくしがいけなかったのです。つぎの護法はいっしょに相談して力をあわせていたしましょう。でも、この掲帖はほんとうにひどい影響がありますから、李《り》さんにすこし手伝っていただきたいのです」

火かげんもよしとみて、李長庚《りちょうこう》はゆっくりと言った。

「じつは挽回の手段がなくもないのですが」

それを聞くと、観音《かんのん》はすぐに教えを請《こ》うた。

「観音禅院のことはもう終わってしまいましたから改めることはできません。ですが、わしは付近に住む黒《こく》熊精《ゆうせい》を知っておるのです。あの者がお役に立ちたがっていましてな。袈裟はあの者が盗んだと言えばよろしい。そうなると、観音禅院とは関係がうすれるやもしれません。そうしておいて孫悟空《そんごくう》と黒熊精《こくゆうせい》とちょっと戦わせ、最後に玄奘《げんじょう》がおもてに出て、あの者を弟子にとるのです。これで劫難《ごうなん》をへたことにもなり、釈門のひろい慈悲を示すこともでき、皆さま大喜びでしょうなあ」

観音《かんのん》は驚いた。「ああ、それはダメ、いけません。

妖精の弟子をとらせるなんてできると思う？」

李長庚《りちょうこう》は解《げ》せぬという顔をする。「孫悟空《そんごくう》も弟子にしたでしょうが？　サルとクマ、大したちがいはないでしょう？」

観音《かんのん》は転経筒《てんきょうとう》（回すとお経を唱えたことになる筒、大小様々なものがあり音が鳴る）のように首をふった。「玄奘《げんじょう》の取経では弟子の定員があります。黒熊精《こくゆうせい》の運はじゅうぶんですが、残念ながら縁《えん》がないのです」

李長庚《りちょうこう》は冷笑した。三千の大道でこの二つの言葉ほど曖昧なものはない。〝運〟はよいが〝縁〟がなかったとか、〝運〟がわるいが〝縁〟はあったとか。だから、あらゆる神仏が責任回避にこの言葉を愛用する。

李長庚《りちょうこう》は一言もいわず、茶碗をとって目を細め、笑って観音《かんのん》を見た。その顔色がやや変わり、歯を食いしばって答えた。

「霊鷲山《りょうじゅせん》のことは、わたくしの一存では決められませんが、落伽山《らくがさん》のことでよいかしら？」

李長庚《りちょうこう》はひとつ咳払いをして、黒熊精《こくゆうせい》は一心に仏の道をこころざしているので、どこかで仕事をすると修行になりますなと答えた。

「それなら、この掲帖は……」観音《かんのん》が探るように問う。

「ほかに仕事がありますのでな。ご苦労ですが、書いていただけませんか」

観音《かんのん》はほっとひと息、雲にのって帰っていった。

李長庚《りちょうこう》はすっきりした心で、仙童をよんで玉露茶をつがせ、思う存分味わった。思惑が通ると、茶の味さえも芳醇で清《す》みきるものだ。

しばらくして、観音《かんのん》が自分で書いた掲帖を送ってきた。李長庚《りちょうこう》はござに座って、ゆったりと瞑想をしてから、おもむろに茶をすすって鑑賞した。内容は予想とたいして変わらない。金池《きんち》長老が袈裟を手に入れようとして禅院に放火した。このどさくさにまぎれて黒熊《こくゆう》精《せい》が袈裟を盗んだが、観音《かんのん》が凌虚子《りょうきょし》に変身して黒熊精《こくゆうせい》を帰依させ、金箍《きんこ》をかぶせた。

観音《かんのん》は高尚ぶるのも忘れていなかった。この妖怪が心から帰依して愚かな性質を早々に改めたのだと、弟子にした理由を説き、詩までつけていた。

普《あまね》く世人を済《すく》いて憫恤《あわれみ》を垂れ
遍《あまね》く法界を観て金蓮を現わす
今来《いま》あらかた経の意を伝えり
此去原《こたびもと》より点瑕《あやまち》に落つるはなし（『西遊記』第十七回）

――観音禅院の負の影響はどうにか隠されている。

この詩を品評していると李長庚《りちょうこう》にもよい考えが浮かんだ。自分も詩を嗜《たしな》み、仕事がなければ少々詩句をひねるのは好きだ。観音《かんのん》のやりかたをみて、にわかに自分も詩心がうずき、次の掲帖には自分の創作も入れてみることにした。

そして、この手際を見て、李長庚《りちょうこう》はやはり尊敬の念を禁じえなかった。観音《かんのん》はつじつま合わせの名手だ。山神の仕事まで一挙両得をはかり、黒熊精《こくゆうせい》を落伽山《らくがさん》の裏山を守る山神にしてしまった。これで仙門の定員をふやさずに山神を配置する問題も解決している。掲帖の裏をみると、あの劫難《ごうなん》は〝夜に火に焼かれる〟と〝袈裟を失う〟の二つに分けられ、またすこし仕事も進んだ。

掲帖はまったく破綻がなく書かれていた。だが、こんなふうにしていけば観音《かんのん》に割をくわせ、ひそかに計画に傷をつけられることも証明できた。観音《かんのん》が怒りで顔を青くした様子を思い出して、〝李《り》さん〟の心もずっと爽快になった。だが、玉露茶をすすって、ふと観《かん》音《のん》が口にした〝玄奘《げんじょう》の取経では弟子の定員がある〟という言葉を思い出し、考えに沈んだ。

どうやら上層部は玄奘《げんじょう》の取経の旅について、まだ何か考えがあるようだ。

将来、玄奘《げんじょう》は仏となることが決まっている。ならば、随行者には少なくとも羅漢《らかん》（最高の悟りを得た者）の果位《かい》（修行で得る位）が与えられる。だが、西海竜王の三太子を観音《かんのん》は〝乗り物〟の名目で一行にいれただけで、正式な弟子にしていない。このことから定員の枠が貴重だということがわかる。

目下、取経一行には弟子が一人しかいない。ならば、玄奘《げんじょう》はこれから弟子を取るのか？　何人弟子を取るのか？

この因果をじっくり考えてみて、李長庚《りちょうこう》は突然とまどい、趺坐《ふざ》（足の甲を組み座る）して目を閉じた。すると五色のめでたい雲がもくもくとわいてきて、ぐるぐると渦をまき、夕焼けのような光が明滅する。これは老神仙が天機を感じて、悟りに心を潜《ひそ》めている証拠だと、童子たちは知っているから、みな騒がしくしないようにつぎつぎと啓明殿から出て行く。

線香が一本燃えるくらいの時間がすぎ、李長庚《りちょうこう》はゆっくりと両目をひらき、ほがらかに笑って立ち上がると、大袖《そで》を巻き、部屋にみちた瑞雲《ずいうん》を瞬時に体に収めた。玄奘《げんじょう》の取経には腹いっぱいの怨みしかもっていなかったが、こちらも悟りを得た。

「そちらが一日《ついたち》に取り立てるなら、こちらは十五日に取り立てるまで。そちらがおいしいところを全部もっていく気なら、なぜこちらが羹《あつもの》を一杯もらってはならん？　天与を取らざれば、かえってその咎《とが》を受け、時至《ときいた》るも行かざれば、かえってその殃《わざわい》を受く！」

身を起こして観音《かんのん》に飛符を送った。

「玄奘《げんじょう》はよき弟子を得ましたが、つづく掲帖では手を携えて共に進む教えをしめす御つもりはありや？」

観音《かんのん》はすぐに返事をしてきた。

「はい、ありますよ」

「まだ本来の人数のつもりですが？」李長庚《りちょうこう》はまた問うた。

観音《かんのん》は拈華《ねんげ》の手文字を返してきた。どうやらこの話題について観音《かんのん》は慎重になっているらしい。一字も余分なことを書かない。だが、李長庚《りちょうこう》にはそれで十分だった。

おそらく観音《かんのん》は沐浴しているところだ。入浴中は警戒をゆるめるもの、たとえ〝あっ〟という一言だろうと、もらしてはならない情報をもらしてしまうのだ。

仙界の掲帖につかう言葉は厳格に決まっている。師弟の上下には一線がひかれていて、ぜったいに〝手を携えて共に進む〟などという形容はつかえない。この言葉は身分が同格の者どうしの協力関係を指すからだ。観音《かんのん》がこれを承認したということは、玄奘《げんじょう》は悟空《ごくう》のほかにきっと同格の弟子を取る。二人以上の弟子がいてこそ〝手を携えて共に進む〟と言えるからだ。

李長庚《りちょうこう》の経験から言えば錦嚢《きんのう》は大中小の三種にわかれる。小さい錦嚢《きんのう》は一人の劫難《ごうなん》に用い、中くらいの錦《きん》嚢《のう》は二名ないし四名の劫主《ごうしゅ》に用い、大きな錦嚢《きんのう》は四人以上の場合で、かつて〝八仙が海をわたる〟時に用いただけだ。（西王母の誕生会に行くために、八人の仙人がそれぞれの方法でが海をわたった伝説）

観音《かんのん》にはすでに規定の人数を言ったから、あきらかに大きな錦嚢《きんのう》はつかわない。そうであれば、何か言ってくるはずだ。そして、玄奘《げんじょう》はすでに孫悟空《そんごくう》を弟子にしているから小さな錦嚢《きんのう》もつかえない。そう考えると、正式な弟子は多くて三人、玄奘《げんじょう》とあわせて四人、中くらいの錦嚢《きんのう》の上限をみたす程度だ。

この機微を悟ると李長庚《りちょうこう》は情況をすっきりと見通せた。

〝玄奘《げんじょう》の弟子には定員がある〟と観音《かんのん》は言っていたが、あの時は〝如是我聞〟という前置きを言わなかった。

つまり、悟空《ごくう》のほかの定員は仏祖が指定したのではなく、霊鷲山《りょうじゅせん》の大物の思惑がはたらいている。縁が誰に結ばれるか、大雷音寺も公示していないようだ。

　公示していないのは都合がいい。それでこそ、みなに挑戦する機会がある！

　老神仙は自分の将来が閉ざされたと感じてきたが、いくらか境遇がひらけ、金仙の境界にひそかに触れた気がした。ここに考えがおよぶと、ござから立ちあがり、払子《ほっす》をひとふり、喜々として兜率宮《とそつきゅう》にむかった。

第三章

　兜率宮《とそつきゅう》では太上老君が煉丹炉《れんたんろ》（不老不死の金丹を錬成する炉）のそばに座って、金鋼琢《こんごうたく》（リング状の法器、武器にもなり、ほかの法器を取りこむ）をくるくると回しながら、金銀二人の童子と青牛を相手に噂話に花を咲かせている。李長庚《りちょうこう》は片脚を踏みいれるなり問うた。

「どんな噂をされておるのです」

　太上老君は李長庚《りちょうこう》を見るなり大喜びし、招きよせて声をひそめた。

「聞いたか？　二十八星宿の奎木狼《けいもくろう》（アンドロメダ座の仙官）がな、披香殿《ひこうでん》の玉女とくっついて、殿内であんなことやこんなことをしておったのだ。ふふふ、艶聞《えんぶん》じゃろ」

傍らにいる金銀二人の童子が口々に詳細を補った。話しぶりは生き生きとして、まるで現場でみているのと変わらない。

李長庚《りちょうこう》はやや目を細めた。「兜率宮《とそつきゅう》でもご存知なら、天庭じゅうに伝わっておるのでしょう？　それからどうなったのです？」

太上老君は袍《ほう》の袖に顔を隠したが、隠しきれない両目はきらりと光を放っている。

「これはおぬしだけに言うのじゃが、ほかの者に言ってはならんぞ」返事など待たずに老君はつづけた。「南天門から伝え聞いた話ではな、奎木狼《けいもくろう》は密通が露見したと見るや、玉帝《ぎょくてい》に罰せられるのを恐れ、玉女をつれて下界に出奔したのじゃ。これは確かめておらぬから、めったに言ってはならんぞ」

追従《ついしょう》でいくらか笑って、李長庚《りちょうこう》はそしらぬ顔で言った。

「なるほど、二人が逃げねばならぬはずですな。そう言えば、以前にも似たような事がありました。覚えておられるでしょうか――広寒宮（月の都にある宮殿）の……」

太上老君は何度もうなずく。

「おぼえておるとも、天蓬《てんほう》元帥じゃろ。酔って嫦娥《じょうが》（月に住む女仙）にたわむれて広寒宮の中でなんともはや……」

老君の口がなめらかになると李長庚《りちょうこう》はあわてて止めた。

「老君、そのように軽々しく口にしてはなりません。未遂、あれはあくまで未遂なのです。広寒仙子《こうかんせんし》（嫦娥）の名節を汚してはいけませんな」

「もはや知れわたっておるじゃろ。玉帝《ぎょくてい》が天蓬《てんほう》を斬仙台に送り、あやうく首を切らせるところだったのじゃ。それが事実の小さくないことを証明しておる。でなければ、なぜ死刑にまでなるところじゃった？――わしの記憶ではおぬし、太白金星《たいはくきんせい》がおもてだって助命してやり、下界に落とすことに減刑させたのではないか？　おぬしら二人はそれほど友誼《ゆうぎ》があったのか？」

李長庚《りちょうこう》は言った。「まあ、わたくしも才を惜しむのです。そうだ、ついでにお訊きしたいのですが、天蓬《てんほう》が下界に落とされたので上宝遜金鈀《じょうほうそんきんは》（九本の釘を打った金のまぐわ）は老君のところにありましょうな？」

老君はやや戸惑った。「いや、ここにはないが、それがどうした？」

李長庚《りちょうこう》はあやしむように言った。「もとはと言えば、あの鈀子《まぐわ》は老君が鍛《きた》えたものです。規則によれば、天《てん》蓬《ほう》が下界に追放となれば兜率宮《とそつきゅう》に返却されるはずですが？」

老君が不審な表情をした。「天蓬《てんほう》は下界に行くときもまるで挨拶ぬきでな。それを問題にした者もおらん。信じられぬなら自分で調べてみよ」

老君は金銀二人の童子に兜率宮《とそつきゅう》の宝物庫の帳簿を持ってこさせた。パラパラとめくってみても確かにないので、李長庚《りちょうこう》は何かを納得して、いとまを告げた。太上老君はひきとめて玄奘《げんじょう》のことを二、三訊きたかったようだが、相手は仙鶴にのって飛び去ってしまった。

老君は腹立たしそうにふり返り、不満げに帳簿をとじて二人の童子に言いつけた。

「お前たち、宝物庫を調べるのじゃ。われらが兜率宮《とそつきゅう》の宝貝《パオベイ》（不思議な力をもつ道具）は多い。ぼやぼやして持ちだされてはいかん」

金銀二人の童子と青牛はそろって笑う。

「老君、心配しすぎですよ。ここの宝貝《パオベイ》をよその人が盗みだせるものじゃありません」

老君もちょっと考えれば、それもそうだと思い、金《こん》鋼琢《ごうたく》をくるくると回して、青牛の角にひっかけると、煉丹《れんたん》のつづきにかかった。

さて、李長庚《りちょうこう》の方は兜率宮《とそつきゅう》をはなれると、まず清吏《せいり》司《し》に行って名簿をしらべ、その後、下界に直行すると、浮屠山《ふとざん》という場所にやってきた。ここに洞府がある。李長庚《りちょうこう》は符紙《ふだ》を取りだして黄巾《こうきん》力士に変身させると、門にぶつけてみた。数回ぶつけてみると、洞のなかから突然うなり声が聞こえ、凶悪な面《つら》がまえの野猪精《やちょせい》（猪はブタのこと）が金ぴかの九歯釘鈀《きゅうしていは》をにぎって跳びだしてきて、軽くひと突き、黄巾《こうきん》力士を粉砕してしまった。

李長庚《りちょうこう》の目が輝く。この釘鈀《ていは》の威力、あの上宝遜金《じょうほうそんきん》鈀《は》にちがいない。姿を現わすと、拱手《きょうしゅ》して笑った。

「天蓬《てんほう》よ、一別以来、つつがないか？」

この野猪精《やちょせい》は太白金星を見て、あわてて武器をしまい、「おお、こりゃ」と答えて敬礼する。口ぶりにいくぶん恥じらいがあった。

「生まれ変わったんで天蓬《てんほう》はご勘弁を。恩公《あなたさま》は猪剛《ちょごう》鬣《りょう》とお呼び下せえ」

野猪精《やちょせい》は李長庚《りちょうこう》を洞府に迎えいれると野茶を一杯だした。茶をのみながら李長庚《りちょうこう》はいくつか近況を話したが、目はじっとあの上宝遜金鈀《じょうほうそんきんは》をみている。

この鈀子《まぐわ》はけっして尋常の品ではない。玉帝《ぎょくてい》が五方五帝、六丁六甲《ろくていろくこう》をよんで働かせ、熒惑真君《けいわく》（火星の神）が炭を積んで火を吹き、太上老君がその手で鍛《きた》え、この神器《じんき》を鋳造したのだ。重量は〝一蔵《ぞう》の数〟（仏典一蔵の巻数と同じ五千四十八斤）、かつて玉帝《ぎょくてい》に持たされて丹闕《たんけつ》（宮殿の門）を鎮護した。その後、天蓬《てんほう》が天の川の水軍元帥になったとき、玉帝《ぎょくてい》がこの上宝遜金鈀《じょうほうそんきんは》を取りだし、この者に賜《たま》い、身分の証にしたものだ。これには天庭じゅうが驚いた。水軍元帥がこれほど大きな恩顧を受けるとは誰も思わなかったのだ。一時は天庭で並ぶ者なき羽ぶりであった。

広寒宮の事件で天蓬《てんほう》は斬仙台に収監された。天庭は上から下まで驕《おご》り高ぶった成り上がりが死罪に定まったと思った。ひとり李長庚《りちょうこう》だけは豊かな経験から玉帝《ぎょくてい》がじつは天蓬《てんほう》を殺したくないのだと見ぬいていたから助命に動いたのだ。はたして玉帝《ぎょくてい》も渡りに船と、下界追放に減刑した。だから、猪剛鬣《ちょごうりょう》は李長庚《りちょうこう》に会うなり、「恩公《あなたさま》」と口にしたのだった。李長庚《りちょうこう》もこの人情を受けいれた。

天蓬《てんほう》が貶《おとし》められる前、この上宝遜金鈀《じょうほうそんきんは》は老君の兜率《とそつ》宮《きゅう》に引きわたされるはずだった。だが、いまも天蓬《てんほう》のもとにある。これが何を意味するか？　つまり、玉帝《ぎょくてい》の天蓬《てんほう》にたいする恩顧は衰えておらず、風を避けるために下界に落としたにすぎないということだ。おそらく次に生まれ変わると因果もすっかり清められ、機会さえあれば猪剛鬣《ちょごうりょう》を神仙の列に連れもどすつもりだろう。

「陛下には、おぬしを天庭に復帰させる心づもりがあるが、その好意をわしが執りしきることになっておる」

李長庚《りちょうこう》はひそかに計算し、猪剛鬣《ちょごうりょう》を見た。

「剛鬣《ごうりょう》よ、ひとつ復帰の機会があるが、興味はあるか？」

猪剛鬣《ちょごうりょう》はすこしとまどったが、すぐに大喜びした。

「あります、ありますよお。こんなクソったれな土地、おいらとうに我慢の限界です。あの俗世の女どもときたら……」李長庚《りちょうこう》が咳払いをすると、相手も不穏な言い方に気づいて言いなおす。「あ、老《わた》……老猪《わたくし》が言いたいのは俗世の女子が道心（道を修めようとする心）を錬磨してくれたので、いまとなっては毛を切り、髄《ずい》を洗い、心をいれかえ、顔をあらため、いっそう重い荷を担《かつ》げるようになったという次第でして……」

「ほんとうに荷を担ぎたいか？」

「もちろんです！　どんなに重くてもかまいませんぜ」

李長庚《りちょうこう》はすぐに計画をひととおり話した。猪剛鬣《ちょごうりょう》はそれを聞いて驚きもひとしお、ぶつぶつとつぶやく。

「それが陛下の御意志なんですか？」

李長庚《りちょうこう》はあの鈀子《まぐわ》を指さす。

「おぬしが自分から苦行を買ってでれば、あの御方がお喜びにはならぬか？」

猪剛鬣《ちょごうりょう》もその意図を悟って、なんどもうなずく。

こやつは月の仙女である嫦娥《じょうが》にすら欲情をいだいたのだ。この近辺の女子であれば、なおさらその下劣なふるまいに堪えかねておるのではあるまいか。それを取り除いてやれば、ついでに一つ善い事をしたということになるだろうと李長庚《りちょうこう》は思った。地図を取り出して指をさす。

「まず、すぐに引っ越しをせよ。福陵山の雲桟洞《うんさん》に行くのだ。そこは取経一行が必ず通る地じゃ。そこに卯《ぼう》二姐《にそ》（卯は兎で月の嫦娥と関わりがあるとされる）という妖怪が住んでおる。おぬしは少々昔のようにやり、誰かが問うたら、自分は卯二姐《ぼうにそ》の夫だと言うのだ。そのほかの事はわしの指示を待て」

猪剛鬣《ちょごうりょう》はあわてて承知し、すぐに身をひるがえして行ってしまった。

その他一切の準備をととのえると、李長庚《りちょうこう》はまたあわただしく啓明殿に帰った。まだ織女《しょくじょ》が居る。李長庚《りちょうこう》は袖から玉簡を一枚取り出して言った。

「これを文昌帝君《ぶんしょうていくん》（学問や科挙の神仙）に届けてくれぬか、急ぎで！」

あら、青詞《せいし》？　ひと目みて織女《しょくじょ》は思った。

青詞は掲帖とほとんど同じで、九天十界のいろいろな変化を記録している。掲帖はみんなが読むものだが、青詞は三清四帝と大羅天の重要人物にしか読む資格がない。内容にも違いがある。手続きでは青詞の原稿はすべて、まず文昌帝君《ぶんしょうていくん》のところで整理してとりまとめ、その後で上に送られることになっている。

へんだなと織女《しょくじょ》は思った。いつも啓明殿では当番の童子に青詞を届けに行かせている。でも、どうして今日だけ李《り》殿主はわざわざわたしを行かせるのかしら？

李長庚《りちょうこう》は説明もぬきだった。

「急ぎの仕事じゃから、あなたに行ってもらいたい。届けたら直帰してかまわん」

これを聞いて織女《しょくじょ》は大よろこび、文書をかかえて、うきうきと梓潼殿《しどうでん》にむかった。

西王母《せいおうぼ》の末娘が使いに来たのだ。もちろん文昌帝君《ぶんしょうていくん》は待たせなかった。すぐに青詞をうけとり、ひととおり読む。内容は五行山《ごぎょうざん》で玄奘《げんじょう》が弟子を取った事についてだった。基本的に観音《かんのん》の掲帖を引き写しており、なにも奇妙なところはない。帝君はすぐに送りだす青詞の山のいちばん上に置き、配達の手はずを整えた。

織女《しょくじょ》は梓潼殿《しどうでん》を去ると、うれしそうに鵲《かささぎ》の橋にむかった。

李長庚《りちょうこう》は馬蹄《ばてい》をやすめず、いそいで観音《かんのん》を探しだし、玉簡を取り出して伝えた。

「第十二難の手はずを整えましたぞ」

この劫難《ごうなん》で用いた錦嚢《きんのう》は〝乱暴者を除き、良民を安んずる〟というもので、玄奘《げんじょう》師弟が高老荘を通りかかると、たまたま野猪精《やちょせい》が村娘をわが物にしているところに出くわす。玄奘《げんじょう》は憐れに思い、悟空と野猪精《やちょせい》を大いに戦わせ、娘を救い出す。玄奘《げんじょう》一行は民の千恩万謝をうけて西への旅をつづけるのだ。

こんどは観音《かんのん》もしっかりと読み、最初から最後まで二度確認すると、しきりに称賛の声をもらした。じつによく出来ている。玄奘《げんじょう》の慈悲の心もよく表現されているし、孫悟空《そんごくう》の腕前も考慮されている。しかも、すこし戦闘すれば終わるので、客の悟空《ごくう》が目立ちすぎず、主の玄奘《げんじょう》の見せ場を奪うことがなく、じつに手頃な感じだった。

李長庚《りちょうこう》はかるくうなずいた。「では、これで手配しますぞ?」

それを観音《かんのん》がさえぎる。「この野猪精《やちょせい》ですが、現地の妖怪ですか?」

「いかにも。洞府が高老荘のとなりにあり、もう何年も住んでいます」

観音《かんのん》はまだすこし安心できないようだ。「この後ですけど野猪精《やちょせい》はどうなるの? そこのところがどうもよく分かりません。悟空《ごくう》に殴り殺させるおつもり? 命は助けますの? 落伽山《らくがさん》にはもう余裕がなくて引き受けられませんよ」

観音《かんのん》は黒熊精《こくゆうせい》の一件でだまされて慎重になったようだ。李長庚《りちょうこう》は笑って言う。

「むろん、山に返します。褒美にはすこし丹薬《たんやく》をやれば十分でしょうな」

これで観音《かんのん》は安心して、李長庚《りちょうこう》に手配してもらうことにした。

李長庚《りちょうこう》は観音《かんのん》と別れると、下界に降って福陵山にいき、猪剛鬣《ちょごうりょう》が洞府に落ちついているのを確認し、付近に開けた土地を探すと、高老荘をひとつ作り上げて凡人を数十人、雇ってつめこみ、何年もそこに住んでいる様子を偽装した。玄奘《げんじょう》と悟空《ごくう》が遠くからやって来るのが見えると、李長庚《りちょうこう》は鶴にのって立ち去った。啓明殿に帰って打座し、修行のつづきを行う。

線香一本の時間、瞑想をすると、ふいに感応がおこって、李長庚《りちょうこう》はゆっくりと目をあけた。火花をおびた飛符《ひふ》がサッと殿内に飛びこんでくる。

フッと李長庚《りちょうこう》は笑った。来たな。

飛符は観音《かんのん》の発したもので、その言葉からあわてぶりがうかがえる。

「李《り》さん、何をしたの? あの野猪精《やちょせい》、自分から即興をはじめて玄奘《げんじょう》に弟子入りしようとするんだけど？」

李長庚《りちょうこう》はまだ瞑想から戻っていない。だが、啓明殿の入り口に突如霞《かすみ》のような光が射し、思ったとおり、観音《かんのん》が息も荒く門を入ってきた。その顔色はまっ青となり、本来の千手《せんじゅ》の姿にもどって腕を目まぐるしく舞わせている。ちょっと怒っただけ、ではなさそうだ。

観音《かんのん》の詰問を待たずに李長庚《りちょうこう》は迎えにでて、「なにごとですか」と問うた。観音《かんのん》は怒りの表情を浮かべている。

「あの野猪精《やちょせい》、玄奘《げんじょう》をひと目みると跪《ひざまず》いて叩頭したわよ！　〝おいらは使わされた弟子でございます。長年ここで師父をお待ちしておりました〟なんて言って。玄奘《げんじょう》がわたくしに連絡してきて、そんな事になってるんですかって言うから、やっと大変な騒ぎになっているってわかったの——李《り》さん、話とちがうじゃない！」

李長庚《りちょうこう》は両手をひろげて、自分にも分からないと示した。

「今回の筋書きはあなたも検討したもので、そんな一幕はぜったいにないはずですぞ。その野猪精《やちょせい》がどこから同行すれば旨《うま》みがあると聞いて自作自演したのでは？」

「こっそり教えたんじゃないの？　李《り》さん、あなたが」観音《かんのん》は信じていない。千本の手がいちどに李長庚《りちょうこう》を指さす。

李長庚《りちょうこう》はふきげんな顔つきになった。「それなら、あなたから玄奘《げんじょう》に言って、その妖畜《ようちく》の弟子入りなど断らせればいいこと、なにもわしに苦情をおっしゃるまでもない」

観音《かんのん》はながながと息を吐いた。「この情況じゃ拒《こば》めないのよ」

「なにか不都合なことでも？　あの野猪精《やちょせい》は大士《だいし》、あなたを笑い者にしたのですぞ。脳天に雷を落としてやっても飽きたらぬほどだ！」李長庚《りちょうこう》は胸いっぱいの義憤をこめて言った。

チッと観音《かんのん》は舌を打ち、いかんともしがたいという顔になる。

「李《り》さん、忘れたの？　玄奘《げんじょう》には三十九の神仙がついて回っているのよ」

「では、証人にちょうどいいではありませんか？」李《り》長庚《ちょうこう》が答える。

観音《かんのん》にはこの老いぼれ仙人が本当に呆《ほう》けているのかどうか分からなかった。声をひそめて続ける。

「もし、わたくしがいま高老荘に行くと、あの野猪精《やちょせい》が嘘を言っているってことになるでしょ。護教伽藍《ごきょうがらん》や四値功曹《しちこうそう》はどう思う？　フン、あのブタの胆《きも》の太さといったら、いまいましい（狗胆包天。大胆不敵のもじり）――でも、高老荘の劫難《ごうなん》はわたくし観音《かんのん》が審査して、あなた太白金星が手配したものでしょ。なにか事故が起こったら、よく確かめなかったってことになるじゃない？　それだと取経の仕事をおろそかにしていると思われるでしょ？　あなたはまだあいつらのことが分かってないのよ。まともな仕事なんてしないくせに他人の間違いをあげつらうことにはすごい神通力をつかうんだから」

李長庚《りちょうこう》は心中やや冷笑した。この期《ご》におよんでも観《かん》音《のん》は啓明殿に濡れ衣を着せるのを忘れない。自分と一《いち》蓮托生《れんたくしょう》にしたいのだ。李長庚《りちょうこう》は髭《ひげ》をしごいて、ゆっくりと言った。

「大士《だいし》、そうあわててはなりません。さあ、すこし座って話をしましょう。きっと円満に収める策があるはずじゃ」

「座ってゆっくり話すような気分じゃないわ。すぐに二人で高老荘に行きましょう！」観音《かんのん》が催促しようとすると、ふいに手に持った浄瓶《じょうへい》がぶるぶるとふるえた。

水面にさざ波が立つのを見て、観音《かんのん》の顔色が変わる。一本の手で浄瓶《じょうへい》をもち、もう一本の手で柳の枝をぬき、ほかの二つの手で〝ちょっと待って〟という手ぶりをし、同時に一本の手で耳をふさぎ、一本の手で門をおして出て行った。

李長庚《りちょうこう》はいそがなかった。机の前にもどり、ゆうゆうと経費処理をしていた。長くかからず、観音《かんのん》は戻ってきた。その顔色はこれ以上奇妙になれないほどおかしい。数歩疾走して李長庚《りちょうこう》につめよると、数本の手が同時に机を叩く。

「李《り》さん、あなた、猪剛鬣《ちょごうりょう》が天蓬《てんほう》の生まれ変わりだって知ってたんじゃないの？」

李長庚《りちょうこう》はややいぶかしんだ。

「あの野猪精《やちょせい》が天蓬《てんほう》ですと？　ありえぬでしょう？　天蓬《てんほう》は仙界ではすこぶる男ぶりがよい美丈夫でしたぞ。どうしてあんな醜い代物に転生するのです？」

「ほんとうに知らないの？」

観音《かんのん》は相手の顔をじっと見つめた。李長庚《りちょうこう》は髭《ひげ》ひとすじも震わせず、平然と言った。

「貧道《やつがれ》、道心にかけて誓いますが、今日はじめてそのことを知りました」

たしかに天庭では今日はじめて知った。李長庚《りちょうこう》が誓いの言葉で小細工をしているのを観音《かんのん》は知らないから、大部分の手を収めるしかない。

「大士《だいし》はそれをどこから聞いたのですかな？」

「もう霊鷲山《りょうじゅせん》がもう大騒ぎなの！　阿儺《あなん》（アーナンダ。仏祖の十大弟子の一人で多聞第一とされるが、『西遊記』終盤では玄奘一行に賄賂を要求する）が仏祖にかわって法旨を伝えてきたのよ。玉帝《ぎょくてい》が龍門《りゅうもん》の錦鯉《にしきごい》を霊鷲山《りょうじゅせん》に贈ってきたって言ってるの。〝この魚は仏祖と縁がある〟から仏祖の前で直々に御返事を聴いてくるようにって」

李長庚《りちょうこう》は呆《ほう》けたふりをした。「天蓬《てんほう》と何の関係が？」

観音《かんのん》はおかしくなりそうだ。「関係なんてないわよ！　でも、その関係ないことを仏祖がわたくしにわざわざ知らせてきたのが関係があるってことじゃないの？」

「はぁ？」

観音《かんのん》は息も荒い。「もう一度、玄奘《げんじょう》に連絡したけど、たしかにあのブタは九歯釘鈀《ていは》をもっていて、それが金色に光ってるそうよ。天蓬《てんほう》の上宝遜金鈀《じょうほうそんきんは》にまちがいないでしょ！」

李長庚《りちょうこう》は驚いて言う。「ということは、天蓬《てんほう》を玉帝《ぎょくてい》が仏祖に……」

「猪剛鬣《ちょごうりょう》は運がなかったけど縁はあったのよ」観音《かんのん》は口をむすんで憎々しげに言った。

上層のかけ引きでは物事をはっきり言う必要などない。玉帝《ぎょくてい》はただ錦鯉を一匹贈り、仏祖もただ観音《かんのん》に伝言させただけだ。両巨頭は一言もいわない。すべては下の者が忖度《そんたく》しなければならないのだ。聡明な観音《かんのん》はむろん、上層部が話を通したことを理解した。しかし、こんな交換条件は紙に書きとめることはできない。だから、彼女が表に出て、その慧眼でブタを見出したことにし、猪剛鬣《ちょごうりょう》の世話をし、この既成事実を認めねばならない。

万一、猪剛鬣《ちょごうりょう》が事件を起こしたら責任を追及され、もちろん観音《かんのん》の失策となる。両巨頭はべつに猪剛鬣《ちょごうりょう》の世話をするようにと指名してはいない。ここのところの事情を観音《かんのん》は深く了解したから、必死に李長庚《りちょうこう》も危険に引きずりこもうとしている。

李長庚《りちょうこう》はちらりと観音《かんのん》を見た。顔色がどん底だ。それはこの意外な変事が理由ではなく、法旨じたいが理由でもない。この法旨が仏祖の直接伝えたものでなく阿儺《あなん》が伝えてきたことに理由があった。

「阿難《あなん》はほかに何か言いましたかな？」李長庚《りちょうこう》が問う。

「わたくしが万事うまくやって、仏祖のお考えを先回りして、玄奘《げんじょう》の弟子を準備したのですねって言ってたわ」観音《かんのん》は無表情で答えた。李長庚《りちょうこう》はひそかに舌を出した。この言葉には毒があり、はっきりと観音《かんのん》の妄動を責めている。どうやら霊鷲山《りょうじゅせん》の内部もなかなか複雑らしい。

「そうだ。李《り》さんあなた、どうやって猪剛鬣《ちょごうりょう》を使おうなんて思いついたの？」

観音《かんのん》は意気阻喪していたが、なにがなんでも事態の根源を掘りだそうとする。

「それはこちらの責任です。最初はあの者を使うつもりなどなかったのです」李長庚《りちょうこう》は小さくなって答えた。「雲桟洞《うんさん》に行ったとき、話をしたのは卯二姐《ぼうにそ》という妖怪でした。ですが、計画の途中で卯二祖《ぼうにそ》が死んでしまうなどとどうして分かりますか。あなたも知っておられるはず、劫難《ごうなん》はどれもしっかり計画するものです。妖怪が死んでしまったので、すぐに計画を練りなおして、緊急にあの妖怪の夫を使うようにしたのです。だが、その夫がなんと天蓬《てんほう》の生まれ変わりなど思いもよらぬことです。まさか彼女が婿に取ったのが天蓬《てんほう》の生まれ変わりだったとは……」

「じゃあ……高老荘の劫難《ごうなん》のことを誰かにもらした？」

李長庚《りちょうこう》は大声で答える。

「わしは猪剛鬣《ちょごうりょう》の履歴も知らなかったのですぞ。話などできますか」

怒りにまかせて李長庚《りちょうこう》は観音《かんのん》を書架の前についていき、玉簡を取り出した。

「取経にかかわる全文書はすべてここにあります。お疑いなら調べればよろしい。天蓬《てんほう》に言及した文字がひとつでもあれば、わしは五百年の修行をやめ、落伽山《らくがさん》の灯油差しとなりましょう！」

観音《かんのん》は表面上、「そんな必要ありません」といったが、ひそかに法力をつかい、一瞬ですべての文書に目を通した。これは〝他心通〟という能力で、十方沙界《さかい》（ガンジス河の河砂のように無数の世界）の種々の心を知ることができるのだ。この文書に思念が残っていれば、それにもかならず感応がある。だが、ざっと読んでみても李長庚《りちょうこう》の言うとおりで、文書のなかには一字も〝猪〟にあたるものはなく、かすかに因果の線を引く玉簡があるだけだった。

観音《かんのん》は思念を働かせて玉簡をぬきだした。そして、その中に青詞《せいし》の草稿をみつけた。五行山《ごぎょうざん》の悟空《ごくう》弟子入りが書いてある。文書の基本は自分が書いた掲帖だった。李長庚《りちょうこう》は恥ずかしそうに言った。

「大士《だいし》、その文章はじつにすばらしいですなあ。わしもつい虚栄心がうずき、あなたに断りもなく借用して自分の功績のように書いてしもうた。どうか、おゆるしあれ」

観音大士《かんのんだいし》はざっと目を通したが、高老荘と何か関係を見いだすことはできなかった。ただ、腹立たしそうに玉簡をもとの山になげこむ。

「李《り》さん、謝ることはないわ。わたくし、それどころじゃないの」

李長庚《りちょうこう》はとぼけた表情をしているが、心では花が咲いている。

あの青詞《せいし》はほとんど観音《かんのん》の掲帖の写しだが、末尾に評語をくわえてあった。孫悟空《そんごくう》は天庭で大失敗をしたが、玄奘《げんじょう》に出会って態度を改めた。もし取経の壮挙につきしたがい、罪人が正道に立ち返れば前途にも光が射すことだろう。善もこれより大なるはない云々《うんぬん》。

これが文昌帝君《ぶんしょうていくん》を通して玉帝《ぎょくてい》に送られた。玉帝《ぎょくてい》が何らかの神通力をつかい、この語句から何か連想するのはありうることだ——つまり、天蓬《てんぽう》と孫悟空《そんごくう》はおなじく天庭で過《あやま》ちを犯したが、後者は取経の一行に加わった。前者もそうなってよいではないか。そして、六丁《ろくてい》六甲《ろくこう》にすこし意見をもとめると、李長庚《りちょうこう》がすでに手配をすませたことを知った。あとは水にむかって舟を押すだけだ。

しかし、玉帝《ぎょくてい》のやり方は巧妙だった。それは李長庚《りちょうこう》も思いもせぬ方法だった。錦鯉を仏祖に贈り、仏と縁があると言っただけ、錦鯉は水の物だ（水軍元帥の天蓬をあらわす）。この機会をとらえて、もちろん仏祖もどういう事かを理解した。両巨頭が空中で手を交え、文字を立てず、微笑みのあいだで交換が成立したのだった。まるで羚《れい》羊《よう》が角《つの》をかけるように調べるようすがなどまるでない（羚羊は眠るとき角を樹に掛けて足跡をたどられないようにするという）。

李長庚《りちょうこう》はといえば、徹頭徹尾、ただ悟空《ごくう》を弟子にしたという青詞《せいし》をだし、現地の卯二姐《ぼうにそ》とその夫を護法にくわえただけだ。これらの微妙な工夫は観音大士《かんのんだいし》の〝他心通〟であろうと、地蔵菩薩がのる諦聴《たいちょう》（霊獣。天下の生き物と神仙の善悪賢愚を見ぬく）をつれてこようと、背後の〝玄機《げんき》〟を見ぬくことなどできない。

「では、わしらは今後どうしますか？」李長庚《りちょうこう》はわざとらしく観音《かんのん》に意見をもとめた。

観音《かんのん》はがっくりした顔で言った。「阿難《あなん》がもう錦鯉を落伽山《らくがさん》に送ってきて、わたくしの蓮華池に放してあるの。これはつまり道門と釈門の友情の証じゃない？　これ以上、なにをできるのよ？　認めるしかないでしょ。まず玄奘《げんじょう》に弟子にするように言って——でも、李さん、掲帖では天蓬《てんぽう》の法名をつけなくちゃ。功績を奪うわけじゃないけど、この件はわたくしたち仏門に帰依する意味をすこし多めに表わさないと説明しきれないわ」

李長庚《りちょうこう》はすでに大きな便宜を確保したのだから、小事は意に介さず、ただうなずいて認めた。

そこで、観音《かんのん》はまた浄瓶《じょうへい》を持って出て行き、玄奘《げんじょう》としばらく連絡をとった。帰ってきた時の顔色はやや変だった。どうだったかとたずねると、うまくいったと答えた。玄奘《げんじょう》は正式に猪剛鬣《ちょごうりょう》を二番弟子にして〝悟《ご》能《のう》〟という法名をあたえたそうだ。そして、一枚度牒《どちょう》（僧の身分証）を差し出して李長庚《りちょうこう》に記録してくれるように言った。度牒《どちょう》には法名〝猪悟《ちょご》能《のう》〟のほかに、別名〝八戒《はっかい》〟とあった。後ろには玄奘《げんじょう》がつけた名だという注がついている。

李長庚《りちょうこう》の白眉がふるえた。なんと、これはおもしろい。

観音《かんのん》がつけた法名は巧みだった。〝悟能〟は〝悟空〟とひとつながりの系列といえる。しかし〝八戒〟は何ゆえだ？　孫悟《そんご》空《くう》の呼び名も〝七宝〟なのか？　そんなはずはない。しかも、観音菩《かんのんぼ》薩《さつ》が法名を与えたばかりなのに、あわただしく自分で別名をつけた。この疑わしい態度はまるであてつけをしているようだ。玄奘《げんじょう》は今回の弟子入りを快く思わず、こんな方法で不満をあらわしているのでは？　だが、一介の凡胎《ぼんたい》の僧があろうことか観音大士《かんのんだいし》に不満をあらわすとは。たとえ、あの者が金蟬子《こんぜんし》の生まれ変わりでもじつに大胆不敵ではないか！

李長庚《りちょうこう》がふり返ると、観音《かんのん》が力なく啓明殿で趺坐《ふざ》している。その姿は怒っているというよりも、どうしようもなく心がうごいたといったようすだった。

この仕事をひきついだ当初、なにやら不穏な雰囲気を感じたが、ただ、それが何かとははっきり言えなかった。だが、このとき、観音《かんのん》の様子をみていて、李長《りちょう》庚《こう》はふとどこが奇妙だったのかという事に思いあたった。

今回の取経という壮挙は仏祖が発案したもので、それは二番弟子である金蟬子《こんぜんし》を助けるためである。しかし、表に出てきたのは仏祖の十大弟子ではなく、文殊《もんじゅ》菩薩《ぼさつ》や普賢菩薩《ふげんぼさつ》といった脇侍《わきじ》でもなく、阿弥陀仏《あみだぶつ》の麾《き》下《か》から担当になった観音大士《かんのんだいし》だ。この事実はやや味わい深い。

なるほど観音《かんのん》はこの仕事において、人をたじろがせるほどの迫力で積極的に功を立てようとしている。さらに先刻、観音《かんのん》が示した護教伽藍《ごきょうがらん》にたいする防衛の姿勢、それに阿儺《あなん》の皮肉から連想すれば、おそらく霊鷲《りょうじゅ》山《せん》にも陰謀がうごめいているはずだ。

李長庚《りちょうこう》はやや同情を禁じえなかった。ふたりはどちらも神仙としての苦しい運命をたどっているのだ。童子に玉露茶を一杯淹《い》れるように示し、自分で観音《かんのん》にわたす。観音《かんのん》は茶碗を受け取ると、苦笑した。

「ありがと、李《り》さん。ちょっと取り乱しちゃって。じつは高老荘の劫難《ごうなん》をいくつかに分ける気になれなくて、そうしないと、あわせて一つってことになるわね。あとで、二人で考えましょうよ」

「いやいや、ひとつでいいでしょう」

李長庚《りちょうこう》は筆をとって、玉簡に〝八戒《はっかい》を弟子にする、第十二難〟と書いてやった。観音《かんのん》が茶碗を取って一口飲もうとしたとき、突然、浄瓶《じょうへい》がふるえた。茶も飛びちり、たちどころに細かな霧になる。観音《かんのん》が浄瓶《じょうへい》をみて、思わず叫んだ。

「いけない!」

「どうしたんです?」

「猪剛鬣《ちょごうりょう》——あっ、いいえ、猪悟能《ちょごのう》にかきまわされて忘れてた。本来の正式な弟子が待ってるの。めんどうな事になったわ!」

李長庚《りちょうこう》があわてて、それは誰かと問うと、観音《かんのん》は隠しだてなく答えた。

もともと予定していた二番弟子は霊鷲山《りょうじゅせん》のふもとで

得道した黄毛貂鼠《こうもうてんそ》だった。この者は瑠璃《るり》杯の油を盗み飲みしたので、罰として下界に落とされ、〝黄風怪《こうふうかい》〟と呼ばれている。高老荘から遠くない黄風嶺《れい》の黄風洞に住み、ずっと玄奘《げんじょう》を待っていて、一行に加わることができると楽しみにしている。

言うまでもないが、この貂鼠《テン》には霊鷲山《りょうじゅせん》にいる大物の後ろ盾があり、この運命を争おうと思っているはずだ。ただし、妖算は天算にしかず、造化《さだめ》は縁《えん》法にしかず、天庭が猪悟能《ちょごのう》を弟子に押しこんだので、すべての計画がめちゃくちゃになった。これを仏祖が気にかけなくても観音《かんのん》はなんとか選に漏れた者をなぐさめねばならない。

「いずれにしても玄奘《げんじょう》はあと一人弟子を取れるから、黄風怪《こうふうかい》を三番弟子にすれば失敗にはならんでしょう」

この言葉に観音《かんのん》はややとまどい、ふいに顔をふりむけた。眼光がするどい。

「李《り》さん、どうして玄奘《げんじょう》が三人弟子を取れるって知ってるの？ そのこと、言ってないわよね？」

これにはぐっと言葉につまった。李長庚《りちょうこう》は今回大勝したので、やや気がゆるんで不注意からぼろを出してしまった。しばらくむにゃむにゃと何か言い、あいまいに霊霄殿《れいしょうでん》からの指示ですと言ってはみたが、観音《かんのん》は納得せず、どんな指示なのかと問いただす。李長庚《りちょうこう》はあの先天太極図を取り出すしかない。

「ごらんくだされ。この陰陽の魚は陰と陽の和合、〝一は二を生み、二が三を生み、三は万物を生む〟（『老子』第四十二章）を表わしております。陛下は三人の弟子を取らねばならないと言っておりますぞ」

「前回はそんな説明じゃなかったわ」

「聖人の一字には千法をふくみ、時により寓意もことなります。ですから、わしらはよくよく考えねばなりません」

この言い逃れにはかなり無理があると観音《かんのん》は思ったが、釈門に属する者なのだから道家の理論に四の五の言えず、疑りぶかい目で李長庚《りちょうこう》をみつめるしかない。

そのとき、織女《しょくじょ》が啓明殿に忘れ物を取りにかえってきて、この気まずい雰囲気をやぶった。観音《かんのん》は眼光をおさめて冷たく言う。

「わかりました。わたくしは黄風怪《こうふうかい》をなぐさめに行き、三番弟子にするから心配しないようにと言ってきます。李《り》仙師、今回の護法はたいへんご苦労さまでした。仏祖もふかく了解しておられると思います」そう言うと、浄瓶《じょうへい》をもって去って行った。

李長庚《りちょうこう》はひそかにほっと息をついた。おそらく観音《かんのん》は正解に達している。この境界に莫迦などいない。ひとすじの破綻があれば、真相をじゅうぶんに推察することだろう。しかし、それも不都合なことではない。相手がこちらのしたことをはっきり知ったところで、あいにく権柄《けんぺい》をゆずりはしない。これが無形の威嚇になるだろう。

仏祖に報告すると観音《かんのん》は暗に警告していたが、それもどうと言うことはない。仏祖はたしかにすごいが、霊鷲山《りょうじゅせん》と天庭が同じ釜の飯を食べているわけではない。李長庚《りちょうこう》とて玉帝《ぎょくてい》の雷撃をくらうことはあるまい？この仕事は私事ではなく玉帝《ぎょくてい》のためにしたことなのだから。もし観音《かんのん》がとことんやりあう気なら……ただ、相手の幸運を祈ってやるだけだ。

「観音大士《かんのんだいし》、なんか不機嫌そうでしたね」織女《しょくじょ》が宝鏡を包みに入れながら問うた。

「責任が重く、仕事も多い御方じゃ。ああいう気分になることもあろう。わしらの業界で仕事をすれば痛快な時などどこにあろうか」李長庚《りちょうこう》は感慨をこめて言った。「そうなんですね」と織女《しょくじょ》は一言、包みをひとふり、うれしそうに出て行った。ただ言ってみただけで、最初から観音《かんのん》の感情になど興味がないのだった。

　啓明殿にまたひとり太白金星はのこされた。この反撃は喜ぶべき成果をあげたが、たしかに精神を消耗した。ちょっと神意を気づかってやらねばなるまい。そう思って、ござの上に趺坐《ふざ》すると、しっかりと調息《ちょうそく》をすることにきめた。

　真気《しんき》が体内を流れるにつれ、李長庚《りちょうこう》のいらいらした心もしだいに落ちついてきて、神意もゆっくりと凝《こ》り、丹田に沈む。もうもうとした暗闇を内視《ないし》（道教の瞑想、神々が宿る身体の内部を凝視する）していると、石弾のようなものがまさに要路をふさいでいた。これこそ念の通達を阻んでいるのだと分かった。つまり、心にある疑惑の具体的なあらわれだ――さらに正確にいえば腑に落ちぬいくつかの事情のあらわれなのだ。

　先天太極図の意味について二度、観音《かんのん》に説明をしたが、あれは自分が忖度《そんたく》したもので、ごまかしにすぎない。ならばなぜ玉帝《ぎょくてい》は一字も書かず、ただ太極図を文書に描いただけなのか？　その真意はいったい何か？　あの指示を受け取って以来、李長庚《りちょうこう》はずっと理解しようとしているが、まったくつかみどころがない。

　それに前科累々で出自不明な孫悟空《そんごくう》という囚人をなぜ仏祖は取経一行にくわえた？

　これら真仏と金仙の行いには深い意味がないはずはなく、かならずや天道と暗合するはずだ。李長庚《りちょうこう》にはこの玄機《げんき》がわからず、上層部の本心を洞察することもできなかった。だが、このさき、ほんとうの重点を把握しなければ仕事も骨折り損となるかもしれない。

「むずかしい、むずかしい。道はもっとも玄妙なり、金丹《きんたん》をつくることをなおざりにするなかれ」（『西遊記』第二回。悟空の師、菩提祖師が不老長生の教えを述べる前にこれと同じ言葉をいう）

　ぶつぶつと老神仙はつぶやき、ゆっくりと目をひらき、机上の太極図を見て、瞑想に入った。いつの間にか、あの陰陽の二匹の魚が玉簡を飛び出て体のなかに泳ぎ入ってくる。李長庚《りちょうこう》はあわてて精神を凝らして、自分の身体を内観したが、先天太極図の魚は体内で紫色の光をたたえ、奥深くに住みつき、あの疑惑といっしょに渦を巻いている……

ふいに飛符が一枚、外から飛んで来て、得がたい頓《とん》悟《ご》（突然のひらめきによって悟ること）の機会をむざんに断つ。

「李《り》さん、まずいわ。黄風怪《こうふうかい》が孫悟空《そんごくう》をぶちのめして、玄奘《げんじょう》をさらったの！」

第四章

李長庚《りちょうこう》はうかない顔で猪剛鬣《ちょごうりょう》——いや、猪八戒《ちょはっかい》のそばに立っていた。目の前では孫悟空《そんごくう》がむしろの上に倒れ、両目を赤く腫《は》らして涙を流している。

やっとおよその情況を理解した。観音《かんのん》が黄風怪《こうふうかい》をなぐさめに行ったのだが、思いもよらないことに黄風怪《こうふうかい》はひらきなおり、観音《かんのん》のふがいなさを罵ると、身をひるがえして黄風嶺《れい》に到着したばかりの取経一行に襲いかかった。

孫悟空《そんごくう》と猪八戒《ちょはっかい》はこれも事前に手配された劫難《ごうなん》と思い、ちょっと戦う格好をすればよいのだろうと思っていた。だが、黄風怪《こうふうかい》は出会い頭に本気をぶつけてきて、まず口から黄色い風を吹いて孫悟空《そんごくう》の目をつぶし、その隙に玄奘《げんじょう》をつれ去った（『西遊記』第二十回・第二十一回）。

李長庚《りちょうこう》は孫悟空《そんごくう》の様子をのぞきこんだ。かつての斉《せい》天大聖《てんたいせい》は目をきつくつむって、あの冷たい空洞のような眼《まなこ》は赤く腫《は》れたまぶたにおおわれ、全身もひどく疲弊しているようにみえた。その姿は南天門の外で会った六つの耳をもつ小さなサルを思い出させた。言うまでもなく、二匹のサルはよく似ている。なるほど名を騙《かた》って術を学んだという説もでてくるはずだった。

そんな支離滅裂な思いが頭をよぎったが、李長庚《りちょうこう》は払子《ほっす》をひとふり、うつむいて呼びかけた。

「これ、大聖、大聖よ」

悟空《ごくう》はわずかに右手をあげて、なんとか呼びかけに答えた。李長庚《りちょうこう》は言う。

「観音《かんのん》がおぬしの師匠を探しに行っておるから、あわてずともよい。まず医者をさがし、目を治すのだ」

「観音《かんのん》が行こうが行くまいが、役には立たねえし、オレは治ろうが治らまいが、どちらにしろ目は見えねえ」悟空の声は弱々しいが、皮肉は相変わらずだ。

李長庚《りちょうこう》はやや眉をひそめた。こんな物言いには何かわけがありそうだが、もう一度訊いてみても、サルはごろんと向こう側に寝返りをうってしまった。猪八戒《ちょはっかい》が両手をひろげてどうしようもないと示す。

「あいつのご立派な行い、相手にしたいとは思いませんって。てごわい奴とは思っていたけど、一手でこいつがやっつけられちまうなんて、だれが思いますよ？」

「黄風怪《こうふうかい》はそんなに強いのか」李長庚《りちょうこう》がすこし驚いた。

猪八戒《ちょはっかい》が鼻を突きだす。「あのやろう、仏祖にひいきされてるんですよ。どれだけ法宝《たから》をもってるか知れたもんじゃないっす」

李長庚《りちょうこう》はあわててひとつ咳払いをした。ほかの者がそう言うのはともかく、猪八戒《ちょはっかい》、お前がそれを言うとカラスがとまるぞ（いわゆる烏鴉落在猪身上。カラスが黒豚にとまる。悪口がそのまま自分にあてはまること。中国の在来種のブタは黒豚）。

　それとなく八戒《はっかい》に教訓をたれると、李長庚《りちょうこう》は顔をあげて周囲を見た。遠い雲のはしに、ぞろぞろと護教伽藍《ごきょうがらん》、六丁六甲《ろくていろくこう》、五方羯諦《ごほうぎゃてい》、四値功曹《しちこうそう》が立っていて、小声で何か言い交わしている。この事故はあきらかに彼らの予想をこえていた。おそらく上に報告すべきか相談しているのだ。

　李長庚《りちょうこう》も観音《かんのん》を引っぱってきて相談したかったが、彼女は黄風怪《こうふうかい》を追っていて、まだ帰ってこない。これは奇妙だ――観音《かんのん》の法力は強い。あの貂鼠《テン》を一匹捕らえることなど一瞬でできるはずだ。これほど長く連絡をしてこないのは何か突発事がが起こったにちがいない。

　払子《ほっす》をだらりと垂らし、李長庚《りちょうこう》はかるくため息をついた。劫主《ごうしゅ》である玄奘《げんじょう》は行方不明、一番弟子は負傷し、手を下した張本人は逃げ、これを責任者もつかまえられず、すべての役者が面倒に巻きこまれ、しかも、憎らしいことに監督の神々がこの崩壊を目《ま》のあたりにしている。

　このとき、李長庚《りちょうこう》は大きな矛盾をかかえていた。この事件が高老荘の前に起こっていたら喜んで手を拱《こまね》いて傍観し、観音《かんのん》のあわてぶりを嘲笑《あざわら》っただろう。だが、さんざん苦労して猪八戒《ちょはっかい》を取経一行に押しこんだ今となっては取経がだめになれば骨折り損になるばかりか、玉帝《ぎょくてい》が自分をどう評価するかも気になるところだ。

　さらに言えば、黄風怪《こうふうかい》が突然狂気の沙汰にでたのは、二番弟子の席を八戒《はっかい》にとられたからではないか？　こんなふうに考えてみると、自分自身がこの崩壊のきっかけなのだ。

　世間の因果《いんが》は神仙の修行をする者が最も逃れがたい

もの、すこしでもそれに染まると藤《ふじ》づるのようにまとわりついてきて逃れることは難しいものだ。李長庚《りちょうこう》はひそかに嘆いた。

玉帝《ぎょくてい》の描いたあの先天太極図が心にうかぶ。円《まど》かに循環して周囲はきれいさっぱり、因果や業《ごう》にすこしも染まらない。これこそ金仙の境界だ。惜しいかな、自分は修行が足らず、玉帝《ぎょくてい》のように因果をふりすてることはできない。

しばらくじっと考えて、いまは観音《かんのん》を笑いものにしている場合ではなく、全力で助けて何としてもこの事態の辻つまを合わせねばならないと気づいた。しかし、こんな大きな破綻をつくろうとなると、きわめて複雑に入りくんでいて言うほど簡単ではない。そこで、さっと李長庚《りちょうこう》は座りこみ、識海《しきかい》に沈みこんだ。

李長庚《りちょうこう》の頭から紫の気が立ちのぼるのを見て、かたわらで猪八戒《ちょはっかい》はいらいらして怒りだした。「いや、どうにもならねえだろ。もうみんな勝手にしようぜ。サルを花果山に送りとどけたら、おいらも浮屠《ふと》山に…………」

びくっと李長庚《りちょうこう》は跳びあがり、八戒《はっかい》の言葉をさえぎる。

「ん？　高老荘にかえるだと！」

高老荘は名義上、猪八戒《ちょはっかい》の本籍だ。その気がある者にこやつの本籍が浮屠《ふと》山にあると知れたら、蔓《つる》をたどって瓜《うり》をみつけるようにその後の一連の操作にも気づかれる。しまった。下手を打った！　ほんとうにこいつは猪隊友《あしでまとい》だ……あ、いかん、いかん、もともとこいつはブタだった。

猪八戒《ちょはっかい》は口をへの字に曲げた。「取経なんざ、もうダメになったんだし、本当も嘘もないだろ？」

言う者に心なきも聞く者に意あり。この話が李長庚《りちょうこう》の耳に入ると、雲をはらって日があらわれるように、瞬時に心が晴れわたった。そうだ。本当も嘘も区別などあろうか？　李長庚《りちょうこう》の双眼がメラメラと燃え、「しばし待て」と八戒《はっかい》に言うと、大袖をはらって護教伽藍《ごきょうがらん》が立つ雲の前に飛んでいく。

伽藍《がらん》たちはつぎつぎにあらぬ方に顔をむけて視線をさけた。李長庚《りちょうこう》はコホンと一声、まずは一言、「如是我聞」これで伽藍《がらん》たちも見ぬふりはできなくなり、十指を合わせて合掌し、おじぎをして恭《うやうや》しく承《うけたまわ》るしかない。

李長庚《りちょうこう》は払子《ほっす》をひとふり、「仏祖の御言葉にあり、〝法は軽々しく伝えるべからず〟と。ゆえに、この劫《ごう》難《なん》は貧道《やつがれ》が新奇なる趣向を求めたもの、型にとらわれぬものゆえ、考えも以前とやや異なります。各位、お疑いは無用ですぞ」

十八名の伽藍はまるで莫迦を見るように李長庚《りちょうこう》を見た。こんな風にすっかりめちゃくちゃにして、まだ手ぬかりなどないと言いはり、われらを頑是《がんぜ》ない童《わらべ》とでも思って愚弄するつもりか？

李長庚《りちょうこう》は弁解などしなかった。仙界の論法はこういうものだ。たがいに心を知り、腹の底を見透かしていても、はったりが時にまた重要なのだ。笑顔をたたえてつづける。

「諸賢もご存知のように貧道《やつがれ》の計画はすなわち〝群策群力〟の四字を取り、もって取経の壮観にせんとの意図がある」

こう言って、しばらく言葉を切り、相手の反応を待った。数名の若い伽藍《がらん》が皮肉を言おうとしたそのとき、筆頭の梵音伽藍《ぼんおんがらん》にさえぎられた。梵音伽藍《ぼんおんがらん》は年期をつんだ古株、ひそかに李長庚《りちょうこう》の言葉に容易ならざるものを感じとった。心を静めるとしばらく考え、フッと思わず声がもれる。

〝群策群力〟とは西に旅する者たちすべてに貢献する

機会があるということ——それに自分たち護教伽藍《ごきょうがらん》もふくまれないとなぜ言える？　取経の壮観——これは功労がのる帳簿にわれらの名前もあるということではないか？

「群とはどういう意味じゃ？　壮観とはいずこにある？」梵音伽藍《ぼんおんがらん》が突然問いを発した。

李長庚《りちょうこう》はかすかに笑みをつくる。「みなで柴《しば》をくべれば炎は高く燃えあがります。炎が燃え上がれば、みなが暖を取ることもできましょう？」

二人の老神仙が機鋒《きほう》を数句かわすと、それぞれの算《そろ》盤《ばん》もはっきりした。

護教伽藍《ごきょうがらん》たちの仕事は取経一行を監督することだから、みずから関与することはできない。危険もないかわりにそれほど美味《おい》しいところもないわけだ。せいぜい今回の仕事も〝忠勤〟と評価されるくらいのものだろう。だが、いま李長庚《りちょうこう》が暗示したのは規定に違反しない状況で、彼らにも美味しいところを分けようという話なのだ。これをなぜ心ゆくまで楽しまぬ？　それと引き換えに伽藍《がらん》たちは黄風怪《こうふうかい》のことをはじめから計画された劫難《ごうなん》とみなし、意外な事故などなく、しっかり手配されていたと記録するのだ。そのように李長庚《りちょうこう》は希望している。

しばし待たれよと梵音伽藍《ぼんおんがらん》は李長庚《りちょうこう》に言い、雲靄《うんあい》をあつめて身を隠すと、ほかの十七名の伽藍《がらん》たちとしばらく相談して、ふたたび姿を現わした。

「われら仏祖の囑託《しょくたく》をうけ、ひそかに取経人の西天行きを護持する者、劫難《ごうなん》ありて敢《あ》えて心を尽くさずば、ああ、他志《あだごころ》ありとせられん」

つまり、もしお前にこの朽ちた屋台《やたい》（手の付けられない事態）を円満に収める腕前があるなら、われらも協力しよう。だが、円満に収められねば、やはり公平に記録して、この話もなかったことにするという意味だった。

李長庚《りちょうこう》はほっとひと息ついた。この言葉を聞けたら、あとの事をうまくやればよい。その場で法力をめぐらせて空中に一枚の巻物を取りだす。梵音伽藍《ぼんおんがらん》がそれを受け取って一読すると、四句の頌詩《しょうし》が書いてあった。

荘《むら》の居《すまい》は是《こ》れ、俗人の居《すまい》に非ず
護法伽藍《がらん》、点じて廬《いおり》と化すべし
妙薬をば君に与えて眼病を医《いや》し
怪を降すに心を尽くし躊躇《まどい》なし

梵音伽藍《ぼんおんがらん》は内心に思った。李長庚《りちょうこう》よ、その顔の仙風道骨に似ず、どうしてこうも詩がひどいのだ？　しかし、詩文の水準を問題にしなければ内容はすこぶる妙心がそなわり、梵音伽藍《ぼんおんがらん》もこの老人の周到な考えにひそかに賛嘆を禁じえなかった。

大雷音寺の規則によれば、護教伽藍《ごきょうがらん》が妖怪退治を手伝ってはならぬ。だが、病を治して人を救ってはならぬとは言っていない。つまり、凡人に扮して孫悟空《そんごくう》の眼病を治しても規則違反にはならないのだ。そして、孫悟空《そんごくう》が妖魔を退治すれば掲帖のなかで彼らの功績も一筆記録されることになる——太白金星の巻物に書いてあるのは伽藍《がらん》たちを頌《たた》える詩というより、むしろ規則の穴をすりぬける指南だった。

「じっくり検討してみた」梵音伽藍《ぼんおんがらん》は言った。「目を治療する薬には……どんな名がよいでしょうな？」

「三花九子膏《さんかきゅうしこう》でしょうな」李長庚《りちょうこう》もとっくに算盤《そろばん》をはじいていた。三九は二十七、まさに十八護教伽藍《がらん》に五方羯諦《ぎゃてい》と四値功曹《しちこうそう》をくわえた人数で、みなにそれぞれ分け前があり、全員に都合がよいことを暗に示していた——六丁六甲《ろくていろくこう》は玉帝《ぎょくてい》直属だから、わざわざこちらから諂《へつら》えば、かえっていらぬ疑いをまねくことになり、この細工が玉帝《ぎょくてい》の耳に達することもありうる。

十八名の伽藍《がらん》との話がまとまると、李長庚《りちょうこう》の張りつめていた神経もややゆるんだ。八戒《はっかい》のところに帰ってきて言う。

「おぬしは悟空《ごくう》を背負って黄風嶺《れい》のふもとをぐるりと歩き、民家を見つけたら入れ。その家の者に眼病を治す手立てがある」

八戒《はっかい》はぶうたれた。「なんか嘘っぽいなあ？　そう都合よく凡人が黄風怪《こうふうかい》に勝つ薬を出せるんですかね？　ちょっと無理があるんじゃねえか！」

「すこしくらいの嘘のほうが人情にはぴたりと嵌《は》まるのだ。凡人が役人におくる賄賂《わいろ》でも〝重箱に旬《しゅん》のものをつめて参りました〟と言うであろう。それと同じだ。役人も重箱のなかが金銀だと知らぬわけはあるまい？　しかし、そう言って隠さねばならんものじゃ」

この手段はやはり観音《かんのん》から示唆をえた。落伽山《らくがさん》の山神が凡人に扮して、こっそりと玄奘《げんじょう》に馬具を贈り、贈り物をわたすとすぐに正体を現わした。荒唐無稽なようだが、じつはこれこそ贈り物をする正しいやり方だった。

八戒《はっかい》は分かったような、分からぬような顔をしている。李長庚《りちょうこう》は軽く笑うしかない。織女《しょくじょ》といい、天蓬《てんぽう》といい、後ろ盾のある育ちのよい神仙たちも一歩一歩階段をのぼる苦しみをどこかで知るものだ。すべて細々とした仕事で磨きぬかれてこそ、ひとすじの機会が得られる。それを説明するのは面倒だった。李長庚《りちょうこう》は手をあげて鶴をよぶと、黄風嶺《れい》の黄風洞に飛んでいった。

老いた鶴は傷がまだ癒えず、傾いて飛んでいる。李《り》長庚《ちょうこう》はときどき払子《ほっす》をふって風を起こし、翼を助けてやりながら、何とかして乗り物を換えねばならぬと考えていた。

しかし、今回の面倒をいったいどうやって収めるのかとなると、まだなんの考えもない。

この事故を計画のうちの劫難《ごうなん》だと取りつくろうには、二つの重要事項がある。一に連れ去られた玄奘《げんじょう》、二に傷ついた悟空《ごくう》だ。いま護教伽藍《ごきょうがらん》たちが手助けを願いでてくれて、悟空《ごくう》の傷はなんとかなりそうだ。つぎの頭痛の種は、玄奘《げんじょう》が連れ去られたことに何か理由を探さねばならないことだった。

そう考えてはみたものの、なんど考えても答えは得られない。

黄風怪《こうふうかい》の激怒は理解できる。孫悟空《そんごくう》と猪八戒《ちょはっかい》を探し出して喧嘩をふっかけたのも、まあ、いかんというわけではない。だが、玄奘《げんじょう》をさらったのは何のつもりだ？　あやつは仏祖の二番弟子、しょせんお前など霊寵《れいちょう》（賢いペット）にすぎんぞ。まさか霊鷲山《りょうじゅせん》が味方になってくれると期待しておるわけではあるまい？　黄風怪《こうふうかい》がひねくれ者だと言われるのもうなずける気がした。一度かんしゃくを起こせば見さかいなしではないか？

しばらく考えに沈んだが、この奇妙な行動の動機がわかったとは思わなかった。黄風洞が見えてくると、李長庚《りちょうこう》は払子《ほっす》をふって鶴に下降を命じようとした。その時、だしぬけに絶壁の頂上に影がひとつみえた。よくみると、翠珠《すいじゅ》の瓔珞《えいらく》（房状の金の装身具）を垂れ、まばゆい宝玉を香環《こうかん》に結び、手には玉浄瓶《ぎょくじょうへい》を持っている。これが観音《かんのん》でなくて誰だ？

黄風怪《こうふうかい》を追っていたのではないのか？　李長庚《りちょうこう》はやや驚いた。どうして黄風洞の前に立って動かない？

近づいてもう一度見ると観音《かんのん》の姿は次々に変化していた。威徳《いどく》観音（蓮華を持ち、将軍のように岩に座する姿）かと思えば、青頸《しょうきょう》観音（四本の腕と三つの顔があり、右は獅子面、左は猪面）となり、琉璃《るり》観音（蓮葉に立ち、右手に香炉、左手に蓮華をもつ）となり、その状態は不安定だった。だが、変化がどうであれ、その姿からは天人五衰《てんにんごすい》（天上に住む人が長寿の末に死ぬ際に現われる五種の衰えのこと）の痛苦が見てとれた。

あわてて鶴に合図し、李長庚《りちょうこう》は絶壁に降り立つと、何が起こったのかと問うた。
観音《かんのん》は李長庚《りちょうこう》がやって来たのを見て、サッと阿麼提《あまだい》（三目四臂）の姿に変わり、周囲に炎を燃えあがらせて顔をかくした。李長庚《りちょうこう》は単刀直入に問うた。

「大士《だいし》、あなたの三十二相は心を隠すために使うものでしたか？」

観音《かんのん》は答えず、その変化はとまらない。李長庚《りちょうこう》はつづけた。

「貧道《やつがれ》、大士《だいし》がまさかこのような失態を見せるとは思いもよりませんでしたぞ。ですが、俗にも言いますな、千劫万劫《せんごうばんごう》のなかでも心劫《しんごう》こそが最も悪いと。われら二人はもとより他の者に劫難《ごうなん》を克服させ、護法を行う者じゃが、いま自分たちがこのように大きな劫難《ごうなん》に遭《あ》ってしまった。この肝心な時に、まず心が怖《お》じ気づけば、それこそ本当の負けですぞ！」

李長庚《りちょうこう》が恨みも忘れて寛《ひろ》い心でなぐさめてくるとは、観音《かんのん》は思ってもみなかった。しばらく、どう反応したらよいか分からず、なにか空中にぶつぶつ言った。

「李《り》さん、わたくしを笑いに来たの？」

李長庚《りちょうこう》は髭をしごいて、ゆったりと、しかも重々しく言った。

「あなたとわしの間に思いちがいがあったとしても、ともに取経の護法をとりしきる仲間ですぞ。貧道《やつがれ》、どうして笑いましょうか？　取経のことを台なしにして、わしに得なことがありますかな？」

その話しぶりは実直だったので観音《かんのん》はしばらく沈黙すると、ついに本相に返り、弱り果てたように浄瓶《じょうへい》を李長庚《りちょうこう》に押しやった。

李長庚《りちょうこう》が浄瓶《じょうへい》の口を見ると、波打つ水面に黄風洞の内部の場面が浮かんできた。玄奘《げんじょう》と黄風怪《こうふうかい》が卓をはさんで座り、のんびりと茶など飲んで楽しそうにしゃべっている。どこにも捕虜となった狼狽などないではないか？　李長庚《りちょうこう》はいぶかし気に観音《かんのん》をみて、また水をのぞきこむ。そして、眉間にしわをよせた。

「玄奘《げんじょう》は……あなたを取り換えるつもりなのじゃな？」

　やや荒唐無稽に聞こえるが、李長庚《りちょうこう》はそれが黄風洞内部の奇景を説明できるただ一つの説明だと思った。

　玄奘《げんじょう》と黄風怪《こうふうかい》は知りあいだったのだ。

　いったん、この前提に立って黄風怪《こうふうかい》の行動を検討してみれば、がさつな様に見えて、じつに細かな事をしていると気づいた。

　猪八戒《ちょはっかい》は攻撃できない。玉帝《ぎょくてい》に罪を得るからだ。玄《げん》奘《じょう》は攻撃する必要はない。二人はもともと知りあいで、連れ去られるふりをして協力できる。ただ一人、傷を負わせてよいのは孫悟空《そんごくう》だけだ。あやつには後ろ盾がない。だが、斉天大聖《せいてんたいせい》の名は大きいので、いったん傷を負わせれば、おおいに世論を喚起できる。

　取経一行は三人でなり立っている。それが一人は捕虜となったふりをし、一人は傷を負わされ、一人は無視された。黄風怪《こうふうかい》の襲撃はすべての利害をさけて、しかも騒ぎだけは大きくしている。

　取経一行に挽回しがたい大問題が生ずれば、上はかならず激怒し、担当者を取り換えるように手配をする。黄風怪《こうふうかい》にしてみれば新しい菩薩《ぼさつ》に交替してから髪ひとすじほども傷をつけずに玄奘《げんじょう》を解放して、この高僧に諭《さと》されて、すっかり目が醒めたと言えばいい。そして、新しい菩《ぼ》薩《さつ》の機嫌を取って罪をきれいさっぱりつぐなえば、本来のように取経一行に入ることができ、掲帖にもよい材料まで提供できる。

　そして、この目を奪うような入れ替えを完成させる場合、その鍵は黄風怪《こうふうかい》にあるのではなく、玄奘《げんじょう》が協力するかにある。言い換えれば、この事件の真の実行者は玄奘《げんじょう》なのだ。

こんな推測は言葉にすれば複雑だが、じっさいには脳裏を一瞬でかけめぐった。李長庚《りちょうこう》はひそかに舌を巻いた。あの傲慢《ごうまん》な玄奘《げんじょう》がこれほど深い計略をめぐらせていたとは。

観音《かんのん》は苦笑して浄瓶《じょうへい》をとりもどした。どうやら李長《りちょう》庚《こう》の推察を認めたようだ。つまり、彼女は黄風洞まで追っては来たが、玄奘《げんじょう》と黄風怪《こうふうかい》が杯を交わし皿を押しやるのをみて、一瞬で意気消沈し、どうしたらよいのか分からず絶壁に立ちつくしていたのだ。馬や馬具を贈るなどして、十分に世話をしてきたのに、まさかこんな返礼をうけねばならないとは予想だにしなかったのであろう。

「だが、なぜじゃ……」李長庚《りちょうこう》は問うた。「玄奘《げんじょう》はなぜそこまでして、あなたを更迭《こうてつ》させようとするのじゃ？」

「さあね、あたしのやり方が気に入らなかったのかな……」

猪八戒《ちょはっかい》を弟子にすることを玄奘《げんじょう》はむりやり受け入れることになったのよ。恨みを持つのは当然だわ。猪八《ちょはっ》戒《かい》がもらった法名を兄弟分である黄風怪《こうふうかい》がもらうはずだったのが火に油を注いだみたい。ここまで言うと、観音《かんのん》は哀しみと怨みをこめて李長庚《りちょうこう》をにらんだ。ぜんぶあなたが招いたことなんだからね。

李長庚《りちょうこう》は顔がやや熱くなるのを感じたが、すぐに悟った。おそらく玄奘《げんじょう》ははじめから護法に不満を持っていたのだ。たとえ李長庚《りちょうこう》が手を出さず、黄風怪《こうふうかい》が二番弟子になっていたところで、おそかれはやかれ、玄奘《げんじょう》は何か口実をみつけて観音《かんのん》を追いはらおうとしただろう。

ふいに李長庚《りちょうこう》は悟空《ごくう》の奇妙な発言を思いだした。

〝観音《かんのん》が行こうが行くまいが、役には立たねえ〟——あのサルは火眼金睛《かがんきんせい》で、このすべてを見ぬいていたのではないか？

その時、観音《かんのん》がさびしそうに言った。

「あたし……やっぱりこの仕事、辞めたほうがいいわよね」

「ぜっ、絶対になりませんぞ！」思わず李長庚《りちょうこう》は言っていた。

そんな慰留の言葉が出るとは思わず、観音《かんのん》はやや感動した。

「李さん、そんなに気にしないで。けっきょく、あたしの修行が足りなかったのね。仏祖の仕事をやりとげられなかったし、もう一度、落伽山《らくがさん》に帰って修行をつづけるわ。泥をかぶった顔で舞台から降ろされるけれど」

李長庚《りちょうこう》は胸を叩いた。「大士《だいし》、しばらくここでお待ちあれ。わしが玄奘《げんじょう》と会ってきます」

観音《かんのん》が驚く。「いまさらどうするつもり？」

「鈴をはずすのは鈴をつけた者です。ちょっと話してみましょう」

観音《かんのん》は奇妙に思った。「玄奘《げんじょう》とは会ったこともないでしょ、どうやって話すの？」

李長庚《りちょうこう》は笑った。「直接関わっている者が迷うようなことは、時として外の者の方がはっきりと見られるもの。その前に一つ質問をしたい。大士《だいし》、よく御考えになって、答えてくださるもよし、あるいは答えてくださらなくともかまわぬが……」

「なに？」

「仏祖の一番弟子は誰ですかな？」

観音《かんのん》はまず戸惑い、そしてすぐに悟ったようだ。十指を合わせて合掌し、口をすぼめて、にこりと笑う。一言も口にはしない。それを見て李長庚《りちょうこう》は小さくうなずいた。答えは得た。大袖をひとふり、まっすぐに黄風洞へと飛んでいく。

観音《かんのん》をなぐさめたのは、たしかに本心からだった。観音《かんのん》はすこし考えすぎるところがあるが、二人で十数の劫難《ごうなん》をへてきて、たがいの譲れぬ線と手段をはっきりさせており、もはやたがいに暗黙の了解がなり立っている。新しい菩薩《ぼさつ》に交替となれば、もう一度最初からこのすりあわせをせねばならぬ。観音《かんのん》の立場を守ってやることがこの場合には自分にとって有利だと李長《りちょう》庚《こう》は算盤《そろばん》をはじいていた。

凡人として暮らすにも自分で引いた一線をこえられない。神仙として暮らすならなおさらだ。李長庚《りちょうこう》は啓明殿でながく仕事をしてきて、深くこの道理を知っていた。気に入らぬ相手ならば戦うには戦うが、とことん相手をつぶしてはならない。相手がつぶれれば変化がなくなってしまう。結局、いくばくか相手に善念をのこしておいてこそ、ながく関係が続けられる。

すぐに黄風洞の内部に入った。この洞《ほら》は大きくはないが、内装はすこぶる手が込み、空気には濃厚な香油の匂いがみちている。李長庚《りちょうこう》が広間に入ると、黄風怪《こうふうかい》と玄奘《げんじょう》が卓をはさんで座っているのが見えた。黄風怪《こうふうかい》は手に香油をみたした皿をもち、大口をあけて飲み、気が大きくなっているようだ。玄奘《げんじょう》はぎこちなく湯飲みをもち、素酒《そしゅ》をちびちびと舐めている。

太白金星は姿を隠そうなどという意図はなく、堂々と歩いて入った。人ひとりと妖怪一匹がこちらをちらりと見た。玄奘《げんじょう》は立ち上がりもしなかったが、黄風怪《こうふうかい》のほうがかえって親切に出迎える。

「これは李《り》仙師、さあさあ、こちらへ。あたしの洞は香油で磨いたばかり、いい香りがぷんぷんするでしょ！　ここでいっしょに食べましょう」

李長庚《りちょうこう》は目を細めて笑い、腰かけを二人の近くによせた。黄風怪《こうふうかい》は李長庚《りちょうこう》を見て、また玄奘《げんじょう》を見ると、「碗と箸《はし》をもってきますよ」と言って席をはずした。

玄奘《げんじょう》は無表情で酒をついで、料理をつまんでいる。

はじめての対面だった。李長庚《りちょうこう》はじっくりと観察した。この和尚は眉目清秀、顔立ちはととのっている。ただ、表情からは生まれつきの生意気さがあふれていて、観音《かんのん》を取り換えてやるという意志を隠しもしない。

李長庚《りちょうこう》は手酌で素酒をつぎ、にっこりと笑った。

「玄奘《げんじょう》長老よ、貧道《やつがれ》、仏法においては知るところが甚《はなは》だ浅薄での。一、二、教えを請《こ》いたいのじゃが、どうであろうか？」

玄奘《げんじょう》は右の眉をふるわせ、やや奇異に思った。この老人が大声で叱りつけてくるか、おだやかに頼み事をしてくるかとは思っていたが、だしぬけに仏教について教えを請《こ》うてくるとは思わなかった。

玄奘《げんじょう》はうなずいて問うてもよいと示す。李長庚《りちょうこう》は言った。「長老に問うがの、仏祖のもとにはどれだけ声《しょう》聞《もん》の弟子がおられる？」

「一千二百五十五人です」

「その中でもっとも名だかき御方は誰かの？」

「摩訶迦葉《まかかしょう》（マハーカーシャパ）、目犍連《もくけんれん》（マウドガリヤーヤナ）、富楼那《ふるな》（プールナ）、須菩提《しゅぼだい》（スブーティ）、舎利弗《しゃりほつ》（シャーリプトラ）、羅睺羅《らごら》（ラーフラ）、阿難陀《あなんだ》（アーナンダ）、優婆離《うばり》（ウパーリ）、阿尼律陀《あないりつだ》（アニルッダ）、迦旃延《かせんねん》（カーティヤーヤナ）の十大弟子です」玄奘《げんじょう》は立て板に水で流れるように答えた。

「では、もうひとつ、仏祖の最初の弟子はどなたですかな？」

「すなわち、阿若憍陳如《あなきょうちんにょ》（アジュニャータ・カウンディンニャ）、馬勝《めしょう》（アシュヴァジット）、跋提《ばつだい》（バドリカ）、十力迦葉《じゅうりきかしょう》（ダシャバラ・カーシャパ）、摩訶男拘《まかなんく》利《り》（マハーナーマ・クリカ）の五人の比丘《びく》（出家した修行者）です」

「では、長老にお尋ねしますがな、金蟬子《こんぜんし》長老は十大弟子の序列に入るのですかな、それとも五比丘《びく》の序列ですかな？」

玄奘《げんじょう》のつるっとした額にくっきりと青筋が数本浮く。

これまで東土では弁舌無碍《むげ》だったが、まさか道門《どうもん》の老いぼれにやりこめられるとは思わなかった。

李長庚《りちょうこう》は啓明殿で仕事をしているから人事の序列には敏感だ。この点については取経護法の仕事を引き受けた時から早々に疑問をもっていたのだった。霊鷲山《りょうじゅせん》の伝える系図ははっきりしている。悟りの功によって選ばれた十大弟子であれ、道を聞いた時期によって並べた五人の比丘《びく》であれ、一本の大根に一つの穴、どんな序列にも〝仏祖の二番弟子、金蟬子《こんぜんし》〟などという者を差しこむ隙間はない。

調べてみると、大雷音寺であれ、霊鷲山《りょうじゅせん》であれ、表面上あらゆる文書と掲帖には、ただ東土の高僧である玄奘《げんじょう》が仏祖の招きにこたえて、西天に経典を取りに行くと書いてあるだけで、玄奘《げんじょう》が金蟬子《こんぜんし》の生まれ変わりであるとは言ってはいない。仏祖の講話のなかには、いまだかつて〝金蟬子《こんぜんし》〟という三文字があがったことさえない。

つまり、いわゆる〝玄奘《げんじょう》は金蟬子《こんぜんし》の生まれ変わりだ〟という説はずっとひそかに伝えられてきたもので、霊鷲山《りょうじゅせん》から確証を得ることなどできないのだ。だが、霊鷲山《りょうじゅせん》もこの流言を否定したことはない。なるほど仏祖が多くの神仏を動かして凡胎《ぼんたい》ひとりに護法の機会をあたえるのだから、それを真実だと黙認していることにはなるのだろう。

この矛盾した曖昧な態度はまるで〝隔板猜枚《かくはんさいまい》〟（板を隔てて中身を当てること。『西遊記』第四十六回で鹿力大仙がこの術で玄奘に勝負を挑む）のようだ。箱を開けなければ中に隠れている〝金蟬子《こんぜんし》〟は真でもあり、嘘でもある。それはちょうど道家の〝易《えき》〟の文字が〝変《へん》易《えき》〟（移り変わる）であり〝不易《ふえき》〟（変わらぬ）でもあるように、同時に二種の相反する性質をもっている（占いの書物である『易』のいわゆる三名、変易・不易・簡易）——だから、さきほど観音《かんのん》は微笑んだだけで、一言も発せなかった。つまり、結論が下せなかったのだ。

孫悟空《そんごくう》が奇妙なことを言っていた。

「観音《かんのん》が行こうが行くまいが、役には立たねえし、オレは治ろうが治らまいが、どちらにしろ目は見えねえ」

この言葉の前半は玄奘《げんじょう》がわざと捕虜となったことを指しているが、後半はまだ解明しがたい。いま思い起こしてみれば、あやつもすでに玄奘《げんじょう》の二重の身分を看破していた可能性が大きい。そして、観音《かんのん》の先刻の答えも李長庚《りちょうこう》の推測が正しいことを証明している。

李長庚《りちょうこう》は催促もせず、目を細めて笑って玄奘《げんじょう》を見ている。黄風怪《こうふうかい》は油の皿をもってかえってきたが、玄奘《げんじょう》の不機嫌な顔をみて、事情を問うのもよくないと察し、もう少し何かを取りにいくと言って、腹立たしげに離れていく。

「それは釈門のことで、あなたとは関係がありません」玄奘《げんじょう》はついに口を開いて、頑《かたく》なな口ぶりで言った。

「そうじゃの、たしかに貧道《やつがれ》とは関わりのないことじゃ」李長庚《りちょうこう》は酒壺をもちあげ、手酌で一杯ついだ。

「いらぬことじゃが、おぬしに天庭の昔話を聞かせて進ぜよう。老君がわしに言ったことだ。ふふふ、あの御方は噂好きでな」

李長庚《りちょうこう》は独り言のように話しだした。「托塔李天王《たくとうりてんのう》を聞いたことがあるじゃろ？ あれには金吒《きんた》（如来に仕えて前部護法となった）、木吒《もくた》（また木叉とも。観音菩薩の弟子）、哪吒《なた》（玉帝の警護をしている）という三人の息子がおって、一人一人がみな大した覇王じゃ。ある時、李天王《りてんのう》が霊山の香燭を盗み食いした白毛《はくもう》ネズミの精を追いかけた。そのネズミの精は利口なやつでな、捕まるとしきりに命乞いをし、李天王に説いて憫《あわ》隠《れみ》の心を起こさせた。李天王《りてんのう》は仏祖に申し上げて死罪から救ってやり、そのうえ、養女にして李氏の祠堂《しどう》に入れた。三人の息子がこれに不満でな、それぞれに神通力をあらわし、ネズミの精をとことん追いつめてしまった。一番年下の哪吒《なた》が憐れに思い、下界に逃してやらなんだら、あのネズミの精は身は死んで道は消えたであろう（『西遊記』第八十三回の金鼻白毛ネズミの精、地湧夫人）――長老、これはなぜだと思う？」

「もちろん、ネズミの精が自家の財産をもらうのが気に入らなかったのでしょう」

「だが、あとで天王《てんのう》は貞英《ていえい》という娘をえておるが、三人の息子はいじめておらぬ。これはおかしいではないか」

「何がおかしいのですか。自家に伝わる血です。外から跳びこんで来た者とはちがいます」

そう言うと、玄奘《げんじょう》はふいに身をこわばらせ、その場に固まった。その様子を笑って、李長庚《りちょうこう》は杯をもちあげて一口飲んだ。どうやら、この〝高僧〟もやっと悟りを開いたようだ。

玄奘《げんじょう》は東土の凡胎だが、西天に行けば仏となることができる。これを仏祖のもとで長く修行をしている弟子たちはどう思うか？　みな千年万年の苦しい修行をし、境界を一歩一歩上げてきたのだ。なのに、どうしてお前がすぐに仏となれる？　一歩ゆずって仏となるのが自分たちの兄弟弟子ならよい。だが、いきなり出てきた金蟬子《こんぜんし》がいったいどういうわけで仏となれるのだ？

玄奘《げんじょう》はこれまでこうした方向から考えたことがなかった。玄奘《げんじょう》、猪八戒《ちょはっかい》、織女《しょくじょ》にはみな大きな後ろ盾があり、はい上がるのに力を尽くさなくても、青雲の上をやすやすと歩く。だから、大部分の修行者が掟《おきて》はずれの者にいだく嫌悪と警戒に意識が及ばない。こうした心持ちは李長庚《りちょうこう》が洞察しているもので、ひと目で要点を看破できた。

玄奘《げんじょう》もつまりは東土の高僧だ。この点に気がつくと、すぐに瞼《まぶた》をたれて、それまで見せていた鋭鋒をおさめる。李長庚《りちょうこう》は頃あいもよしと見た。

「仏祖は自家から護法の者を出さず、たいへんな手間をかけて阿弥陀仏《あみだ》のところから観音大士《かんのんだいし》を借りてきたのじゃ。じつにさまざまに苦心なされたのであろう」

これは遠まわしに玄奘《げんじょう》を叱ったのだ。仏祖が観音《かんのん》を派遣したのは、明らかに自分の弟子たちの妨害から玄《げん》奘《じょう》を守るためであり、さらにお前のために護法まで行っている。みすみす観音大士《かんのんだいし》を追い払えば、それこそ愚の骨頂であるぞ。

いつの間にか、黄風怪《こうふうかい》が碗《わん》と箸《はし》をもって二人の背後に立っていた。玄奘《げんじょう》がふり返ると、目をきらきらとさせた黄風怪《こうふうかい》が皿の油をなめ、ゆったりと笑った。どうやら李長庚《りちょうこう》の言葉を黙認したようだ。

玄奘《げんじょう》はそっと嘆息して、自分のそり上げた頭を叩いた。

「どうやら……今回は阿儺《あなん》にはめられたようです」

「阿儺《あなん》か……」李長庚《りちょうこう》はひそかにうなずいた。その名で多くのことを説明できた。

この一件を背後で推し進めたのはおそらく仏祖の正式な弟子たちだ。黄風怪《こうふうかい》が取経の二番弟子に選ばれたのも、弟子らが協力して事を運んだ結果にちがいない。天庭に護法の仕事を横取りされてからは、阿儺《あなん》が玄奘《げんじょう》としめしあわせ、観音《かんのん》を標的にして、黄風怪《こうふうかい》と協力して反乱を起こしたのだ。

観音《かんのん》が退場するのをまって、阿儺《あなん》あるいは弟子の誰かが護法に来るようにする。その後に来るのは、玄奘《げんじょう》を西天に到達できないようにする一手であろう。しかし、玄奘《げんじょう》は目の前の観音《かんのん》の過失を見るばかりで、真の敵の射程に誘いこまれ、みずから長城を壊していることは気づかなかった。

この事情を悟ると、李長庚《りちょうこう》は黄風嶺《れい》の一件にどれだけ複雑な背景があるのかということに気づいた。

表面上、これは妖怪が取経人を襲った事故だが、じつは天庭と霊鷲山《りょうじゅせん》の間で弟子を選ぶ勝負が行われている。さらに深い層には観音《かんのん》を取り換えようという玄奘《げんじょう》の意図があった。そして、この行動の裏には、霊鷲山《りょうじゅせん》の正式な弟子たちが金蟬子《こんぜんし》にたいして持つ敵意の噴出があり、仏祖のあるかなきかの庇護――なんともはや、金蟬子《こんぜんし》の背後にはずいぶん多くの蟷螂《かまきり》、黄雀《ひわ》のたぐいが長い列をつくっているではないか！（『荘子』山木篇。ある山中でセミをカマキリが狙い、そのカマキリをカササギが狙い、そのカササギを荘子が弾き弓で狙っていた。みな目先の利益を見て自分が他から狙われていることに気づいていない。ここは金蟬子がセミにあたる）

この成仏にどれだけの因果がまとわりついているか、用心に用心を重ね、一歩一歩考えねば……李長庚《りちょうこう》は疲労のなかでそう思った。さいわい玄奘《げんじょう》が阿儺《あなん》の名前を出したことは、すでに心を決めたことを表わしていた。

「羊がいなくなってから囲いを修理してもおそい。長老の心に明悟があれば、この劫難《ごうなん》を克服するのも難しくはあるまい」李長庚《りちょうこう》は言った。玄奘《げんじょう》はややとまどい、まだ答えない。その時、横からしゃがれ声が聞こえた。

「長老、ここから出ていくのか？」

二人が見ると、黄風怪《こうふうかい》が油の皿を持って傍らに立ち、笑顔をたたえている。李長庚《りちょうこう》はひそかに警戒した。いままさに玄奘《げんじょう》と阿儺《あなん》のあいだにある矛盾が明らかになった。黄風怪《こうふうかい》は阿儺《あなん》の腹心だ。何かしでかさないとは限らない。玄奘《げんじょう》は黄風怪《こうふうかい》を見た。二人はさきほど楽しく飲み食いをして、意気投合したのだった。さまざまな思いが交錯する。

「黄《こう》さん、よい友だと思っていたのに……」玄奘《げんじょう》が言う。

黄風怪《こうふうかい》は肩をそびやかす。「あたしは手がらを立てて罪をつぐなおうとしている妖怪にすぎんよ。阿儺《あなん》長老が取経の手伝いをするようにと言うなら手伝うし、サルをぶん殴れと言えば殴る。命令にしたがっただけで、怨みとは無関係だ」

この貂《テン》鼠の精も率直だった。この短い言葉で自分と阿儺《あなん》の関係を言いつくしていた。フンと鼻を鳴らして玄奘《げんじょう》は言った。「この一席はわたしを油断させるためだったのか」

黄風怪《こうふうかい》は笑いだす。「仕事ではあったけど、長老はいい人だ。楽しく話せた。今日の酒は友だちをもてなしただけさ」

油の皿を置いて、黄風怪《こうふうかい》は玄奘《げんじょう》を送りだす仕草をした。「ふたりが出て行きたいなら、いつでもどうぞ。天庭の仙師と仏門の高僧をじゃまだてはしませんよ」

玄奘《げんじょう》はしばし沈黙した。「だが、われらが帰ったら、あなたがお終いだ」

黄風怪《こうふうかい》は衆目環視のもと唐僧をさらい、悟空《ごくう》に傷をおわせた。阿儺《あなん》、あるいは他の弟子が観音《かんのん》から役割をかわり、自分をかばってくれることに賭けていたのだ。しかし、玄奘《げんじょう》の態度は変わり、観音《かんのん》はもとの職にとどまる。そうなれば、黄風怪《こうふうかい》のほうが退場しなければならない。

玄奘《げんじょう》は李長庚《りちょうこう》を見た。「李《り》仙師、この妖怪がわたしを傷つけていないことにして、なんとかひとつ害されぬようにしてやってほしいのです」

玄奘《げんじょう》がこんな行動にでるのは黄風怪《こうふうかい》には意外に思えた。眉間にしわをよせる。

「玄奘《げんじょう》長老、そんなことは不要ですよ。阿儺《あなん》長老があたしを庇《かば》ってくれますから」

玄奘《げんじょう》は冷めた顔で言う。「勘違いしないでほしい。因果に染まりたくないだけだ」

李長庚《りちょうこう》はしばらく沈思し、口を開いた。「霊鷲山《りょうじゅせん》にどんな恩讐があろうと貧道《やつがれ》とは関係がない。ただ取経の仕事を進めたいだけじゃ、ほかの事についてはただ意見を言うだけじゃな。どう決めるかは二人しだいじゃ」

そう言うと李長庚《りちょうこう》は声を低め、いくつか話をした。玄奘《げんじょう》と黄風怪《こうふうかい》は顔を見あわせ、おたがいに驚嘆したのか、疑わしく思ったのかは分からない。李長庚《りちょうこう》も説明を加えなかった。時辰がもうおそいので、二人はしばらくここで静観することにした。

李長庚《りちょうこう》が出て行くと、玄奘《げんじょう》は席に座りなおした。黄《こう》風怪《ふうかい》もふたたび素酒をつぐ。

「さあ、さあ、太白金星が話を決めているうちに、あたしらはもう何杯かやろう」

玄奘《げんじょう》は眉間にしわをよせて茫然とし、ふいに言った。

「あなたが霊鷲山《りょうじゅせん》のふもとに住んでいたとき、香燭を盗んだ白毛ネズミの噂を聞いたことがあるのか？」

ふっと黄風怪《こうふうかい》は笑った。「長老にも知らないことがあるようですね。高僧に霊鷲山《りょうじゅせん》を追いだされた妖怪はね、みんな罪名を着せられるんですよ。香燭を盗んだのでなければ、油を盗んだとかですよ。この罪は大きいと言えば大きいし、小さいと言えば小さい。後日、なにか保証してやるのも簡単だし、征伐したければ口実にもなるしね」

この事は玄奘《げんじょう》の耳に新しかった。「そんなこともあるのか？」

黄風怪《こうふうかい》はため息をついた。「あんたを笑えばいいのか、うらやましく思えばいいのか分かりませんねえ。まあ、飲みましょう。飲みほしたら、この友情も終わりです」

玄奘《げんじょう》はもう何も言わず、飲みつづけた。

さて、李長庚《りちょうこう》が黄風洞を出ると観音《かんのん》が絶壁で待っていた。飄然と着地すると、李長庚《りちょうこう》は「話をつけてきました」と言った。観音《かんのん》は驚くやら喜ぶやら、ほんとうに李長庚《りちょうこう》が話を決めてくるとは思いもしなかったようだ。啓明殿でながく仕事をしている老神仙の名はだてではなかった。

観音《かんのん》は目に涙を浮かべ、感謝を述べようとする。李《り》長庚《ちょうこう》は手をふってこばむ。

「仕事のことを話しましょう。護教伽藍《ごきょうがらん》のほうはわしが協力をとりつけ、玄奘《げんじょう》にもわしらの手配がわかったようじゃ。ただ一つの面倒は玄奘《げんじょう》がつけた条件でしてな。黄風怪《こうふうかい》をなんとか守ってやってほしいというのじゃ」

「玄奘《げんじょう》がなぜ？　黄風怪《こうふうかい》が誰の手下か知らないわけじゃないでしょ？　あいつの助命を願いでるなんて」

「たしかにまだまだ青いですな。意気がるのも無理もないが、そんな衝動も時には得がたいものじゃ」

「こんな大きな騒ぎを起こしておいて、なんであの妖怪を守ってやらなくちゃいけないのよ。もっと言えば、あたしたちが守らなくても阿儺《あなん》が守らないの？」観音《かんのん》が問う。

「それはなんとも言いにくいが」李長庚《りちょうこう》が白い髭をしごき、眉が意味深長にふるえた。これで観音《かんのん》もただちに理解した。黄風怪《こうふうかい》は阿儺《あなん》の手先にはちがいない。だが、それも二種に分かれる。つまり、仲間か、道具かだ。黄風怪《こうふうかい》は貂鼠《テン》の精にすぎない。おそらく後者の要素が多いだろう。だとすれば、用済みとなれば情け容赦なく捨てられるかも知れない。

「黄風怪《こうふうかい》と玄奘《げんじょう》のあいだの友情がどれほど真《まこと》かはさておき、取経を順調にすすめるにはこの恩は売らねばならん。わしに〝李《すもも》、桃に代わりて僵《たお》る〟（兄弟が身代わりになる、『三十六計』第十一計）という策がある。だが、これも大士《だいし》みずからにひと走りする労を取ってもらわねばならん」

観音《かんのん》は困ったように言う。「わたしがひと走りするのは何でもないけど、あいつをわたしの門下に入れる気なの？　黄風怪《こうふうかい》は黒熊精《こくゆうせい》とはちがうのよ。あたしが弟子にしたら、阿難《あなん》の顔をつぶすことになって、あとでどんな因果が返ってくるか」

　いまや観音《かんのん》も太白金星に心服し、もう役人用語をつかわずに真剣に説明をしている。

「ふふふ、黄風怪《こうふうかい》をあなたが弟子にすれば、むろん阿難《あなん》の不興を買うことになるじゃろう。だが、他の者が弟子にすればどうじゃ？」

　李長庚《りちょうこう》はふところから筋書きを取り出した。「わしに考えがある。二人で検討しましょう」観音《かんのん》は筋書きをひろげて一読、玄奘《げんじょう》師弟が旅の途中で黄風嶺《れい》をとおり、まず黄風怪《こうふうかい》が悟空《ごくう》を倒し、唐僧《とうそう》（玄奘）をさらったと書いてある。そして、護教伽藍《ごきょうがらん》が膏薬《こうやく》で悟空《ごくう》を治し、小須弥《しゅみ》山《せん》に住む霊吉菩薩《りょうきつぼさつ》を探して、定風丹と飛龍宝杖を借りて、黄風怪《こうふうかい》をつかまえるように指示するという手はずだった。

　この手はずは一見、まるで平凡穏当にみえる。だが、観音《かんのん》には分かった。まさにこれこそ太白金星が非凡な証拠なのだ。今回のことは天を衝《つ》くような大破綻だったのに、こんな平凡でつまらない話で跡形もなく隠されてしまう。細かな部分もぴたりと合い、多方の利益にもなり、水ももらさない。じつにすごい手並みだった。

　ただひとつ、気がかりなことは……

「霊吉菩薩《りょうきつぼさつ》？　それ、誰なの？」西天にそんな名前の菩薩《ぼさつ》がいるとは、観音《かんのん》は聞いたことがない。

「ふふふ、この霊吉《りょうきつ》とは、まあ〝別受け〟ですな」李《り》長庚《ちょうこう》はにやりと笑う。「大士《だいし》の化身の一つが黄風怪《こうふうかい》を弟子にとればよい。さすれば双方に便利ではないですかな？」

「すごい！」観音《かんのん》の目が輝き、しきりにほめそやした。

　霊吉《りょうきつ》などという者は端《はな》からいない。もし阿難《あなん》に黄風《こうふう》怪《かい》の身柄を押さえるつもりがあれば、かならず霊吉《りょうきつ》とは誰かと問わねばならない。それを問うだけで黒幕の後ろから出てくるに等しい。霊鷲山《りょうじゅせん》は〝不昧諸縁《ふまいしょえん》〟を追究するが、多くのことが因果応報、表面に出てくることなど絶対にできない。出てくれば相手に面が割れてしまう。

阿儺《あなん》からすれば、霊吉菩薩《りょうきつぼさつ》の名こそが黄風怪《こうふうかい》を餌につけた釣り針だ。それに食いつけば水面に釣りあげられる。水面から出てしまえば、観音《かんのん》は〝霊寵《れいちょう》（賢い動物）をけしかけて取経を妨害した〟という罪で阿儺《あなん》を弾劾できる。李長庚《りちょうこう》は阿儺《あなん》の性格を正しく計算していた。阿儺《あなん》はまさに自分が因果に染まりたくないから貂鼠《テン》の精を前面に出している。だから、霊吉菩薩《りょうきつぼさつ》について阿儺《あなん》が追及するはずがない。

つまり、この虚構の菩薩《ぼさつ》の名で隠蔽をすれば、観音《かんのん》は仏祖の弟子たちとの正面衝突を回避できる。これで黄風嶺《れい》のことも一件落着だ。

もう一度、観音《かんのん》は筋書きを読んで、疑問をのべた。

「護教伽藍《ごきょうがらん》が悟空《ごくう》を治療するのは問題がないけど、悟空《ごくう》に霊吉菩薩《りょうきつぼさつ》を探しに行くようにって伽藍《がらん》たちに言わせるとなると、きっと霊吉《りょうきつ》って誰だって質問が出るわ。火種をのこすことにならない？」

李長庚《りちょうこう》はうなずいてそれを認めた。観音《かんのん》の心配ももっともだ。護教伽藍《ごきょうがらん》は阿儺《あなん》とちがい、表面に出ることを恐れる必要はないのだから、別に対処する必要がある。やや考え、袖をまくりあげた。

「こうしたらよい。伽藍《がらん》に指示させるのはやめよう。孫悟空《そんごくう》の傷が治り、出てきたところで、わしが現われて霊吉菩薩《りょうきつぼさつ》を探しに行くように指示すればよい。わしは道門の神仙じゃから釈門の菩薩《ぼさつ》を推薦しても私心があると言われることはあるまい」

太白金星がみずから出馬するのが、この場合もっともよい。観音《かんのん》は手を拍《う》ってほめる。

「この計はとってもいいわ。ねえ、李《り》さん、掲帖もいっしょに書きましょうよ」

老神仙にはこれが観音《かんのん》の〝桃のお返しに李《すもも》を贈る〟(我に投ずるに桃を以てせば、これに報いるに李を以てす。『詩経』大雅、抑篇)だと分かった。文才をあらわす機会をくれるのだ。李長庚《りちょうこう》は何も書いていない帖子《ふだ》を取りだすと、その場で筆をふるい、得意そうに言う。

「ここしばらく腕をふるう機会がなかったから、笑われますかな」

観音《かんのん》は一読、帖子《ふだ》には四行詩が書いてあった。

上復《おこたえ》す、斉天大聖は聴《したが》えり
老人は乃《すなわ》ちこれ李長庚《りちょうこう》なり
須弥山に飛龍の杖のあるは
霊吉《りょうきつ》、当年《かって》、仏の兵《ぶき》を受《さずか》る(『西遊記』第二十一回)

観音《かんのん》の目尻がピクピクけいれんした。太白金星は得道して多年、詩にも神仙の風格があるが……興がのって得意になっている相手を見ると文句も言えず、ではこれでよろしくと言った。

話がまとまると、すぐに手分けして実行にかかった。

筋書きが決まれば実行など簡単だ。観音《かんのん》はけっして凡庸ではない。彼女と李長庚《りちょうこう》が本気で手を組めば、すべて行雲流水、一滴の水ももらさず実行できる。二人はまたたくまに各方面との調整をすませ、すべてを一篇の掲帖にまとめて外にむけて発布した。掲帖が出れば黄風嶺《れい》の劫難《ごうなん》も基調がさだまる。

観音《かんのん》は穏当に事にあたり、霊吉菩薩《りょうきつぼさつ》に扮して黄風怪《こうふうかい》を保護しただけでなく、熟練の手並みでこの事件を〝黄風怪《こうふうかい》が阻むこと第十三難〟と〝霊吉《りょうきつ》に請《こ》い求めること第十四難〟にしたてた――助けを求めることすら一つに数えるとは、李長庚《りちょうこう》も感嘆にたえない。

惜しむらくは玄奘《げんじょう》が取経一行にもどる場面を見られなかったことだった。突然、李長庚《りちょうこう》は二枚の飛符をうけとり、すみやかに天庭に帰らねばならなかった。一枚は南天門をまもる王《おう》霊官、もう一枚は織女《しょくじょ》からだった。

「あのサルがまた来ました。あなたに会わないとかえらないと言っています」王《おう》霊官の飛符にはそう書いてあった。

織女《しょくじょ》の飛符は短い。「お母さまが呼んでいます」

第五章

南天門がみえると、まだ王《おう》霊官がみえないのに六耳《ろくじ》獼猴《びこう》がみえた。

あのサルは南天門の前で待ってなどいなかった。しっぽを門額にかけてぶらさがっていた。王《おう》霊官が下でひどく罵っているが、ぶらさがっていて降りてこない。

李長庚《りちょうこう》は黄風嶺《れい》のことで疲れて爆発しそうなので、全身これ穏《おだ》やかならずといった気分だった。王《おう》霊官のそばによると顔をあげて怒鳴った。

「はやく降りてこぬか！　見苦しい！」

六耳《ろくじ》は李長庚《りちょうこう》をみると、くるりと宙返りをして降りてきて、地に跪《ひざまず》いた。李長庚《りちょうこう》は不機嫌そうに言う。

「自分の家で待つように言ったではないか？　なぜここで騒ぎを起こす？」

六耳《ろくじ》は顔をあげた。口ぶりには抑えきれない憤懣があった。

「金星老神仙さまに申し上げます。霊鷲山《りょうじゅせん》の掲帖を読みました。あの孫悟空《そんごくう》が玄奘《げんじょう》の手で五行山《ごぎょうざん》から釈放されて、西天取経に同行することになったとか——じゃあ、ぼくはどうなるんです？」

それを聞いて、李長庚《りちょうこう》は一瞬言葉につまった。そうだ。五行山《ごぎょうざん》の掲帖はとっくに三界に伝わっている。しかも自分が上にむけて青詞《せいし》も書いている。李長庚《りちょうこう》は胸に手をあてて自問した。六耳《ろくじ》の身になって考えれば自分の名を騙《かた》ったサルが処罰されないだけでなく、大きな機会を得ているのを読んだのだ。きっと怒り狂うだろう。

しかし、目下、李長庚《りちょうこう》には別の仕事があり、六耳《ろくじ》の訴えにかまっていられなかった。ただ顔をこわばらせて言う。

「陰曹地府《いんそうちふ》でサル族の生死簿が塗りつぶされたことについては真相の調査に少なからず時間がかかる。なにを急《せ》いておる？」

「いったいどれだけかかるんです？　たしかな話じゃないですか！」六耳《ろくじ》が怒った。

李長庚《りちょうこう》はその必死の訴えをみて、やや煩《わずら》わしくなった。

「わしにはお前の頭が黒く輝いているのがよう見える。りっぱに大妖怪の修行をしたのであろう。なのになぜ、数百年前の小さな出来事に執着するのじゃ？　頭を冷やせ」

「李《り》仙師には小さな事でも、ぼくにはちがうんですよ！」六耳《ろくじ》は突然吼えた。「数百年の時間ですよ。妖怪の寿命ってどれだけだと思います？　あいつはぼくの縁をじゃまして、ぼくの仙途を断った。ぼくの心魔《しんま》なんです。まさか、すこしお金を払わないといけないんですか？」

李長庚《りちょうこう》は大袖をひとふり、「掲帖はお前もみたであろう。孫悟空《そんごくう》を鎮圧したのは仏祖、救い出して取経一行にくわえたのは玄奘《げんじょう》じゃ。わしら天庭が関わろうと思ったところで力になどなれん」

サルの顔色がさっと蒼白になり、やせた体がわずかに震えだした。李長庚《りちょうこう》は心中忍びないと思い、小さな声で励ました。

「そういうことならば、お前の訴状を大雷音寺に転送しておく。あちらでどう処理するか見てみよう」

「転送にどれだけかかりますか？」六耳《ろくじ》は言った。

「わからぬ。だが、啓明殿が出来ることはそれで精一杯じゃ」李長庚《りちょうこう》は首をふった。

「ぼくが下界の賤《いや》しい運命しかもたない妖怪で、生きるも死ぬも草芥《くさあくた》と同じだから、そうやっていい加減にたらい回しにして、あちこちで責任をおしつけあうんですか？」

その言葉を聞くと、李長庚《りちょうこう》もかちんと来た。メラメラと怒りがわきあがってきて、すぐに抑えきれなくなる。

「本仙《わたくし》は決まりに従って仕事をするだけじゃ。不満ならば自分で〝いい加減でない神仙〟とやらを探すがいい」

話がこうなると、六耳《ろくじ》はどうしたって山野の妖怪、強情をはることはできないとわかり、ただぷんぷん怒って、ふところから新たに書いた訴状を取りだして、李長庚《りちょうこう》に手渡した。

「新しい材料をつけ足しました。仙師のお力添えをいただき、どうぞどうぞ、お助けください」

李長庚《りちょうこう》は訴状をうけとり、いくつか慰めの言葉を口にして、南天門に入っていった。その後ろ姿が雲霧の中に消えていく様子を、六耳《ろくじ》はずっとみつめていたが、やがて頭《こうべ》をたれて去っていった。

啓明殿にかえると机には経費の玉簡が山になっていた。すべてこの数回の劫難《ごうなん》の経費で、まだ処理されずに放置されている。李長庚《りちょうこう》は訴状を何となく傍らに置くと、瓢簞《ひょうたん》から仙丹を一粒転がしだして飲み下す。それを消化もせぬうちに織女《しょくじょ》が近づいてきた。

「おかえりですね？　お母さまが瑤池《ようち》でまってます。参りましょう」

「あの西王母《せいおうぼ》さまがわしに何の用だ？」李長庚《りちょうこう》は心中の疑いを口にした。織女《しょくじょ》は肩をそびやかす。

「わからないです。玉露茶でもどうかと言ってました」

「茶を飲むと仰《おっしゃ》っただけですかな？」

「そうです。お母さまはお客さまとお茶を飲むのが好きなの」

その意味を織女《しょくじょ》は分かっていない。問うても無駄だと李長庚《りちょうこう》は思った。この等級の神仙が茶に招待するのは、もちろん本当に茶飲み話をしたいのではない。李《り》長庚は身なりを整えると、蹄《ひづめ》をやすめず、織女《しょくじょ》をつれて瑤池《ようち》へむかう。経費のことは……あとまわしだ。しばし待て。

西王母《せいおうぼ》は瑤池《ようち》の一角、七宝の小さな亭《あずまや》で待っていた。老婦人は身に霞《かすみ》の袍《ほう》をつけ、顔つきはゆったりとして優雅な雰囲気をおびている。織女《しょくじょ》は母のふところにとびこみ、甘えた声を出した。母は娘の額をちょんと押し、李長庚《りちょうこう》のほうを向いて表情をほころばせる。

「ここは朝会《ちょうかい》ではありませんので、李《り》さんもかしこまらず、お好きなようになさってください」

この言葉を真《ま》にうけることなどできない。来た時のように礼儀正しく李長庚《りちょうこう》は何度かご機嫌をうかがい、横向きに掛けた。西王母《せいおうぼ》が玉のような指でそっと台の面を叩くと、傍らから赤毛の侍者《じしゃ》が光を流したような彩りにあふれる玻璃《はり》の杯を三つ持ってきた。杯からは霧がもくもくとあがり、世にも珍しい香りが鼻をついた。

李長庚《りちょうこう》は杯をうけとり、味わってみた。天地の至純なる霊気がにわかに身をくまなくめぐり、その中にかすかにひとすじ、洪荒（太古）の韻味《いんみ》が感じられる――これぞまさに劫《ごう》前（仏教では四十三億年前）の玉露茶にちがいない！　啓明殿にある品よりずっと高級な品だ。茶をそそいだ杯も凡品ではなく、馥郁《ふくいく》たる仙気をあつめ、茶の霧をかもすことができるようだ。

もうすこしで用件を忘れるところだったが、ひとくちすすって李長庚《りちょうこう》は気持ちを整理し、襟を正して座った。

それを見て、西王母《せいおうぼ》は目を細めて笑う。「李《り》さん、最近、修持のほうはどうですの？　三尸《さんし》（上尸・中尸・下尸の三匹の虫で人の体内に住み、庚申の日に悪行を告げに天に登る）はきれいに斬《き》りましたか？」

あわてて李長庚《りちょうこう》はお辞儀をした。「ほとんど斬りましたが、心はまだ無碍《むげ》というわけにはいきません」

「啓明殿の御仕事は煩瑣なもの、きっと気苦労も多いでしょう。織女《しょくじょ》も危なっかしい娘ですから御苦労をおかけしております」

「いえ、お嬢さまは賢く、わたくしを助けてくれることも少なからず……」李長庚《りちょうこう》が横目でちらりと見ると、織女《しょくじょ》がこちらに向かって顔をほころばせ、得意になっている。

「そう、そう、老君に聞いたのですが、天蓬《てんほう》という年若の者も取経に行くことになったそうですね？」西王《せいおう》母《ぼ》は玻璃《はり》杯をあげ、何でもないことのように問うた。

李長庚《りちょうこう》にはそれで十分だった。西王母《せいおうぼ》は天蓬《てんほう》が取経の旅にでるかどうかを問いたいのではなく、いったい誰がそのように事を運んだかと問うているのだ。うやうやしく答える。

「天蓬《てんほう》は陛下の恩徳に感じいり、恥を知りて後に勇となり（『礼記』中庸、恥を知るは勇に近し）、今日の前途を得ることができました。じつにあの者自身がたゆまず勤めた結果ですなあ」

　フンと西王母《せいおうぼ》はひと声、「たゆまず勤めた、ですか？　わたくしの見るかぎり、たゆまず勤めたのは袴《こ》（ズボン）の股《また》に収まっている代物だけじゃ！」

　李長庚《りちょうこう》は心中あわてた。自分は玉帝《ぎょくてい》の手配だと暗に示したのに、なんで罵られる？　その怒りは誰にむけているものだ？

　首をすくめて李長庚《りちょうこう》は言葉を返さなかった。西王母《せいおうぼ》はつづける。

「はじめ天蓬《てんほう》があの汚《けが》らわしい行為におよんだとき、わたくしがこの手で厳罰に処してやりたいと思いましたが、結局、下界へ流謫《るたく》となりました。下界に落とされたままなら、まだよろしいのです。それが今や生まれ変わって、ちょっと経典を取りにいって前科を塗りつぶし、正果《さとり》を成就したいと思っているのですよ？　あなた、ご存じ？　高老荘の掲帖がでると、嫦娥《じょうが》がわたしのところに来て、どれだけ泣いたことか。あの娘《こ》は広寒宮で毎夜悪夢に魘《うな》されていると言ったのですよ。あの者がいつの日か功徳をつんで天庭に帰ってきて、また無礼をはたらくかもしれないと怯《おび》えて。悪行をなしたものが飛黄《ひこう》（神馬）のように出世して、害を受けた者が震えおののく、こんな話がありますか？」

　あの時、天蓬《てんほう》のために情状を酌量してくれるように頼んだのは李長庚《りちょうこう》だ。このように当てこすりで痛罵されると、ただ玻璃《はり》杯をもって追従笑いを浮かべていることしかできない。西王母《せいおうぼ》の境界で天蓬《てんほう》の下界追放が玉帝《ぎょくてい》の意志だと知らぬはずはない。突然の非難はおそらく別に原因がある。

はたして予想にたがわず、西王母《せいおうぼ》はひと通り天蓬《てんほう》を罵ると、玻璃杯《はり》からひと口飲み、もとのような淡然とした態度にもどった。

「玄奘《げんじょう》の取経はつまり霊鷲山《りょうじゅせん》のとりしきることですね。あの天蓬《てんほう》が旅の途中で昔の癖がうずいて、なにか醜悪なことをしでかしたら、失うのはあの者の顔ではなく、天庭の顔なのです。陛下が仏祖の前で面子《めんつ》を失うなどということには、まさかなりませんわね？」

「仰《おっしゃ》ることはごもっともです。かえりましたらすぐにあの者に伝え、言動にはくれぐれも慎むように言っておきます」

「フン、天蓬《てんほう》を頼りにしてもイヌが菜《な》ばかりを食べますか。李《り》さん、この天庭では個人の品格に期待することなどできませんよ」

「はっ、はい、仰せの通りにございます。下官《わたくしめ》、たしかに考えが至りませんでした。四値功曹《しちこうそう》と六丁六甲《ろくていろくこう》とよく話し、監督を強化するようにいたします」

「わたくしが気にしているのは患《わずら》いを未然にふせぐことです。それで、取経一行の内省を促《うなが》さねばならないのだけれど」西王母《せいおうぼ》は熱い茶をもちあげたが、その顔にうかぶ笑いは変わらない。

プッと李長庚《りちょうこう》はあやうく貴いお茶を吹きそうになった。そうか、あんなに長く前置きを言ったのはここに気づかせるためか。〝取経一行の内省〟……その意味はすなわち相互監視にほかならない。だが、玄奘《げんじょう》と悟《ご》空《くう》は釈門が手配した者だから天庭が動かせはしない。天蓬《てんほう》を監督したいなら三番弟子にやらせるしかない。

西王母《せいおうぼ》の口ぶりでは取経一行に誰かを押しこみたいのか？

西王母《せいおうぼ》は李長庚《りちょうこう》がだまりこんで動かないのをみて、横にいる織女《しょくじょ》をみた。

「天蓬《てんほう》には天庭に広い人脈があります。誰かがあの者を見張っていなければ、勝手なことをしないようにするのは難しいでしょう。あの者の顔色を気にしない目付けを探さねばなりませんね——おまえはどう思いますか？」

西王母《せいおうぼ》の目線を追って、李長庚《りちょうこう》は織女《しょくじょ》の方をみた。

そして、両目を皿のように瞠《みは》る。

「おっ……お嬢さまは啓明殿でたいへんよく仕事をしておりますので、下界でそのような苦労をさせるまでもないかと……」

ぷっと織女《しょくじょ》は吹きだした。

「何を考えていらっしゃるんですか？　お母さまが言うのはこの人ですよ」

織女《しょくじょ》がひらりと身をかわすと李長庚《りちょうこう》も気がついた。

西王母《せいおうぼ》がみていたのは傍らにいた赤毛の侍者《じしゃ》だった。

生まれつきの紅い髪に青い顔、姿は堂々としている。

李長庚《りちょうこう》にむかって深く頭を下げたが、なにも言わない。

「この者をここの御茶係とみてはなりません。じつは正職は玉帝《ぎょくてい》身辺の巻簾大将《けんれんたいしょう》、陛下も重用しておいでなのです。この者は手に降魔宝杖《ごうまほうじょう》をもっておりますが、それも玉帝《ぎょくてい》から親しく賜《たまわ》ったもの、上宝遜金鈀《じょうほうそんきんは》とくらべて、どれほどもちがいはありません」

西王母《せいおうぼ》の説明を聞いていて、李長庚《りちょうこう》はにわかに茶の味がこの上なく渋く変わったように感じた。玉帝《ぎょくてい》の儀仗官がなぜ西王母《せいおうぼ》のもとで茶を淹《い》れているのか、その理由も言わずに西王母《せいおうぼ》は〝降魔宝杖《ごうまほうじょう》〟と〝上宝遜金鈀《じょうほうそんきんは》〟をくらべている。これは雲行きがあやしい。

表面上、西王母《せいおうぼ》は二つの武器を比べているだけだが、じつは李長庚《りちょうこう》に問うているのだ——わたくしと玉帝《ぎょくてい》どちらの役に立つのじゃ？　と。

仕《つか》える神仙を取り換えることなど李長庚《りちょうこう》は一蹴した。どんな境界が太上開天執符御歴含真体道金闕雲宮《たいじょうかいてんしつふぎょれきがんしんたいどうきんけつうんきゅう》、九穹御歴万道無為大道明殿《きゅうきゅうぎょれきまんどうむいだいどうめいでん》、昊天金闕至尊玉皇《こうてんきんけつしそんぎょくてい》、赦罪《しゃざい》大天尊玄穹高上帝《だいてんそんげんきゅうこうじょうてい》（玉帝の聖号）と並ぶだろうか？　ただ、この西王母《せいおうぼ》の前に出ると李長庚《りちょうこう》にはじっさいどうしようもないのだ。

西王母《せいおうぼ》の天庭における地位は微妙だった。実権があるのかと問われれば　ただ瑶池《ようち》で蟠桃会《ばんとうえ》を開いてちょっと果物を分けるだけで、重要な仕事をしているようにはみえない。かといって閑職にすぎないかと言われればそうではなく、蟠桃会《ばんとうえ》は非常に重視されていて、そこに来ることになった神仙はそれぞれの境界でみな驚くほど喜ぶ。玉帝《ぎょくてい》さえこの老婦人に会うときはいつも丁寧だ。この大仙は何か仕事を助けてくれるということはないが、重要な時に一言をかけて、仕事をぶちこわすか、仕事を容易なものにする力はある。

李長庚《りちょうこう》は金仙の辺《へり》にふれようとしている。いま彼女の心証を損ねることができようか？


だが、問題は西王母《せいおうぼ》の要求が難しいことだ。

霊鷲山《りょうじゅせん》が決めた取経の弟子は三人のみ、李長庚《りちょうこう》は苦心のすえ玉帝《ぎょくてい》のために二番弟子を押しこんだ。この行為はすでに霊鷲山《りょうじゅせん》のゆずれぬ線にふれている。もし三番弟子も西王母《せいおうぼ》の推す巻簾大将《けんれんたいしょう》にすれば、三人の弟子のうち二人は天庭の出身となり、客が主を奪うことになるではないか？　観音《かんのん》はぜったいに同意しないだろう！

西王母《せいおうぼ》も催促はせず、目を細めて笑顔で返事を待っている。李長庚《りちょうこう》は顔をあげて苦笑した。

「西王母《せいおうぼ》さま、じつはあなた様の知らないところがありまして、この度《たび》、仏祖が手配した取経一行には奇妙なところがあるのです。孫悟空《そんごくう》は天宮をさわがし、五《ご》行山《ぎょうざん》の下に鎮圧された囚人です。猪八戒《ちょはっかい》は嫦娥《じょうが》に無礼をはたらき、罰せられて下界にくだった罪人です。ほんらい弟子になるはずだった黄風怪《こうふうかい》も香油を盗み食いした貂鼠《テン》でした。そもそも金蟬子《こんぜんし》も如来の説法を聞かずに教えをあなどったので、真霊を貶《おとし》められ、東土に転生しており――この一行は師から弟子までみな前科があるのです」

話の後ろで李長庚《りちょうこう》ははっきりと指摘しなかったが、ご推薦の巻簾大将《けんれんたいしょう》は身が潔白ですから取経一行の選択基準とあわないと言ったつもりだった。

はからずも西王母《せいおうぼ》はかるく笑った。「簡単なことです」

彼女があごをややあげると、巻簾大将《けんれんたいしょう》はただちに手を伸ばし、李長庚《りちょうこう》の前の玻璃《はり》杯を押した。玻璃《はり》杯は薄く砕けやすい。たちまちガシャと音をたて、粉々に砕けて床に散らばった。巻簾大将《けんれんたいしょう》はすぐに跪《ひざまず》き、「わが罪、万死に値します」と口にする。

李長庚《りちょうこう》はその場に固まった。額からとめどなく仙汗《せんかん》がしみ出してくる。自分はちょっとできない理由を口にしただけだ。だが、西王母《せいおうぼ》は一刻の猶予もなくすぐさま巻簾大将《けんれんたいしょう》に玻璃《はり》杯を砕かせ、李長庚《りちょうこう》の口をふさいだ――わたくしはあなたの意見をいれました。この者は罪さえ犯したのに、これでもできないと言うつもりか？

退路は断たれた。李長庚《りちょうこう》は取経の事は関係するところが広いので、霊鷲山《りょうじゅせん》といちど相談しなければならないと言ったが、西王母《せいおうぼ》はそれを聞かず、「もう釘を打ちました」とばかり巻簾大将《けんれんたいしょう》に自らを罰して下界に降り、李長庚《りちょうこう》の知らせを御待ちなさいと告げる。

なんと……横暴な。何も話しあっておらぬのに強引に割りこんできて、これでは自分は火であぶられるようなものではないか？　もちろんそんなことは口に出せないが、李長庚《りちょうこう》の顔にうかぶ苦悩はいよいよ明白だった。

西王母《せいおうぼ》は李長庚《りちょうこう》に新しい玻璃《はり》杯をもってこさせ、なみなみと茶をそそがせる。

「気に病むことはありません。巻簾大将《けんれんたいしょう》が下界に降るのは心性を練《ね》るためです。下界で成長するところがあれば、この者を育てようとする玉帝《ぎょくてい》の御心に背くことはありません」

李長庚《りちょうこう》はややほっとした。西王母《せいおうぼ》の言う意味は巻簾《けんれん》大将《たいしょう》が西天までずっと同行することを求めているのではないようだ。ただ履歴をすこし洗えればよい。そういう話なら、やや工夫する余地があるかもしれない。西王母《せいおうぼ》はまだ仕事をさせるつもりのようだが、結局、彼女は玉帝《ぎょくてい》や仏祖とは格がちがうのだから要求も一段下げるしかない。

「やっ……やってみましょう……」李長庚《りちょうこう》は口のなかでそう言い、返事をあいまいにしておいた。西王母《せいおうぼ》もそれ以上強《し》いず、茶会はつづいた。

あいかわらず玉露茶は馥郁《ふくいく》として香り高いが、口のほうがこの上なく渋く苦い。李長庚《りちょうこう》は強《し》いて何度か飲み下すと立ち上がって拱手《きょうしゅ》し、いとまを告げた。西王《せいおう》母《ぼ》が目配せをし、巻簾大将《けんれんたいしょう》と織女《しょくじょ》がいっしょに見送りに出た。三人は道々無言だったが、もうすぐ瑶池《ようち》の門につくという頃になって、ふいに巻簾大将《けんれんたいしょう》が李長庚《りちょうこう》に向きなおり、鄭重に一礼をした。

「在下《それがし》、願うところさえ叶えば自ら離れますので、李《り》仙師にご苦労をおかけすることはありますまい」

ん？　この口ぶりは何やらおかしいぞ？　どんな願いだ？　それを李長庚《りちょうこう》は問おうとはしなかった。相手は身をひるがえして杖を引きながら去った。李長庚《りちょうこう》はやや戸惑い、自分がからかわれたのだと感じた。

結局、西王母《せいおうぼ》の意図はただ巻簾大将《けんれんたいしょう》にすこし履歴を洗わせるだけで、正式な定員にいれることは望んでいない。まず西王母《せいおうぼ》があれほど強引に出たのは、いわゆる〝屋《おく》を壊すとみせて窓《まど》を卸《おろ》す〟計だ。まず不合理な要求を出しておいて、相手が爆発する寸前、一歩引いて本当の要求を投げ出す。相手は負担をゆるめられて思わず応じてしまうのだ。

これら金仙たちにはそれぞれに七つの竅《あな》のある玲瓏《れいろう》心《しん》があって、よき友となる者は一人もない。（『史記』殷本紀、殷の紂王によれば聖人の心臓には七つの穴があるという。玲瓏は巧妙で賢いこと）

巻簾大将《けんれんたいしょう》が去っていくのを見ていると、織女《しょくじょ》が無邪気に「お茶は美味しかった？」と問うた。李長庚《りちょうこう》はこの姑娘《くーにゃん》をちらりと見て絶句したが、やや羨ましくもあった。これぞ心の無碍《むげ》であろう。自分よりもよっぽど大羅金仙の境界に近い。

「さよう。美味でしたな」李長庚《りちょうこう》はいいかげんに相手をしておいた。織女《しょくじょ》には遠回しに言ってもわからないので、直接に尋ねる。

「あの巻簾大将《けんれんたいしょう》じゃが、あなたの母上とはどういう御関係じゃ？」

「関係なんて何もないはずですよ。わたしは一回しか会っていないし」織女《しょくじょ》は首をかしげて考えている。

「それはいつですかな？」

「最近です」

「高老荘の掲帖が出た後では？」

織女《しょくじょ》は日付を数えてうなずくと、「そうです」と言った。そして手を拍《う》つ。

「あっ、思いだしました。嫦娥《じょうが》ねえさまといっしょに来た、あの時です」

「おや」と李長庚《りちょうこう》は驚いた。巻簾大将《けんれんたいしょう》は西王母《せいおうぼ》の部下だと思っていたが、じつは仔細があって推薦されてきた者のようだ。織女《しょくじょ》の言うことが本当なら、巻簾大将《けんれんたいしょう》と広寒宮には浅からぬ関係がある。なるほど西王母《せいおうぼ》が天蓬《てんほう》の顔色を気にしない者を探さねばと言っていたはずだ。その背後には……おそらくまだ深い事情があるはずだ。

もちろん、どんな事情でもいま李長庚《りちょうこう》にはくわしく考えてみる余裕などなく、まずは目の前の面倒を片づけねばならない。神仙の修行は因果を断つこととは言うが、どうして修行をするほどに、この身にまとわりつく面倒も多くなるのか？

瑤池《ようち》から出て、鶴にのろうとして、ゆっくりと払子《ほっす》をふった。老いた鶴は疑い深げにほっそりとした首を曲げ、主人が背にのるのを見た。戸惑ったように遠くはるかにかすむ雲靄《くんあい》をみながら、主人はじっと動かない。その両目は白眉の下に覆われているが、一種言い知れぬ疲労をたたえていた。

やや時をおいて、李長庚《りちょうこう》はながながと息を吐いて、払子《ほっす》をひとふり、鶴に飛びたつように指示した。途中、観音《かんのん》に符《ふだ》を送り、急に相談したいことができたと伝え、啓明殿の門で会う約束した。

黄風嶺《れい》の一件で、観音《かんのん》の態度はずっとよくなっていて、すぐにやってきて、自分が準備している劫難《ごうなん》について話そうとする。

李長庚《りちょうこう》はそれを話す気分ではなく、直接に問うた。

「霊鷲山《りょうじゅせん》が手配している三番弟子は誰ですかな？」

観音《かんのん》はやや警戒したが、李長庚《りちょうこう》は遠慮なくつづける。

「わしら二人がそれぞれに背負う面倒事は少なくありません。この重要な時期にあっては、やはりすこし素直になるのがよい。言ってくだされ、いったい誰ですかな？」

観音《かんのん》はやや逡巡して、ゆっくりと答えた。「三番弟子はね、ちょっと複雑なの……凡人でもあり、凡人でもないの」

李長庚《りちょうこう》はイライラした。「あなたは謎かけ仙人か？　凡人でもあり、また凡人でもないとはいったい何です？」観音《かんのん》が説明をしようとすると、李長庚《りちょうこう》が手をふって制した。「よろしい。困らせるつもりはないのです。では、三番弟子はいつ弟子入りする予定ですかな？　これだけは答えてくだされ」

観音《かんのん》は指を立てて数え、その三番弟子は烏鶏国《うけいこく》にいるので、どうしても二十数難より後になるだろうと言った。李長庚《りちょうこう》はほっと息をついた。目下、第十四難をすすめたばかり、まだ時間がある。そこで払子《ほっす》をひとふり、相談する口調になる。

「あなたのところから定員を一名借りることは……できませんかな？」

「借りるって、定員をどうやって？」観音《かんのん》はとまどった。

李長庚《りちょうこう》はコソコソと騙すのも面倒になり、西王母《せいおうぼ》の要求をそのまま話した。観音《かんのん》は怒りをこめてじろりと睨んだ。

「李《り》さん、天蓬《てんほう》の件でもまだ足りないの？　また要求ってわけ？」

「わしは啓明殿の殿主ですぞ。これまですべて金仙たちのために実務をしてきた。いつ自分の要求などしましたか？　本当に小細工を弄するつもりなら、あなたにこうもはっきり言うはずがない。わしも苦しいのです。何ともはや」

観音《かんのん》はやや眉間にしわをよせた。「わたしが貸さないんじゃないの。この三人目は霊鷲山《りょうじゅせん》の高僧が早々に決めているのよ。あなたたちがひとつ枠を取ってしまっただけでも、こんなに大騒ぎになったのよ。もう一人ゆずったら申しひらきができないわ」

「ゆずるのではなく借りるのです。きっと返します」

李長庚《りちょうこう》は辛抱づよく言った。「西王母《せいおうぼ》の意向では、巻簾大将《けんれんたいしょう》が取経一行ですこし経歴を洗い、いくつか劫難《ごうなん》を経験させ、なにか理由を探して体面よく一行を離れられれば、それでいいのです」

観音《かんのん》がまだ二の足を踏んでいるので、李長庚《りちょうこう》は語気を重くした。

「貧道《やつがれ》、黄風嶺《れい》で大士《だいし》の劫難《ごうなん》をお助けしましたぞ。これで帳消しにしてくだされ」

　この人情をだされては観音《かんのん》も拒絶しにくい。こう言うしかない。「李さん、聞かせて。どうやって借りるの？」

「簡単です。あといくつか劫難《ごうなん》を置いて、そこにわしが一難をくわえて、玄奘《げんじょう》に巻簾大将《けんれんたいしょう》を弟子にとらせてから西王母《せいおうぼ》に説明します。烏鶏《うけい》国につく頃になったら、もうひとつ劫難《ごうなん》を準備してあの者を取経一行から離脱させます。あとは好きなように弟子を取ればよろしい」

「そんなに簡単にいく？」

「ええ、簡単なことです」

「じゃあ、万一、その者が一行から離れなかったら？」観音《かんのん》が問うた。

　疑うのも無理はない。万一、李長庚《りちょうこう》が口をぬぐって約束を反故《ほご》にすれば、観音《かんのん》には取り返す手段がまったくない。二人はいまや和解したとはいえ、たがいに生死を託す関係には遠く及ばない。

　自分のほうから保証を出さねばならぬことは李長庚《りちょうこう》にもわかった。だから、いっそ正直に問うた。「大士《だいし》、どんな保証が要りますか？」

　観音《かんのん》はやや難色を示しながら考えをめぐらした。

「その者にはひとつ罪過があって一行に加わらないといけないわ」

「もう天庭から罰せられています」

「いえ、そうじゃなくて、巻簾大将《けんれんたいしょう》が玻璃《はり》杯をこわしたのが〝因〟で、俗界に落とされたのが〝果〟よね。この因果はもう完結してる。わたしが欲しいのは俗世で罪を背負って罪果を待つことなの」

「おお、絶妙ですな！」李長庚《りちょうこう》は心からほめた。この方面では観音《かんのん》はほんとうに緻密だ。巻簾大将《けんれんたいしょう》が俗世で償えきれぬ罪をもってさえいれば、いつでも取り換えられる。これこそ最もよい保証になる。

ちょっと考えて李長庚《りちょうこう》は錦嚢《きんのう》を取りだした。

「巻簾大将《けんれんたいしょう》を流沙河《りゅうさが》に配置しましょう。人物設定はやや凶悪にせねば——うーん、路行く旅人をぜんぶ食うように言いましょう。いっきに九人を食うようにと」

「ふふふ、李《り》さんこそ絶妙ですね」観音《かんのん》も手を拍《う》ってほめる。

〝九〟という数がすこぶる面白い。巻簾大将《けんれんたいしょう》が十人も人を食えば、害をなすひとかどの大妖怪ということとなり、天庭が討伐せねばならない。九人にとどめれば動きはそれほど大きくならない。抜擢したいなら心から悔いて仏と成ると言え、免職にしたければ悪をたのんで改悛せず、劣性容《い》れがたしと言える。進退どちらにも便利だ。

いずれにしろ取経一行はそれぞれに前科がある。李《り》長庚《ちょうこう》がこうして操作すれば、目立ちすぎることはない。観音《かんのん》はすこし考えて、ひとつ提案した。

「いくつか髑髏《どくろ》を首にかけさせれば、より効果的だと思うわ」

李長庚《りちょうこう》は感心した。「九個の髑髏が玄奘《げんじょう》の九回の前世を表わすという設定をくわえるのはどうですかな?」

「……やめましょう。それはちょっと遊びすぎだし、やめにくいかも知れない」

「承知した」

李長庚《りちょうこう》は筋書きを手直しすると観音《かんのん》に手渡した。観《かん》音《のん》は高老荘と黄風嶺《れい》で二度も失敗をしている。錦嚢《きんのう》をみて身震いをした。うっかりしないように先頭から注意深く何度も読む。

李長庚《りちょうこう》も催促はせず、傍らに立ち、しばし静かに見守った。相手がこれほど大きな便宜をはかるのだから、こちらがすこし慎むのは当然だった。

観音菩薩《かんのんぼさつ》はひとわたり算盤《そろばん》をはじくと、ふいに眉間にしわをよせて顔をあげた。

「まずいわ。李《り》さん、この中にあなたが言っていない危険がある。巻簾大将《けんれんたいしょう》は西王母《せいおうぼ》のところから来るのよ。万一、免職の時、西王母《せいおうぼ》が強引に留任させようとしたら、わたしたちどうすればいい？」

それは簡単に言うと、観音《かんのん》は李長庚《りちょうこう》の人品を信頼していたが、その能力が西王母《せいおうぼ》の圧力を支えられるとは信じられないということだった。

観音《かんのん》の袖を引き、李長庚《りちょうこう》は低い声で説明した。「あなたがご存知ないことじゃが、この巻簾大将《けんれんたいしょう》にはやや怪しいところがあって、どうも猪八戒《ちょはっかい》に怨みがあるようだ。二人を一行にいれれば、一廟《びょう》に二仏を……」

「えっ、どういうこと！」

「お、まちがえた。一山に二虎を容《い》れずじゃ！　ともかく、わしらが手を下さなくともうまくやっていくことなど土台むりでしょうな。二人はまず戦うことになるでしょう。その時には各々の後ろ盾がいがみあうことになり、どちらが敗れて退場するにしろ、わしらに咎《とが》めは来ぬでしょう」

これで観音《かんのん》はやっと安心し、この劫難《ごうなん》を自分が手配すると言った。李長庚《りちょうこう》は相手が結局安心しきれぬのであろうと思い、言った。

「それでよろしいが、ご本尊が行かぬほうがよろしい。何か面倒に巻きこまれてはなりませんのでな」

観音《かんのん》はしばらく考えて答える。「じゃあ、弟子の木《もく》吒《た》に行ってもらいましょう」

細部をもう一度検討し、観音《かんのん》がもうすぐかえる頃あいになって李長庚《りちょうこう》はふいに問うた。

「ずっと気になっていたのじゃが、なぜ仏祖は孫悟空《そんごくう》を一番弟子にしたのであろうか？」

「わたしも知りませんけど、それが仏祖のたったひとつの指名で、玄奘《げんじょう》の弟子にしなくてはならないと。でも……」観音《かんのん》はすこし躊躇して、顔に困惑をうかべた。「孫悟空《そんごくう》はただ一人、取経に何の興味もない大妖怪なんです」

ここで二人は別れを言い、李長庚《りちょうこう》は織女《しょくじょ》に飛符を送った。巻簾大将《けんれんたいしょう》を下界に降して待機するように西王母《せいおうぼ》に伝えてほしいと。そして、啓明殿の入り口でやや考え、門をくぐるのをやめ、ふり向いて払子《ほっす》をひとふり、下界にくだった。玄奘《げんじょう》師弟はちょうど眠っており、李《り》長庚《ちょうこう》は他の二人に気づかれないように猪八戒《ちょはっかい》を起こした。

「おぬし、巻簾大将《けんれんたいしょう》とは知りあいか？」

「巻簾大将《けんれんたいしょう》と言ってもたくさんいますよ。どいつのことです？」

「どいつとは何だ？　巻簾大将《けんれんたいしょう》がほかにたくさんおるのか？」

「金星老は軍にいませんからご存知ではないんですよ。おいらみたいな元帥ともなれば玉帝《ぎょくてい》の恩顧もめでたくて、そりゃあ、ほかのやつらとはちがいますけどね。巻簾大将《けんれんたいしょう》は儀仗の肩書きの一つで、そんな肩書きの者なんて少なくとも三十名以上います」

「あっ、そうだ。手に降魔宝杖《ごうまほうじょう》をもっている者だ」

猪八戒《ちょはっかい》はばかにしたように笑った。

「巻簾《けんれん》将軍に配置された者はみな玉鉤《ぎょくこう》をもっているもんです。珠《たま》の簾《すだれ》を巻きあげるのに使うんです。宝杖でどうやって簾《すだれ》を巻きあげるんです？　金星老、どこでそんなばったもんのことを知ったんです？」

李長庚《りちょうこう》は顔をこわばらせたが、すぐに表情をととのえた。

「いずれにしろ、もうすぐ巻簾大将《けんれんたいしょう》が一名、俗界に流され、流沙河《りゅうさが》でこの一行にくわわる。おぬしも気をつけよ」

八戒《はっかい》が問い返すのを無視し、李長庚《りちょうこう》はせわしく去った。今回の目的は身分を調べることではなく、この筋を通して、西王母《せいおうぼ》の介入を遠回しに玉帝《ぎょくてい》に伝えるためだ。金仙たちが隠れたところでどんな謀《はかりごと》をめぐらせようと、それは自分が考えることではない。

啓明殿に帰りつき、李長庚《りちょうこう》はやっと座って息をつくことができた。童子をよんで、玉露茶を一杯いれてもらう。一口で半分飲んだ。この茶は名こそ同じだが、瑶池《ようち》で飲んだ茶にはほど遠い。だが、それでもわが家の茶のほうがいいと思った。気がねなく飲めるし、一口の茶は一口の茶でしかない。ほかの思惑がまじりこむことがない。

茶を飲むと李長庚《りちょうこう》は目を閉じて、あたたかい霊気が丹田《たんでん》でゆっくりと開いていくのを感じた。啓明殿はひっそりと静か、老神仙は眠るようにこの得がたいゆったりしたひとときを味わった。

どれだけたったか、ゆっくりと目をひらくと、机上に積み上がった経費の玉簡をみて、ため息をついた。この代物は神仙の修行に益などまるでない。やっていると嫌悪感で心がいっぱいになるが、あいにく双叉嶺《そうされい》から黄風嶺《れい》まで護法の費用はたしかに大きく、おざなりになどできなかった。

手を伸ばして玉簡にふれ、何気なくそのなかの一巻を開き、算木《さんぎ》をそばに並べた。そして……目をつぶって養神の瞑想をつづける。今回は気持ちを整える。経費の処理をもう始めなければならないと思えばこそだ。

養神をひっぱれるだけひっぱり、李長庚《りちょうこう》はやっと気持ちをふるいおこし、数字のなかに突きすすんで格闘をはじめた。しばらくして茶碗を取ろうとして、うっかり六耳《ろくじ》の訴状にふれてしまった――それは机の片隅にずっと置いてあった。

経費処理の煩わしさから逃避したかったからかもしれない。理由もわからないちょっとした疚《やま》しさかもしれない。あるいは鬼神がそうさせたのか、李長庚《りちょうこう》は訴状をひらき、ちょっと読んでみようと思った。

訴状はやはり以前と同じような書きぶりだ。小さな点が補ってあるが、なにも実質的な助けとなるようなことはない。六耳《ろくじ》の案件は孫悟空《そんごくう》をよんで両者を対決させなければ解決の方法などない。だが、孫悟空《そんごくう》は取経の途中で天庭も呼びつけることなどできないし、取経の旅が終われば……あの者は正果《さとり》を得てしまい、さらに手立てがなくなる。

李長庚《りちょうこう》もずっと修行をしてきた者だから、神仙としての境地が高くなるほど俗世間の事とは縁遠くなり、俗世との因果が少なくなることを知っている。因果に引きずられないようになると世間の事も突きはなしてみるようになる。六耳《ろくじ》が門前で騒いだような偏執《へんしゅう》は妄念を生じ、心魔となりやすく、金仙たちが一番取りあわないものだ。

だから、六耳《ろくじ》にはあきらめるように勧めた。それは本当に善意から出たものだ。

じつは観音禅院の時に六耳《ろくじ》を配置できないかとも考えたが、孫悟空《そんごくう》を相手にすれば過剰に反応するのではないかという点が気になって、黒熊精《こくゆうせい》にしたのだ。つまり、六耳《ろくじ》の性格がそうさせたのだが、ひとつ機縁をのがすと惜しむべきことも多い。

「やめじゃ、やめじゃ……李長庚《りちょうこう》、また幼稚なことを。他人にかまってなどいられんぞ？」

そう独りごちて苦笑すると訴状を置いた。すでに背負っている因果は少なくない。下界の妖怪に同情している余裕など何処にある。いつか金仙になったら少し考えてやればよい。

〝金仙〟について考えると心があつくなり、杯にのこった茶を飲みほした。時辰をかぞえれば玄奘《げんじょう》が流沙河《りゅうさが》をわたる頃あいだ。巻簾大将《けんれんたいしょう》がぶじに一行に加われたかは分からない。観音《かんのん》からは知らせがきていない。すこしおかしいくらい静かだった。飛符を送って尋ねてみるか、それとも一気に経費の処理をしてしまうか。

その時、耳もとに車輪のガラガラという音が聞こえてきた。

車輪？　この啓明殿に、どこから来た車だろうか？　いぶかしげに顔をあげると、ちょうど蓮華のような衣をつけた童子が後ろ手を組んで車輪に乗り、ガラガラと啓明殿に入ってくる。

「哪吒《なた》三太子？」

李長庚《りちょうこう》がまだ反応できずにいると、哪吒《なた》のほうがもうこちらに拱手《きょうしゅ》している。

「金星老、三官殿《でん》からお呼びです」

「なに？　三官殿じゃと？」寝耳に水だった。三官とは天官、地官、水官であり、懲戒に責を負い、風紀を維持する。ふだんの自分とは何の関わりもない。

「なにごとじゃ？」哪吒《なた》に問うた。

「知りません」哪吒《なた》は面倒くさそうに風火輪《ふうかりん》（哪吒の宝貝で二つの車輪。風と火を放射して飛ぶ。直接乗ることのできる車輪）からとび下りて、李長庚《りちょうこう》にその一つを投げた。

「三官殿は時辰と場所を言って、あなたを連れてくるように命じただけです」

第六章

　ひゅうひゅうと風火輪は高速で旋回し、空中を上に行ったり、下に行ったり、吹きだす炎は茜《あかね》色の雲を照らしている。

　三官殿には自分の乗り物を用いることは許されない。李長庚《りちょうこう》はゆったりと飛ぶ鶴に慣れていて、風火輪のような速くておっかない乗り物を使ったことがなかった。哪吒《なた》の姿勢をまねて両脚をひらき、風火輪の両側にある突起に足をのせ、馬にのるような姿でやや前かがみになる。体をすこし前傾させて心意が動くと、サッと全身がもっていかれ、びっくりしてのけぞり、見苦しい姿になった。

　哪吒《なた》は笑って前方を飛び、時々もどってきて老人のまわりをぐるりとめぐり、まるで庭でも散歩しているようだ。二人が茜色の雲のなかをしばらく飛ぶと、哪《な》吒《た》は李長庚《りちょうこう》の速度が遅いので、「金星老、つかまって」と一声、ふわりと混天綾《こんてんりん》（哪吒の宝貝で、仙力のある絹の布）を投げると、李長庚《りちょうこう》に巻きつけ、引っぱって行こうとする。

　混天綾《こんてんりん》で二人をつないでいるとき、雲で周囲の視線がすこしの間さえぎられた。ふいに李長庚《りちょうこう》の耳元に哪《な》吒《た》の小さな声が聞こえる。

「兄者がよろしくと言っていました」

　李長庚《りちょうこう》が反応する間もなく、二人の間の混天綾《こんてんりん》はぴんと張った。何も言わなかったように哪吒《なた》は前を見て、李長庚《りちょうこう》を牽引しながら飛んでいく。李長庚《りちょうこう》は車輪がゆれるので、目がくらんで頭がぼんやりしていたが、これで視界が安定して物を考えられるようになった。

　あの言葉は何も言っていないようだが、透けてみえる情報は少なくない。

　哪吒《なた》には二人の兄がいる。金吒《きんた》は文殊菩薩《もんじゅぼさつ》のもとで職についており、木吒《もくた》は観音菩薩《かんのんぼさつ》の弟子だ。金吒《きんた》とつきあいはないので、あの〝兄者〟は木吒《もくた》を指すにちがいない。

　木吒《もくた》とは縁もゆかりもないが、何をよろしくと言ったのか？　もちろん観音《かんのん》のことだ。そして、観音《かんのん》から返事がないことを考えれば、返事をしたくないか、できないかのどちらかであろう？　天庭にしろ、霊鷲山《りょうじゅせん》にしろ、誰かを査問にかけようとすれば、まず相手の連絡手段を断ち、口裏あわせをふせぐ——つまり、これは観音《かんのん》が役目の上で面倒なことになったと、木吒《もくた》と哪吒《なた》を通して警告を発しているのではあるまいか？

　観音《かんのん》が直面した面倒は自分に通知する必要があった。このことはそれが取経と関係していることを表わしている。だが、いったいどこから問題が出た？　それが判然としない。

　どうあれ、観音《かんのん》がこんな形で情報を伝えてきたということは少なくとも彼女が自分の側に立っていて、密告者ではないことがわかる。この基本的判断がきわめて重要だ。李長庚《りちょうこう》はこの貴重な時間をつかい、ひとわたり考えをめぐらし、もはや風火輪が目をくらますのも忘れた。

　まもなく、哪吒《なた》は李長庚《りちょうこう》を三官殿の前につれてくると、自分は身をひるがえして行ってしまった。そして仙吏《り》がやってきて、偏殿《へんでん》（正殿の左右に建つ宮殿）の小部屋に案内した。李長庚《りちょうこう》が顔をあげると、そこに三名の神仙が座っていた。

　中央に座っているのは、鶴のような白髪をした鶏のようにしわだらけの老婆で、ひと目で黎山《れいざん》老母（上八仙の一人、陝西省驪山に住むと言われる女仙）だとわかった。だが、左右に座っている両名は完全に予想外だった。左と右にわかれて文《もん》殊菩薩《じゅぼさつ》と普賢菩薩《ふげんぼさつ》。なんたることだ。如来《にょらい》（釈迦、仏祖のこと）の左右の脇侍《わきじ》がそろっている。室内でも後光を発して部屋の隅にある水鏡がキラキラと輝いている。

文殊《もんじゅ》、普賢《ふげん》の両名が立ち上がって礼をし、黎山老母《れいざんろうぼ》が呵々《かか》と笑って口を開いた。

「金星よ、こたび、三官殿に場を借りて、おぬしに御足労いただいたのはのう、霊鷲山《りょうじゅせん》と天庭になにやら子細ありげなことを告発した者があるためじゃ。菩薩《ぼさつ》御両名がこの事を調べるために遠路お越しくだされた。わしもちょうど空《あ》いておったので、案内《あない》して来たというわけよ」

「どうぞ気がねなく、知っていることは話しましょう」

黎山《れいざん》老母の話を聞いて李長庚《りちょうこう》の心は落ちついた。

〝三官殿に場を借り〟たことは三官大帝が正式には介入してこないということであり、しかも、黎山《れいざん》老母が出てきて、すぐに自分は案内してきただけだと言ったことも態度を明らかにしている。つまり、天庭はこの件を重大とはみなさず、霊鷲山《りょうじゅせん》の面子《めんつ》を立てるだけということだ。

だから、自分は集中して霊鷲山《りょうじゅせん》の尋問に対応すればよいということになる。

おほんと一声、黎山《れいざん》老母が言う。

「つまりじゃ、大雷音寺が上申書を受けとったそうじゃ。それがな、玄奘《げんじょう》が旅の途中で取る数名の弟子が玉石混淆、素質に憂《うれ》うべき者があり、どうも選び方が公正を欠き、誰かの私欲が働いておるのではないかということじゃ」

李長庚《りちょうこう》が口を開こうとすると、黎山《れいざん》老母が手をあげて制する。

「公平の見地から数名の菩薩《ぼさつ》とわしはいかなる者にも知らせず、秘密で下界におり、まず玄奘《げんじょう》の弟子の心性を調べた。その時の情景は留影《りゅうえい》にとってある。金星にまずはそれを見てもらいたい」

李長庚《りちょうこう》は〝数名の菩薩《ぼさつ》とわし〟であって〝わしと数名の菩薩《ぼさつ》〟ではないことに注意をむけた。あきらかに今回の抜きうち査察は大雷音寺が主導し、三十九名の随行神をさけて行われている。視線を二名の菩薩《ぼさつ》の上にさまよわせると、普賢《ふげん》は顔を伏せ、じっと動かない。文殊《もんじゅ》はこちらに笑いかけて手を合わせている。

なるほど哪吒《なた》の話は頭をかくして尾を露《あら》わしている。哪吒《なた》の兄は文殊《もんじゅ》菩薩のもとにいる。たしかに直接には言うには都合がよくない。

黎山《れいざん》老母が龍頭杖をあげると、部屋のすみの水鏡がふいに光を発し、すぐに画面が浮かびあがった。

画面のなかでは師弟四人がまさに林のなかを進んでいる。巻簾大将《けんれんたいしょう》は本来の姿を隠し、頬ひげを生やした僧に化け、あの降魔宝杖《ごうまほうじょう》を天秤棒にしていた。荷物をかついで、つまらなそうに一行の一番後ろを歩いている様子は白龍馬よりも存在感がない。

観音《かんのん》は約束をたがえなかった。流沙河《りゅうさが》であの者を一行に入れたのだ。師弟の会話を聞いていると、巻簾大《けんれんたい》将《しょう》は流沙河《りゅうさが》から〝沙《さ》〟の字を姓にし、法号は〝沙悟《さご》浄《じょう》〟また〝沙僧〟と呼ばれていることがわかる。李長《りちょう》庚《こう》がこまかに観察すると、沙悟浄《さごじょう》と猪悟能《ちょごのう》はたがいに言葉を交わさず、ただ前者が後者を見る目にかすかな憎しみが透けている――この者の企むことは果たして小さくない。

師弟四人は豊かな農園を歩いていた。そこに一人、賈《か》という姓の婦人がでてきた。彼女には三人の美しい若い娘がいる。やもめ暮らしの賈《か》婦人は家に男がいないので、彼ら四人を婿《むこ》にむかえ、莫大な財産を継がせようというのだ（『西遊記』第二十三回）。

これはもう細やかに見る必要などなかった。ひと目で寡婦が黎山《れいざん》老母の変身だとわかったし、三人の娘の正体はもちろん文殊《もんじゅ》と普賢《ふげん》、それにもう一人は思いもよらなかったが——観音《かんのん》だろう。

なるほど観音《かんのん》が連絡を断ったわけだ。李長庚《りちょうこう》には想像できた。文殊《もんじゅ》と普賢《ふげん》が突然、観音《かんのん》の前に降臨し、その場で抜きうち査察を宣言すると、観音《かんのん》からすべての伝信法具をとりあげた——さいわい木吒《もくた》と観音《かんのん》の間に暗黙の了解がなりたち、あいまいなものながら知らせを李長庚《りちょうこう》に発することができたのだ。

留影はつづく。師弟四人は寡婦の提案にそれぞれに反応した。三人はみな冷淡だったが、猪八戒《ちょはっかい》だけは熱心で、天からふってわいた婚礼に喜び、じつにでたらめで噴飯ものの喜劇を演じた。留影は猪八戒《ちょはっかい》が真珠で飾った錦の衫《さん》を三着も着ようとするところで止まった（衫は肌着。三人の娘がそれぞれ作ったもので、猪八戒に一番ぴったり合う肌着をつくった娘と結婚させるという話になる）。

「いま、師弟四名はまだ賈《か》家の荘園で休み、わしらが結論を出すのを待っておる。その前に、わしは金星の考えを聞きたい」黎山《れいざん》老母は顔をほころばせて言った。

李長庚《りちょうこう》はすぐに答えなかった。女色で心をためすのはありきたりの計で、自分のふところにもいくつか似たような錦嚢《きんのう》がある。だが、問題はこの留影にうさんくさいところがあるのに、それがどこと言われると、すぐに分からないことだった。

普賢《ふげん》が顔をこわばらせて催促する。

「李《り》仙師、この留影に三人の弟子がよく表現されておる。どう評価される?」

「如是我聞。師と弟子では悟りの程度は同じではありません。それぞれ悟りには縁があるものですな」李長《りちょう》庚《こう》はまず大帽子で相手の口をふさごうとした。フンと普賢《ふげん》は鼻を鳴らす。

「左様な言葉でごまかすな。仏法にかけては、あなたよりも心得ておる。わたしが問うておるのはこの師弟のうち何人、誰が査察に通過し、誰が通過せぬかじゃ」

李長庚《りちょうこう》は答えた。「大道《たいどう》の数は五十（『易』の筮竹の本数）、天《てん》衍《えん》は四十九、人遁《じんとん》はその一つ（『易』では一本を人としてぬき、のこり四十九本を天と地にわけて占う）。変数はつねに易《かわ》りますぞ。みだりに測ることなどできましょうや？」こんどは道門の用語にあらためてみたが、かえって責任逃れの意図が明らかになってしまった。

普賢《ふげん》が目をむいて卓を叩こうとすると、文殊《もんじゅ》が傍らで押しとどめ、目を細めて李長庚《りちょうこう》に笑いかける。

「李《り》仙師、不快に思わないでください。われらは決まり通りにお話をうかがっているのです。これもみな取経の大業のためではないですか」

「取経の事務はみな霊鷲山《りょうじゅせん》が一手に決めておられます。貧道《やつがれ》はただ霊霄殿《れいしょうでん》の命《めい》にしたがい、護法に協力しているのみ。そのほかのことは一切知りませんな」

「そのようなことは聞いておりませんよ。ただ、この留影をみた感想を言ってくだされればよいのです」

「わたしの感想は一言、縁《えん》法とは高妙《たくみ》なるもの、造化《うんめい》は玄奇《ふしぎ》なるものです」

この巧妙な答えは水ももらさない。文殊《もんじゅ》は黎山《れいざん》老母をちらりと見たが、相手は龍頭杖にすがって眠ってしまったようだ。そこで、普賢《ふげん》と小さな声でいくつか相談し、文殊《もんじゅ》は向きなおって言った。

「ならば、李《り》仙師にお訊《き》きしますが、この沙悟浄《さごじょう》なる者はどのような身上《しんじょう》ですかな？」

李長庚《りちょうこう》は目を細めた。相手は攻め方を変えてきた。注意しながら答える。

「あの者は天庭の巻簾大将《けんれんたいしょう》、西王母《せいおうぼ》の玻璃《はり》の杯をこわしたので下界に落とされ、流沙河《りゅうさが》で妖怪となっておったのです」

文殊《もんじゅ》は沙悟浄《さごじょう》に興味があるようだ。「天庭と霊鷲山《りょうじゅせん》で罪を犯して下界に落とされた妖怪や神仙は谷を埋《うず》めるくらいおりましょう。その玻璃《はり》の杯を壊したのは何か大きな罪なのですか、なぜ玄奘《げんじょう》の三番弟子に選んだのです？」

「ご冗談を。わしが選んだとは何ですかな？　この妖怪は一心に仏に帰依し、敬虔《けいけん》に仏法を奉じておったので、いま優れた師にめぐりあい、弟子となったまで。あの者自身の縁でしょうな」

普賢《ふげん》は凶悪な顔で問う。「おぬしが敬虔と言ったら、あの者が敬虔となるのか？」

李長庚《りちょうこう》はのんびりと言った。「わしが言うておるのではありません。この水鏡が映し出しておるものです。菩薩《ぼさつ》各位も御覧あれ、沙悟浄《さごじょう》は最初から最後まで、ずっと猪悟能《ちょごのう》をにらんでおり、女子には目もくれません。これをどう説明なさる？　あの者は自分の心がゆらがぬばかりではなく他人を心にかけ、二人の兄弟子が間違いをしでかし、取経に影響がでないかと心配なのでしょう。これが敬虔でなければ何ですかな？」

この話で二名の菩薩《ぼさつ》は言葉がでない。文殊《もんじゅ》はしばらく沈黙すると、また口を開いた。

「高老荘から流沙河《りゅうさが》はひとつ黄風嶺《れい》をへだてるのみ、この弟子取りの頻度はひどく性急ではありませんか？」

黎山《れいざん》老母が口をはさむ。「両名菩薩《ぼさつ》、弟子取りのことはただ人品と仙縁によるもんじゃ。時の規定はないであろ」

このように遮《さえぎ》られたが、文殊《もんじゅ》はすこしも不快感をみせず、満面の笑みをたたえたままだ。

「李《り》仙師の仰《おっしゃ》ることは沙悟浄《さごじょう》が選ばれたのは敬虔に仏につかえるがゆえ、こういうことですね？」

李長庚《りちょうこう》はうなずく。そこに普賢《ふげん》がすかさず卓を叩く。

「ならば敬虔でなければ選《せん》に当たらぬ。そうであろう?」

「うっ」と李長庚《りちょうこう》はひとこと、この菩薩《ぼさつ》両名はやはり手強い。一人が黒い隈《くま》取り、もう一人が紅の隈《くま》取り(京劇などで黒い化粧は豪傑、赤い化粧は忠臣)、わざと沙悟浄《さごじょう》のことを突いてきたのだ。防戦につぐ防戦で、できるだけ言いぬけたが、やはり罠にはめられて射程におびきだされた。真のねらいは沙悟浄《さごじょう》ではなく、猪八戒《ちょはっかい》なのだ。

李長庚《りちょうこう》はひそかに自分の迂闊《うかつ》をせめた。先刻、留影をみた時、この破綻を見通せねばならなかった。

この美人計では玄奘《げんじょう》を試す必要はない――賈《か》寡婦は三人の娘を弟子たちに娶《めあわ》せ、自分は長老つまり玄奘《げんじょう》を取ろうとしているから、おだやかに試験を通過するのは目にみえている。孫悟空《そんごくう》も試さずともよい。この不思議な石ザルの〝石〟の字は、その出自のみを形容しているのはない。沙悟浄《さごじょう》は新たに一行に入った者だ。文殊《もんじゅ》と普賢《ふげん》は出発前におそらく存在を知らなかった。標的であったとは考えにくい。

言い換えれば、この心性を試すという計略は根本的に好色の徒である猪八戒《ちょはっかい》ひとりを狙い打ちしている。しかも一気に三人の娘を準備して見合いをさせれば、この試練に猪八戒《ちょはっかい》が通過できるはずがない――もちろん、この両名菩薩《ぼさつ》の手間もかかるが、そのぶん彼らの決意のほども見てとれる。

如来《にょらい》の左右脇侍と十大弟子の関係は浅くない。どうやら八戒《はっかい》が黄風怪《こうふうかい》にすり替わった事について阿儺《あなん》は不満をいだき、両名菩薩《ぼさつ》の出馬をねがったらしい。

「李《り》仙師?」文殊《もんじゅ》が呆《ほう》けている李長庚《りちょうこう》を現実に引き戻した。「まだお答えがありませんね。ただ仏につかえて敬虔、きびしく戒律を守る者のみが、まさに取経一行に入ることが許される。そうですね?」

「いかにも……」李長庚《りちょうこう》はあいまいに返事をするしかない。

「そうなると、戒律を守らず、でたらめな事をすれば、取経の資格がない者となりますね。そうでしょう？」

文殊《もんじゅ》はゆっくりと誘導していく。

李長庚《りちょうこう》は返事をしなかった。文殊《もんじゅ》と普賢《ふげん》はたがいに目をあわせ、留影を猪八戒《ちょはっかい》がお見合いをしているところに調整し、わざわざその場面で止め、二人同時にこの老神仙の方を見た。

李長庚《りちょうこう》は依然として困惑のなかにあった。心性を試す計略は八戒《はっかい》をねらったものに間違いはない。だが、すこし深く考えてみると、八戒《はっかい》の弟子入りは玉帝《ぎょくてい》と仏祖の間で暗黙の了解が成り立っている。あの道門と釈門の友好を象徴する錦鯉はまだ落伽山《らくがさん》の蓮池にいる。たとえ大雷音寺がこれを不快に思おうと、あえて玉帝《ぎょくてい》と仏祖の面子《めんつ》をつぶし、八戒《はっかい》を取り換える暴挙にはでるまい。文殊《もんじゅ》と普賢《ふげん》はそんな莫迦ではない。

李長庚《りちょうこう》にはよく似た経験があった。一番面倒な状況は、自分が口下手であることから来るではなく、相手の真の目的を知らないことからもたらされる。相手は東に払子《ほっす》をふりながら西に禅杖《ぜんじょう》をひと突き、雲山に霧のようにぼんやりと問いかけ、自分は応答する立場に置かれっぱなしだ。何か言いまちがえば罠におちてしまう。

その時、普賢《ふげん》がまた声を荒らげた。「猪八戒《ちょはっかい》の貪淫《たんいん》好色、じつに軟弱きわまりなし。この妖怪はわが仏と縁があったが、選抜の当初、大きな問題があったのではないか？」そこにすかさず文殊《もんじゅ》がつけ足す。「高老荘のことだけではありません。黄風嶺《れい》の一件、理解しがたいところも多いですね。李《り》仙師は全過程を追っておられる。もし何か規則から外れたことを御覧になったのならお話しくださりませ。われら一同で検討いたしましょう」

一歩一歩引っぱられ、李長庚《りちょうこう》は立っているのがやっと、じっと両名菩薩《ぼさつ》をみつめる。そうか、そうなのか……二人の目的はこれだ。

前回、阿儺《あなん》は黄風怪《こうふうかい》をけしかけて危険な橋をわたらせ、今回は文殊《もんじゅ》と普賢《ふげん》に換えて、大雷音寺の名で正々堂々と襲いかかって来た。二度の標的は同じ。どちらも観音《かんのん》にねらいをつけている。

二人は口々に言うが、どちらも終始、選抜過程にこだわっている。つまりは観音《かんのん》の弱みを握ろうとしているのだ——猪八戒《ちょはっかい》については普賢《ふげん》が前もって布団をしいたように〝この妖怪はわが仏と縁があった〟のだから、時期をみて理由をつけ、許せばよいと考えている。

両名菩薩《ぼさつ》はじっと李長庚《りちょうこう》を見つめ、部屋は静まりかえった。李長庚《りちょうこう》はしばし沈思すると、なんとか答えた。

「わしは護法に協力しているだけじゃ、ほかの事は実際よくわからん」

「黄風嶺《れい》の一件、いったい何が起こった？　その後、黄風怪《こうふうかい》はどこに行った？　霊吉菩薩《りょうきつぼさつ》とはいったい誰だ？」普賢《ふげん》が勢いこんで問いつめる。李長庚《りちょうこう》が答えないので、文殊《もんじゅ》はまた笑った。

「李《り》仙師、急がれず、ゆるりとお考えください。覚えているだけでかまいませんよ。だいたいの情況は把握しているのです。あなたに質問するのは観音大士《かんのんだいし》が話したこととの裏付けですから」

カタッと李長庚《りちょうこう》の心の中で音がした。まさか観音《かんのん》が自白したのか？　普賢《ふげん》が李長庚《りちょうこう》の顔色が変わったのをとらえて言う。

「高老荘と黄風嶺《れい》の問題は天庭と霊鷲山《りょうじゅせん》が重視している。心に欺瞞がある者は誰であろうと正直に言わねば応報をうける」

李長庚《りちょうこう》は口をひらき、のどがすこし渇いたと思った。そして、自分が伯夷《はくい》と叔斉《しゅくせい》のような苦境に陥ったことを知った。

下界に伝わる話では、周の武王《ぶおう》が紂《ちゅう》を伐った後、伯《はく》夷《い》と叔斉《しゅくせい》は武王の武力討伐をにくみ、二人は首陽山のふたつの洞に分かれて隠れ住んだ。武王が使者を派遣して二人に出仕をすすめたが、爵位は一つしかないので、先に出てきた者が爵位を得て、後に出てきた者は死ぬということになった。二人の兄弟はたがいに相談もできなかったが、志は同じようにゆるがず、同時に拒絶したのだった。武王は悵然《ちょうぜん》となげいて去り、兄弟はついに義《ぎ》を全うできたのだった（『史記』では伯夷・叔斉は周の穀物を食べるのを避け、首陽山で山菜を採って食べていたが、餓死したとされる）。

これを李長庚《りちょうこう》と観音《かんのん》について言えば、最良の結果はもちろん二人が何も言わないことだ。しかし、自分たち二人は伯夷《はくい》と叔斉《しゅくせい》ではなく、信頼の基礎も脆弱なものだ。観音《かんのん》が自白したのか、どれほどしゃべったのか、李長庚《りちょうこう》にはわからない。観音《かんのん》から見てもそうだろう。自分が黄風嶺の真相を話せば観音《かんのん》はどうなる？　もししゃべらなければ自分はどうなる？　こんな猜疑が果てしなくつづく――これこそ菩薩《ぼさつ》たちが飛符を断った目的だった。

部屋は微妙な沈黙が支配している。両名菩薩《ぼさつ》はこの老神仙の頭から白い気がもくもくと上がってきたのを見て、葛藤に陥っていることを知り、催促もせず、ゆったりとながめていた。伯夷《はくい》と叔斉《しゅくせい》はこの陥穽《かんせい》に落ちても根本の大道だけを見ていたが、いったん因果に落ちれば、たとえ大羅金仙とてぬけだすことはむずかしい。金星老人など遅かれ早かれ屈服するだろう。

この時、黎山《れいざん》老母がふいに目を開いて杖で床を叩いた。

「わしのような婆《ばば》あはすぐ疲れるんじゃ。すこし休ませよ。茶でも飲んで話してもよかろう」そう言われると、文殊《もんじゅ》と普賢《ふげん》も同意するしかないが、李長庚《りちょうこう》に部屋を出ることは許さない。

李長庚《りちょうこう》は息をつくことができ、すぐにござの上に座り、ゆっくりと呼吸した。黎山《れいざん》老母が傍らから茶を差しだした。

「金星よ、おぬしもそう負担に感じるでない。話すべきをどう話そうと重荷に思うことはないぞ」

李長庚《りちょうこう》は両手で茶碗をうけとり、ひと口すすり、うなずいて感謝をのべた。

「この三官殿の茶は瑤池《ようち》の劫前《ごうぜん》玉露と比べものにはならんが、なんとか渇きをいやすことはできよう」黎山《れいざん》老母が笑って言う。

李長庚《りちょうこう》は再び感謝をのべたが、その言葉を口の端にのせると、突然悟り、猛然と顔をあげた。黎山《れいざん》老母は席にかえり、うとうと眠たげな様子だ。文殊《もんじゅ》と普賢《ふげん》が休息は十分ですかなと問う。

「ひと息つけました。さて、つづけますかな」

李長庚《りちょうこう》は両袖をふるい、微笑《ほほえ》んで答えた。文殊《もんじゅ》と普《ふ》賢《げん》は顔を見あわせ、この老人の気迫に奇妙な変化が起こったように感じたが、それがなぜかは分からなかった。

尋問が再開された。李長庚《りちょうこう》は以前の態度と異なり、もう唯々《いい》諾々《だくだく》とせず、話しぶりは人をたじろがせた。掲帖の内容に誤りはなく、弟子入りも規則に合致しているとひと息にのべると、霊吉《りょうきつ》菩薩と黄風怪《こうふうかい》の行方についいては知らぬの一点ばりを押し通す。文殊《もんじゅ》と普賢《ふげん》が硬軟をおりまぜて問いつめても、もうこの老獪な鼈《すっぽん》を甲羅から引きずり出すことはできなかった。

李長庚《りちょうこう》は意気揚々、心中ひそかに喜んでいた。黎山《れいざん》老母の茶はじっさい重要な鍵だった。老母は李長庚《りちょうこう》が瑤池《ようち》に行ったことを知っていて、正確に〝劫前《ごうぜん》玉露〟の名を出した。ここから老母が西王母《せいおうぼ》と通じていることが分かる。

じつは早々に文殊《もんじゅ》が沙悟浄《さごじょう》のことを問いつめた時、

黎山《れいざん》老母がさえぎってくれていた。この一点に注意すべきだった。だが、残念なことにぼんやりしていて、この暗示を見逃していたから黎山《れいざん》老母が休息の間に茶を差し出さねばならなかった。

「やはり、まだまだじゃな」李長庚《りちょうこう》は心中嘆いた。

とっくにわかっていてもよかった。瑤池《ようち》の西王母《せいおうぼ》が猪八戒《ちょはっかい》を除こうとせずとも、天庭が今回の調査に積極的態度をとるはずがない。猪八戒《ちょはっかい》と沙悟浄《さごじょう》は二名の金仙が手配したもので、どうしてわざわざ護法の責任者を取り換えねばならぬ？

だから、大きな間違いさえしなければ何も危険はないのだ。考えがまとまると、目の前はすみやかに晴れわたった。

伯夷《はくい》と叔斉《しゅくせい》の苦境は絶大な危機に直面していることが前提だ。しかし、この前提が存在しなくなると、普《ふ》賢《げん》の言う〝心に欺瞞がある者は誰であろうと、正直に言わねば応報をうける〟は、目くらましの威嚇にすぎないと分かり、文殊《もんじゅ》が観音《かんのん》の自白をちらつかせたのも同じだった――つまり、この虚妄を看破すれば、ただちに〝首陽山の迷い〟から抜けだして大解脱が得られた。

文殊《もんじゅ》、普賢《ふげん》はさらに尋問をつづけたが、それは徒労だった。文殊《もんじゅ》はやや態度を硬化し、言葉も重く、意味深長になった。「李《り》仙師、よく御考えください。考えるのです。これはあなたと大雷音寺の福縁にかかわることですぞ」

この言い方はあからさまな利益誘導だ。

李長庚《りちょうこう》は毫《ごう》も迷わず、拒絶で答えた。菩薩《ぼさつ》両名の態度にあせりがみえはじめ、観音《かんのん》がいかなる情報もしゃべっていないことが見てとれた。そうでなければ、とっくにそれを突きつけているだろう。観音《かんのん》が持ちこたえている以上、自分が観音《かんのん》を売る必要などない。

これは利益の問題だけではなく道義の問題でもある。仙途啓明殿で長く働いてきて、手段は重要であるが、仙途を長久にしたければ、やはり人品を大事にしなければならないことは身にしみている。

上座の文殊《もんじゅ》と普賢《ふげん》の顔色が鉄青になり、後光さえもやや暗くなった。この尋問が失敗だったと、ついに気がついたのだ。菩薩《ぼさつ》両名にはどうしてもわからなかった。李長庚《りちょうこう》の法具は取り上げたはずなのに、どうして相手の態度がこうも変化したのか？　二人は疑いの目を黎山老母《れいざんろうぼ》にむけたが、茶を一杯差しだしたほかは、うたた寝をしていただけだ。

黎山老母《れいざんろうぼ》が目をひらいて、菩薩《ぼさつ》両名に言った。

「聞くことは聞いたか？　では、御二人は相談して考えをまとめてくだされ。わしが下界へ意見を伝えにいきますわい。師弟どもがまだ待っておるじゃろ」

李長庚《りちょうこう》が身を起こして言う。「貧道《やつがれ》もせねばならぬ仕事が多いので、もう行ってかまいませんかな？」

黎山老母《れいざんろうぼ》がひとつ龍頭杖を突く。「決定を聞いて行かんのか？」

「どのような決定でも、貧道《やつがれ》、凜然《りんぜん》と遵《したが》います。二言はありませんぞ」

文殊《もんじゅ》と普賢《ふげん》の複雑な視線をうけながら、李長庚《りちょうこう》は昂《こう》然と三官殿を離れた。今度は哪吒《なた》の迎えがないから、自分の鶴をよび、悠然と啓明殿に帰った。帰路、観音《かんのん》からの伝音を受けた。連絡が回復したのだ。

黎山老母《れいざんろうぼ》と菩薩《ぼさつ》たちは決議を出したようだった。今回、禅心を試したが、猪八戒《ちょはっかい》の心性は愚にして頑迷、淫性は改めがたし。三着の錦衫《きんさん》を麻縄に変えて、一夜吊るしておくことにする。

「それだけですか？」

「たしかよ」

猪八戒《ちょはっかい》は醜態百出だが、免職にすることもできず、ほかの三名のふるまいには何の問題もない。菩薩《ぼさつ》たちもふりあげた叩き板（板子、板打ちの刑に用いる板）をゆっくり下ろすしかなく、こんな痛くも痒《かゆ》くもない結論をだすしかないので、ただ〝禅心を試した〟ことを強調している――そうだ、ただの〝試練〟で正式な審査ではないのだから、通過しなくても重要ではない。今後注意すればそれでよいのだった。

さらによい知らせがあった。観音《かんのん》は〝巧みに名目を立てる〟という特技を十分に発揮した。文殊《もんじゅ》、普賢《ふげん》はこれを〝試練〟だと強調したのではないか？　ならば劫難《ごうなん》に数えてよいのでは？　こうして観音《かんのん》は菩薩《ぼさつ》両名の手から今回の抜きうち査察を強引に奪いとって、自分の業績に数えてしまった。

すでに流沙河《りゅうさが》では「流沙渡《わた》りがたし、第十五難」と「沙僧《さそう》を弟子にする、第十六難」に分けていて、さらに今回のむだに終わった査察の「四聖顕化《けんげ》す、第十七難」（四聖は三名の菩薩と黎山老母）を数え、一気に仕事を進めた。

「わたしたちに苦労をさせたんだから、代価は払ってもらわなくちゃね？」

観音《かんのん》はいまいましそうにそう言って、李長庚《りちょうこう》に空白の箇帖を送ってきた。

「この劫難《ごうなん》は〝試練〟なんだから、掲帖にはちょっと教育的意義が必要よね。これは李《り》さんがやってくれない」――それは李長庚《りちょうこう》が自分を売らなかったことに対する感謝であり、詩句をひねる癖を出してもいいということだ。

李長庚《りちょうこう》は気分がよく、詩想がわきあがってきて大いに筆をふるい、八句の頌詩《ほめうた》を書いた。

黎山《れいざん》老母は凡《ぼん》を思わずも
南海菩薩は下山を請《こ》えり
普賢文殊は皆な客となり

美女と化して林間に在り
聖僧は有徳、また俗なし
八戒は禅《さとり》なく更《さら》に凡《ぼん》あり
此《ここ》より静心《せいしん》過を改むべし
怠慢生ずれば路途《みち》は難し（『西遊記』第二十三回）

楽しくこんなふうに書くと批評を請《こ》うた。観音《かんのん》はしばらく絶句してから返事をした。

「わるくないけど、次はやっぱりわたしがやる」

李長庚《りちょうこう》が啓明殿に帰ると、なんと観音《かんのん》が門の前で待っていた。なにかまた意外なことでも起こったかとドキリとしたが、相手は玉浄瓶《ぎょくじょうへい》をちょっと持ちあげ、にこりと笑った。

「下界はうまくいってます。しばらく仕事はないから李《り》さんと飲みたいなと思って」

観音《かんのん》の心はすみきっていた。あの時もし李長庚《りちょうこう》が動揺していたら、とんだ愚か者になるところだった。取経一行の禅心を試すとは言うが、なかなかどうして、二人の志も試されることになるとは。こうして彼女が自分からやって来て、謝意まで表わし、関係はずっと深まった。

二人は啓明殿に入った。童子がすぐに玉露茶を二杯もってくる。李長庚《りちょうこう》は〝豪気、雲を干《おか》す〟という勢いで、大きく手をふる。

「茶とは何だ。酒を持ってこぬか！」

観音《かんのん》は口をすぼめて笑う。

「わたし、素酒《そしゅ》なら持ってるの」そう言うと、玉浄《ぎょくじょう》瓶《へい》からとくとくと二杯の瓊漿《けいしょう》（美酒）を注ぐ。李長庚《りちょうこう》は童子に九転金丹《きゅうてんきんたん》をひと皿、仙果をいくつか持ってこさせ、二人は飲みながら話しだした。

酒席はおしゃべりやら噂やらで盛りあがった。宴もたけなわ、耳も熱くなった頃、ふいに観音《かんのん》が浄瓶《じょうへい》を卓にとんと置いて、赤い顔で言った。

「わたしだって大変なのよ！　もともと護法そのものが簡単じゃないのに、そのうえ、嫌がらせも山ほどある。前回は玄奘《げんじょう》をそそのかして、今回は八戒《はっかい》に試練でしょ、次はなに？　毎日いろいろと考えて下の者を守ってやるのって、ほんっとに疲れる。やっぱりやめてやるわ！」

李長庚《りちょうこう》は酒杯をあげた。「大士《だいし》、それはちがいますぞ。道法とは自然じゃ。自然の法とは何ですかな？　すなわちこれ戦い、すなわちこれ争いじゃ、大道とは鋒《ほこ》をかわす真剣勝負ですぞ。あなたが一尺引けば、あの者たちが一丈進む。面倒な事をやめれば嫌がらせも少なくなるとでも御思いか？……ちがいますな。あなたが弱いとみれば、これからも嫌がらせは続きますぞ」

「李《り》さんって謙虚な人だと思ってたのに、芯はそんなに凶悪だったたんだ」

「凶悪ではありません。これぞ仙界で生存を図る道なのです――大士《だいし》、考えてみてくだされ、はじめ、わしがあなたのやり方をゆさぶらなかったら、わしを軟らかい柿か何かくらいに思っていたであろ？」

観音《かんのん》はひとつしゃっくりをして、かるい不満をあらわした。李長庚《りちょうこう》は酒の勢いで爺くさい心持ちが頭をもたげてきて、懇々《こんこん》と教えを垂れる。

「あなたの仕事ぶりは巧みじゃが、かんじんな時にじゅうぶん強硬とは言えませんぞ。だから、容易につけこまれ、〝一力《いちりき》、十会《じっかい》を降《くだ》す〟（豪傑一人で十人降参させる。会は武芸ができる者の意）ことになるのです。わしの手助けについては言いませんがの、黄風怪《こうふうかい》が開きなおって悟空を襲撃し、玄奘《げんじょう》をさらった時、あなたは手をつかねて無策じゃった。あれはいかん」

観音《かんのん》はしかたなく首をふった。「じゃあ、どうすればよかったのよ？　毎回〝兵《へい》が来たら将《しょう》が防ぐ〟ってわけ？　それで本来の仕事がやれる？」

「あなたはすこし強硬になって、刺《とげ》を出すべきなんじゃ。さすれば他の者も与《くみ》しやすいと見ず、あえて嫌がらせをすることもなくなる」李長庚《りちょうこう》はまごころをこめて言った。

「そんな道理はだれでも知ってるわ。でも、やってみると簡単じゃないでしょ？」

「じつは、わしにひとつ考えがある」李長庚《りちょうこう》は金丹《きんたん》を一粒口にほうりこんで、ぼりぼりと噛みくだく。

「李《り》さんって、いい人じゃないけど、その立場に居つづけられるんだし、ご意見にまちがいはないわね」

「つぎの劫難《ごうなん》ではあなたが面目を露《あら》わし、まぎれもない功績を立てるんじゃ。手腕を存分に発揮して、掲帖でも大きく褒《ほ》めたたえ、名声を一気に高める。さすれば、あの者たちも手出しをひかえるようになるじゃろ」

「わたしたちは護法をするんでしょ。自分の功績を立てるなんて、そんなの都合がわるくない？」

「なんの都合のわるいことがありますか？　前回の黄風嶺《れい》では、護教伽藍《ごきょうがらん》たちに機会をやって、思いっきり褒めておきましたぞ？　その効果もてきめんじゃ。ゆえにこの仕事はどう操作するかが重要ですぞ。安心してくだされ、わしが手配すれば天衣無縫なること請《う》けあいじゃ」

「どうするつもり？　小さな事じゃ効果はないし、あんまり派手な事をしたら、やっかい事も多いし、万一また査問されることになったら……」

李長庚《りちょうこう》はやや杯を高くあげて飲むと、たまたま皿の仙果が目に入り、突然、興奮して卓を拍《う》った。

「そうだ、あいつじゃ！」

「だれ？」

「瑤池《ようち》の宴で仙果をひさぐ者と会いましてな。ちょうど取経の経路におります。あやつならば間違いなし！わしが手配をしましょう……」

観音《かんのん》の瓔珞《ようらく》（胸の房飾り）がかすかにゆれ、やや感動した様子が見てとれる。

「李《り》さん、正直に言うとね、わたし、あなたを意気地なしの能なしだと思ってた。でも、今、やっとわかった。〝錦里《めんり》に針を蔵《かく》す〟（きれいな表面に鋭意を隠す）〝徳をもって怨みに報いる〟（『論語』憲問）って、あなたのことね。それに比べてわたしはまだまだ。あなたに学ばないと」

「ややっ、大士《だいし》、ご謙遜には及びませんぞ。われら道門と釈門で信念はちがえど、仙《せん》と仏《ぶつ》の間に高低なしじゃ」李長庚《りちょうこう》はすでにほろ酔いで、言葉づかいもいくぶんぞんざいになる。「わしの鶴をみたであろ？　まじめにじっと数千年……わしを乗せて三界をあまねくめぐった。わしらとて日々金仙や仏陀と憂《うれ》いをともにして奔走しておるが、あの鶴とどれだけちがう？」

観音《かんのん》は酒杯をあげた。

「やめましょ、仕事の話は。さあ、飲んで、飲んで」

李長庚《りちょうこう》はもごもごと何かつぶやいて、もう一口飲むと、卓に伏して酔いつぶれた。

第七章

李長庚《りちょうこう》と観音《かんのん》は五荘観《ごそうかん》の入り口に立っていた。観音《かんのん》が顔をあげると、最初に目に入ったのは門に立つ巨大な石碑だった。

見落とすことなどできっこない。とてつもなく大きくて全体は青黒い、山門よりも目をひき、これを立てた者が力のかぎり叫んでいるように思われる。すべての人に金字で書いたこの十個の大篆《たいてん》（周の時代の古代字体）を見よと。

万寿山《まんじゅざん》福地、五荘観《ごそうかん》洞天

「たいへんな気迫ね」観音《かんのん》は舌をうって称賛し、山門の奥をながめる。切り立った険しい山々の間に楼閣がめぐらせてあり、その趣を松竹が蔽《おお》い、雲や霞《かすみ》がただよい、ときおり鶴の鳴き声、猿の啼《な》き声すら聞こえる。あきらかに人間世界の洞府なのに、天宮の仙家のような気脈がある。

観音《かんのん》の驚きを聞いて李長庚《りちょうこう》はただすこし笑っただけで、なにも言わなかった。ややあって遠くから眉目秀麗な一対の童子がふたつの雲靄《うんあい》を踏んで飄然《ひょうぜん》とやってきた。どちらも唇は厚く、歯は白く、玉の冠に紫の頭巾、見た目はすばらしいと言うべきだった。

「清風《せいふう》、明月《めいげつ》よ、おぬしらの師父はおるか？」李長庚《りちょうこう》が問うた。

清風《せいふう》が卑しい風も高ぶる風もなく、拱手《きょうしゅ》して礼をほどこす。

「わが師は上清天（三清天の一、一般に太上老君が住まうとされる）の弥羅《みら》宮で元《げん》始天尊《してんそん》（道教の最高神、天地の造物主）が混元《こんげん》の道果を講じられるのを聞きにいき、まだ帰りません」

それを聞いて観音《かんのん》は失望をおぼえた。李長庚《りちょうこう》は顔つきが渋くなる。

「むだ話をするな。観《かん》（道教寺院）に居るのは承知しておる。ほかの者ならいざ知らず、李長庚《りちょうこう》が訪ねてきたと言うのじゃ」

ふたりの童子は目をあわせ、あわてて背をむけると耳を押さえた。まるで指示を請うているようだ。そして、師の一気が三清（道教の三天神、玉清元始天尊、上清霊宝天尊、太清道徳天尊）と化して、分身の一つが観《かん》で修行しておりますので、お客さまに入っていただくようと言っておりますと告げる。

フンと一声、李長庚《りちょうこう》は観音《かんのん》とともに清風《せいふう》、明月《めいげつ》の後について中に入っていく。五荘観の正殿に入って観音《かんのん》が顔をあげると、正面に〝天地〟の二字が掛かっているのをみて、奇妙に思い、問うた。「なんでこの二字しか掛けてないの？」

李長庚《りちょうこう》がとめようと思った時にはすでに手後れだった。清風《せいふう》と明月《めいげつ》はたがいに目をあわせ、奪うように答える。二人の声は一字のちがいもなく、言い慣れて流れるようだ。

「三清《さんせい》はわが師の友、四帝《してい》（北極紫微大帝、南極長生大帝、太極天皇大帝、東極青華大帝で、それぞれ万星、万霊、万神、万類を統御する）はわが師の昔なじみ、九曜《きゅうよう》（一白水星、二黒土星、三碧木星、四緑木星、五黄土星、六白金星、七赤金星、八白土星、九紫火星）はわが師の後輩、元辰《げんしん》（疫病神）はわが師の客分、ですから、ほかの方にお仕えするのも不適当なので、ただ〝天地〟の二字をここに掛けてあるのです」

観音《かんのん》は大いに驚き、この五荘観はそんなにすごいのかと思った。李長庚《りちょうこう》があわてて観音《かんのん》の袖をひく。

「まあ、誰が来てもこやつらはそう言うのじゃ。三清《さんせい》や四帝《してい》が訪ねてくるなど、まさか本当のはずはなかろう？」

その言葉と同時に、ふいに明るい笑い声が四面八方から聞こえてきた。

「長庚道友《ちょうこうどうゆう》、お久しぶりですな？」

二人が首をめぐらすと、堂々とした風采の、いかにも仙風道骨がある玄《くろ》い袍《ほう》を着た人物が天から降りてきた。紫金《しきん》の冠、無憂《むゆう》の鶴の氅《うわぎ》、周囲に花の雨が乱れ舞い、はらはらと花びらが回りながら落ちるさまはきわめて威風堂々としている。

フンと一言、李長庚《りちょうこう》がドンと足を踏みならすと花の雨がバサッと落ちた。あわてて鎮元子《ちんげんし》が芝居をやめて、両手をのばして押しとどめる。

「あっ、李《り》さん、ドンってやるなって。あんなに籠に入れたのに全部落とされたら、また詰めなおさないと。めちゃくちゃ面倒なんだぞ」

「言ったであろう、元子《げんし》よ、わしが来たと知って、まだこんな芝居をしおって、なんのつもりだ？」

鎮元子《ちんげんし》はあごの下の長い髭をしごいて、まだ得意になっている。

「でも、効果はわるくないだろ？　あんたもちょっとびっくりしてたし」

李長庚《りちょうこう》は答えるのが面倒になり、観音《かんのん》を指さした。

「こちらは観音大士《かんのんだいし》じゃ、今日はおぬしと仕事の話をしにきた」

それを聞いて、鎮元子《ちんげんし》の両目がキラリと光を放つ。

「おお、ご尊名は久しく聞いております。なんと、わが観《かん》にお越しくださるとは。ご光臨まことに幸い、蓬《ほう》華生輝《ひっせいき》、蓬華生輝《ほうひっせいき》（あばら屋に光が射す意、書画を贈ってもらった時に使う）」

観音《かんのん》が両手を合わせて礼を返そうとすると、いきなり鎮元子《ちんげんし》につかまって〝天地〟の二字の下へさらわれていった。尊者の降臨は得がたいので、いっしょに天地を拝しましょうと鎮元子《ちんげんし》は言う。

観音《かんのん》が面食らっていると、傍らから清風《せいふう》と明月《めいげつ》が一人は巻紙、一人は呪文をかけた筆と墨をもってきて、一瞬の間に乩仙《けいせん》（扶乱、フーチ。コックリさんのような自動書記）の用意をととのえる。見るからに手慣れている。乩仙《けいせん》は筆に手をそえずとも自動で描かれる。たちまち紙に『道釈仙友図』が描かれ、絵には二人の神仙が天地の二字を背景に手をたずさえて立っていた。鎮元子《ちんげんし》は本人よりいくぶん見栄えよく描かれ、双眸には深く光をやどし、背後にはさまざまな不思議な現象がこっそりと描きこまれていた。

観音《かんのん》はやや気まずそうだが、鎮元子《ちんげんし》はというとすこしも遠慮などない。鎮元子《ちんげんし》が手をあげると、この絵がみずから偏殿《へんでん》に飛んでいった。それを観音《かんのん》が横目でながめると、そこには二十数枚の軸《じく》がかかっていた。どれも鎮元子《ちんげんし》とさまざまな神仙が天地を拝している絵で、有名ではない神仙などいない。しかし、絵に描かれた神仙はみな観音《かんのん》と同じく礼儀正しくしながらも気まずそうな表情で、一抹の不本意すら浮かべている。

「みな親友ですよ。いつもあたしのところに来て、茶を飲んでいくんです」

鎮元子《ちんげんし》が淡々と手をふり、案内して一つ一つ見せて回ろうとする。たまらず李長庚《りちょうこう》が催促した。

「もうよいわ。今日は仕事の話をしにきたんじゃ。おぬしの見せびらかしにつきあいにきたわけではないぞ」

鎮元子《ちんげんし》も聞き分けはよく、二人を五荘観の裏手の花園につれていった。そこには高さ千尺になろうかという大樹がそびえ立ち、青々としげって馥郁《ふくいく》とかおり、枝は交差してくねくねと曲がり、一つ一つに赤子のような果実が下がっていた。これぞ三界に名の聞こえた人参果《にんじんか》の樹だ。

樹の下には飾り気のない四角い板がしつらえてあり、卓になっていた。卓上に金の叩き棒、白玉の皿、琉璃《るり》の茶杯などが並べてあり、どれも精緻《せいち》な作りだった。

　三名の神仙がそれぞれ座をしめると、鎮元子《ちんげんし》は指を伸ばして樹を指した。その声は鐘《しょう》か磬《けい》のように響き、抑揚ははっきりしていた。

「この人参果は深く知恵をかくし、物性ひそかに天道と合う。金にあえば落ち、木にあえば枯れ、水にあえば化《と》け、火にあえば焦げ、土にあえば入《もぐ》るのですから、かんたんに食べることはできませんぞ。ひと通り手順を踏まねばならんのです。まずは金にあえば落ちるが何かということをお見せしましょう」

　そう言うと金の叩き棒をつかんで、人参果を落としに樹にのぼろうとする。李長庚《りちょうこう》が煩わしそうに言う。

「もうよい。果物なら食うだけ。そんな儀式はまるで雨乞いではないか。やりすぎじゃ」

「あたしは貴賓のためを思ってしているんだよ。ふつうの果物でも立派な決まり事を立てて、立派な手順で並べれば、その味はがらりとちがってくるんだ。まして、あたしの人参果だからね」鎮元子《ちんげんし》は笑って言う。

「おぬしのそれは見知らぬ客を騙《だま》す手であろう。わしにその手は効《き》かん」

「だれがあんたを騙すか。あたしは観音大士《かんのんだいし》に見聞をひろめていただこうとしただけだよ」そう言うと、鎮《ちん》元子《げんし》は大袖をひとふり、ひと揃いの道具をすべてしまい込んだ。

　しばらくすると、清風《せいふう》と明月《めいげつ》が人参果をのせて皿を持ってきた。少なくとも二十数個もあり、山のように盛ってある。これには観音《かんのん》が一驚する。

「こんなにたくさん？　人参果は三千年に一回花が咲いて、三千年に一回実を結び、もう三千年でやっと熟《う》れると聞いています。一万年に三十個しか実らないんでしょ？　鎮元《ちんげん》大仙、散財のしすぎですよ」

　李長庚《りちょうこう》は笑った。「大士《だいし》、あなたもこやつの計略にはまっておる。この鎮元子《ちんげんし》はほら吹きの術が一番得意だ。じつは人参果など甲子《こうし》（六十年、天界の六十日）がひとめぐりもすれば、三十個は実る。それを外にむけては一万年とふれまわって、天上の神仙たちをごまかし、すっかり蟠桃《ばんとう》よりも高値につりあげておる」

鎮元子《ちんげんし》は不満そうだ。「李《り》さん、好意で招待しているのに、なんで芝居をぶち壊すかね？ あたしがこうして秘密めかさないと、瑶池《ようち》の蟠桃会《ばんとうえ》でもあたしの果物を特別のお客様むけにできないだろ？ 道経にも〝大成は欠《か》くるがごとし〟（『老子』四十五章、大いなる完成は欠けているように見える）と言うじゃないか。同じ品でも大成功しようと思ったら欠品して珍しいと思わせないといけないんだ」

〝その言葉はそんなふうに理解してはいけないんじゃ？〟と観音《かんのん》はこっそり思ったが、鎮元子《ちんげんし》の話はつづく。

「もっと言うと、いま、あちこちの神仙がつてを使って欲しいと言ってきてるのさ、どなたの面子《めんつ》もつぶせないだろ。ちょっと収穫が少ないって言っておいて、手元にのこしておいて、分けて差しあげる。こういう付きあいは大事にしなくちゃ、そうでしょう？」

　同席者は全員、世故《せこ》には通じているから、こんな率直な話を聞くと、思わずそろって手を拍《う》って笑った。李長庚《りちょうこう》が座にいると鎮元子《ちんげんし》も気取らなかった。袖をたくしあげて人参果を二つつかむと、二人の前に置いた。

「さあ、ここまでは商売の話だ。ちょっとはもったいぶらなくちゃ。でも、いまは友だちどうし、さあ、食べた、食べた。あの童子どもなんか、二人して毎日皮をむいて美容とか言って顔に貼りつけてるんだ――でも、一つだけ、門を出たら言いふらすのはやめてくださいよ」

　観音《かんのん》は李長庚《りちょうこう》から紹介され、鎮元子《ちんげんし》とは若い頃、いっしょに修行をした仲だと知った。その後、李長庚《りちょうこう》は飛昇して天庭に行き、鎮元子《ちんげんし》は下界で地仙をすることを選び、洞府を開いて仙果の世話をしている。

「李《り》さん、言ったじゃないか。あんたが飛昇を選ぶべきだと言った時、天に昇ってどうするんだってさ。そりゃ、光栄なことだろうが、毎日苦しいばっかりで誰もが何か恐れていてさ、ここみたいな自在さはどこにある？　ここじゃ勤務の評定も点呼もないし、同僚との軋轢《あつれき》もない。仕事で儲けたら自分で使う、これぞ逍遙《しょうよう》の境地だね」鎮元子《ちんげんし》は言う。

李長庚《りちょうこう》はしばらく沈黙して、これに不服なようだった。「天に上ると地に植えるでは頭脳明晰な者は前者を選ぶもんじゃ。おぬしがこんなに手広くやるとは誰が思うか？　もっと言えば、修行はできたぞ。おぬしのようにほらが吹けぬだけじゃ。天地だけを拝する鎮《ちん》元大仙《げんだいせん》などと、よくも飾りたておったものじゃ」

これに鎮元子《ちんげんし》も言い返す。「ほら吹きがどうしたんだい？　天下に果物を植える者は多いんだ。どうやればあたしの果物だけを瑤池《ようち》の特級品にできる？　李《り》さん、あんたやっぱり心のなかじゃ、あたしを莫迦にして正道じゃないと思っとるな。修行の法門は多い。どうしてほら吹きが大道を目指せんと分かる？」

観音《かんのん》があわてて場を収めようとする。「〝大道は途《みち》を殊《こと》にすれど同じく帰す〟（『周易』繫辞下）でしょ。李《り》さんは天官になって、あなたは地仙になった。お二人ともに輝かしい仙途です。なんで上下を争わないといけないの？」

「〝地仙の祖〟だよ、あたしゃ〝地仙の祖〟なの！」鎮元子《ちんげんし》が訂正した。それを聞いて、〝ずいぶん偉そうな名前ね。どうして天界で聞いたことがないのかしら〟と観音《かんのん》は思ったが、口には出さず、人参果を両手でつまんで上品に浅くかじった。

三人の神仙がひとわたり人参果を食べると、李長庚《りちょうこう》が口をぬぐって言った。

「元子《げんし》よ、仕事の話だ。玄奘《げんじょう》の取経のことは知っておるな？　もうすぐあの者らがここを通る。そこで、わしらの仕事にすこし協力してほしいのじゃ」

「知ってるよ。護法とかいう仕事で、誰かに苦難を克服させるんだろ。あんたの本業だ」

「わしはあの者たちに五荘観で人参果を盗ませようと思っておる。それで、おぬしと連係したいのじゃ。おぬしにも利はある。この果実がどれだけ貴重かもう一度宣伝できる機会だからな」

鎮元子《ちんげんし》は話の後半を聞くと、すぐに眉を開いて目が笑った。「それはいい」と連呼したが、ふいに瞳を転じる。「それで……こちらはなにを提供すればいい？」

「昔からの修行仲間ではないか、提供などと俗なことをいうな！」李長庚《りちょうこう》の右手の指が上を指す。「樹を一本ほしいだけじゃ」

鎮元子《ちんげんし》は大いに驚いた。

「なんだって？　この人参果樹をほしいだと？　だめだ、だめだ。これはあたしの命も同然の法宝《たから》で、やっと三界に知れわたらせたんだよ」

李長庚《りちょうこう》は言う。「誰がおぬしの果樹を欲しいと言った。わしの洞府にこんな大きな樹は入らん。この樹で少々含みをつくって劫難《ごうなん》につかいたいのじゃ」

鎮元子《ちんげんし》は疑わしそうに言う。「じゃ、つづきを話してくれ」

李長庚《りちょうこう》はあわてずいそがず、筋書きを説明する。

「あまり複雑にする必要はない。やはり、おぬしが慣れておる客を遇するやり方で、まずここを離れて、元《げん》始天尊《してんそん》が混元道果《こんげんどうか》を講ずるのを聞きにいったと言っておけ。清風《せいふう》、明月《めいげつ》を残しておいて、玄奘《げんじょう》を出迎えさせる。わしが玄奘《げんじょう》の弟子に人参果を落とさせて、おぬしの童子に誤解されるようにしむける。すると、あの者たちは人参果樹を根こそぎ押し倒し……」

「ちょっと待て、ほんとに倒すのか？」鎮元子《ちんげんし》の持っていた人参果がぽろりと地面に落ちて、すぐに土のなかに入る。

「まあ、つづきを聞け。あの者どもが悪事をしでかして逃げようとしたら、その時、おぬしが帰って来て、〝袖のなかの乾坤《けんこん》〟（『西遊記』に出てくる鎮元子の仙術で、袖の中に玄奘一行を閉じこめてしまう技）の術をつかって、あの者どもをつかまえ、人参果の復讐だという。師弟四人がおぬしに取り押さえられるのじゃ」

鎮元子《ちんげんし》は自分がそんなにすごい神通力をもつ役割だと聞いて得意満面だが、すぐに眉をあげてしわをよせる。

「だが、どうやってその場を収める？　ほんとうに玄《げん》奘《じょう》を仇として殺すことはできん。それに人参果樹がそんな風に倒されたら、これからどうやって人参果を売ればいい？　最後にあたしが広大な神通力を使って樹を復元するのか？」

李長庚《りちょうこう》は観音《かんのん》をちらりと見た。「もちろん、樹は元に戻さねばならんが、元子《げんし》、おぬしにはできん」

「なぜ、できんのだ」鎮元子《ちんげんし》は失望したようだった。

「自分で復元できるなら、なんで師弟を捕える必要がある？」李長庚《りちょうこう》は堂々と言う。「おぬしがまず悟空《ごくう》を解放し、あやつに援軍を探しに行かせる。悟空《ごくう》が南海落伽山《らくがさん》までやって来て、南海救《く》苦《く》観世《かんぜ》音菩《おんぼ》薩《さつ》に神通力を発揮して人参果樹を救ってもらい、おぬしに情をかけてくれるように請うたら師弟を放免する。それで終わりじゃ」

ここでハッと鎮元子《ちんげんし》は悟った。李長庚《りちょうこう》の真のねらいは観音《かんのん》の権威づけだ。それで納得して観音《かんのん》にむかって笑う。

「大士《だいし》、ご安心ください。あたしはほら吹きの術には慣れてます。大士《だいし》を天上にも稀《まれ》、地上にも皆無な御方と讃《たた》えさせてもらいます」そう言うと、太白金星にむかって言う。「だが、あんたのやり方じゃ、まだ大士《だいし》がすごいってことにはならんな」

「なに？　では、元子《げんし》、意見はあるか？」

「神仙の修行じゃ、あたしゃからっきしだがね、ほら吹きの術となると、李《り》さんのほうがからっきりしだ。孫悟空《そんごくう》に大士《だいし》を探しにいかせるんじゃ、直接すぎて尊い感じがしないだろ。まず別の者を探しにいかせて、そいつじゃ解決できなくて、もう方法がないってなったら大士《だいし》が手を出す。そうやって抑揚をつけてこそ、大士《だいし》がすごいってことになるだろ。探してくる者の位が高いほど大士《だいし》の威風が大きくなるってもんだ」

「それも道理じゃな。福《ふく》、寿《じゅ》、禄《ろく》の三星と知りあいじゃから、孫悟空《そんごくう》にまず三星を探させて、あの者らでは救えぬから孫悟空《そんごくう》を落伽山《らくがさん》に行かせるというのではどうじゃ？」

鎮元子《ちんげんし》は首をふる。「それじゃ抑揚が一回だろ、物足りないね。俗にも一波三折《いっぱさんせつ》って言うだろ。すくなくとも三回は上げ下げがあって、やっと観客に深い印象が刻める」

李長庚《りちょうこう》は眉間にしわをよせて、しばらく悩む。「わかった。東華帝君《とうかていくん》と瀛洲《えいしゅう》九老にもやってもらうおう。位も高いし、なかなか頼めるもんじゃないぞ」

「まあ、いいだろう」鎮元子《ちんげんし》は一つ舌打ちしたが、まだ満足とまではいかないようだ。「そうだ。その神仙たちに動いてもらうのが大変なら、もっとはっきりさせよう。神仙たちにここに来てもらって、悟空《ごくう》の代わりに期限をゆるめるように頼んでもらってから、大士《だいし》を探させるのがいいよ」

「それは嘘っぽいぞ？　孫悟空《そんごくう》の觔斗雲《きんとうん》だとすぐに落《らく》

伽山《がさん》に着くし、期限をゆるめるなんて必要なのか？」

鎮元子《ちんげんし》が指を鳴らした。「李《り》さん、じゃあ聞くけどね、門に掛かっている天地の二字、落款《らっかん》は誰だった？」

李長庚《りちょうこう》はとまどった。何度も五荘観に来ているが、注意して見たことがなかった。

「ありゃ、あたしの筆《て》だよ」鎮元子《ちんげんし》はつづける。「わかるだろ、門を入る者はみんなあの二字にぎょっとするけど、落款《らっかん》が神仙か幽霊かなんて気にしない。これこそほら吹きの神髄さ、天衣無縫の綿密な計画なんていらんのさ。見せたい部分だけを濃い墨で書いておけばいい——みんな人参果樹が救えるかどうかを見ていて、誰も孫悟空《そんごくう》が落伽山《らくがさん》に行く時間なんて気にしないだろ？」

こやつは根も葉もないことを言い、自分を売りこもうとしていると李長庚《りちょうこう》は思った。多くの神仙を五荘観にあつめ、自分も大いに面目をほどこす気なのだ。けっきょく、ほら吹きの術を発揮して、〝袖のなかの乾坤〟で多くの神仙を包みこむつもりだ。

「まあ、よかろう」李長庚《りちょうこう》はうなずいて同意した。こやつが一番喜ぶのはこういう虚名で、すこし便宜をはかるのはやむをえない。それがなければ仕事をさせても力をだすまい。

「もう一つ要求がある」鎮元子《ちんげんし》はまた一つ人参果を自分の前におく。

「なんだ？」李長庚《りちょうこう》はいぶかしむように視線をあげる。

「悟空《ごくう》がその三組みの神仙を探しにいく時、みんながあたしの名前を聞くと、顔色を変えて、こう言うんだ。

〝サルめ、お前はどうして地仙の祖を怒らせたんだ？〟ってね」

「先刻も思ったが、その〝地仙の祖〟だが、いったいどこから持ってきた？　いままで聞いたことがないぞ？」

「ああ、六百年前、下八洞《げはちどう》の神仙（神仙のランクで上中下の三洞）のところから買《か》……感じがいいのを選び出したんだ。まだ別の肩書きもあるんだが、玉牒《ぎょくちょう》を持ってきて見せよう……」

鎮元子《ちんげんし》が立ち上がろうとすると、李長庚《りちょうこう》にとめられる。

「わかった、もうよい。まだ自分に威風が足りぬと思っておるのか」

「これも観音大士《かんのんだいし》のために思ってのことだろ。あたしの身分が高いほど、大士《だいし》の神通力が広大ということになるじゃないか」

「南海観音《かんのん》がすんでのところで樹を救うのだぞ。この樹もまた伝説がふえる。ほら話も十分であろう」

　この時、じっと口をはさまなかった観音《かんのん》が口を開いた。

「李《り》さん、それちょっと破綻があるわ。鎮元子《ちんげんし》……あ、いえ、鎮元大仙《ちんげんだいせん》はなぜ玄奘《げんじょう》を招待するの？　この動機の部分をしっかり設定しておかないと、続きが根なしになっちゃうじゃない？」

　観音《かんのん》は重要な点を指摘した。玄奘《げんじょう》は凡胎《ぼんたい》、鎮元子《ちんげんし》は〝地仙の祖〟なのだから、身分はかけ離れている。まともな情況では二人が知りあいだったなど、理解に苦しむ。なぜ前者が山門に入るのか、なぜ鎮元子《ちんげんし》が人参果を玄奘《げんじょう》に食べさせようとするのか？

　李長庚《りちょうこう》と鎮元子《ちんげんし》はそれぞれ考えに沈んだ。しばらくして、李長庚《りちょうこう》が言った。

「こうすればよい。玄奘《げんじょう》の前世、金蟬子《こんぜんし》の名をずっと慕ってきた。だから、今生《こんじょう》の玄奘《げんじょう》を招待したと言うんじゃ」

「いや、それじゃだめだね。金蟬子《こんぜんし》を慕っていたじゃ強引すぎるだろ？　あたしの天地の二字しか拝さないっていう孤高な感じともそぐわないしね」鎮元子《ちんげんし》は唇をすぼめ、不満そうな顔になったが、ちょっと思案してふいに目を輝かせる。「じゃあ……あたしと金蟬子《こんぜんし》が古い友ってのはどうだい？」

仏祖の二番弟子を友とできれば、鎮元子《ちんげんし》の価値はまたいくぶん上がる。だが、李長庚《りちょうこう》は首を何度もふった。修行仲間の面子《めんつ》を立ててやらないわけではないが、じっさい複雑すぎる。金蟬子《こんぜんし》がいったい何者なのか、いままだ空に懸《か》かっていて疑いがある。この上また不用意に因果をひきだすのはまずい。

だが、この考えに鎮元子《ちんげんし》はこだわっている。

「何とかして、あたしと金蟬子《こんぜんし》に関係をつけないと」

この勢いを李長庚《りちょうこう》も支えきれなかったが、おもむろに観音《かんのん》が口を開いた。

「鎮元大仙《ちんげんだいせん》、これはどう？　むかし霊鷲山《りょうじゅせん》の盂《う》蘭《ら》盆会《ぼんえ》で、あなたと金蟬子《こんぜんし》が同席になって茶を一杯、手わたしてくれた。その好意に感じて今回はあなたが玄奘《げんじょう》を招待することにするの」

鎮元子《ちんげんし》は卓を拍《う》ち、その両目が光を放つ。「そりゃあいい！　古い友なんてのはちょっと俗だよ。茶を手わたすなんて風雅でいいじゃないか。絶妙、絶妙だよ」李長庚《りちょうこう》も笑いだす。「この話が出れば、あとで茶葉もたくさん売れるな」

茶を手わたすという交情は深くも浅くも言える。そのなかに解読の余地が大きく、他人の目で確かめることもできない性質のものだ。鎮元子《ちんげんし》は大いに満足し、さすが観音大士《かんのんだいし》だと連呼した。三人はまた和気藹々《わきあいあい》と飲み食いし、鎮元子《ちんげんし》が紙と墨を出してきて、観音《かんのん》に詩を書いてほしいと所望した。そこへ李長庚《りちょうこう》が横から割って入って、袖をまくりあげる。

「わしが書いてやろう」

鎮元子《ちんげんし》が止めようとしたが、惜しいかな間にあわない。李長庚《りちょうこう》の筆は龍蛇のように走り、数瞬のあいだに二句をかき上げた。

五荘観の内に天地を拝し
清風明月、我と伴《とも》に眠る

観音《かんのん》は人参果樹の方を向いて見ないふりをした。鎮《ちん》元子《げんし》は頬をぴくぴく痙攣《けいれん》させて、強引に紙を奪い取り、どうにか笑った。

「あーあ、あたしらの間柄じゃ、こりゃ何の値打ちもないいな」

李長庚《りちょうこう》がこの切り株にからむのではと思ったので、鎮元子《ちんげんし》は話題を換えた。

「あ、そうだ。五荘観の仕事が終わったら、ここから西に行かないといけないだろ？」

「むろんじゃが？」

「近くの白虎嶺《びゃっこれい》に妖怪の友だちがいてね。ふだんから協力してる。今回もこの劫難《ごうなん》で小銭を稼ごうと思ってるから、あたしの面子《めんつ》は気にせず、好きなように言っていいよ。彼女とは知り合いだからね」

李長庚《りちょうこう》はやや考えて言った。「わかった。その友の名は何と言う？　わしが話しに行こう」

鎮元子《ちんげんし》が真っ白な小指の骨を取りだしてわたすと、李長庚《りちょうこう》はとまどい、ややあって気づいた。この妖怪は珍しく、山野の鳥獣が妖怪と化したものではなく、どうやら白骨が精となったものらしい。

鎮元子《ちんげんし》は李長庚《りちょうこう》が承知したと見て、立ち上がると白《はっ》骨精《こっせい》に伝音をし、ついでに声色も変えずにぐしゃっと紙を丸めて、どこかに持って行った。観音《かんのん》はまたひとくち人参果を食べ、心からほめた。

「李《り》仙師、この劫難《ごうなん》は驚きもいっぱいで、危険もない。いろんな人に利益があって、ほんとうにありがたいわね！」

李長庚《りちょうこう》もうなずく。「あなたもわしも護法で苦心惨《さん》憺《たん》しておる。事のついでにすこしは名を上げねば骨折り損じゃろ？」

「計算すると、五荘観で第十八難、人参活《い》かし難《がた》しで第十九難、これで二つね」観音《かんのん》は指を二本立てて満面の笑顔だ。話しぶりは快活、ゆったりした気分が見てとれる。観音《かんのん》が顔をあげると、人参果樹が青々と繁《しげ》っていて、思わず感慨がもれた。

「こんな仕事ばかりならどんなにいいか。みんなで同じところに力をつかって、隠し事もなく助けあって、誰に用心する必要もない」

「じつは単純な仕事こそ疲れぬものじゃ。疲れるのは頭の半分を自分に用心している者に用いるときじゃな」

「本当にそうね。天道はかくのごとし。これも得がたい機縁ね」

「五荘観の仕事が終われば、わしらもすこし休むべきじゃ。いつも気を張っておっては良い仕事はできん。白虎嶺《びゃっこれい》の劫難《ごうなん》についてはわしが簡単に処理しておこう。現地の妖怪でこと足りるじゃろ。つぎの宝象国《ほうぞう》では手配をせず、空白でよい」李長庚《りちょうこう》は目を細めた。

「わかりました」

二人の神仙は顔をあげて大樹を見あげた。口に人参果を嚙みながら、しばらくその場から動こうとも思わなかった。陽光は枝の間からふりそそぎ、果実の淡い清涼な香《か》がして、庭に一片の静寂《しじま》がおとずれる。

その日、観音《かんのん》は五荘観にのこって鎮元子《ちんげんし》と詳細をつめ、ついでにほら吹き大師をしっかり見張って脱線させないようにせねばならなかった。李長庚《りちょうこう》は単身、鶴にのって西へ行った——神仙にとっては何でもない。百里あまりも飛ぶと眼下に陰風すさまじい凶悪な山がみえた。言わずと知れた白虎嶺《びゃっこれい》だ。

鶴の頭を押さえて山中に入っていく。山中には黒い霧がたちこめ、凡人の眼力では周囲をはっきり見ることも難しい。しかし、李長庚《りちょうこう》には路をへだて白骨をつなぎ合わせた文字が見えた。〝白虎嶺白骨洞〟と書いてある。傍らに腕骨《わんこつ》まで掛けてあって、奥を指している。骨はぼんやりと燐光《りんこう》を放ち、暗闇のなかですこぶる目を引いた。これが李長庚《りちょうこう》に神通力を使うのも面倒だと思わせる。

「なかなかの風情じゃ」ここの主人の気配りに、いっそう会ってみたいと思った。

李長庚《りちょうこう》は目印にしたがい洞窟の入り口へ行き、朗々とした声で呼ばわった。

「太白金星じゃ、白虎《びゃっこ》の道友に会いに参った」

内部が静まりかえっているので、もう一度よぼうとすると、甘えたような可愛らしい女の声がした。

「ちょっと待って、おねがい！　お化粧が……」

これに李長庚《りちょうこう》は納得がいかなかった。おぬしは骸骨《がいこつ》の精であろう、どんな化粧をするつもりだ？　長くはかからず、ガラガラと洞の入り口が開き、骸骨が転けつまろびつ走り出てきた。ブンと左脚をふると、突然、ポコッという音とともに脛骨《けいこつ》が外れて、洞窟の床に転がる。のこる白骨はもうすこしで地に倒れるところだったが、あわてて壁に手をつき、脊椎《せきつい》と骨盤をかたむけて一本脚で体を支え、何とか脛骨《けいこつ》を拾おうとしている。じっさい、李長庚《りちょうこう》は見ていられなくなり、骨を拾ってやった。

「ありがと。昨日、夜ふかしをしちゃったから関節がうまくはまらなくて……」白骨精《はっこつせい》は恥ずかしそうに頭蓋骨を掻《か》き、脛骨《けいこつ》を受け取ると脚にはめこむ。

李長庚《りちょうこう》はひとしきり観察した。やはり、本当に化粧をしている。頭蓋骨の眼窩《がんか》が炭筆で丸くふちどられ、漆黒の空洞をぱっちりと大きく見せ、左右の顴骨《かんこつ》（頬上部の骨）には燐《りん》粉がぬってある……何番の色なのかは分からないが。

白骨精《はっこつせい》は李長庚《りちょうこう》を洞府に招きいれた。こざっぱりした土《ど》饅頭《まんじゅう》の前にそれぞれが座を占めると、すぐに墓の前に白茶（茶葉を揉む過程がなく、琥珀色の爽やかな味の茶。白は中国で一般的に葬式の色）が二杯でてきた。李長庚《りちょうこう》は〝門を開いて山を見る〟ごとく単刀直入に言った。

「白虎《びゃっこ》夫人と呼べばよろしいかな」

「あら、いやだ！　白虎《びゃっこ》はこのあたりの山の名前ですよ。わたくしは白骨夫人《はっこつふじん》と呼ばれているんです！　なにを考えておられるんです？」（白虎は陰毛のない女性のこと）

白骨精《はっこつせい》は眼窩《がんか》を見ひらき、かわいらしく腹をたてた。李長庚《りちょうこう》は気まずくなって、茶を一口飲んで言いなおす。

「そうか、白骨夫人《はっこつふじん》か。あなたが天庭のために仕事をしてくださると鎮元子《ちんげんし》が言うておったが？」

「そうです。鎮元大仙《ちんげんだいせん》はとても親切で、五荘観で彼に何度も……」

「うっ、げほげほ」李長庚《りちょうこう》はむせるところだった。

「祟《たた》ってさしあげたと言おうとしたんですよ」白骨精《はっこつせい》はころころと笑い、優雅に指骨《しこつ》を一本、顎骨《がっこつ》の下にあてがう。「彼が空中から大声で一言、〝この孽畜《げっちく》め（邪悪な魔物の意）、まだ正体を現わさぬか？〟って言うの。そうしたら、わたくしがその場で転げまわって、ガタガタ震えるんです。それで彼が大袖を巻いて、わたくしを捕えて去るんです。民がそろって鎮元大仙《ちんげんだいせん》をほめたたえるでしょ。あの宣伝効果はとてもよくって……

……」

「もうよい、それ以上言わんでも想像できる」李長庚《りちょうこう》は手をふった。「元子《げんし》から聞いておるじゃろ？　玄奘《げんじょう》の取経があなたのところを通るので劫難《ごうなん》が必要じゃ。あなたに対応をお願いしたい。だが、この仕事には注意が必要でな、間違いはならん。くれぐれもこの点には気をつけてほしい」

骨盤がもじもじと動き、骨組みが前にのりだす。

「あら、わたくしがいい加減に仕事をしたことがありますか？　どんな要求でもお気に召すままですの」

李長庚《りちょうこう》は動ずることなく、ふところから一つ錦嚢《きんのう》を取りだして言う。

「これを見てくれんか」

白骨精《はっこつせい》は媚態《びたい》をおさめ、傍らの棚《たな》から二つ目玉を取りだして眼窩《がんか》にはめると、左腕の指骨であごを支えて、まじめに読みはじめる。

李長庚《りちょうこう》はせかさず、ゆっくりと茶をすすった。この山の茶は口当たりこそよくないが、なにやら風味があった。思い起こせば高老荘から取経の仕事には波乱が絶えない。まずは黄風怪《こうふうかい》、つぎに西王母《せいおうぼ》、つづいて抜きうち査察、李長庚《りちょうこう》は奔命に疲れ、経費を処理するひまもない。じっさいすこし休みたかった。これも鎮元《ちんげん》子《し》が白骨精《はっこつせい》に依頼せよと言った理由で、自分も同じ意見だった。

この筋書きについては簡単で気を使わないほどよいと思っていた。白骨精《はっこつせい》に見せたのはもっとも基礎的な〝妖《よう》を降し魔《ま》を除く〟というものだ。工夫などいらぬ。まず妖魔が取経一行を襲い、三人の弟子が妖魔と力戦し、それを除く。終わり。

もちろん、こんな劫難《ごうなん》から何か深い意味をくみとることなど難しいので、掲帖はあまり書きやすくはない。だが、やや低調なのもよい。平々淡々こそ道なのだ。

その時、白骨精《はっこつせい》が読み終えて錦嚢《きんのう》を置くと、眼球をすこし押さえた。

「この処理は簡単ですから、わたくしどもで対応できます。ですが、玄奘《げんじょう》の取経一行には三人も御弟子がいますわね。妖怪ひとりではきっと十分とは言えませんんでしょ？」李長庚《りちょうこう》が言葉を探していると、白骨精《はっこつせい》が言葉をつぐ。「三名の妖怪を手配するのはどうでしょう？　弟子一人で一名ずつ倒せば、功を争う必要もございません」

李長庚《りちょうこう》は気がすすまなかった。自分の本意は簡単に処理することだが、一場の戦闘が三場に変われば、また複雑になってしまう。そのためらいをみて、白骨精《はっこつせい》はすぐに言いそえる。

「面倒になるのが御不満なら、戦闘はやめにしてもよろしいのです。妖精が人を害する方法は戦いだけではありませんわ。お色気で誘惑したり、毒を盛ったり、嘘で罠にはめたり……いろいろとございます。わたくしのところにもできあがった筋書きがありますし、複雑になることはございません」

「誘惑はだめじゃな、菩薩《ぼさつ》たちがやったばかりじゃ。嘘は積極的な意味をもたせるのが容易ではない。そうじゃな、毒を盛るという手はわるくない。少々世に警告する意もこめられるでの」李長庚《りちょうこう》はすばやく選びだした。

「決まりですわね。書きとめますので少々お待ちいただいてよろしいかしら……妖魔、三名……手段、毒を盛る……結果、高弟に見破られる」白骨精《はっこつせい》は炭筆をとり、雪のように白い腕骨《わんこつ》の上にサラサラと書いた。

「死にます？　降伏します？」

「死んでくれ」

「では、悲鳴をあげて黒い霧になって散ります？　腐乱した死骸をのこします？」

「ああ、それは任せる」李長庚《りちょうこう》は細部まで指示しようとは思わなかったが、ふいに問うた。「三度とも毒では、くどくならんか？」

白骨精《はっこつせい》が笑いだす。「では、どのようにすればよろしいかしら？　そちら様に決めていただいても、わたくしどもにも自分の看板がございますもの。御用意している奉仕は〝子が作《おこ》して母が恨《うら》む〟というもので、最初の妖怪が毒を盛って見破られて殺されます。つぎの者が身うちを探しにいき、三番目の妖怪が仇を打とうとします。こうすれば筋が通って都合がよろしくはありませんか？」

李長庚《りちょうこう》はため息をついた。「よいにはよいが、また複雑になるのう。なにか簡単で面倒がなくて、変化に富んだものはないのか？」

白骨精《はっこつせい》の頭頂から出ている妖気が滞《とどこお》り、黒霧に五彩のまだら模様が浮く。そして、眼窩《がんか》を一転、「こういたしましょう。方円不動《ほうえんふどう》の御奉仕を追加してもよろしいわ」

「方円不動とは何じゃ？」

「お客様は動かず、わたくしどもが動きますの」

「おっ、おい！　何を言い出すんじゃ！」

「あら、いやですわ」白骨精《はっこつせい》はかわいらしく李長庚《りちょうこう》の肩を小突く。「なにをお考えですの？　わたくしが言ったのは、お客様はその場で動かず、ただ待っているだけで妖怪が一人ひとり出てきて死ぬという意味です。これなら簡単で変化もございますでしょ？」

「それなら甚《はなは》だ都合がいい」李長庚《りちょうこう》はうれしかった。この白骨精《はっこつせい》はじつに利発で、仕事の細部をよく考えてくれ、そのうえ融通もきく。老神仙の眉がひらいたのを見て、この仕事が決まったことを知り、白骨精《はっこつせい》は自分から言いそえた。

「御芳名はかねがね聞いておりました。今回は御老《ごろう》のお顔を立て、三名の費用は二名半分でやらせていただきます。どうでしょう？」

それを聞いて、李長庚《りちょうこう》はさらにうれしくなった。こちらが値切ることは多いが、相手から二割も身を切ってくれることなど珍しい——この妖怪は生前、自殺しようとして果たせなかったのか？　だが、白骨精《はっこつせい》がすぐに補う。

「でも、方円不動の御奉仕は別料金をいただきますわ」

「よかろう」

白骨精《はっこつせい》は李長庚《りちょうこう》の眉が動かないのを見て、さらに補う。

「妖怪ひとりずつに追加料金です」

李長庚《りちょうこう》はうなずいた。

上顎骨《じょうがくこつ》がにんまりと持ち上がり、まるで掬《すく》いとれるような笑顔が浮かぶ。

「それにいくらか雑費がかかります。治療費や逃げ足代などですね。まず御老にお支払いいただいて、わたくしの方から補助しておきます？　それとも、直接担当者にお支払いいただけます？」

これが誘導だと意識せずに李長庚《りちょうこう》は答えていた。

「あなたから支給しておいてくだされ」白骨精《はっこつせい》は炭筆で腕骨のうえにちょこちょこと記録をとり、上顎骨《じょうがくこつ》がわずかに笑う。

「では、あなた様への御返礼はどういたしますか？」

おやおや、この妖怪は何ともさばけたことを言う。そう思って李長庚《りちょうこう》は手をふった。「いらん、いらん、仕事がうまくゆけばそれでよい」そう言ってはみたが、悪い気はしなかった。白骨精《はっこつせい》は頸椎《けいつい》をゆらして言う。

「御老は〝両袖清風《りょうしゅうせいふう》〟（清廉な人物。明の于謙に結び付けられることもある）ですから、返礼などかえって失礼でしたわね。では、わたくしからちょっとした贈り物を差し上げます」

「なに？　このうえ贈り物じゃと？」

「あなた様が取経のために護法をなさるのは、名声をあげるためでもありましょう。もし三界に名をあげれば人々はみな知ることになって、こぞってお話を聞きたがりますわ。わたくしからの贈り物として、その話題を提供いたします。妖怪たちが玄奘《げんじょう》を襲うときに、こう言わせることにいたしましょう。〝玄奘《げんじょう》の肉を食らえば不老長寿になれる〟と。この話題で一気に四洲三界に知れわたること、うけあいです」

李長庚《りちょうこう》はやや戸惑った。「それは、やや誇張がすぎるのでは……」

「他人の血肉を食べれば養生になるなんて、大衆の見たがるものです。こういう話は皆さまの御趣味から作っております。効果についてはご安心いただいてよろしいかと」

「しかし、玄奘《げんじょう》の肉を食べても長生きなどできんぞ。ほんとうに長生きできるなら、あいつの母親がどうして死んだ？」

白骨精《はっこつせい》は笑いだす。「嘘か本当かなんて、だれも考えません。注目をあつめるだけでよいのです。もっと言えば、この話は取経一行が自分で言う必要はありません。三界にはぶらぶらしている妖怪がいますから、噂をひろめる役目を引きうけてくれます。真相を調べる人がいても、あなた様は両手をひろげて自分も謡言《ようげん》の被害者だと言えば、不都合はありませんでしょ？」

李長庚《りちょうこう》が二の足を踏んでいるので、白骨精《はっこつせい》はさらにすすめた。「それに、この噂は長持ちいたします。今回の妖怪が食べたがれば、次の妖怪も食べたがり、どの劫難《ごうなん》でも使えます。お手軽で元手もほとんどかかりません。無料と言ってもよろしいです」

聞いていて、それもそうだと思い、李長庚《りちょうこう》はうなずいて許可した。

条件はだいたい出そろったので、李長庚《りちょうこう》はまた意見をのべた。

「あなたの手配する妖怪じゃが、会っておくことはできるか？」

「問題はありません。でも、あの妖怪たちはそれぞれに一人で暮らす種類で、集まるのも嫌がりますから、一人ひとり会うしかありませんよ」

それは何でもないと、李長庚《りちょうこう》は思った。「では、一人ずつ会うことにいたそう」

白骨精《はっこつせい》は洞府の奥に入っていった。しばらくすると少女がひとり出てきた。外見は普通の者と変わりないが、頭頂の黒い気を見れば、まぎれもなく妖怪の化けた者だ。李長庚《りちょうこう》がこの少女といくつか言葉を交わすと、少女は身をひるがえして自分の洞に帰っていった。もうしばらくすると、老齢の婦人、次に亭主が出てきた。三名の妖怪はどれも頭頂から黒い気を発していて、それはほとんど同じだった。もともと家族だった妖怪かも知れないと李長庚《りちょうこう》は思った。

三名の妖怪と会うと、ふいに一つ考えが浮かんだ。上演する予定の〝毒を盛る、身うちを探す、仇を打とうとする〟という劇に、ひとつ誤解の要素を加えられないだろうか。沙悟浄《さごじょう》がまだ一行にいるから、少々厳しくやらせ、あの少女を打ち殺させ、玄奘《げんじょう》に無辜《むこ》の者をみだりに殺したと誤解させ、一時的に一行から追いだす。

もちろん本当の免職ではないが、李長庚《りちょうこう》はひとつ探りを入れておきたいと考えていた。巻簾大将《けんれんたいしょう》に履歴を洗わせたいと西王母《せいおうぼ》は言っていたが、いったいどれだけ本気なのか？　巻簾大将《けんれんたいしょう》を取経一行に加えた目的を詳しく聞いていないから、より多く情報を得ておく必要はあるし、それでこそ正確な判断をすることができるというものだ。

それに、この定員の枠は借りたものだから、もし間違いがあれば観音《かんのん》が態度を変えるかも知れぬ。

白骨精《はっこつせい》の胸は空っぽだが、心は精妙だった。李長庚《りちょうこう》がこの事を話すと、二つ返事で答えた。「それは簡単ですわ。わたくしが〝身うちを探す〟と〝仇を打つ〟

の間に少々台詞をつけ足して、聖僧に泣いて訴えればよろしいでしょう――嘘で陥れる御奉仕を加えるだけです。この部分の料金はさきほどの割引の上にさらに割引でやらせていただきます」

　細部をつめたので李長庚《りちょうこう》は白骨洞から出てきた。手をあげて鶴を呼び、自分は洞の入り口に立って待つ。心は軽やかだった。これまでで一番やすやすと手配できた仕事だった。その時、一陣の陰風が吹き、李長庚《りちょうこう》はふいに気づいた。当初は妖怪一名だけのはずだったのに、知らず知らずのうちに白骨精《はっこつせい》にのせられて妖怪三名で話を決めてしまった。

　あの妖怪め……李長庚《りちょうこう》は呵々《かか》と笑った。まあよい、三名なら三名もよい。銭をつかって手間が省けた。どうせ天庭の費用だ。そう思うと机に山と積まれた経費の玉簡を思い出してしまい、また頭痛を禁じえなかった。

　老いた鶴がやっと目の前に飛んできて、李長庚《りちょうこう》がその上にのる。このまま啓明殿に帰って経費処理をしようと思った。

　だが、その時、腰の笏板《しゃくばん》に一つ伝信が来た。伝信は陰曹地府《いんそうちふ》（黄泉の国）の判官《はんかん》（裁判官）が出したものだった。内容は簡単だ。

「花果山で通背猿猴《つうはいえんこう》（テナガザル、通臂猿猴とも言う。両手がつながっていて片手を伸ばすともう一方が縮むと考えられていた）が死にました」

第八章

通背猿猴《つうはいえんこう》のことは李長庚《りちょうこう》の記憶のかたすみに残っていた。はじめて花果山に行った時、あのサルは孫悟空《そんごくう》の傍らにいた。あの者が旅をして神仙を訪ねたらよいとすすめたので、悟空《ごくう》は修行を終えることができた。だから、花果山では軍師、知恵袋とされている。

だが……自分と通背猿猴《つうはいえんこう》には交際などない。なのに、地府がどうしてわざわざ訃報《ふほう》を伝えてきた？

さいわい、崔《さい》という姓の判官とは旧知だ。李長庚《りちょうこう》は笏板《しゃくばん》をとり、崔《さい》判官（『西遊記』では唐大宗の地獄めぐりで寿命を書き換えた人物）に問うてみようと思った。つながったとたん、鬼神の慟哭《どうこく》が聞こえてきて、しばらくそれを聞きながら待っていると、崔《さい》判官の声がした。ほとんど怒号だ。

「おう、誰じゃい？　用があるなら、はよ言え！」

李長庚《りちょうこう》は笏板《しゃくばん》をすこし遠ざけるしかない。

「崔《さい》か？　長庚《ちょうこう》じゃ。花果山のサルが死んだという話じゃが、誰がわしのところに送るように言うた？」

「ああ、あの亡魂《ぼうこん》はわいが担当になってます。調べたら花果山の眷族《けん》じゃ。閻王爺《えんおうや》のお達しで、斉天大聖《せいてんたいせい》の関係者はすべて天庭に報告をあげることになってますのや。わいも何やようわからんよって、あんたに一報を入れといたんですわ。あんたの方で判断してくれんか」

孫悟空《そんごくう》がむかし大騒動をやらかした影響で、地府にそんな規定があるのだろうが、崔《さい》判官のほうでも何か慎重になっているようだ。李長庚《りちょうこう》は事情を聞いて胸をなで下ろした。生病老死は人の常、なんという事はない。五荘観の仕事が終わってから観音《かんのん》を通して悟空《ごくう》に伝えればよい。掲帖にひとつ書くことが出来るかも知れない――取経人は一心に仏法を弘《ひろ》めんとし、親類眷《けん》族が世を去っても志がゆらぐことはない、うんぬん。

「おぬしは最近、忙しいのか？」李長庚《りちょうこう》はあまり考えもせずに相手を気づかう言葉をかけた。

「けったくそ悪い地府なんぞ、上がきれいさっぱりなくしてくれたらな！　忙しくてやっちゃおれんわ。ほな、李《り》さん、またな」崔《さい》判官は不満をぶちまけると切った。

李長庚《りちょうこう》はとまどった。最近は四大部洲で大きな戦乱はないはず、どうしてそれほど地府が忙しい？　崔《さい》判官じしんに仕事が多すぎて、別の役所のことなどかまってはおれないと言ったところか。そして、すぐに取経に考えを戻した。

それほど待たず、観音《かんのん》が知らせを伝えてきた。五荘観の仕事は順調に終わったそうだ。また図影《ずえい》をつけている。

図影では、観音《かんのん》が柳の枝から甘露を注ぐと、倒れた人参果樹がゆっくりと立ち上がった。すぐに枝葉は青々と繁り、そこに虹が燦然と輝く。傍らで見ていた福《ふく》、寿《じゅ》、禄《ろく》の三老人、五荘観の弟子たち、玄奘《げんじょう》師弟がいっしょに手を合わせて賛嘆している――この特殊効果はどうやら鎮元子《ちんげんし》の筆跡らしく、じつに目を奪うできばえだ。

人参果樹が復活すると、鎮元子《ちんげんし》は気前よく人参果の会をとりおこなうと宣言し、その場にいた神仙ひとりに一個を配った。みな大いに喜び、和気藹々《あいあい》と楽しんでいる。宴席では鎮元子《ちんげんし》が酒を飲んで耳をほてらし、観音《かんのん》と兄弟姉妹の杯を交わそうとからんでいる。観音《かんのん》が落ちついた声で辞退すると、今度は玄奘《げんじょう》のところに行った。玄奘《げんじょう》は頭をたれて経を唱えている。鎮元子《ちんげんし》は猪八戒《ちょはっかい》や沙僧《さそう》にもからみ、最後には斉天大聖《せいてんたいせい》、孫悟空《そんごくう》のところに行った。やはり、あの虚《うつ》ろな寂しげな表情で、面倒くさそうに身をかわして取り合わない。最後の一幕では鎮元子《ちんげんし》が人参果を横ざまに捧げもって、親指を立てている。その横では孫悟空《そんごくう》が作り笑いをうかべ、まるで背景のようになっていた。

「あやつめ、またやりおって」李長庚《りちょうこう》は笑って一句罵ると、その手で観音《かんのん》に訃報《ふほう》を知らせ、〝節哀順変《せつあいじゅんへん》〟（あまり悲しまず、変事に対応するようにの意）を伝えてもらうことにした。ついでに白骨精《はっこつせい》の筋書きを伝えておいた。

観音《かんのん》も喜んだ。五荘観の骨折りで、その声望も大いに上がった。二人がいくつか言葉を交わすと、白虎嶺《びゃっこれい》の手配も決まった。相談が終わると李長庚《りちょうこう》の気分も晴れた。

五荘観の掲帖は、観音《かんのん》と鎮元子《ちんげんし》を宣伝することに重点があるので、二人に確認してもらわねばならず、自分が心配をする必要などない。白骨精《はっこつせい》はほどよく準備している。三名の妖怪を使えば観音《かんのん》のやり方にならって白虎嶺《びゃっこれい》からは少なくとも三つの劫難《ごうなん》を作り出せる。続けざまに三つの劫難《ごうなん》が穏当に手配できた。李長庚《りちょうこう》は貴重な空き時間をつかい、啓明殿にかえろうと思った。経費処理は何がなんでもやらねばならず、もう引き延ばせない。趙公明《ちょうこうめい》が本当に経費を受けつけなくなってしまう。

白鶴にのって天上へ飛んでいく。飛びに飛ぶと、ふいにガクッと体が沈んだ。目を伏せると鶴の双眸《そうぼう》が混濁している。李長庚《りちょうこう》はあわてて鶴を山頂に下ろした。ていねいに調べると羽毛は枯れ、二本の脚は曲がり、あの美しい丹頂《たんちょう》も色あせている。さまざまな兆候はみな寿命が尽きようとしていることを示していた。

李長庚《りちょうこう》は心が痛んだ。いそいで金丹《きんたん》をその口に入れてやる。老いた鶴はひと口に呑みこんで、やや元気になった。だが、わかっていた。こうした人の形になれない霊獣にとっては霊丹《れいたん》や妙薬《みょうやく》も一時しのぎにすぎず、寿命を延ばすことはできない。もう転生させることを考えてやらねば。そして、乗り物を換えねばならない。一体どれだけの歳月、いっしょに過ごしたことだろう。だが、今やいざ別れ目、傷ましくてならない。その細い首をなでてやり、離別の詩を吟《ぎん》じようとすると、腰の笏板《しゃくばん》が突然鳴った。

観音《かんのん》はややあわてていた。「李《り》さん、孫悟空《そんごくう》がいきなり休暇を取りたいって言うの」

「なに？　休暇じゃと？」李長庚《りちょうこう》は感傷にひたっていて、すぐにはその言葉の意味が分からなかった。

「わたしが孫悟空《そんごくう》に訃報を伝えたじゃない？　そうしたら、しばらく呆然として、ふいに玄奘《げんじょう》に休暇を取ると言って、許しも得ずに觔斗雲《きんとうん》で飛んで行っちゃったの」

「どこに行った？」李長庚《りちょうこう》は戸惑った。

「花果山でしょ？　でも、目の前に白骨精《はっこつせい》の劫難《ごうなん》があるでしょ？　悟空がいなくて、どうすればいいの？」

観音《かんのん》は早口に言った。劫難《ごうなん》はみな事前に手ぬかりなく手配されているのに、いきなり一人がぬけた。それも斉天大聖《せいてんたいせい》は人目をひく一番弟子、代わりなどいない。

即座に李長庚《りちょうこう》は決断をした。「こうしよう。孫悟空《そんごくう》は托鉢に行ったことにし、玄奘《げんじょう》たちにその場で待たせるのじゃ！　わしは花果山に行き、あいつを呼び戻してくる」

笏板《しゃくばん》を下ろすと李長庚《りちょうこう》は疲労困憊の白鶴を見て、長いため息をつき、むりにその背にまたがった。払子《ほっす》で羽根についた塵を払ってやる。

「古き友よ、もう一度だけ飛んではくれぬか。その後、啓明殿に帰り、ゆっくり休め」

ケーン、白鶴は首を曲げて一声、懸命に双翼を打ち、雲の端《は》に飛び入る。

花果山は遠く東勝神洲にあり、老いた鶴は急行にたえない。途中、白骨精《はっこつせい》が次々に伝信を送ってきてうながす。妖怪はすでに位置についた。いつでも始められると。李長庚《りちょうこう》がしばらく待てと言うのだが、こんなふうに遅れると、あとの予定が合わなくなると言う。もう二時辰《じしん》だけ残業をしてくれとだけ言って、李長庚《りちょうこう》は多言を弄しない。白骨精《はっこつせい》はただちに理解し、〝あわてず、ゆっくり来てください〟と返してきた。

なんとか花果山に到着すると、老いた鶴は墜落し、ばさっと地面に倒れ伏し、もう起き上がることもできない。それを気づかってもやれず、李長庚《りちょうこう》は三歩を二歩で水簾洞《すいれんどう》に駆けこんでいった。花果山には何度か来たことがある。今も昔の風景のまま、時おり数匹の小ザルが林間をぶらぶらと行き来し、すこぶる気持ちのよいところだ。

孫悟空《そんごくう》はかつてひどい事件を引き起こしたが、花果山は昔のままで、その罪をつぐなわされておらず、天に生き物を好む徳があることを思わせた。

水簾洞の入り口まで来ると、サルの群れが周囲を取り巻いた。あの通背猿猴《つうはいえんこう》の遺体が石板の上に置かれていて、孫悟空《そんごくう》はその傍らに立ちつくし、うつむいて動かない。

「大聖よ？」李長庚《りちょうこう》はつとめて親しみをこめて呼んだ。この呼称は花果山で口にしても大丈夫だ。

「今はそんな気分じゃねえ」孫悟空《そんごくう》は冷たく言い、ふり向きもしない。

「猴《さる》は死してまた生きることはできぬ。哀しみを過ごさず、こらえてもらえぬか」李長庚《りちょうこう》はそっと言った。

「わかったような口を利くな！　あんたが何を言いたいか分かってるぜ――たかが山ザル一匹のことで取経弘法の大業を遅らせるなだろ？　私事で大局をだめにするなってことだろ」

サルの話しぶりは槍か棒をふるうようで、その手にある金箍棒《きんこぼう》（如意棒）より凶悪だった。李長庚《りちょうこう》は顔色を変え、言葉につまった。黙ってふところから線香三本を取りだすことしかできない。

　この線香は風を迎えて自《おの》ずから燃えた。李長庚《りちょうこう》は線香を握って三拝し、その後、うやうやしく石板の前方の香炉に挿した。石板に寝かされたサルの顔はしわだらけで、老いさらばえていた。たしかに寿命が尽きて死んだ者の姿だ。なぜか李長庚《りちょうこう》は自分の老いた鶴を思い出し、心中に一陣の感慨がおこり、また一つ拝する。

　堂々たる啓明殿の主が山ザル一匹のために香をあげて拝礼をしている。孫悟空《そんごくう》もこの面子《めんつ》の重みは知っていて、態度がいくぶんやわらぐ。

　太白金星が拝しおわると、孫悟空《そんごくう》は手をふった。数十四の小ザルが跳んできて、それぞれ一束の薪を背負い、通背猿猴《つうはいえんこう》の遺体の下に敷きつめた。孫悟空《そんごくう》が生火訣《けつ》（火おこしの呪文）を唱えると、火花が一つただよってきて、すぐに大きな炎となって燃えあがった。

　孫悟空《そんごくう》はぼんやりと赤い炎のなかに横たわる老いたサルの遺体をながめている。炎があの火眼金睛《かがんきんせい》に映って氷のように冷たい表情にいくぶん活力をくわえていた。それを見ていて李長庚《りちょうこう》はかすかに思い出した。〝大いに天宮を鬧《さわが》す〟前の斉天大聖《せいてんたいせい》がちょうどこんな容貌だった。この表情はこの五百年の間、見せたことがない。

　その時ふと、ある考えがよぎり、李長庚《りちょうこう》の眉間にしわがよる。

　おかしい。通背猿猴《つうはいえんこう》がどうして寿命で死ぬ？　ふつうの禽獣《きんじゅう》が老いて死ぬのは正常なことだ。しかし、花果山のサルの寿命が尽きることは絶対にふつうのことではない。すでに孫悟空《そんごくう》が生死簿《せいしぼ》を乱して寿命はわからなくなっているし、悟空が天宮を鬧《さわが》した時、金丹《きんたん》や仙酒《せんしゅ》を持ち帰って、サルたちに配っている。だから、ここのサルの寿命は長く、外からの力で死ぬ可能性はあるが、自然に死亡することはありえない。

理論上、花果山の魂魄は黒白無常《こくはくむじょう》（死神。背が高く長い舌を伸ばしている白無常と背の低い黒無常の二人組）さえ連れ去ることはできないのだ。陰間《いんかん》（冥土）で崔《さい》判官が出迎えることなど、なおさらできるはずもない。

「ああ」と一声、言うべきかどうか李長庚《りちょうこう》は迷った。

その時、孫悟空《そんごくう》が上を指した。

「金星の爺《じい》さんよ、オレといっしょに来てくれ」

李長庚《りちょうこう》は心中いぶかしく思い、何かを言うのも気まずいように思えて、このサルについて水簾洞《すいれんどう》を離れ、痕跡もはっきりしない獣道をたどって山頂に歩いて行く。觔斗雲《きんとうん》ならひと飛びで十万八千里もいけるのに、足で一歩一歩のぼっていくので、李長庚《りちょうこう》も歩いてついていくしかない。

しばらくして二人は高い断崖の上によじのぼった。そこには半分壊れた石台があった。石の隙間には青い苔《こけ》が生え、周囲には砕けた石が散らばり、内部で何かが爆発したようだった。

孫悟空《そんごくう》は石の前に来ると、それを確かめるように叩いた。声には感慨がこもっている。

「ここの石が裂けてオレが生まれたんだ。天が石ザルを一匹生んだのさ。あの頃は腹がへれば果物を食い、のどが渇けば泉の水を飲み、毎日山で仲間のサルたちと遊び、ぼんやりとして何も知らないかわりに憂《うれ》いもなかった。この花果山が全てだったよ。ある日、オレは年よりのサルが病気で死んだのを見て、生死がどういうものかを知り、こわくなったんだ。その時、通背《つうはい》猿猴《えんこう》が出てきて、オレに道心を開くように言ってくれた。そして、外の世界にも物がたくさんあることを話してくれた。それでオレは始めて知ったんだ。花果山の外にはもっと広い世界があって、三界や五行《ごぎょう》の外に飛び出すこともできるってな」

孫悟空《そんごくう》はふり仰いで、漂う白雲を見あげた。その瞳には光があった。

「あの言葉が路を啓《ひら》いてくれたおかげで、オレみたいな辺鄙《へんぴ》なところに生まれた、父も母もない小ザルが外の世界を見てみようという考えを起こしたんだ。あいつはオレに言葉を教えてくれ、常識や礼儀ってやつを教えてくれた……今にして思えば、あんなものはデタラメもいいとこ、間違いだらけだ。けどよ、あいつは心の真ん中から教えってやつを差し出してくれたんだ。オレが神仙を訪ねるのにつかった竹の筏《いかだ》だって、あいつが何夜も徹夜して、サルどもといっしょに組み立ててくれたんだ。

出発の前、あいつは斜月三星洞の方向を指さして言ったよ。〝大王、あなた様は天資《てんし》聡明、こんな小さな花果山ではじつに窮屈じゃろう。あなた様の機縁《きえん》はあちらにありますぞ。きっと幸運を見いだせます〟ってな。あとの事はあんたも知ってるだろ。オレは本当に幸運をつかんで、三界の奇景も見てきた。でもよ、あいつがもう居ねえ――金星の爺さんよ、言ってくれ。オレはあいつの節目を見送りに来ちゃいけなかったかい？」

「いや、そんなことはない。始めあれば必ず終わりあり、そうでなくては道心も円満となりがたしじゃ。それでこそ大聖、おぬしの友も瞑目《めいもく》できるというものじゃろう……」そう李長庚《りちょうこう》は言うと、ふいに孫悟空《そんごくう》が声を荒らげる。

「だが、あいつは瞑目《めいもく》する必要なんてなかった！」

ざわりと李長庚《りちょうこう》の心が動く。孫悟空《そんごくう》もやはりこの疑いを持っていた。だが、深くは言えず、ただこう言うしかない。

「それは……万物にみな寿命があるからじゃ。仏となるか、金仙とならねば、どこに永遠不滅などあろう？　大聖も修道して久しい。それが見えぬわけではあるまい？」

「はっきり言えばいいだろ。花果山のサル族は閻王《えんおう》の爺《じじ》いの世話にはならねえし、輪廻《りんね》の苦しみも受けねえ……」サルは拳を裂けた石の上に打ちつけた。孫悟空《そんごくう》の声は激しい憤怒に満ち、目は天空をにらんでいる。

「どうしたのじゃ？」李長庚《りちょうこう》は戸惑った。孫悟空《そんごくう》は無駄口をたたかず、ニタリと笑ってみせた。

「へっ、やめた。あんたは金仙じゃねえし、責められねえこともたくさんあるよな」

　これには老神仙の顔も赤くなったり、青くなったり、なにを責めることができないのかと問おうとすると、孫悟空《そんごくう》はすでに身をひるがえして觔斗雲《きんとうん》で飛び去っていて、空中から声が聞こえてきた。

「もうしばらく花果山にいて、山ザルどもの世話としてやらねえとな。帰るのは少しおくれる――どうせ人をごまかす仕事だろ。オレひとり多かろうが、少なかろうが、大したことじゃねえ。金星の爺さん、許してくれ」

　李長庚《りちょうこう》は長いため息をついた。孫悟空《そんごくう》がそう言う以上、説得の余地などない。三本の線香の面子は立てて、わしに説明はしたのだ。さいわい、あのサルは以前より身勝手でなくなり、どこまでわがままが許されるかを知っている。おくれると言っただけで帰らぬとは言わなかった。

　せいぜい二、三の劫難《ごうなん》を孫悟空《そんごくう》なしで手配するだけのことだろう。あの者は帰らなければならぬ理由がある。李長庚《りちょうこう》は苦笑して首をふった。

　だが、やや面倒ではある。孫悟空《そんごくう》は喪《も》のために花果山に帰ったのだが、掲帖ではそのように書けない。こ

「承知しておる。取り消しの必要はないが、孫悟空《そんごくう》に使おうと思う」李長庚《りちょうこう》は首をふった。本来、自分があの奉仕を購入したのは沙悟浄《さごじょう》に使うためだった。だが、もうかまっていられない。東の壁を崩して西の壁を補うしかない。

「でも、孫悟空《そんごくう》は今いませんよね」白骨精《はっこつせい》は困惑している。

李長庚《りちょうこう》は頭を叩いた。それを忘れていた。孫悟空《そんごくう》がいないなら中傷することさえできないではないか。どうする？　気があせるなか、ふいにひとつ思いついた。このやり方は後々の禍根が残るだろうが、目の前の苦境をやりすごすためには他の選択肢はない。

李長庚《りちょうこう》は袖をめくって訴状を取りだし、それに残っていた妖気をたどって伝信する。

「六耳《ろくじ》か？　啓明殿の殿主じゃ」

「李《り》仙師、ぼくのことに進展があったんですね？」六耳《ろく》の事件は感情としては理解できるが、積極的な意味はほとんどないからだ。もし誰かが家のことで仕事を投げうったら仏法を弘《ひろ》めて道を伝えることなどできようか？　孫悟空《そんごくう》の欠席にはもっと適した言い方をする必要がある。

李長庚《りちょうこう》はしばらく考えて、白骨精《はっこつせい》に連絡することに決めた。

やや平らな石をみつけて座りこんで笏板《しゃくばん》をとりだすと、白骨精《はっこつせい》の催促が山のように届いている。それを見て、深く息を吸いこむと、伝音をした。

「老神仙さま、玄奘《げんじょう》たちが座りこんで数時辰になりますわ。わたくし……あっ……わたくしたちはまだ出て行けませんの？」白骨精《はっこつせい》の声にあせりがある。

「あなたのところで誣告《ぶこく》の追加奉仕を購入したであろ？」

「取り消しはできませんよ」

耳《じ》の声がおどっている。

「あ？　ほんの少しじゃがな。わしは今、花果山で調査しておる」李長庚《りちょうこう》は嘘ではない証拠を見せようと、六耳《ろくじ》に付近の景色を見せた。「だが、急な事態での。おぬし、ちょっと手伝えるか？」

「ええ、ええ、この六耳《ろくじ》、なんでもやりますよ」

「変化《へんげ》の術はできるな？　孫悟空《そんごくう》の姿に化けられるか？」

「できます！　ぼくは毎日毎晩、あいつをみていますから、どんな様子だか熟知してます」

李長庚《りちょうこう》は白骨精《はっこつせい》の居所を送った。「では、姿を変えて、そこに行ってくれ。覚えておくのだ。余分なことは言うな。問うのもいかん。あとはわしの言う通りにせよ」

六耳《ろくじ》はやや疑っていたが、目下の調査が有望そうなので李長庚《りちょうこう》に逆らわず、すぐに応じた。李長庚《りちょうこう》は笏板《しゃくばん》をしまうと、そそくさと下山し、老いた鶴のもとに帰ってきた。

悲しいことに、老鶴はもうだめだった。なんども翼を打つが、どうしても飛び立てない。花果山に置いていくしかないと李長庚《りちょうこう》は思った。あとで啓明殿の者に連れかえらせるしかあるまい。すぐに推雲童子《すいうんどうじ》（『西遊記』第四十五回に出てくる雲を司る童子）を呼び、祥雲《しょううん》にのった。この祥雲は使いやすく速度も高いが、ただ料金もすこぶる高い。財神殿ではこの経費を認めないだろう。しかし、いまの李長庚《りちょうこう》はそんな事にかまっていられない。

現場に急行する途中で六耳《ろくじ》が知らせを送ってきた。すでに白虎嶺《びゃっこれい》に着いたそうだ。あのサルの変化はたしかに巧みだったようで、周囲の者には誰も見破られていない。

六耳《ろくじ》が問う。「何をするんです？」

李長庚《りちょうこう》は祥雲の上に座って、現場を指揮した。

「おぬしの棒でその女の頭をぶち割れ」

「え？　あれは凡人ですよ？　罪もない人を殺すんですか？」六耳《ろくじ》はとまどっている。

「あれは妖怪じゃ」

「妖怪でも殺しちゃだめでしょ？」

「ほんとうに殴らんでも相手が合わせてくれる」

しばらくして、六耳《ろくじ》が報告してきた。「ぼくが棒でちょっと殴ったら、あの娘《こ》、倒れて死んじゃいました。籠《かご》の食べ物がウジ虫に変わりましたけど」

「しばらくしたら老婦と老人がくるはずじゃ、二人がどう言おうと殴れ。それが終わったら玄奘《げんじょう》に三度叩頭して雲にのって去ればよい」

笏板《しゃくばん》を置いて、李長庚《りちょうこう》は祥雲に深々と身をあずけて長い吐息をついた。一連の指揮で口が乾いた。手を伸ばして祥雲の露をひと壺取ると、のどを鳴らして半分飲み、やっと心臓に燃える火をいくぶん鎮《しず》める。

心が平静になると考えも落ちついた。ごうごうと後ろへ飛んでいく白雲をながめながら、李長庚《りちょうこう》はだしぬけに孫悟空《そんごくう》の奇妙な言葉を二つ思い出していた。「はっきり言ってよい」とは何だ？　「責められねえこともたくさんある」と何だ？

孫悟空《そんごくう》の性分で言おうとしてやめるなど、よほど大きなことだ。あのサルと関係する大きな事で他に何がある？　〝大いに天宮を鬧《さわが》した〟ことではないのか？

これに思いいたると、李長庚《りちょうこう》は感慨でいっぱいになった。あれはここ数千年で天庭に起こった最も重大な事件だ――孫悟空《そんごくう》は斉天大聖《せいてんたいせい》の身で、なんと西王母《せいおうぼ》の蟠桃《ばんとう》を盗み、老君の金丹《きんたん》を盗み、仙酒を盗んで、瑤池《ようち》の宴を台なしにしたあげく、罪をおそれて花果山に逃げた。天庭が人を派遣して連れ戻し、老君の煉丹炉に放りこんで刑に服させたが、また途中で逃げられ、九曜星に囲まれ、四天王がめちゃくちゃに打ちすえても、霊霄殿《れいしょうでん》の前まで突きすすんできたのだ。ついには仏祖が手を下し、やっと鎮圧できた。

李長庚《りちょうこう》は当時、仕事で外に出ており、現場にはいなかった。今でも知らせを聞いた時の驚きを覚えていた。

なぜ孫悟空《そんごくう》はあれほど事を荒立てる必要があった？

本来、あやつは天庭で散仙の頂点に入りこみ、「斉天《せいてん》大聖《たいせい》」の肩書きも賜《たま》わり、斉天大聖府という居場所まであった。玉帝《ぎょくてい》はあやつに蟠桃《ばんとう》園の管理という役得のある仕事まで用意してやったのだ。昇進の見込みはないが、虚名、実権、実利、体面どれも欠けていないのに突如反乱を起こした。何がいやだったのだ？

「斉天大聖」は李長庚《りちょうこう》が昔作りだした役職だ。だから、ひいきをするのではないかという嫌疑をさけるために、つづく裁判には関わっていなかった。だから、この疑惑は李長庚《りちょうこう》には今でも解けない謎だ。

李長庚《りちょうこう》が考えに沈んでいると、ふいに笏板《しゃくばん》がまた震えた。壺を置いて、笏板《しゃくばん》を取ると相手は六耳《ろくじ》だった。

「李《り》仙師、指示どおりにしましたよ。おばあさんとおじいさんを殴って、いま叩頭をして玄奘《げんじょう》のもとを離れました。なんか空中で図影を撮っていたけど大丈夫ですか？」

「それでよい。ご苦労であった」

「取経一行にどうして孫悟空《そんごくう》がいないんです？　あいつが何か悪いことをしたから、ぼくに濡れ衣を着せるわけじゃないでしょうね？」六耳《ろくじ》は孫悟空《そんごくう》の代役を演じたことで敏感になっていた。

その孫悟空《そんごくう》が不在だから、お前に代わりをやらしたのであろうが！　でなければ、二人が顔を合わせて、とんでもない混乱になるではないか？　そう李長庚《りちょうこう》は思ったが、口ではやさしく言う。

「考えすぎじゃ。護法に必要というだけじゃ。なんでおぬしに濡れ衣を着せることがある？　あの三名の妖怪にも前もって言ってある。全員死んだふりじゃ」

「三名ですか……」六耳《ろくじ》は疑わしそうな口ぶりになる。

「一名だけですよ」

「なに？」

「あなたは仙人なので妖気については詳しくないかも知れませんね。あの娘さん、お爺さんとお婆さんはみんな一匹の妖怪が変化《へんげ》した者ですよ。頭から出ている妖気がまったく同じでしたから」

李長庚《りちょうこう》は一瞬、ぽかんと呆れたが、すぐに理解した。やりおったな。白骨精《はっこつせい》が一人で三人分の供え物を食ったのだ。なるほど事前の面接で三名の妖精が一人ずつ来たはずだ。けっきょく全員が白骨精《はっこつせい》の変化なのだ。だが、ここに至って些細な点を問い詰めても意味はない。李長庚《りちょうこう》は六耳《ろくじ》に言った。

「おぬしは帰って休め。手間賃は払うでの」

「ぼくの言ったこと、仙師さまどうぞよろしくお願いしますよ」六耳《ろくじ》は確認を忘れない。

「もちろんじゃ。わしが目を光らせるでの」これでは〝鴆《ちん》（毒酒）を飲んで渇きを止める〟だと思ったが、仕事が多すぎる。まずは目の前の面倒をやりすごしてからだ。

その時、観音《かんのん》も連絡してきた。李長庚《りちょうこう》が花果山のことを一通り説明すると、観音《かんのん》もため息をつき、すぐに確認してきた。

「次の劫難《ごうなん》は考えてある？」

「どこにそんな余裕がある！」

「一行は烏《う》鶏《けい》国に近づいています。早く準備しないといけません」観音《かんのん》の口調が重い。それが何を暗示しているかは李長庚《りちょうこう》にも分かった。三番弟子が烏《う》鶏《けい》国で待っているのだ。沙《さ》悟《ご》浄《じょう》をできるだけ早く一行から離れさせねばならない。

李長庚《りちょうこう》は笏板《しゃくばん》を置き、目を閉じて養神を行った。今回のことに驚きはあったが危険はなかった。だが、李《り》長庚《ちょうこう》は気づいた。現地の妖怪は情況を熟知しているが、あやつらにも自身のたくらみが多い。たくらみが多いということは、変動する要素が多いことを意味する。つぎは沙僧《さそう》を一行から離脱させねばならず、これには数名の金仙の影響があるので慎重になったほうがよい。味方の手の者を使ったほうが穏当だろう。

「童子、行き先を変える。南天門へ行ってくれ」李長《りちょう》庚《こう》は目をひらき、前にいる推雲童子《すいうんどうじ》の肩を叩いた。

祥雲は空中で弧を描くと、すぐに南天門についた。南天門を入って、李長庚《りちょうこう》は遠くに啓明殿を見て、深々とため息をつき、そちらには向かわず、まっすぐに兜《と》率宮《そつきゅう》に行った。

今回は太上老君が丹房におらず、鍛冶《かじ》部屋で大汗をかいて働いていた。部屋のなかからはカンカンという鎚《つち》の音がして火花が散っている。金銀二人の童子がその傍らで金床《かなとこ》を押さえ、鉗《やっとこ》を握っている。三人とも肌脱ぎで全身に汗をかいていた。天庭の高品質の宝貝《パオペイ》と丹薬は老君が作りだす。だから、その地位は群をぬき、人脈は広く、噂の種も尽きない。

李長庚《りちょうこう》が部屋に入ると三昧《ざんまい》の真火が鼻をついた。門枠をまたいで目を細めて呼ばわる。

「老君、老君、出てきてくだされ。仕事の話です」

老君は鎚《つち》を置き、童子二人に火を見ておくように言いつけて、仙巾《せんきん》で顔をふきながら出てきた。

「おぬし、三官大帝に茶を飲みに呼ばれたそうだの？」老君は八卦《はっけ》を描いた道袍《どうほう》をはおりながら問うた。

「ああ、あれは黎山《れいざん》老母に会いに行ったのです！」李《り》長庚《ちょうこう》は老君の目が好奇にかがやくのを見て、あわててつけ加える。「それに文殊《もんじゅ》と普賢《ふげん》も両名菩薩《ぼさつ》もいましたな」

事情を細かに話している場合ではない。老君にむやみにしゃべられたら、天の川に跳びこんでも洗い流せないのだ。

「おぬしの言うことはつまらん。水も漏らさぬではないか。啓明殿の者はみなそうなのか？」老君は怨み言を述べて、ござの上で足を組み、またあの金鋼琢《こんごうたく》を回しはじめる。

「わが兜率宮《とそつきゅう》に来たのはどういう用件じゃ？」

その金鋼琢《わっか》がうっとうしいぞと思いながら、李長庚《りちょうこう》は言った。

「取経の護法が大事な時なので、あなた様の童子に下凡してもらい、客演してもらいたいのです」

老君が鍛冶部屋のほうをちらりと見ると、中で二人が派手にけんかしている。ほほほっと老君は笑った。

「あやつらもうれしくてたまらんじゃろ。下界に遊びにいきたいとずっと言っておるからの。いつじゃ？どこに行かせる？」

李長庚《りちょうこう》は答えた。「筋書きはまだできておりませんが、いずれ早々には。玄奘《げんじょう》の通り路で場所を探します」

「玄奘《げんじょう》はどこを歩いておる？」

老君が長い袖をはらって招くと、地図が一枚、二人の前に飛んできた。李長庚《りちょうこう》が払子《ほっす》で玄奘《げんじょう》の位置を示すと、老君の双眸がふいに輝き、一点を指さした。

「まだ劫難《ごうなん》の地をきめておらぬなら、わしがひとつ場所について意見をだしてやろう。どうじゃ？」

その場所を李長庚《りちょうこう》はじっとみた。たしかに取経の経路からは遠くない。その名を平頂山《へいちょうざん》という。この場所については知っていた。あれこれ考えをめぐらせながら、ぼんやりと言う。

「……そこは三尖《さんせん》峰だったところではないですか？」

へへへっと老君が笑い、右手で金鋼琢《こんごうたく》をくるくると回す。

三尖峰という場所を李長庚《りちょうこう》は熟知していた。あるいは天庭のすべての者が熟知しているとも言ってよい。そこには渾名《あだな》があり〝天材地宝山《てんざいちほうざん》〟というのだ。

五百年前、孫悟空《そんごくう》が大いに天宮を鬧《さわ》がせた時、老君が金鋼琢《こんごうたく》で化け物ザルを打ち、大功を立てた。その後、似たような事件を防ぐために、法貝《パオベイ》を数多く煉成《れんせい》せねばならぬという意見が出た。老君によれば、それらを作るのは三昧《さんまい》の真火が必要で、兜率宮《とそつきゅう》の炉では足りないので、地上に場所を作ってくれとのことだった。

この法貝を煉成する場所が三尖峰にほかならなかった。

最初の計画では中央の山頂を削って老君の炉を造ろうとし、着工が始まると、数え切れないほどの天材地宝が投入されたが、工程も半ばになったとき、ふいに風水が悪いから右の山頂のほうがいいと老君が言いだした。だから、今度は右の山頂を削り、天材地宝がふたたび投入された。しかし、完成も間近になって、楊《よう》戩《ぜん》（二郎真君）が立ち上がり、自分もあの時には貢献したのだから、老君の炉だけを造るのはおかしいと主張して、二郎廟《じろうびょう》も建てろと言い出した。そこで左の山頂も削られ、また天材地宝が投入された。それもほとんど完成したのだが、二郎真君がやって来て一回りして山頂を切りとったやり方が旧事の怨みをほのめかしているとケチをつけ、落成させずに廟は捨てられた。その結果、三尖峰は切りとられて細くなり、最後には崩れ落ちて平頂山《へいちょうざん》と名を改めるしかなくなった。

このように削りとっては建て、建てては削りとり、天材地宝が無数に投入されたのだが、まるまる五百年、何も建たなかった。だから、神仙たちはひそかに〝天材地宝山〟と言っているのだった。

李長庚《りちょうこう》がどうしてこんな詳細を知っているのか？

それは工事がもうすぐ落成するという段になると、毎回落成式を計画して、掲帖の草稿も数十枚準備していたのに、それがすべてむだ働きになったからだ。とうに李長庚《りちょうこう》にとっては悪夢の一つとなっていた。

その顔色をみて、老君は親しみをこめて李長庚《りちょうこう》の肩を叩いた。

「安心せい。どっさりと宝貝《パオベイ》を持っていかせる。場面をしっかり支えてやるわい」

老君が袖をひろげると、宝物庫から様々な宝貝《パオベイ》が飛びだしてきた。七星宝剣、紫金紅葫芦《しきんこうころ》、羊脂《ようし》（半透明の白い石）の玉浄瓶《ぎょくじょうへい》、芭蕉扇《ばしょうせん》、幌金縄《こうきんじょう》、それぞれがキラキラと輝いて仙気にみちている。李長庚《りちょうこう》はハッと冷気を吸いこんだ。老君は気前よく、一度に最上級の法貝を五つも出した。物惜しみをしないにもほどがある。

「兜率宮《とそつきゅう》のどこにこれほど多くの法宝が？」

老君は地図を指した。「おぬし、平頂山《へいちょうざん》の老君炉はみたか？」

李長庚《りちょうこう》はそこをしばらくみてきたが、崩れた壁のほかには何もないのは明らかだ。老君は髭《ひげ》をしごいて言う。

「それでよい。すべてはそこにあったのじゃ」

これで李長庚《りちょうこう》はやっと気づいた。天庭は炉を造ろうとするたびに、天材地宝を水のごとく注ぎ込んだ。それは炉を鎮める宝を煉成させるためだった。これらの材料が三尖峰に用いられたかどうかは兜率宮《とそつきゅう》だけが知っている。

なるほど三尖峰は五百年くりかえし削られて何も建たなかったが、その中でこうした品が作られていたのだ。

老君は笑って金鋼琢《こんごうたく》を回し、平然としている。天庭で玉帝《ぎょくてい》や西王母《せいおうぼ》といったごく少数の神仙をのぞいて、誰がこの道教の祖に逆らうだろう？　せいぜい趙公明《ちょうこうめい》が浪費をやめるように公文で注意するくらいだ。

「老君、宝貝《パオベイ》を五つとは多すぎのきらいがあります。一つ二つで十分です」李長庚《りちょうこう》は遠回しに断ろうとした。宝貝《パオベイ》が多すぎて手を焼く事態になるのがいやだった。

「遠慮はいらん。宝貝《パオベイ》が多ければ戦いもたくさんできる。派手な戦いになって掲帖も見栄えがよいぞ」老君は勢いこんで言う。

「宝貝《パオベイ》が劫難《ごうなん》でなくなってしまうかも知れませんし、壊れてしまうかもしれません」

「なくなれば好都合、宝貝《パオベイ》は人に使わせるものじゃ。壊れたらまた作ればよい」老君は豪気に手をふった。

　戦いがあれば宝貝《パオベイ》には損傷がおこるかもしれない。これは取経の大業のために損傷するのだから、老君は堂々と天庭に材料の補充を要求できる。宝貝《パオベイ》が本当に損傷したかどうか、どれほどの材料を補塡せねばならないか、そんなことを太上老君より権威のある鑑定ができる者などいない。

　宝貝《パオベイ》が一つなら一つ分の材料を要求できるが、五つも一度に出せば手に入る補助で一つくらい余分に宝貝《パオベイ》を作ることもできよう。

　老君はやはり老君だ。童子を二人借りたいと言った途端、こんな大きな商売をつくりだした。

「そうじゃ、平頂山《へいちょうざん》の近くに圧龍山《あつりゅうざん》があって、狐狸精《こりせい》が住んでおる。わしの童子どもが婆《ばあ》やと慕っておってな、よく様子を見に下界に行きたがる。あの者は妖怪の軍隊をもっておるから力添えをさせよう」

　あいまいな言い方だが、李長庚《りちょうこう》にもその腹がよめた。今回、老君が一気に五つの法宝を出したいのに、ただ童子二人を派遣するだけでは説明がしにくい。狐狸精《こりせい》たちを引き入れれば、宝貝を使う人手の面でも説明しやすい。

　その圧龍山の狐狸精《こりせい》を李長庚《りちょうこう》も覚えていた。三尖峰に炉をつくる責任をおっていた現地妖怪のはずだ。老君の指の間からこぼれるうまい汁を吸っていたのだろう。今回、老君は補助を手に入れたいのだから、見知った者にまかせて安心したいのだ。

もちろん、そんなことは李長庚《りちょうこう》には関係がない。すなおに協力してくれて沙僧《さそう》を一行から離れるようにしてくれるだけでよい。

「ああ、そうじゃ。あの童子どもはわしのために鉄を打っておる。おぬしが借りていくなら別に人を雇わねばならんのじゃ。その費用もおぬしで払え」

「たかだか二日ですぞ？」

「天上の宝貝《パオベイ》にたいする需要は多い。一日も遅らせられん。おぬし、わしが毎日噂ばかりしておる閑人じゃと思っておるのか？」

「わかりました。宝貝《パオベイ》の損耗に計上しておきましょう」

宝貝《パオベイ》のことを言うと、ふいに思い出して、李長庚《りちょうこう》は何も考えずに口に出していた。

「そういえば、降魔宝杖《ごうまほうじょう》を作ったことはありますかな？」

老君はやや考えて答えた。「わしのところは金属の宝貝《パオベイ》が多いが、木製のものは多くないんじゃ。何か特徴があるものか？」

「巻簾大将《けんれんたいしょう》が使うものです」李長庚《りちょうこう》は注意をうながした。

老君は首をふり、袖を持ちあげて易占をはじめた。しばらくして老君の道袍《どうほう》のうえに描かれた八卦が金色の光を帯び、老君の双眸が透きとおると言った。

「その降魔宝杖《ごうまほうじょう》の材料は簡単なものではないな。どうしてそれをわしに問う？」

「どんな来歴ですか？」李長庚《りちょうこう》は噂の大本締めに多くを語りたくはなかった。

「その宝杖の材料は広寒宮の前に生える桂花の枝じゃ。

呉《ご》剛《ごう》（月に住む木こり。桂の樹を切り倒したら仙人になれるという玉帝との約束を信じて仕事をしている）が親《した》しく伐《き》り、魯班《ろはん》（公輸班。春秋時代の魯の名工）が作った——魯《ろ》班《はん》は鍛造《たんぞう》ではわしに及ばぬが、木工はまあまあでな……」

老君が言葉をつむぎながら顔をあげると、李長庚《りちょうこう》はもうそこにいなかった。

第九章

ひゅうひゅうと風を切って李長庚《りちょうこう》は雲のなかを進んでいた。心には冷たいものがよぎり、まるでこの身が広寒宮にあるようだ。

もともと沙悟浄《さごじょう》が広寒宮と浅からぬ関係であろうと疑いをいだいていたが、これではっきりした。天蓬《てんぽう》が復帰して一番面白くないのは嫦娥《じょうが》だ。この姑娘《くーにゃん》は無位無官の舞姫にすぎないが、その舞い姿はしなやかで神妙の域に達して崇拝をうけており、仙界の名媛《めいえん》に数えられる。彼女の面子《めんつ》のためならば西王母《せいおうぼ》を動かすことも不可能ではない。

以前、猪八戒《ちょはっかい》は言っていた。巻簾大将《けんれんたいしょう》は特定の個人を指すのではなく、儀仗官の職名にすぎないと。ならば、沙悟浄《さごじょう》は巻簾大将《けんれんたいしょう》の名で正体を隠しているのだ。彼が取経一行に加わった目的は要するに猪八戒《ちょはっかい》が天庭にかえることを阻止することにつきる。

これはなかなか微妙なことだ。玉帝《ぎょくてい》は天蓬《てんほう》を心にかけているが、少なくとも表面上は天の掟に反することはできない。転生の後は玉帝《ぎょくてい》も先天大極図を示し、錦鯉を一匹贈っただけで、明確な支持を表明せず、因果に染まらないようにしている。

金仙たちの間に秘密などない。西王母《せいおうぼ》も玉帝《ぎょくてい》のゆずれぬ線を正確に計算しているはずで、その上で沙悟浄《さごじょう》を送りこんで来た。沙悟浄《さごじょう》は自ら手を下さなくても、猪八戒《ちょはっかい》が取経の旅で大失敗をした時に、それを突くだけでよいのだ。その時には玉帝《ぎょくてい》も擁護できないだろう――やや誇張すれば、沙悟浄《さごじょう》がわざと誘惑をしつらえて猪八戒《ちょはっかい》をその中に……

嫦娥《じょうが》は何を持ちだして西王母《せいおうぼ》を動かした？ 巻簾大《けんれんたい》将《しょう》はいったい誰だ？ そんなことを李長庚《りちょうこう》は知りたくなかったが、頭痛の種は取経一行にひとつ未知数が加わったことだ。猪悟能《ちょごのう》を排除しなければ沙悟浄《さごじょう》も一行を離れない。これを観音《かんのん》に説明などできなかった。しかし、猪悟能《ちょごのう》を排除すれば、玉帝《ぎょくてい》が自分の能力に疑問を向けるのは必定だ。これもまた李長庚《りちょうこう》は極力避けたかった。

考えをめぐらせていると、李長庚《りちょうこう》は自分が板挟みに陥っていることを知った。はじめは〝定員を借りる〟ことを妙手だと思っていたが、じつは〝鴆《ちん》を飲んで渇きを止める〟ことで、自分を苦境に追いこむことだった。

「ああ」と李長庚《りちょうこう》は哀しげに嘆息した。美しい夢を見ていた。五荘観、白虎嶺《びゃっこれい》の二ヵ所をきりぬけたので、一行がつづく宝象国《ほうぞう》では劫難《ごうなん》を手配していなかった。

平頂山《へいちょうざん》につく前にはひと息ついて、何とか経費処理をする時間をひねりだせるはずだった。だが、いまや〝いいぞ〟とほめ殺しの野次が聞こえる。孫悟空《そんごくう》はまだかえらず、二番弟子と三番弟子にも悶着がでた。

李長庚《りちょうこう》はいつものように鶴の首をなでてやろうとしたが、手に触れたのは湿った霧だけだ。それで、あいつがまだ花果山で横たわり、自分がいま乗っているのは祥雲だったと思い出した。

ああ、この取経の仕事は簡単なように見えて、背後に各方面の利益が山のように連なっており、心神を疲弊させること夥《おびただ》しい。もっとはやくに知っていれば、観音《かんのん》が援助を求めてきた時に織女《しょくじょ》にやらせたのに。

だが、天庭ではどんな丹薬でも煉成できるが、惜しいことに後悔につける薬だけはないのだ。心をおちつけ、いま啓明殿に戻ることはあきらめた。宝象国《ほうぞう》に行く方が先決だ。

宝象国《ほうぞう》ではいかなる劫難《ごうなん》も計画していない。自分と観音《かんのん》がわざわざ残しておいた貴重な息つぎの窓だったのだ。あの三十数名の随行神仙たちも休暇をとり、観《かん》音《のん》だけが見張りとして残っている。

李長庚《りちょうこう》が宝象《ほうぞう》国の上空に飛来すると、遠く空中に浮いている蓮華台が見えた。その上で観音《かんのん》が趺坐《ふざ》して目を閉じている。身辺には色とりどりの蓮の花弁が無数に浮き、彼女を取り巻いて波をうち、同じ色の花弁が三つ交錯すると、それらは影をかすませて露のように空《くう》に消え、同時に梵唄《ぼんばい》（声明、仏教の歌唱）が響く。その宝相《みすがた》はまさしく荘厳そのもので、人の心を洗い清める。

観音《かんのん》はまだ意識を残しているようで蓮華を弄んでいる。何か大事件が起こったようではなさそうだ。李長《りちょう》庚《こう》はほっと息をついた。いまでも手に余る事態なのだから。

気持ちを整えて、李長庚《りちょうこう》は蓮華座の前に飛んでいった。その時、色とりどりの花弁が集まって泡と消える速度を増し、観音《かんのん》の全身がほとんど乱れ舞う蓮華の海におおいかくされた。ふいに〝バサッ〟と音がして、花弁が一度に落ちると、観音《かんのん》が顔を上げた。

「取経の者は?」李長庚《りちょうこう》は下界をながめた。宝象国《ほうぞう》に玄奘《げんじょう》、猪八戒《ちょはっかい》、沙悟浄《さごじょう》の姿はない。

「はい、彼らは野劫《やごう》にあたり、それを克服しようとしています」観音《かんのん》の表情は楽しげで、また蓮華を空中に投げて、さらさらと色あわせをはじめる。

野劫《やごう》だと? 李長庚《りちょうこう》は身を震わせた。

事前にぬかりなく手配した劫難《ごうなん》にくらべて、不意の野劫こそが真の意味での劫難《ごうなん》といえる。取経の旅は十万八千里、すべて面倒をみることなど不可能だ。だから、意外な事態に遭遇することもあるだろう。たとえば、黄風怪《こうふうかい》が孫悟空《そんごくう》を打ちのめしたのも野劫《やごう》だ。だが、李長庚《りちょうこう》は野劫《やごう》と聞くとたちまち緊張した。

観音《かんのん》は笑いだした。「李《り》さん、あわてないで。一行は碗子山《わんしざん》の黒松の林で劫難《ごうなん》に遭いました。二人の弟子が托鉢に行き、玄奘《げんじょう》じしんは道に迷い、妖怪に捕らえられて波月洞に連れ去られたのです――あっ、李《り》さん、だいじょうぶ、まず座ってわたしの話を聞いて」

観音《かんのん》が落ちついているのを見て、李長庚《りちょうこう》はしぶしぶ座った。

「本来なら、わたしも緊張するのだけれど。でも、あの黄袍怪《こうほうかい》という妖怪が気を利かせて、玄奘《げんじょう》だとわかったらすぐに解放してくれました。今ごろは宝象国《ほうぞう》にむかっています」

「それならよい」李長庚《りちょうこう》はほっと息をついた。いまだった一つの願いは孫悟空《そんごくう》の帰還まで取経一行に問題が出ないでくれということだった。

「あ、そうだ。李《り》さん、ちょっと相談したいことがあるの」観音《かんのん》は花弁をしまいこんで、太白金星に言った。

「ここいくつかの劫難《ごうなん》について掲帖を書こうと思っているけれど、五荘観のものはうまく書けたのに、白虎嶺《びゃっこれい》はちょっとたいへんなの」

「どう書く？」

「この掲帖はいったい何から始めればいいかしら？」

李長庚《りちょうこう》は額を叩いた。まだこんな面倒がのこっていたことを忘れていた。あの時は孫悟空《そんごくう》の突然の離脱をまるく収めるために、まにあわせに六耳《ろくじ》に身代わりをやらせて三名の妖怪を殴らせたのだ――じつは一名なのだが――妖怪が化けたのは民なので、玄奘《げんじょう》が殺生をしたという名目で〝孫悟空《そんごくう》〟を破門した。これでたしかに離脱の件を取りつくろえたが、後の面倒を引き起こした。

この劫難《ごうなん》で、もし孫悟空《そんごくう》がその火眼金睛《かがんきんせい》で妖怪の正体を見ぬいたのだとすれば、玄奘《げんじょう》は誤って忠義の者を貶《おとし》めたことになる。もし孫悟空《そんごくう》が無辜《むこ》の民を濫《みだ》りに殺したとすれば、玄奘《げんじょう》は無私の心で正しい処分を下したとなる。掲帖でどう書こうと一方でまちがいを犯すことになるだろう。

しかし、一方は仏祖の二番弟子、一方は仏祖が指名した一番弟子だ。どちらを褒《ほ》め貶《けな》すにしろ、負の影響があり、心を合わせて団結するという主旨を表わすことはできない。

李長庚《りちょうこう》は急場しのぎの知恵を出すのが精いっぱいで、詳細に影響を考えていなかったので、こんなほとんど調和不可能な矛盾をもたらしてしまった。

「うーん、それはじつに……頭が痛い」そわそわと払子《ほっす》の毛をしごく。

「わたしのほうで考えがあるけど、でも、これは李《り》さん、あなたが決めるべきだと思う」

観音《かんのん》が空中に同じ色の三枚の花弁を投げ上げると、それらは一度に消えた。李長庚《りちょうこう》はやや眉間にしわをよせた。

「大士《だいし》のご意見では白虎嶺《びゃっこれい》の劫難《ごうなん》を放棄するということじゃな？」

「そのとおり」

三枚の花弁がすなわち三名の妖怪だ。〝三たび白骨《はっこつ》精《せい》を打つ〟（『西遊記』第二十七回）ことさえ言わねば、掲帖でも左右両難の矛盾を避けられる。だが、代償も大きい。三つの劫難《ごうなん》となる骨折りが水泡に帰すのだ。

面倒をさけるか？　業績をふやすか？　李長庚《りちょうこう》は選択に迫られた。

蓮華座の傍らで沈思することしばし、李長庚《りちょうこう》はついに決心した。自分は鎮元子《ちんげんし》のような商人ではない。仙官の道は平穏を貴ぶ。功を求めず、むしろ過失なきことを求める。そこで口を開いた。

「あいまいに処理しよう」

「わかりました。では、わたしが一難として報告します。心猿《しんえん》（孫悟空のこと）を遠ざけたとだけ書き、具体的にどこでどんな妖怪と遭遇したのか、悟空《ごくう》がなぜ離脱したのか、こうした事は掲帖ではすべて触れぬようにします」

李長庚《りちょうこう》はうなずいた。今はそうするしかない。観音《かんのん》はやや心を傷めていた。たくみに名目を立てて功績にするのが得意な観音《かんのん》の立場から言えば、この損失はじつに受けいれがたいにちがいない。

いくつか慰《なぐさ》めの言葉をかけると、李長庚《りちょうこう》はふいに別の問題を思い出した。白虎嶺《びゃっこれい》が劫難《ごうなん》として報告できなければ、白骨精《はっこつせい》に払う費用が処理できなくなり、別の勘定書に付け替えるしかない。だが、いまは経費処理さえかまっていられないのだ。どうやら、この勘定はしばらく借りにしておくしかない。

いや、天庭が妖怪に銭を借りることを借りというだろうか？　あの者にはすこし待たせてもよいのだ。どちらにしろ財神殿の支払い期間は長い。そう老神仙は見通しをつけた。この件はまず置いておこう。

つづいて李長庚《りちょうこう》は平頂山《へいちょうざん》の手配について話した。太上老君がそれほど人手と宝貝《パオベイ》を投入して手助けしてくれ、場面を派手にできることを観音《かんのん》もよろこんだ。これまでの西天取経の旅でもっとも充実した場面になるだろう。

だが、観音《かんのん》は不安そうに問うた。「では、沙僧《さそう》が離脱することは?」

李長庚《りちょうこう》は苦笑し、広寒宮の事はあえて口にせず、ぼかして答える。

「わしが金銀二人の童子と話しておきました。二人が下凡したら一度会いに行き、平頂山《へいちょうざん》で解決できるか検討しましょう」

じつはまだそんな話はしていない。ただ理由をつけて後回しにしただけだ。後回しにするたびにじつは路を狭めているのだが、それでもその狭い路を行かざるをえない。

「李《り》さん、どうしてそんな厳しい顔をなさっているの? なにかまだ心配事でもあるの?」

「い、いや、なにもありませんぞ」李長庚《りちょうこう》は払子《ほっす》をふって顔をかくした。

そのとき、観音《かんのん》の玉浄瓶《ぎょくじょうへい》が震えた。指でつまんでちょっとのぞきこむと、その表情がふいにくもった。

「事件か?」李長庚《りちょうこう》がいま最も恐れているものだ。

「事件ではないのですが……」観音《かんのん》も何やら自信がないようだ。「取経一行は無事に宝象国《ほうぞうこく》に到着して国王に会い、通行手形を見せました」

李長庚《りちょうこう》の手にした払子《ほっす》がだらりと垂れる。

「それはよかった」

「でも……玄奘《げんじょう》が進みたがらなくて」

「あ? 進みたがらない? なぜじゃ?」

「自分で見てください」観音《かんのん》は玉浄瓶《ぎょくじょうへい》を差しだした。浄瓶《じょうへい》には前後の因果が映し出されている。玄奘《げんじょう》が波月洞にとらえられた時、百花羞《ひゃっかしゅう》という名の女人と出会った。百花羞《ひゃっかしゅう》は自分がもともと宝象《ほうぞう》国の公主《ひめ》であり、十三年前に黄袍怪《こうほうかい》に連れさられて圧寨夫人《あっさいふじん》（山賊などの頭目の妻）をしているが、いままで逃げだせずにいると玄奘《げんじょう》に告げた。彼女が玄奘《げんじょう》を解放するように黄袍怪《こうほうかい》を説得し、ひそかに手紙をもたせて救いを求めたのだ。

玄奘《げんじょう》は手紙を宝象《ほうぞう》国の国主にわたしたが、その返事はなかった。要するに黄袍怪《こうほうかい》の法力が強く、宝象《ほうぞう》国の軍隊では朝飯前に片づけられてしまうからだった。国王は焦っているものの、力となることはできない。

「それで？」

「百花羞《ひゃっかしゅう》は命の恩人だから、救いだしたいって玄奘《げんじょう》は言ってる」

この方面で玄奘《げんじょう》がこだわるとは意外だった。李長庚《りちょうこう》は眉をよせて考え、観音《かんのん》に問うた。

「大士《だいし》、あなたの気持ちはどうじゃ？」

観音《かんのん》はため息をつく。「この件は取経とは関係ないけど、百花羞《ひゃっかしゅう》はじっさいかわいそうよ。かよわい女子が妖魔にさらわれて、あんな波月洞に閉じこめられて、十年以上も陽《ひ》の目を見ないなんて。この情況を見たら誰だって良心が傷むわ。彼女が玄奘《げんじょう》を救った以上、この因果をきちんと終わらせた方がいいと思う」

「ほかの者の意見は？」

「猪悟能《ちょごのう》はどちらでもいいみたい。沙悟浄《さごじょう》はとっても積極的ね。玄奘《げんじょう》よりも憤《いきどお》っているみたい」

ほうと李長庚《りちょうこう》はひと声、あやつはおもしろい。なんと悪をにくむこと仇のごとしという性分だったとは。

だが、考えてみれば理に合う。そうでなければ取経一行に加わって、八戒《はっかい》を阻止しようとはしないだろう。

「李《り》さん、なにを考えているの？」李長庚《りちょうこう》はあわてて深い考えのなかから戻った。

「そうじゃ、あの黄袍怪《こうほうかい》の神通力はすごいのじゃろ？　本気でぶつかれば危うくはないか？」

「わからない。でも猪悟能《ちょごのう》と沙悟浄《さごじょう》でいっしょにかかれば震えあがるはずだと思う」そう言うと、観音《かんのん》は冷笑した。「それに、黄袍怪《こうほうかい》は人の純潔をけがして自由を奪った。いま、家族に門を叩いて救いを求めているのに、あいつに理があるはずないでしょ？」

二人は評価を行い、この件に危険はあるまいと思い、いっそ玄奘《げんじょう》たちに対処させたらいいということになった。観音《かんのん》は玉浄瓶《ぎょくじょうへい》にむかって何か言うと、李長庚《りちょうこう》と平頂山《へいちょうざん》の劫難《ごうなん》について詳細を相談した。

しばらくして、浄瓶《じょうへい》がまた震動した。観音《かんのん》が聞くと、その眉がふいに跳ねた。李長庚《りちょうこう》があわててどうしたのかと問うと、観音《かんのん》の口ぶりがやや苦渋を帯びる。

「悟能《ごのう》と悟浄《ごじょう》が……負けたの」

「あ？」

そんな展開になるとは、李長庚《りちょうこう》は思っていなかった。

浄瓶《じょうへい》に再度、事の次第が表示された。玄奘《げんじょう》は宝象《ほうぞう》国にのこり、二人の弟子を黄袍怪《こうほうかい》との談判に差し向け、百花羞《ひゃっかしゅう》を取り戻そうとした。だが、黄袍怪《こうほうかい》の態度は横暴そのもの、話しあいを拒絶したばかりか、他人の事に関わるなと二人を罵った。沙悟浄《さごじょう》は堪忍袋の緒が切れて、強引に百花羞《ひゃっかしゅう》を連れ戻そうとし、両者は力ずくになる。黄袍怪《こうほうかい》の神通力は大したもので、あちこちから山の精、樹木の怪が出てきて邪魔をした。悟能《ごのう》と悟《ご》浄《じょう》は衆寡《しゅうか》敵せず、一人は逃げ帰り、もう一人は死すとも退かずと戦って捕らえられた。

「何とも強情じゃな？　すでに居所を知られておるのに、黄袍怪《こうほうかい》もなぜ救出を止めだてしようとする？」李《り》長庚《ようこう》もやや懊悩《おうのう》している。

「ただの止めだてでしょうか」観音《かんのん》が冷笑する。「黄《こう》袍怪《ほうかい》にとっては夫婦の恩愛が十三年もつづいていて、それを白昼堂々無理やりに連れさろうとしたのです。宝象国《ほうぞう》に道理を説きにいかねばならないと言っているそうです」

「フン、良家の娘をさらっておいて、まだ自分勝手な不平を並べおる！」李長庚《りちょうこう》は袖をひとふり、怒気は天をついている。「では、わしらも波月洞へ行きますぞ！」

その怒りの半分はこの事件がまるで滅茶苦茶だからであり、もう半分はこれまでいくつかの事件で心火《しんか》が燃えさかっていて、この機会にはけ口にするためだった。観音《かんのん》が李長庚《りちょうこう》の怒りを見て胸を叩く。

「李《り》さん、安心して。巻簾大将《けんれんたいしょう》は義を見て勇をなした。いま井戸に落ちた者に石を投げたりしない」

沙僧《さそう》は波月洞に囚《とら》われた。このことは実を言えば一行から去らせる絶好の機会だ。もし観音《かんのん》に少しでもその気があれば、この機に手を下すこともできる。観音《かんのん》は常々たくらみが多いが、この点でカラリと明るいとは、李長庚《りちょうこう》にとって意外だった。この言葉は李長庚《りちょうこう》の懸念をそのまま言いあらわしていた。

二人の神仙は目配せで共通認識に達した。すぐに雲にのり、瞬く間に波月洞の前に到着する。二人が呼びだしもせぬうちに遠くから沙悟浄《さごじょう》の罵声が聞こえてくる。

「百花羞《ひゃっかしゅう》はこの波月洞に閉じこめられ、天に日を見ず、恥辱をつぶさに受けておる。いったい貴様はどんな腐った心肝《しんかん》をもっておる！」

その正面に黄袍怪《こうほうかい》が立ち、左右に一人ずつ子供を抱いて、沙僧《さそう》より憤っている。

「人の妻をさらい、人の母を害し、人の家を壊そうとしおって、貴様こそどんな心肝《しんかん》だ！」周囲の妖怪どももガヤガヤと騒ぎ、声をそろえて沙悟浄《さごじょう》を叱責する。

ただ百花羞《ひゃっかしゅう》だけは姿が見えない。洞の中に閉じこめられているのではないかと思われた。

縛られた沙悟浄《さごじょう》は怒りで口を裂かんとし、両のほおは盛りあがる。

「ならば、あの御方の気持ちはどうなる？　宝象《ほうぞう》国の公主《ひめ》でおったところを貴様のようなイヌコロの卵子《ふぐり》にむりやり拐《かどわ》かされた。言ってみよ！　天のもと、そんな道理がどこにある！」

その悪罵を憎んで、黄袍怪《こうほうかい》が麻核《まかく》（クルミ大の麻のさね、口にいれると痺れてしゃべれなくなる）を口につめようとすると、沙悟浄《さごじょう》が足を跳ねあげて蹴りつける。黄袍怪《こうほうかい》もまた縄をもちだし、その両脚を縛って洞の中に担ぎこもうとする。不意を突いて、沙悟浄《さごじょう》がどこからか脚を一本のばして、バシッと黄袍怪《こうほうかい》の脚をひっかけて地に転がした。

周囲の妖怪どもが怒号をあげて襲いかかり、拳が打ち、脚が蹴る。ただ沙悟浄《さごじょう》の悪罵だけは抑えきれない。

李長庚《りちょうこう》と観音《かんのん》が目をあわせて助けに入ろうとすると、そこに忽然《こつぜん》と仙影が一つあらわれ、飄《ひょう》然と前をふさいだ。この神仙、頭に簪《かんざし》をさして金冠をいただき、七星をあしらった袍《ほう》に八極宝環《はっきょくほうかん》の帯をしめ、その鼻はとがっていて、玉の鉤のごとし。容貌にひとすじ鋭意が透けて見える。

「昴日《ぼうじつ》星官か？」（昴はスバル、七曜では日に結びつく。七禽ではニワトリに結びつき、ニワトリのようなしゃべり方をする）

李長庚《りちょうこう》にはひと目でわかった。昴日《ぼうじつ》星官はまず両の袖をはらうと、まっすぐに首を伸ばして言った。

「こっこれは啓明殿主、一別以来、お元気でしたか」

一人は星宿府、一人は啓明殿（啓明は明けの金星）とはいえ、どちらも夜明けを司《つかさど》る職だからよく見知っている。李長庚《りちょうこう》と昴日《ぼうじつ》星官はあいさつを交わしたが、それでも李長庚《りちょうこう》の頭の中は五里霧中だった。

「おぬし、ここに何をしに来た？」

「それを言わんでください。人さがしですよ」

「人さがしだと？」

昴日《ぼうじつ》星官はため息をついた。「われら西方七宿の長兄、奎宿奎木狼《けいしゅくけいもくろう》が、媚薬で心をくらまされたか、十数日まえに女子のためにこっそり下凡して戻りません。この数日、星宿の兄弟たちが順番に出勤簿にだけは署名してます。披香殿《ひこうでん》の宿直番がもうすぐなので連れ戻しに来たんですよ」

「奎宿《けいしゅく》の本尊が下凡したのか、それとも転生しておるのか？」李長庚《りちょうこう》はおかしいと思いはじめていた。

「転生してます。そう、あの波月洞で洞主をしています」

黄袍怪《こうほうかい》が奎木狼《けいもくろう》の生まれ変わりだと！　ぐわんと李《り》長庚《ちょうこう》の頭のなかで音がした。ひと目でわからなかったのは転生していたからか。黄袍怪《こうほうかい》がそんな身分だったとは！　それも西方七宿の首領だと？　これは面倒になった。

　ふつうの妖怪ならば李長庚《りちょうこう》と観音《かんのん》が出ていけば、すぐに片づけることができる。しかし、相手は奎宿《けいしゅく》が下凡した者、慎重に対処しなければならない。

　仙界の大道は三千で、さまざまとはいえ、じつは重要なのは二つだ。一つは身分、もう一つは縁だ。二十八星宿と啓明殿は等級が同じで、奎宿《けいしゅく》と昴宿《ぼうしゅく》はどちらも西方白虎《びゃっこ》監兵神の統括、上層の関係はさらに錯綜していて軽々しくふれられるものではない。

　李長庚《りちょうこう》がだまりこんだのを見て、昴日《ぼうじつ》星官はふしぎに思った。

「李《り》仙師こそ、なにをしにここへ来られたのです？」

　李長庚《りちょうこう》は隠さず言うしかない。「玄奘《げんじょう》の取経のことは知っておろう？　その弟子が女子を救うために、この波月洞に囚《とら》えられたので、わしらが救いにきたのだ」

クックと昴日《ぼうじつ》星官は笑った。

「兄貴らしいな。奎木狼《けいもくろう》長兄は兄弟たちの前じゃ落ちついてますがね、女子には強引で、気に入ったら一途なんです。でも、仙師、ご心配は無用です。はっきり言って聞かせれば大丈夫です。長兄も大体のことは知っているから、もう玄奘《げんじょう》を解放したでしょう？」

「おお、そうか」と李長庚《りちょうこう》は一言、拱手《きょうしゅ》して礼を述べたが、ややあって「ん」と一声、昴日《ぼうじつ》星官の目をみて、まずいと思った。

胸に疑惑がよぎる。そんな都合のよい事がどこにある？　観音《かんのん》と二人で波月洞に着いたとたん、昴日《ぼうじつ》星官も到着だと？　しかも、昴日《ぼうじつ》星官は奎木狼《けいもくろう》がすでに玄《げん》奘《じょう》を捕らえた上で解放したことを承知している。これはつまり二人の間で話が通してあることを意味する。

二十八星宿は団結がかたく、たがいの失敗をかばいあってきた。それに昴宿《ぼうしゅく》は天の掟に精通していることでも有名だった。なにか係争が起これば、いつも昴宿《ぼうしゅく》が出てきて解決する。まちがいない……こやつは奎宿《けいしゅく》が緊急によびだした援軍だ。

李長庚《りちょうこう》が頭を高速で回転させていると、傍らの観音《かんのん》がふいに冷たい口調で問うた。

「星官にも礼があるでしょ。どうやって奎木狼《けいもくろう》を処断するつもり？」

クックと昴日《ぼうじつ》星官は二つ笑い、落ちついて口を開いた。「処断などおおげさな。天の掟にはふれていませんよ。ですが、急いで星宿府に呼び戻さないといけないのです。披香殿《ひこうでん》の当直で長兄がぬけると同宿の兄弟は大迷惑ですからね」

観音《かんのん》の顔色は氷のように冷たい。「それだけですか？」

昴日《ぼうじつ》星官はあわてず騒がず説明する。「長兄と玄奘《げんじょう》はたがいに顔見知りではありません。誤解がありましたが、すでに解放しましたので毛ほどの瑕疵《かし》もありません。それにあの三番弟子もわたしが責任をもって解放します。天の掟に照らしてもいかなる実罪も……」

　それを観音《かんのん》がさえぎる。「それなら、あの者が民間の女性をさらった罪はどういう判断になりますか？」

　そこを問うてくるとは昴日《ぼうじつ》星官も思っていなかったようで、口調がややのびる。

「こっこれはこれは、大士《だいし》はわれらの卵《たまご》を奪うつもりですか！　そんなことは小さな事ですよ。われら星府に仙界と俗界の偏見などありません。百花羞《ひゃっかしゅう》と二人の子供はみな天に迎えて、眷族として西方七宿に同居すれば母子水入らずでしょう。みな大満足では？」

　李長庚《りちょうこう》が横目でじろりと見ると、観音《かんのん》の千本の手がにょきにょきと生えてきそうなので、あわてて袖をひく。だが、その手をふりはらって観音《かんのん》は激怒した。

「あんたたち！　わかってるの？　奎木狼《けいもくろう》は百花羞《ひゃっかしゅう》を誘拐したのよ。十三年も家に帰さずに、それが小さな事？　そのうえ天に連れていって、まだ恥辱を与えつづけるつもり？」

　昴日《ぼうじつ》星官はそんなことに悩まされず、クックと笑う。

「大士《だいし》は知らないでしょうがね、百花羞《ひゃっかしゅう》は凡人じゃないんです。前世は披《ひ》香殿《こうでん》の玉女で、長兄と恋仲だったんです。下界に降りたのだって彼女を追いかけたからですよ。長兄は女子には押しの一手、いちど惚《ほ》れたらどこまでもです。この前世からの恋路、同宿の兄弟も羨ましがるほどでね」

「前世からの恋路って、あんた、貔貅《ひきゅう》（尻の穴がない蓄財の神獣。自分勝手で話が通じない様を指すか）なの！　今生《こんじょう》で百花羞《ひゃっかしゅう》は同意していないでしょ」

　観音《かんのん》の態度は強硬なので、昴日《ぼうじつ》星官もややむっとしたようだ。

「夫婦のあいだに仲たがいがあっても家内のもめ事で

す。落伽山《らくがさん》の観音大士《かんのんだいし》にご心配はかけません」

「百花羞《ひゃっかしゅう》は誘拐されたのよ。黄袍怪《こうほうかい》が囲い者にしたんじゃない！　それを家内のもめ事って言いはるつもり？」

「長兄が天の掟にふれているなら、それは役所が処断することとです。もし違反していないなら、誰も罪を着せることなどできません」昴日星官《ぼうじつせいかん》は口を開くたびに天の掟を持ちだす。「大士《だいし》、ご不満なら、ほれ、どの掟にふれているか指摘されよ」

観音《かんのん》は玉浄瓶《ぎょくじょうへい》を横たえた。「どうでも今日、百花羞《ひゃっかしゅう》をつれて帰ります。あなたが天の掟だと騒ぎたてて止める気なら、やってみなさい！」

李長庚《りちょうこう》は驚いた。そんなふうに言ってしまえば相手の顔をつぶしたに等しい。この件では相手に理はないのだが、観音《かんのん》の反応もなぜこれほど強烈なのか？　昴《ぼう》日《じつ》星官も観音《かんのん》がこれほど激しい反応を示すとは思っていなかったようだ。いかんともし難いという顔で言う。

「大士《だいし》、いったいどうするつもりですか？」

「一つ、百花羞《ひゃっかしゅう》を保護します。宝象国《ほうぞう》に連れかえって父母と再会させます。二つ、奎木狼《けいもくろう》を罰します。民間の女子を略奪して良民を閉じこめた。罰をうけるべきです」

昴日《ぼうじつ》星官は首をふった。「大士《だいし》は仏法に精通しておられるはず、〝三界に安きところなく火宅《かたく》のごとし〟（『法華経』譬喩品）、苦しみは世にみちていて恐るべしです。宝象《ほうぞう》国に帰ったら、凡人となって生病老死の苦しみからは逃れられません。一家で天上にながく仙福をうけるのと比べものになりますか？　天の掟も人情は考慮しています。われらも嫂《あによめ》のためによかれと思ってやっておるのですぞ」

「彼女のためと言うのですか？　では、百花羞《ひゃっかしゅう》の意見は訊いてみましたか？」

「鶏《にわとり》に嫁《とつ》げば鶏のやりかたにしたがい、狼《おおかみ》に嫁《とつ》げば狼のやりかたにしたがうものです。母と子が心を連ねるのはなおのこと、彼女だって子供といっしょに居たいでしょうが」

「わたくしは彼女自身の意見を訊いているの！」

「俗にも言いますぞ。〝むしろ十の廟《びょう》を壊すとも一つの婚姻を毀《こぼ》つなかれ〟とね。菩《ぼ》薩《さつ》、まさか新たに十の廟でも建てるおつもりか？」

昴日《ぼうじつ》星官とは話が通じないと知り、観音《かんのん》は顔をこわばらせて波月洞に押し入ろうとする。昴日《ぼうじつ》星官の両目に冷たい光がよぎり、法術をつかって観音《かんのん》の前をふさぐ。二人の神仙がそれぞれ神通力をあらわし、移《い》形《けい》換《かん》影《えい》（瞬間移動）の術で体《たい》さばきの争いが起る。

昴日《ぼうじつ》星官は品級では観音《かんのん》に及ばないが、仙術の腕前は悪くない。観音《かんのん》が上下左右にどんなに移動しようと、影が形に随《したが》うようについてまわり、しかも首を動かさず、そのかぎ鼻をずっと観音《かんのん》にむけ、じっと睨《にら》みつけて相手の心を乱す。

しばらく術を比べあったが、観音《かんのん》は一寸も進むことができない。あせって玉浄瓶《ぎょくじょうへい》を空中で砕き、破片に呪文をかけて星官にぶつけようとした。さいわい李長《りちょう》庚《こう》の手も目も素早く、観音《かんのん》を押しとどめると、口で叱りつける。

「大士《だいし》、頭を冷やされよ！」

太白金星はいくつか神通力を使い、やっと押さえつけた。観音《かんのん》は息を切らして言う。

「李《り》さん、じゃまする気？」

李長庚《りちょうこう》もすかさず言う。「大士《だいし》、じゃまをするわけではない。だが、衝動的なやり方では百花羞《ひゃっかしゅう》を救出できぬぞ……」

観音《かんのん》が信じられぬと言うように目を瞠《みは》るので、李長《りちょう》庚《こう》はあわてて説明する。

「あの星官たちの目には、百花羞《ひゃっかしゅう》は一介の凡人、前世でも披香殿《ひこうでん》の玉女にすぎぬ。まったく重くは見ておらん。わしらがここで争っても取り締まることはできん」

「そんなに軽蔑しているなら、奎木狼《けいもくろう》と百花羞《ひゃっかしゅう》は別れるべきだわ、そうでしょ？」

「やり方はともに考えよう。いま大士《だいし》が手を出せば、相手に口実をあたえますぞ。百花羞《ひゃっかしゅう》を救えぬだけでなく、取経一行にも累《るい》が及ぶ」

観音《かんのん》は浄瓶《じょうへい》をゆっくりと下ろしたが、顔色は鉄のように青い。李長庚《りちょうこう》はこちらを押さえておいて昴日《ぼうじつ》星官を叱りつける。

「奎宿《けいしゅく》の起こした今回の事、まことに話にならぬ。なにが〝いちど惚《ほ》れたらどこまでも〟だ？　横暴もはなはだしい！　そのような人倫にもとるふるまい、どうやって申し開きするつもりじゃ？」

昴日《ぼうじつ》星官はばかにしたように言う。「われらは神仙でしょう。人倫にもとるのがどうだと言うのです？　もっと言えば、申し開きとは何です？　あなたがたは釈門の取経一行で、道門の雷部神将でもなし、よしんば長兄が天の掟を犯していたとしても、管轄の役所が拘束するだけ、霊鷲山《りょうじゅせん》の菩薩《ぼさつ》がでしゃばる幕ではありませんな——たかが俗世の女子一人のことにいたってはなおさらです」

李長庚《りちょうこう》は色を正して言う。「わしを相手に下らぬことを言うでない。天の掟なら、わしの方が熟知しておる。奎木狼《けいもくろう》がひそかに下凡したのは大罪じゃ。俗世の民を害せば、さらに罪に一等を加えることになるぞ」

昴宿《ぼうしゅく》も一歩も退かない。「御老がどう言おうと、わたしは長兄一家を連れ帰らねばなりません。ご不満なら告発すればよい」昴日《ぼうじつ》星官は無頼のように開きなおった。このような告発が果てしない論争を引き起こすことを知っているのだ。役所の管轄権がどこまでか、仙人と凡人の間で掟が区別されるかどうか、天の掟の適応範囲がどうなるか、そういったことで延々と議論が引き延ばされる。だから、恐れることなどないのだ。

「一日、時間をくれぬか？」

「なぜです？」

「啓明殿主の面子《めんつ》も一日の時間と引き換えにならんか？　それとも、わしが直接、白虎神君《びゃっこしんくん》に出勤簿を確かめるように注進しに行かねばならんか？」太白金星はすごんだ。

昴日星官《ぼうじつせいかん》は李長庚《りちょうこう》をにらんだ。今回の下凡、目的は奎宿《けいしゅく》を宿直の時までに連れかえることで、ひそかに下凡したことを暴露されるのは避けたい。太白金星がこう言うのは、じつはひとつ交換条件を出しているのだった。

しばらく考えて、昴日《ぼうじつ》星官は笑いをうかべた。「よろしいですよ。一家が荷造りをするのに一日あまりはかかるでしょうから。わたしも御老の面子《めんつ》を立てましょう。ですが、道心《どうしん》にかけて誓っていただきます。白《びゃっ》虎《こ》神君のところには告発に行きませんね」

「わかった。この李長庚《りちょうこう》、道心にかけて誓う。けっして白虎《びゃっこ》神君のところに奎宿《けいしゅく》がひそかに下凡した事を告げにはいくまい」

「観音大士《かんのんだいし》も誓ってください」昴日《ぼうじつ》星官は水も漏らさない。

観音《かんのん》が怒ってまた手を出そうとするので、李長庚《りちょうこう》はその手を押さえて低い声で言う。

「大士《だいし》、わしを信じて、ここはとりあえず誓ってくれ！」

観音《かんのん》は疑惑で心がいっぱいだったが、李長庚《りちょうこう》をじっとみつめると、その眼光は清《す》みきっていて、偽りをするようにはみえない。恨みをこめて言うしかない。

「菩提心《ぼだいしん》を発し、けっして白虎真君《びゃっこ》のところに奎宿《けいしゅく》がひそかに下凡したことを告げにいきません」

昴宿《ぼうしゅく》は満足してうなずいた。李長庚《りちょうこう》がこんな挙にでた目的は分からないが、告発の潜在的な危険は減らせたので、よしとすべきだった。どうあがこうと、たかが俗世の一日、大したことはできまい。

「それから、奎宿《けいしゅく》に言って沙悟浄《さごじょう》を解放せい。あやつは西王母《せいおうぼ》が推薦した者じゃ」

こいつらに道理を説いても無意味だと李長庚《りちょうこう》は知っていた。ただひとつ判る言葉は身分だけだ。ならばいっそ沙悟浄《さごじょう》の後ろ盾をはっきり言っておけばいい。はたして昴日星官《ぼうじつ》は半句も無駄話をせず、波月洞に入って沙悟浄《さごじょう》を連れて出てきた。

沙悟浄《さごじょう》は満面に怒りをあらわにし、その場から動こうとしなかった。李長庚《りちょうこう》はまた一通り慰めを言い、なんとかに雲にのせて宝象国《ほうぞう》に帰った。


帰路、観音《かんのん》の顔がこわばっているのを見て、李長庚《りちょうこう》は質問をぶつけてみた。

「大士《だいし》、日頃はあなたは六根清浄《ろっこんしょうじょう》（仏教で迷いのもととなる器官、目、耳、鼻、舌、身、意が清いこと）じゃが、どうして今日はあれほど怒りを発せられた？」

観音《かんのん》が眸《ひとみ》を転ずる。「李《り》さん、わたしたち、玄奘《げんじょう》の旅では劫難《ごうなん》を克服させているけど、その掲帖に書く精神は何だったか覚えている？」

「〝苦難を救い、普《あまね》く衆生を度《すく》う〟であろう」

「そうよ。この旅の劫難《ごうなん》はすべてその言葉をめぐって作られている――仙界があれほど出自を重視するのに、なぜ掲帖では玄奘《げんじょう》の前世や天の関係者について宣伝しないかわかる？」

「それは……おそらく表に出して言うのがまずいからであろう？」

「その通りよ。〝苦難を救い、普《あまね》く衆生を度《すく》う〟は正しい理《ことわり》だから、正々堂々と言えるの。天上の神仏は出自やその考えがどうだろうと、少なくとも口ではこれこそ大道だと認めて、表ではそれしか言わない。ほかの理由は舞台裏に置いてあるわ」観音《かんのん》は言葉を切った。「李《り》さん、わたしたち二人にはそれぞれの考えがあるけれど、どうしてもゆずれない線だってあるでしょ。こんな事を見ぬふりをして黄袍怪《こうほうかい》を法外にのさばらせておいて、苦難を救う観世音菩薩《かんぜおんぼさつ》なんて名のれる? どんな顔をして護法のことを話せる?」

観音《かんのん》の話を聞いていて、ふいに李長庚《りちょうこう》は脳裏に小さなサルの姿が浮かび、疚《やま》しさがわきあがってきた。六《ろく》耳《じ》に対して自分は見ぬふりをし、聞かぬふりをしてはいまいか……

「李《り》さん、ほかの事ならあなたの意見を聞く。でも、これだけはわたしを理解してよ。わたくし観音《かんのん》が女人《にょにん》の相《すがた》で東土に顕現しているの。拐《かどわ》かされた女子を救えないなら、これからどうやって人から香を供えてもらえる?」

「よし、わかった。わしも百花羞《ひゃっかしゅう》をあわれに思う。ただ、あなたは衝動的に動きすぎる。急《せ》いては事をし損じるぞ」

「そうね。どんな知恵が浮かんだの? どうして昴宿《ぼうしゅく》に一日延ばさせたの?」

「考えがあるのじゃ。ただ、まだいくつかはっきりと考えておらぬ。だから、まずあの場を落ちつけ、よく考えようと思っての……」

あとの道のりで李長庚《りちょうこう》は頭をたれて苦慮に沈んだ。観音《かんのん》もそれ以上騒がず、沙悟浄《さごじょう》の傷を癒やしにいった。

三人が宝象《ほうぞう》国に着くと、玄奘《げんじょう》と猪八戒《ちょはっかい》が駅館で待っていた。彼らが入っていくと、玄奘《げんじょう》が立ち上がって、どうだったかと問うた。星宿府が介入してきたことを李長庚《りちょうこう》が話すと、猪八戒《ちょはっかい》がぶうぶうと騒ぎだす。

「天庭にいた頃から、おいらはとっくに知ってましたよ。あの奎木狼《けいもくろう》はとんでもなく横暴なやつで、気に入った女子をみつけると、すぐにちょっかいをかけて、そばにいる兄弟たちがみんなで囃《はや》すんです。止めに入ろうとする者がいても、やつら、〝人の恋路をじゃまするな〟とか言って、巡察官の言うことも聞かず、ほんとに下三爛《げさんらん》（下司のこと）なんすよ」

意外に思って李長庚《りちょうこう》は猪八戒《ちょはっかい》を見た。「おぬしでも黄袍怪《こうほうかい》を気に入らんか」

八戒《はっかい》は口をへの字に曲げた。「〝おぬしでも〟って何です？　そりゃ、おいらは嫦娥《じょうが》に無礼なことをしたけど、その代償に斬仙台《ざんせんだい》の露と消えるところだったし、前途だってなくなっちまって、こんな尊い姿に落ちぶれたんですよ。同じことをしておいて、なんで黄袍怪《こうほうかい》には何にもなくて、じゅうぶんお楽しみを味わってから天上にかえれるんです？　そりゃあ、おいらだって心穏《おだ》やかじゃないですって」

その話を聞いていると全員が無言になってしまった。猪八戒《ちょはっかい》の味方をしてやればいいのか、大声で叱りつけてやればいいのかよく分からなくなる。

「その二十八星宿とやらは、やりたい放題ではないか」玄奘《げんじょう》はまだ天庭に上ったことがないから、そんな仙官がいるなどと想像ができないようだ。

「ああ、あのサルがいたらなあ。きっとあいつだったら、あいつらを凹《へこ》ませてやれるんですがね」猪八戒《ちょはっかい》が言う。

「孫悟空《そんごくう》とあやつらは付きあいがあったのか？」

猪八戒《ちょはっかい》が笑いだす。「前々から浅からぬ〝付きあい〟がありますよ。どうやったらあれ以上仲たがいできるか分からないっす。〝大いに天宮を鬧《さわが》した〟とき、二十八宿ときたら、猫を見たネズミみたいになっちまって戦おうとしなかったんです。あいつが居たら、こんな態《ざま》にはならず、黄袍怪《こうほうかい》をきっちりしつけて、跪《ひざまず》かせて罪を認めさせてますよ」

ずっと口を開かなかった沙悟浄《さごじょう》が言った。

「啓明殿主と南海観世音《かんぜおん》の御威光でも、百花羞《ひゃっかしゅう》公主を救いだせませんか？」その両目は見ひらかれ、両頬は息で起伏して怒気がまだ消えていないことが見てとれる。

李長庚《りちょうこう》は辛抱強く説明した。

「昴日《ぼうじつ》星官は天の掟を熟知しておる無頼じゃ。いま、あやつは奎木狼《けいもくろう》と百花羞《ひゃっかしゅう》が夫婦であるところにしっかり咬《か》みついて、二人のことは星宿府の家内の事だと言いはっておる。わしら二人の品級はあやつらより高いが、事は役所をまたいでおるからの、うまい口実がないと、そうやすやすと表だって介入はできんのじゃ」

フンと観音《かんのん》が一声、李長庚《りちょうこう》の言葉を認めた。この件はほんとうなら仙界の公開討論が必要なのだが、奎木《けいもく》狼《ろう》を大体において傷なしとする神仙もたくさんいるだろう。輿論《よろん》がどちらに転ぶかなど定かではない。

「ですが、百花羞《ひゃっかしゅう》の手紙には脅迫されているとはっきりと書いてあります。国王もまるっきり婚礼の招待状を受けていないし、それでも夫婦といえますか？」玄《げん》奘《じょう》が言う。

「月下氷人《げっかひょうじん》（縁結びの神仙）に赤い糸を一本足してもらっただけだろ」猪八戒《ちょはっかい》が言う。玄奘《げんじょう》が信じられないという表情で「赤い糸も足せるのか？」と問うので、八戒《はっかい》はせせら笑った。この和尚はどうも経《きょう》を読みすぎて莫迦になったらしい。見聞が狭いくせに疑りぶかい。

沙悟浄《さごじょう》は手にした宝杖で重々しく床板を突き、すがめに猪八戒《ちょはっかい》をにらんだ。フンと一声、猪八戒《ちょはっかい》は見えていないふりをする。

そこに李長庚《りちょうこう》が言う。「先刻一つ方法を考えたのだが、一度天に上らねばならん。早くて一日半で戻ってこられる。まずは奎宿《けいしゅく》と昴宿《ぼうしゅく》を一日ひきとめたが、あとの半日は足止めを考えてくれ」

大声で沙悟浄《さごじょう》が答える。「それは大したことではありません。それがしがもう一度やつらと戦えばいいこと。たとえ打ち負かすことはかなわずとも、時間を稼ぐことくらいならばできます」

李長庚《りちょうこう》は首をふった。「奎宿《けいしゅく》のことはしばらく置くが、あの昴宿《ぼうしゅく》はなかなか切れる。おぬしが引き延ばしにかかったと察すれば、さっさと逃げるじゃろ。わしらも何か手立てを考えねばならん。やつらをしっかりとあの場所に釘づけにし、罠だと分かっても逃げられないようにする手じゃ」

「それなら、わたしが行くのはどうですか?」

その声のした方向を全員が見た。声を発したのは、なんと玄奘《げんじょう》だった。

玄奘《げんじょう》は剃りあげた頭をすっくと立て、十本の指を合わせた。

「長安を出発して以来、みなさまの御助けで道中の護法も至れりつくせりです。ですが、わたしとて今生《こんじょう》では自分の努力で東土に称せられる高僧となったのです。こんなのんびりした劫難《ごうなん》ばかりなら、まるで手を引かれて歩くぼんくら息子、こんな調子でやすやすと西天についたら修行をしたことにはなりません。機会があれば、わたしも何かやってみたい。この玄奘《げんじょう》がけっして甘やかされてなどいないことを人に教えてやるのです」

玄奘《げんじょう》の目には炎がメラメラと燃えていた。それを李《り》長庚《ちょうこう》は意外に思った。もともとこの者は傲慢な和尚ではなかったか。だが、李長庚《りちょうこう》は即座に首をふった。

「玄奘《げんじょう》、おぬしはつまるところ凡胎《ぼんたい》にすぎぬ。その意気はみとめるが、じっさい、どうやって星官二人を阻む?」

「百花羞公主《ひゃっかしゅう》は命の恩人、それを救いだせなければ、因果を終わらせることができず、西天にも行きつけません。われらの劫難《ごうなん》はすべて〝悪を懲《こ》らしめ善を揚《あ》げる〟芝居ではないですか？　いま、ほんとうの不公正を目の前にみているのに手を出さねば、それはおかしなことではありませんか？」

その場にいた人がそれぞれに小さくうなずいた。玄《げん》奘《じょう》はつづける。

「両名星官を弟子二人で押さえ切れずとも、金蟬子《こんぜんし》の生まれ変わりが加われば、あの者たちも恐れなしとはいきますまい」

李長庚《りちょうこう》は苦笑した。「わかっとらんの。奎木狼《けいもくろう》は星宿府に属し、わしの啓明殿が取り締まろうと手を伸ばしても、何層もの関係に隔てられておる。さらに言えば、おぬしと大士《だいし》は釈門の者じゃ。わしらは今回、西天に経を取りにいくのだから、波月洞の一件は八本竿《さお》をつないでも、まるで手の届かぬ他人事じゃぞ。おぬしの前世をもちだしたところで、昴日星官《ぼうじつ》の思うつぼじゃ。それこそ役所の責任のなすりつけあいで、事態が複雑になるだけじゃ」

玄奘《げんじょう》は両目を細める。「では、波月洞と取経の間に関係ありとしたらどうです？　李《り》仙師が手をだしても〝名正しく言順《したが》う〟ということになりませんか」

「そうは言っても簡単なことではないぞ？　昴宿《ぼうしゅく》は狡猾だから、きっと取経一行と関わりあいにはなるまい」

玄奘《げんじょう》はしばし思いに沈み、神妙な顔で言う。「わたしに一計があります。両名星官を取経の劫難《ごうなん》に引きずりこめるはずです——だれか変化《へんげ》の術ができる者を知りませんか？」

「そんな術なら全員ができるわよ。どうしてそんなことを訊くの？」観音《かんのん》があやしむ。

「わたしが訊いているのは、他人を変身させる神通力です」

玄奘《げんじょう》の顔色は平静だが、大きな決心を下したようにみえた。

第十章

翌日、昴日《ぼうじつ》星官は波月洞の前にやって来た。期限の一日は過ぎ、奎木狼《けいもくろう》夫妻を天に帰すつもりだった。

「コッコ、コケー」と彼が刻《とき》を告げると、洞《ほら》から百花《ひゃっか》羞《しゅう》が二人の子供をつれて出てきた。

その姿を見て、昴日《ぼうじつ》星官は一瞬とまどった。奎木狼《けいもくろう》はどこに行ったのかとあわてて問う。百花羞《ひゃっかしゅう》の顔色は暗く、おびえながら弱々しく答えた。

「わたくしが天に上ると聞いて、お父さまが招待状を送ってくださりました。最後に娘をひと目見たいので餞別《せんべつ》の宴を用意したそうです。奎木狼《けいもくろう》はわたしが引き留められるかも知れないからと、一人で宴に行きました……」そう言うと、ハラハラと涙を落とす。

昴日星官《ぼうじつせいかん》はひそかに奎宿《けいしゅく》の酒好きを罵った。こんな時はおとなしくしておればいいものを、のこのこ飲みに出かけるなど話にならぬぞ？　だが、顔では笑顔をたやさず、百花羞《ひゃっかしゅう》をなぐさめる。

「何を泣いておるのです。嫂《あね》さまはすぐに天に上って神仙になる。御両親もよろこんでおられるはず」

百花羞《ひゃっかしゅう》は泣きながら答える。「十年以上もお父さま、お母さまに会わせず、最後にひと目会うことも許さないなんて、ひどい……」

これに昴宿《ぼうしゅく》は肩をすくめただけだった。すると、ふいに黄袍怪《こうほうかい》が遠くから飛んで来るのが見え、あわてて首をしゃんと伸ばしたが、見るほどに何かおかしいと思った。奎宿《けいしゅく》はほろ酔いのいい気分……というわけではなさそうで、糞を食ったような顔をしていた。

数呼吸の間で、昴日星官《ぼうじつせいかん》はどういう事なのかを理解した。観音《かんのん》が黄袍怪《こうほうかい》のうしろにぴったりと付いてくる。その宝相《すがた》は荘厳で、まるで犯人を護送しているようだ。昴日星官《ぼうじつせいかん》はやや眉間にしわをよせて、とりあえず拱手《きょうしゅ》した。

「大士《だいし》、わざわざ見送りに来られましたか？」

その言葉に観音《かんのん》は表情も変えない。「いいえ、護法の手配に参りました」

「護法ですと？」昴日星官《ぼうじつせいかん》は不審に思って黄袍怪《こうほうかい》を見た。黄袍怪《こうほうかい》は苦々しそうに口を開く。

「あの意気地なしの岳父《がくふ》（妻の父）が別れの宴を張ると言うから行ってやったが、酒宴も半ば、あの玄奘《げんじょう》とかいう和尚がやって来た。酒をついでやって、長老とわれらは行きちがいもあったが〝喧嘩をせねば友にはなれぬ〟と言って、仲直りをしたつもりだった。すべては酒の席のことだ。だが、あの和尚がいきなり目の前で床を転げ回って虎に変身してしまった。そして白龍が闖入《ちんにゅう》してきて、オレと数回打ちあって逃げていった。その後、この天　殺《しにぞこない》の……いや天が派遣した菩薩《ぼさつ》があらわれ、俺が今より正式に劫難《ごうなん》の一員となったから、あいつの指図に従えと」

「どうして劫難《ごうなん》の一員なんですか？」昴日《ぼうじつ》星官の頭はまだ五里霧中だ。

観音《かんのん》の手に文書があり、玉のような声が朗々と響きわたる。

「西天如来の法旨にして天庭玉帝《ぎょくてい》の聖諭《せいゆ》により、東土の聖僧玄奘《げんじょう》が西天に取経に赴く。地に妖魔鬼怪のへだてなく、人に神仙精霊の区別なく、みな護法の責あり。宝象《ほうぞう》国で聖僧が劫難《ごうなん》にあって虎《とら》と化せしがゆえに波月洞の黄袍怪《こうほうかい》を徴用して指揮下に入れる。謹んで遵《したが》い、違《たが》うことなかれ」

昴日《ぼうじつ》星官は観音《かんのん》を見て、また黄袍怪《こうほうかい》を見た。黄袍怪《こうほうかい》は鬱々《うつうつ》として言った。

「俺はあんな和尚に指一本動かしておらん。あきらかな言いがかりだ。何が俺に起こった？」

いまは何を言っても無駄だった。玄奘《げんじょう》が黄袍怪《こうほうかい》の目の前でみずから虎に変身したとでも言うつもりか？　自分のしたことだと認めぬとは何事だ？　というわけだ。観音《かんのん》が手にしている文書には仏祖の法印と玉帝《ぎょくてい》の太極図があり、キラキラと輝いて威圧感がある。これでどうして徴用を拒める？

昴日《ぼうじつ》星官は天の掟を楯にとるのが得意だから、相手にするには法をつかってやり返すのが一番よい。如来の〝言出《いず》れば法随《したが》う〟と、玉帝《ぎょくてい》の〝口に天憲を含む〟（いずれも法律用語、命令の即時実行、絶対遵守を指す）があっては、大声でわめく口先があろうと、役には立たない。

こうなっては狡猾な昴宿《ぼうしゅく》もしばらく不満を呑むしかない。

昴日《ぼうじつ》星官は怒りで頸《くび》のまわりの羽毛を逆立ると、奎《けい》宿《しゅく》を引きよせて小さな声でいくつか言って、顔をあげ冷笑した。

「まあ、いいでしょう。ここは取経のために力を貸すのも運命だ。兄貴、安心してください。嫂《あね》さんと甥っ子二人は俺のところであずかります。俺たち星宿府の眷族がよそ者にコケッにされやしません。この芝居が終わったら、二人でいっしょに抜ければいい」

奎木狼《けいもくろう》を徴用した目的が百花羞《ひゃっかしゅう》の救出だろうとは分かっている。だから、まずは百花羞《ひゃっかしゅう》を押さえておけばよい。せいぜい兄貴にはやつらと遊んでもらい、その後いっしょに天に上っても遅くはない。

〝天の掟を弄びおって。誰を相手にしているつもりだ？〟

黄袍怪《こうほうかい》は昴日《ぼうじつ》星官と長年の兄弟、すぐに意図を理解し、こっそりと親指を立てた。そして、百花羞《ひゃっかしゅう》にむかって目を見ひらいて言う。

「手間ばかりかけさせおって、あっちに行っておれ！」

百花羞《ひゃっかしゅう》は十数年も囚われているから、ひどい扱いには慣れていた。二人の子供を抱いて、だまって引き下がる。奎木狼《けいもくろう》はふり返って観音《かんのん》にお辞儀をした。

「大士《だいし》、どんな役割を？」

観音《かんのん》は無表情で袖から筋書きを取りだした。

「わたくしに付いて来なさい。まず、留痕《りゅうこん》を撮りに戻りますよ」

そう言って、観音《かんのん》は奎木狼《けいもくろう》を連れ去ろうとし、去り際に昴日《ぼうじつ》星官を見やった。これを昴日《ぼうじつ》星官は怪訝に思ったが、どこがおかしいとは指摘できなかった。だが、目を転ずると、すぐにどこがおかしいのかに気づいた
——李長庚《りちょうこう》がいない。

〝金星老は俺と顔見知りだから、ここに顔を出すのがいやで、観音《かんのん》を前に出したのか？〟

くよくよ考えるのも面倒だと、昴日星官《ぼうじつせいかん》は片翼を伸ばして百花羞《ひゃっかしゅう》母子をかばい、静かに待った。一時辰ほどすぎると猛然と頸《くび》を伸ばし、左右を見て警戒する。ふいに遠くの雲にふたつの人影を認めた。近づいてくる。

〝金星老が我慢できずにお出ましか？〟

目をこらしたが、どうもそうではない。だが、一方の影はたしかによく知っている。二人が接近してくると心臓が狂ったように跳ねた。左はあの猪八戒《ちょはっかい》、右はまさか……

ブン、太い棒がだしぬけに襲ってきて、ぎりぎりのところで昴日星官《ぼうじつせいかん》は身をかわし、見るも無惨に顔色を変えた。

「コココッ、これは？　そっ……孫悟空《そんごくう》？」

孫悟空《そんごくう》は後ろ手で立ち、両目でぴたりと相手を見つめ、ゆっくりと言った。

「昴宿《ぼうしゅく》、てめえ、よくオレの前に現われたな？」

「おまえが俺の前に現われたのだろうが！」昴宿《ぼうしゅく》が大声で叫ぶ。

「なんの違いがある？」孫悟空《そんごくう》は目を細め、それが危険な光を放つ。

「コッコッコ、こいつは花果山に帰ったんじゃないのか？」

どうやら昴日星官《ぼうじつせいかん》は孫悟空《そんごくう》を骨の髄から恐れているようで、その声が震えている。それを猪八戒《ちょはっかい》が横からあざ笑う。「星宿府が斉天大聖《せいてんたいせい》にびびってるのは知ってたけどな、これほどとは思わなかったよ。師兄《すひん》、菩薩《ぼさつ》があんたを呼びに行くようにって言いつけたけど、感謝しなくちゃな。でなきゃ、こんな面白えところは拝めなかったよ」

孫悟空《そんごくう》はあいかわらず無表情だ。何ら説明などなく、相手に言いぬける口実もあたえず、「百花羞《ひゃっかしゅう》をわたせ」と直接に要求を突きつける。

昴日《ぼうじつ》星官はひとことも言い返そうとしなかった。千万の条文を知っていたところで、この無法無天のサルの前ではすべて効力を失う。孫悟空《そんごくう》は相手がぐずぐずしているので、ブンと棒をもう一度ふり下ろす。

昴日《ぼうじつ》星官はすくみあがった。この棒撃には天を衝《つ》く怨念がこもり、強烈無比な悪意を感じた。一瞬で棒は鼻先にぶち当たってくる。びっくりして翼で頭をかばい、猛然と跳びのいた。翼の下に隠している百花羞母《ひゃっかしゅう》子などかまっていられない。

そこに横から鈀《まぐわ》が入ってきて、たちまち母子三人を引きよせ、数丈の距離をあける。もはや昴日《ぼうじつ》星官が押さえておくことなどできない。

昴宿《ぼうしゅく》はなんとか必殺の一撃をよけ、冷や汗で全身をぐっしょりとぬらしていた。孫悟空《そんごくう》との間に旧怨があるのは嘘ではない。ただ顔を見るなり、殺す気でくるとは！　なにか弁解をしてみようと考えていると、悟《ご》空《くう》は棒をひとふり、再度怨念が周囲を払う。昴日《ぼうじつ》星官は恐怖のなかで身をかわし、一種の奇妙な感覚をおぼえた。この悪意は自分一人に向けられているのではない。自分は誰かの代わりに悪意を受けているのではないか。

この時、猪八戒《ちょはっかい》が百花羞《ひゃっかしゅう》母子を引きよせて、沙悟浄《さごじょう》に押しつけ、へへへと笑った。

「花果山まで行き帰りして、おいら、どれだけけくたびれたか知れねえ。おまえは宝象《ほうぞう》国で楽してたんだから、面倒をみろ」

沙僧《さそう》は宝杖を横たえ、百花羞《ひゃっかしゅう》を守りながら冷然と言いはなつ。「猪悟能《ちょごのう》、おぬしとの勝負、まだ終わっておらぬぞ」ヘッと一言、猪八戒《ちょはっかい》が返す。「いつでも付きあってやらあ」

その時、観音《かんのん》が奎木狼《けいもくろう》をつれて帰ってきた。悟空《ごくう》をみると観音《かんのん》は笑って言う。

「ちょうどよかった。さあ、こっちへきて、この黄袍《こうほう》怪《かい》をぶち殺して、この劫難《ごうなん》を終わりにしますよ」

奎宿《けいしゅく》は孫悟空《そんごくう》の出現に震えあがっていた。そして、菩薩《ぼさつ》のこんな言葉を聞いたから、思わず大声で叫ぶ。

「芝居のはずだろ？」

観音《かんのん》が答える。「玄奘《げんじょう》はあなたに虎に変えられ、沙《さ》悟浄《ごじょう》は捕えられ、白龍馬《はくりゅうば》も傷を負わされました。八戒《はっかい》に花果山まで悟空《ごくう》を呼びに行ってもらい、ちょっと戦って妖魔をとらえ、百花羞《ひゃっかしゅう》を救出する——この筋書きはもう分かったでしょう？　ちょっと協力なさい」

奎木狼《けいもくろう》はサルが昴宿《ぼうしゅく》にぶち当てた力こぶを見たばかり、あえて進み出ることなどできっこない。観音《かんのん》に怒鳴り返す。

「あのサルとの間には旧怨がある。芝居に見せかけて本当に殺《や》る気に決まってる！」

「安心なさい。不慮の事があれば、わたくしたちが厳しく責任を追及してあげます」そして、悟空《ごくう》にむかってうなずいた。「今日は三十九尊の神々も休暇中です。誰も見ていないからと言って、むやみな事をしてはなりませんよ」

奎木狼《けいもくろう》は話が通じないと思い、百花羞《ひゃっかしゅう》にむかって叫ぶ。「なあ、おまえ、覚えてるか、前世じゃ披香殿《ひこうでん》の玉女だったろ。あの時の愛を忘れたのか？　早く取りなしてくれ！」

それは言わないほうがよかった。聞くなり百花羞《ひゃっかしゅう》は顔をおおって泣きだす。それを沙悟浄《さごじょう》が慰める。

「怖がらずともよいのです。前世の記憶は前世のもの、今生《こんじょう》とは関係はありません」

「前世の記憶はとうに戻っておりました……」百花羞《ひゃっかしゅう》は泣き声で言った。「でも、前世から気持ちわるいやつなの。わたくしはもともと披香殿《ひこうでん》でまじめに働く侍香の玉女だったのですが、あの奎木狼《けいもくろう》が宿直のたびに何度も言い寄ってきて、周りであいつの兄弟が囃《はや》したてて、でたらめを言いふらすので、とうとう天庭じゅうに知られてしまい、二人が愛しあっているなんて噂になって、わたしのほうから誘ったなんて言う人も出て、もういたたまれなくなって、転生して下凡するしかなかったんです。それなのに、あいつが追いかけてくるなんて……」

沙僧《さそう》はそれを聞くや、怒りに髪を逆立たせ、すぐに宝杖を取ると戦いに加わろうとする。猪八戒《ちょはっかい》もため息をつくと独りごちた。「水に落ちた狼にゃ、痛打をくれてやらねえとな」（打落水狗のもじり。水に落ちた犬を殴る。敵が再起不能になるように攻撃すること）そう言って鈀《まぐわ》をひきずって参戦する。百花羞《ひゃっかしゅう》が涙ながらに慈悲を請うてくれるだろうと希望をもっていた黄《こう》袍怪《ほうかい》だが、この女がむかしの愛情など歯牙にもかけず、二人も敵手をけしかけてくるとは思いもしなかった。

悟空《ごくう》は顔に何の表情もうかべず、傍らから陣を掠《かす》めて威圧している。八戒《はっかい》と沙僧《さそう》が挟み撃ちに打ちかかる。たちまち黄袍怪《こうほうかい》の頭が破れて血が流れ、全身鱗のように傷だらけとなり、身につけた黄袍もほとんど紅に染まって凄惨この上ない状態となる。

いつの間にか昴日《ぼうじつ》星官が戻ってきて観音《かんのん》に怒鳴った。

「大士《だいし》、人命に関わりますぞ！　白虎《びゃっこ》真君も楽しからず！」それにかまわず、観音《かんのん》はにっこりと笑い、玉《ぎょく》浄瓶《じょうへい》を構えて図影を記録している。黄袍怪《こうほうかい》は惨めな叫び声をあげて、杖に打たれて雲から落ちると、その口で汚泥にかじりついた。

「いいでしょう。劫難《ごうなん》の材料はじゅうぶん記録しました」観音《かんのん》はおもむろに口をひらいた。

昴日《ぼうじつ》星官は近づいて、奎木狼《けいもくろう》を支え起こした。

「では……われらは行ってよろしいな？」

「そおしたら？」観音《かんのん》は答えた。

「百花羞《ひゃっかしゅう》はあずけておくぞ！」奎宿《けいしゅく》は歯がみをして、ひとこと言いすてた。昴日《ぼうじつ》星官はほっと息をついた。長兄も譲歩するしかないが、やや格好はついた。女など何処にでもいるではないか？

その時、沙僧《さそう》が前に進みでて、叱責の言葉を吐いた。

「汝、人の純潔を汚しておきながら何事もなかった振りをして、天上で神仙をつづける気か？」

猪八戒《ちょはっかい》はその傍らに立っていたが、思わず瞼《まぶた》が跳ねた。いつも思うのだが、沙悟浄《さごじょう》のやつは何かと陰で、おいらをくさしてくる。まだ何か耳に痛い話をするかと思い、鈀《まぐわ》をひとふりする。

「むだ話なんていられねえ。あいつをもう何発かど突いてもいいだろ？」

昴日《ぼうじつ》星官は猪八戒《ちょはっかい》の鈀《まぐわ》をさけ、怒り極まって笑った。

「菩薩《ぼさつ》も言っておられるぞ。護法の仕事は終わった。お前たちが引き留める理由もない！　長兄に懲戒をくわえるつもりなら手続きを踏んでこい。掟に反するぞ！」

そう言われると、玄奘《げんじょう》の三人の弟子も手を出せなかった。昴日《ぼうじつ》星官はひそかに「ざまあみろ」と叫んだ。

二十八星宿の上司は四大神君、たとえ観音《かんのん》たちが奎木狼《けいもくろう》を懲戒にかけようとしても、手続きを踏むなら神君数名の合議をへて星宿府が認可し、はじめて有効になる。これを楯にとって引き延ばしておけば、少なくとも目の前の局面を安定させられる。

居並ぶ数人に手を出す気がないと見て、昴宿《ぼうしゅく》は奎《けい》宿《しゅく》をつれて天に上ろうとした。その時、ふいに天辺に人影がひとつ現われた。大袖を飄々《ひょうひょう》と風になびかせ、まさに行く手を阻んでいる。

昴日《ぼうじつ》星官はひと目見るなり、これまで顔を見せなかった李長庚《りちょうこう》がついに現われたと知った。鉤鼻をそびやかして問う。「李《り》老仙、あなたもわれらが天上にかえるのを阻むか？」

「いやいや、わしが両名星官を阻んでどうする？　披《ひ》香殿《こうでん》にすこし仕事があって帰ってきたところじゃ」李《り》長庚《ちょうこう》は呵々と笑うと、自分から路を空けた。

奎宿《けいしゅく》と昴宿《ぼうしゅく》は眉を跳ねあげ、あえて行こうとしなかった。この老いぼれが何の理由もなく姿を見せずにいて、口に披香殿《ひこうでん》に行っていたなどと言っても、おいそれとは信じられぬ。きっと何か人を害するたくらみがあるはずだ。

披香殿《ひこうでん》は天庭の偏殿《へんでん》のひとつ、ふだんは詰めている者もない。玉帝《ぎょくてい》はここを計時器をすえつける場所にしている。下界でだれか神仙に不敬をはたらく者があれば、玉帝《ぎょくてい》はここに罰のために計時器をすえつける。つまり〝鶏が米の山を啄《ついば》み、狗が麺《めん》の山を舐《な》め、燭《しょく》で閂《かんぬき》を焼く〟（『西遊記』第八十七回に見えるしかけ）という種類のものだ。

この場所は二十八星宿の四班が交代で当直にあたり、周囲の巡視と計時器の設置に責を負う。だから、奎木《けいもく》狼《ろう》が侍香の玉女に戯れる機会があった。

昴日《ぼうじつ》星官は厚かましくも拱手《きょうしゅ》した。「御老……あそこで何を？」

李長庚《りちょうこう》は呵々と笑った。「下界から啓明殿に訴えがありましてな。俗界のある国王が天に供える素斎《そさい》を足《あし》蹴《げ》にし、天庭に侮辱をくわえたのです。玉帝《ぎょくてい》はこれを喜ばれず、その者たちを罰して、雨を降らさぬことになさった。十丈の米、二十丈の小麦粉の山が食いつくされるまで、灯明が閂《かんぬき》を溶断するまでの間じゃ。だから、わしが文書を披香殿《ひこうでん》に送り、手順通りに処理するように命じておいた。三つの仕掛けをすみやかに設置するようにとな」

奎宿《けいしゅく》と昴宿《ぼうしゅく》はそれを聞いて、そろって跳びあがった。顔色が変わっている。

披香殿《ひこうでん》の当直は北七宿（斗・牛・女・虚・危・室・壁の七星宿）があたっ

ていて、もうすぐ交代のはずだから、仕掛けの設置には間にあわぬ。規則によれば、この仕事は次の一班の担当になり、交代した西七宿（奎・婁・胃・昴・畢・觜・参）が設置することになる。啓明殿がただちに行うように指示した以上、西七宿は早めに出勤して仕事を引き継ぐしかない。

昴宿《ぼうしゅく》は時辰をしっかり計算していた。当直の前に奎《けい》宿《しゅく》を連れもどせると思っていたのに、この一手ですべてが狂った。今ごろ、白虎《びゃっこ》神君は点呼を早め、奎宿《けいしゅく》がひそかに下凡した罪に気づいているだろう。

「コココッ、これは李老仙、誓いに背《そむ》きましたな。道《どう》心《しん》を恐れず……」昴宿《ぼうしゅく》は声を荒らげて叫ぶ。

その言葉を聞いて、李長庚《りちょうこう》は両手をひろげたが、立派な仙風道骨のままだ。昴宿《ぼうしゅく》はそれでやっとわかった。李長庚《りちょうこう》は誓いに背いてはいない。たしかに白虎《びゃっこ》神君のところに告発には行っていない。ただ啓明殿から文書を送っただけ、加急処理の一筆をそえて。これだけでは誓いに背いたとは言いようがない。

この老いぼれ――いや、この老神仙はまじめで温厚そうにみえるが、その背後には山脈のような力を隠していた。昴宿《ぼうしゅく》は天の掟に精通していると自負していたが、相手の目の前でとても敵《かな》わないと嘆くことしかできない。

ほほほと李長庚《りちょうこう》は笑った。「そうじゃ、この度は奎《けい》宿《しゅく》殿には劫難《ごうなん》に賛助いただき、たいへんご苦労をおかけした。掲帖では大いにほめておこう」

フンと奎木狼《けいもくろう》は鼻を鳴らして昴日《ぼうじつ》星官を引きよせ、歯がみをしながら言った。

「はったりだ。点呼に遅れたところで、せいぜい無断欠勤になるだけ、大罪にはならんだろ？　俺が責任を負えばそれですむ！」

だが、昴日《ぼうじつ》星官は暗澹《あんたん》とした顔色で首をふった。

「長兄、聞いてなかったのか？　あいつは掲帖でほめておくって言ったんだぞ」

「かってにほめさせておけ、罵るわけじゃない」

「ああ」と一声、昴宿《ぼうしゅく》は致し方なしと思って、説明する。「長兄、考えてみてくれ。神君が掲帖を見たらどう思う？　そうだよ。おまえたちは本職を放りだし、下凡して啓明殿のために副業をしておったのか？　ずいぶんとまた張り切ったようだな？　李長庚《りちょうこう》の顔を立てるのは、この白虎《びゃっこ》神君の顔をつぶすより、だいぶうま味があるらしいな？……」

こんな説明で奎木狼《けいもくろう》はやっとこの一手の悪辣《あくらつ》さを理解した。俺たち兄弟は天の掟など恐れちゃいないが、上司の権威を無視すればひどい目にあう。だが、あいにく李長庚《りちょうこう》は文書を発して仕事をうながし、あるいは掲帖でほめただけで、どちらも正々堂々としたやり方、玉帝《ぎょくてい》に説明しても職務を心にかけて積極的、同僚を引き立てる心がけも感激をさそうだろう。そこにいかなる問題もない。たとえ、三官殿で尋問されても毫《ごう》も欠点を指摘できない。

「じゃあ、どうするんだ？　女房はみすみす奴らに取り上げられて、そのうえ罰まで受けるのか？」昴日星《ぼうじつ》官は深くコッコオと一声、「玄奘《げんじょう》が虎に変わったのは兄者を水に落とすため、観音《かんのん》が徴用したのは時をかせぐため、サルが現われたのは嫂《あね》さんを連れ去らせないため、最後に李《り》老仙が天に上って俺たちの罪状を固めた——これは〝連環《れんかん》の計〟だ。一環が一環につながっていて、しっかり計算して罠にはめているんだ。逃げられっこない」

「だが、わからん。いったい何のためだ！　あいつらに関わりがないだろ」奎宿《けいしゅく》は頭をかきむしり、百度考えても答えは得られない。それを昴宿《ぼうしゅく》が叱りつけた。

「いま、そんなことを言ってもしかたない。オレが許しを請《こ》うから、兄貴は負けを認めて、さっさとこの件を終わらせよう」

奎宿《けいしゅく》が顔を伏せてだまりこんだのを見て、昴宿《ぼうしゅく》は前に進みでると、苦笑して言った。「李《り》さん、あんたは本当にやり手だ。俺たち兄弟は裁定を受けいれる。これからの道筋を描《か》いてくれ」

李長庚《りちょうこう》は咳ばらいをして言う。「奎木狼《けいもくろう》は天上で侍女に戯《たわむ》れた。これは一つ目の罪じゃ。下界で凡人の女子を強奪した。これは二つ目の罪じゃ。無断で職場を離れ、ひそかに下凡した。これは三つ目の罪じゃ。わしが神君に申し上げれば、太上老君のところで火を焚《た》く罰が下るだろうが、どうじゃ？」

奎宿《けいしゅく》はややとまどった。火焚《た》きなど大した仕事ではない。煙でいぶされるのはまあ嫌だが、噂になれば体面が傷つくくらいだ。口を開こうとすると、傍らの昴宿《ぼうしゅく》が狼の尻尾を引っぱり、受けておけと合図する。


火を焚くのはしんどいが、つまりは労役にすぎない。斬仙台に上ることや仙鎚《せんつい》で打たれるよりずっとよい。太白金星はやはり俺達を解放するのか、目こぼしをして、この場を収めるつもりか？

奎宿《けいしゅく》は機を見るに敏だ。すぐに頭を垂れて負けを認めた。「罪を認める、認めるぞ」

「大士《だいし》はどう思うかな？」李長庚《りちょうこう》は観音《かんのん》の方を向いて問うた。

舌打ちをして観音《かんのん》は不満を顔に出したが、しかたなくうなずくしかない。この懲戒では軽すぎるが、それでも分かっていた。天庭にいる大勢の神仙から見れば凡人の女子を強奪するなど、大したことではなく、無断で職場を離れた罪のほうがやや大きいくらいだ。李《り》長庚《ちょうこう》が天庭にもどって働きかけ、その巧みな手腕で、なんとかこの懲戒を用意したのが精一杯だった。

「百花羞《ひゃっかしゅう》、あなたの考えは？」沙僧《さそう》が問うた。

公主はしばらく沈黙し、やっと小さくうなずいた。昴宿《ぼうしゅく》と奎宿《けいしゅく》はそれぞれ拱手《きょうしゅ》し、たがいに支えながら意気阻喪して罰を受けに天に上って行った。奎宿《けいしゅく》の影が天の果てに消えると、百花羞《ひゃっかしゅう》は突然その場にくずれおちた。

十三年……この時やっと、身を束縛した長年の桎梏《しっこく》が消えたのだった。

この衝突でどうやら意外な収穫があったようだと李《り》長庚《ちょうこう》は喜んだ。いま兜率宮《とそつきゅう》から借りた金銀二人の童子が下凡しているから、奎木狼《けいもくろう》が罰を受けに行けば老君にも借りを返せる。

李長庚《りちょうこう》は観音《かんのん》に言った。「この宝象《ほうぞう》国の事件はわしらの計画外の事であったが、いくつか劫難《ごうなん》として報告しておこう。でなければ大損じゃ」

観音《かんのん》が指折り数えて憎らしげに言った。「黒松の林で離散したのが第二十一難、宝象《ほうぞう》国に手紙を届けるのが第二十二難、金鑾殿《きんらんでん》で虎に変わるのが第二十三難……しっかりかせいだわね。でも、わたしの恨みは消えないわ」

とにかくこれで白虎嶺《びゃっこれい》の損失も取り戻せた。二人は喜色満面だ。

「では、今回の掲帖はどう書くかの？」李長庚《りちょうこう》が問う。今回の劫難《ごうなん》は観音《かんのん》が力を入れたのだから、やはり彼女が決めたほうがよいだろう。

「事実のとおりよ！」観音《かんのん》は毫も迷わず答えた。「取経一行が正義をひろめ、苦難を救い、天界からこっそりと下凡した神官をこらしめ、誘拐された女子を解放した。どれほど残酷な事だったかもあまさず書くの。これこそ正しい理《ことわり》でしょ、誰も文句なんてつけられない」

「よかろう」李長庚《りちょうこう》の胸にふいにまた感慨がよぎる。「今回、玄奘《げんじょう》が身を捨てて虎に変わらなければ、奎木《けいもく》狼《ろう》を引き留めておくことはできなんだ。凡人が甘んじてこのような犠牲を払ったのじゃ。仏祖の〝身を捨てて鷹を飼う〟（釈迦の前生譚でシビ王が鳩を救うために全身を鷹に与えた故事。『ジャータカ』にみえる）とほとんど一致するものじゃ。とくに目立つように書かねばな――あの者はどうしておる？」

「まだ駅館で休んでいます。玄奘《げんじょう》は肉身凡胎ですから虎に変身するのは相当な無理をさせました。元気（身体の根本の気）を大きく傷つけたから、しばらくは養生しないといけません」観音《かんのん》が答えた。「百花羞《ひゃっかしゅう》のことを玄奘《げんじょう》がこんなにまで心にかけるなんて思わなかった」

「そうじゃ。わしも意外であった」李長庚《りちょうこう》も顔いっぱいに疑問を浮かべる。玄奘《げんじょう》のことはただ傲慢な和尚で、金蟬子《こんぜんし》の生まれ変わりという身分を鼻にかけ、目が頂《つむじ》より高いやつと思っていたが、こんな義気があるとは思っていなかった。

「ほんとうに能力のある者にすれば特別扱いはかえって侮辱になるのね」

観音《かんのん》が李長庚《りちょうこう》をみて、ふいに笑った。「李《り》さん、無関係の女子のために星宿府の怨みを買ったけど、ちょっと後悔してるんじゃない？」

「フン、わしは啓明殿で小さくまとまって数千年じゃ。一度くらい、あんたに付きあって莫迦をやっても何でもない。さらに言えばの、わしも知りたいのじゃ。人の怨みを買わずに事を成し遂げられるものか？　少なくとも正しい理《ことわり》と自分の本心は守らねばならん！」

猪八戒《ちょはっかい》がふいに横から言う。「でもよ、あの子供二人はどうするんだよ？」その言葉で観音《かんのん》と李長庚《りちょうこう》は思い出した。まだ二つ残された問題があった。沙僧《さそう》が百花羞《ひゃっかしゅう》に問う。「お子さん二人をどうしたいですか？」

百花羞《ひゃっかしゅう》は決然と答えた。「もう会いたくないです」猪八戒《ちょはっかい》が沙僧《さそう》をちらりと見て言う。「じゃ、この二人の罰当たりはおいらが叩き殺すか？」

百花羞《ひゃっかしゅう》の顔色が変わったが、抗議の声は出さない。沙《さ》僧《そう》も顔をふせて、どうしたらいいか分からないようだ。

李長庚《りちょうこう》が立ち上がって円く収めようとする。「こうすればよいじゃろ。大士《だいし》、あなたは掲帖にすこし書き足してくだされ。二人の子供はみな八戒《はっかい》に叩き殺されたとな。これで奎木狼《けいもくろう》の未練を徹底的に断ち、百花羞《ひゃっかしゅう》にもう二度と関わらぬようにさせる。あとで子供は遠くに送り……そうじゃ、南極仙翁《なんきょくせんおう》（南極老人星、りゅうこつ座カノープスの神仙）のところがよい。そこで記憶を消して走り使いの童子にする。これで永遠に憂いを絶つとしよう」

それが良いだろうと、みなが言った。観音《かんのん》が大袖をひろげ、二人の子供を巻きこむと連れて行った。孫悟《そんご》空《くう》は傍らに立ったまま、誰も話しかけていない。李長《りちょう》庚《こう》は近づいて拱手《きょうしゅ》した。「大聖、花果山よりの帰還、ご苦労をおかけした」

「誤解するなよ。義俠《ぎきょう》でやったんじゃねえ。奎宿《けいしゅく》と昴《ぼう》宿《しゅく》は仇ってだけだ」孫悟空《そんごくう》は冷たく言い放つ。

李長庚《りちょうこう》は心中やや感動したが、顔には出さない。

「いずれにせよ、宝象《ほうぞう》国の一件ではみなが心を同じくして力を合わせねば、百花羞《ひゃっかしゅう》を救いだすことはできなんだ」

孫悟空《そんごくう》は皮肉をこめて言った。「フン、もしこれが本当の劫難《ごうなん》なら帰ってくるのも面倒くせえだろうよ。この旅でお前らにつきあって芝居をやったが、まだ足りないのか？」そう言うと、自分だけ觔斗《きんと》雲《うん》を駆って、さきに行ってしまった。

李長庚《りちょうこう》は孫悟空《そんごくう》の性格を知っているから、深くは問わず、みなといっしょに宝象《ほうぞう》国に帰った。百花羞《ひゃっかしゅう》はまっすぐ王宮に帰り、父母と抱き合って激しく泣いた。

李長庚《りちょうこう》たちは駅館に帰り、玄奘《げんじょう》を見舞った。

玄奘《げんじょう》の顔色は蒼白で、肉身のまま虎に変身したことは確かに身体を傷つけていた。しかし、気分はすこぶる興奮しているようで、情況を問うた。結果が分かると思わず嘆息した。

「やはり罰が軽すぎる。火を焚《た》くだけですか？」

観音《かんのん》が答える。

「わたしも腹の虫がおさまらないけれど、幸いにも百《ひゃっ》花羞《かしゅう》だけは救いだせたから、むだ足にはならなかったわ」

玄奘《げんじょう》の双眸に光がよぎる。「もし、わたしたちが宝《ほう》象《ぞう》国を通らなければ、百花羞《ひゃっかしゅう》はどうなっていたでしょうか？　たとえ今回は百花羞《ひゃっかしゅう》を救いだせて、それはよかったとしても、取経の路からはずれたところでどれだけ百花羞《ひゃっかしゅう》のような者がいるでしょう？」

このように問われて、観音《かんのん》はどう答えたらよいか一瞬答えに窮した。玄奘《げんじょう》は続ける。

「わたしは仏祖の御好意を知っています。お二人に守ってもらえば、たしかにこの玄奘《げんじょう》、波風なく霊鷲山《りょうじゅせん》に到着できましょう。しかし、わたしが西天から経典を持ち帰った後、仏となってしまえば、毎日経《きょう》を講じ法を説くのに忙しく、苦難を受けている人を顧みる余裕がなくなるのではありませんか？」

「そんな……そんな風に言うものじゃないわ」

「では、わたしが今回西天に行くのはいったい何のためでしょうか？」

それを聞いていて、観音《かんのん》は話がよくない方向にむかっていると思った――西天に行きたくなくなったのかしら？　李長庚《りちょうこう》がその場を収める。「今はそれを言うな。わしが国王の招待を遠慮し、素菜《そさい》（精進料理）を一卓頼んでおいた。仲間うちだけで頂こうではないか」

取経一行と護法の神仙はできるだけ接触せぬものだが、今回の宝象《ほうぞう》国の件はみなが心を一つにあわせた結果だ。いっしょに祝宴をするのも正常なことだった。

この宴の雰囲気はうち解けたものとは言えなかった。沙僧《さそう》はわざと八戒《はっかい》と離れて座り、時に冷たい目でにらむ。孫悟空《そんごくう》は二人の間に座り、つまらなそうに落花生を噛んでいる。玄奘《げんじょう》は傷を負ったので腕がうまく動かず、片手で菜をつまんでいる。この雰囲気では観音《かんのん》もぎこちなく座っているだけで、その手でたえず亀裂の入った玉浄瓶《ぎょくじょうへい》をさすっている。

李長庚《りちょうこう》は雰囲気がやや白けているので、場をやわらげようと決めたようだ。酒杯をあげて朗々とした声で言う。「今日は、みなで正しい理《ことわり》をしっかと握りしめ、力を合わせ心を同じくした。この老いぼれの心にも感ずるところがあり、絶句が一つ浮かんだので、まずはそれを……」

老神仙が吟《ぎん》じだしてはまずいから、みなが暗黙の一致で酒杯をあげ、ゴクゴクと飲みくだす。その後は杯をすすめ、皿をかえ、それが紛々と続いた。李長庚《りちょうこう》はついに詩を吟ずる機会を探しだせなかった。

宴会が終わると、やや酔った李長庚《りちょうこう》が沙僧《さそう》の肩を叩いた。

「そうじゃ、沙悟浄《さごじょう》よ、ちょっと付いて来い。聞きたい事がある」

沙僧《さそう》はややとまどったが、おとなしく駅館の外に出た。

「玄奘《げんじょう》が黒松の林で囚われの身となった時、おぬし、猪悟能《ちょごのう》と喧嘩をしておったであろう？」李長庚《りちょうこう》は〝門をひらいて山を見る〟ように直接に問う。

「はい」沙僧《さそう》も侠気があり、率直に認めた。

玄奘《げんじょう》が黒松の林に迷いこみ、黄袍怪《こうほうかい》に囚われた当初、二人の弟子は托鉢に行くと言って師の護衛を怠った。李長庚《りちょうこう》の眼光はひと目で、その背後にある問題を見破った。

「なぜ喧嘩をした？」

沙僧《さそう》はゆっくりと顔をあげた。その両目は古井戸に波なしと言うべきで、平静だった。「拙者《せっしゃ》はあやつに問うたのです。広寒宮の事で悔やむところはあるかと。するとあのブタ、こしゃくにも流謫《るたく》の身となり卑《いや》しめられたからには恩も讐もともに清算され、誰にも借りはないと、こうです。腹がたったのであいつと戦いました」

「ということは、おぬしはやはり広寒宮ゆかりの者か？」李長庚《りちょうこう》がうなずいて問う。

「いかにも拙者は辱めをうけた嫦娥《じょうが》仙子のため、猪悟《ちょご》能《のう》の仙途をはばむために来ました」沙僧《さそう》にはいささかも隠す様子がない。李長庚《りちょうこう》は目を細め、あらためて目の前にいる者をながめた——巻簾大将《けんれんたいしょう》はやはり偽名にすぎぬ。

「知っておろう、猪悟能《ちょごのう》は玉帝《ぎょくてい》が取経一行に入れたのだぞ？」

「知っています」沙僧《さそう》は淡々と言った。「それが何です？　拙者は嫦娥《じょうが》仙子の名誉のために来たのです。どんな代価を払うことになっても甘んじて受けます」

なんと嫦娥《じょうが》がどんな約束をしたかは知らぬが、それは命をかけるのに値するようだ。李長庚《りちょうこう》はひそかに考えをめぐらした。こやつの頭には一本筋が通っており、一途に原則だけを貫いている。

「ならば、喧嘩はどうしてやめたのじゃ？」

「玄奘《げんじょう》が囚われたからです。我らにもあれが計画された劫難《ごうなん》ではないことはわかりましたから、再戦を約してまずは救いにいきました」沙僧《さそう》はこう言うと、顔にかすかに困惑を浮かべた。「つづいて百花羞《ひゃっかしゅう》の件がおこって、あのブタと奎木狼《けいもくろう》が同じ穴のムジナに思えて、思わず力が入ってしまいました」

「見たであろう。猪悟能《ちょごのう》にも確かに悔いるところはある。また当時の事についてはすでに代償を払っておる。

なぜそうも執拗に追及しようとする？」李長庚《りちょうこう》はさぐりを入れた。

「それはそれ、これはこれです。あいつが絶対に天庭にかえらないことを承諾しなければ話しあいはしません」沙僧《さそう》の態度はかたくなだった。

これを奇妙に思って、李長庚《りちょうこう》は言った。「おぬしは一心に仙途をはばむだけではなく、ひそかに猪八戒《ちょはっかい》の罪状を集めておるじゃろう。それがどうして自分からしゃしゃり出た？　わしが見るに、おぬしが奎宿《けいしゅく》と戦うさまは宝象国《ほうぞう》の国主よりも積極的であったな。知らぬ者なら百花羞《ひゃっかしゅう》がおぬしの娘かと思うぞ」

沙僧《さそう》は両の頰をふくらませる。「拙者は……我慢できぬのです」

「なんじゃと？」

「百花羞《ひゃっかしゅう》を見ていると、嫦娥《じょうが》さまを思い出してしまいました。もしあの時、天蓬《てんほう》をのさばらせておけば、嫦《じょう》娥《が》さまも同じように涙を吞んでいたはずではありませんか？　そう思うと……もう怒りに髪が逆立ち、奎宿《けいしゅく》と戦っていました」

チッと李長庚《りちょうこう》は舌打ちをした。こやつの心根はまっすぐで、とてもおとなしく潜入などしておられぬ性分なのだ。沙僧《さそう》はまた言う。「だから、広寒宮に関しては、拙者が必ず仇をとります。そうでなければ嫦娥《じょうが》さまも、もう一人の百花羞《ひゃっかしゅう》です」

李長庚《りちょうこう》はいかんともし難く、額を叩きながら、うろうろと歩き回り、もとの場所に戻ってきた。沙僧《さそう》のような頑固一徹の者が一番扱いにくい。

「猪八戒《ちょはっかい》の問題が解決すれば、おぬし、取経一行から抜けるか？」

「むろんです」

「このまま西天にいけば取経の者たちには功果《さとり》が得られるのだぞ。後悔せぬか？」

「そんなものに興味はありません」

「そうか」李長庚《りちょうこう》はうなずいた。「では、まず猪悟能《ちょごのう》といさかいを起こすな。わしの指図を待て」

沙僧《さそう》は一つ頭を下げると行ってしまった。李長庚《りちょうこう》はため息をつく。沙僧《さそう》は猪八戒《ちょはっかい》を阻むと心に決めていて、それが達せられなければ一行を離れないだろう。かと言って、猪八戒《ちょはっかい》が一行を離れると玉帝《ぎょくてい》に申し開きができない。この取経一行の人事は敏感で、一つが変わると無数の因果がぞろぞろと絡みついてくる。

「どうやらこの結び目を解くには根本的な解決をせねばならぬようじゃ」

李長庚《りちょうこう》は考えに沈みながら駅館に帰り、観音《かんのん》に言った。

「大士《だいし》、ちょっと休みをもらいたい」

観音《かんのん》がとまどう。「次は平頂山《へいちょうざん》の劫難《ごうなん》ですよ。あなたが手配をしたのでは？　どうして離れるのです？」

李長庚《りちょうこう》は笑った。「経費申請がたまっておってな。そろそろやらねば趙公明《ちょうこうめい》の黒虎がわしを引き裂きにくる」はっきり言ったわけではないが、観音《かんのん》にはきっと分かるだろうと思った。そして、やはり観音《かんのん》は問わなかった。霊鷲山《りょうじゅせん》も風雲急をつげ、天庭にも暗流が渦巻いている。二人とも気楽な身とはほど遠い。観音《かんのん》はていねいに頼んだ。

「玄奘《げんじょう》はまだ休養せねばなりません。李《り》さん、烏鶏国《うけい》につく前には戻ってくださいね」

推雲《すいうん》童子を呼び、李長庚《りちょうこう》は天庭にむかって飛んだ。どこに行きますかと童子が問うと、李長庚《りちょうこう》は長嘆一声、行き先を告げた。

「むろん、広寒宮じゃ」

第十一章

李長庚《りちょうこう》が広寒宮に着いた時、嫦娥《じょうが》はちょうど練功房《れんこうぼう》から出てきたところだった。広寒宮の寒さでも、嫦娥《じょうが》は気を練《ね》ったせいで汗をかき、頭から湯気をたてて、両の頬は上気してほんのりと赤い。ずいぶんと厳しい修練をしているのであろう。この姑娘《くーにゃん》が天庭をさすらう一介の凡女から仙界の名媛《めいえん》と呼ばれるようになったのは決して幸運ではない。

傍らから玉兎《ぎょくと》が手ぬぐいをくわえて、ぴょんぴょんと跳ねてきた。嫦娥《じょうが》は汗をふきながら、李長庚《りちょうこう》に問うた。

「仙師、わたくしに何か？」

李長庚《りちょうこう》も遠回しに言いたくはなかった。

「巻簾大将《けんれんたいしょう》の件で話をしたい」

嫦娥《じょうが》は髪をふきながら、すこしも驚きあわてた様子がなかった。

「わかりました。桂樹《けいじゅ》のところでお待ちください。沐浴をすませ、着替えをしたら参ります」

嫦娥《じょうが》にとぼけける素振りがないことに李長庚《りちょうこう》は満足だった。自分が広寒宮に来たからには情況を十分に把握しているはずだから、弁解して時間を浪費する必要などない。つまり、彼女は聡明なのだ。

李長庚《りちょうこう》は桂樹のほうに視線を投げた。樹の下には頑丈そうな体つきの人影が斧をふるっている。

「おっ、そうじゃ……呉剛《ごごう》がそばにいて大丈夫じゃろうか？　他の場所でなくともよいか？」

「だいじょうぶです。あの人は桂樹《けいじゅ》を切り倒すことに夢中で、ほかの事は心にないのです。あなたと話すことは桂樹《けいじゅ》とは無関係ですから目もくれません」

嫦娥《じょうが》は宮殿に入っていった。李長庚《りちょうこう》はぶらぶらと広寒宮の外に生えている桂樹《けいじゅ》へと歩いていった。やはり呉剛《ごごう》はこちらに目もくれず、桂樹《けいじゅ》を切り倒すことで頭がいっぱいのようだ。斧を打ちつけては身をかがめて細かに観察している。幹に裂け目ができると、たちまち、もとのように塞《ふさ》がってしまうのだ。

李長庚《りちょうこう》は見ているうちに興味がわいて、思わず呉剛《ごごう》に問うていた。

「おぬし、毎日それを切っていて、煩《わずら》わしいとは思わぬのか?」

呉剛《ごごう》はさっと斧を置いた。「李《り》仙師、ご存知ですか。桂樹《けいじゅ》を切るのは千篇一律のように見えて、斧をふり下ろすごとに裂け方がわずかに異なり、復元の速さも異なります。その規則を把握すれば、思うような傷をつけられるのですよ」

李長庚《りちょうこう》の返事も待たず、ドスッと斧を打ちつける音がして、幹に裂け目が走り、呉剛《ごごう》はそれを指さした。

「ごらん下さい。右手で斧を握り、力を四から七に調整すると、この裂け目は右に分岐し、二尺六寸伸びます」そう言って、しばらく暗算した。「この分岐のところから癒合《ゆごう》し、三十六呼吸で完全に復元します」

二人がしずかに見ていると、やはり三十六呼吸でもとに戻った。すこしも傷痕がのこっていない。ハッハハと呉剛《ごごう》は斧をもって笑い、得意な様子だった。

「今ではこの修練も心の動くまま意の成るままの境地に至りました。頭で描いた図のとおりに裂け目を作れるのです。この技はわたしをおいて他にできる者はおりますまい」

相手が信じていないのではないかと思ったか、呉剛《ごごう》は斧をもちあげて強くふり下ろす。ガッという音とともに、桂樹《けいじゅ》に裂け目が走る。それは苦悶し疲れ、重苦しい心配をかかえた老人の顔を描いた。李長庚《りちょうこう》の顔に似ている。

たしかに神業だ。李長庚《りちょうこう》はひとしきり感心したが、ふいにまた同情がわいてきた。

「それに何の意味がある？　桂樹《けいじゅ》はどうしようとやはり元のままじゃ。おぬしがどうこうできるものではあるまい。樹を切る技に精通したようだが、結局、ひとすじの裂け目すら残せぬではないか」

呉剛《ごごう》は頭をかき、しばらく無言で考えてから言った。

「どうやら何も意味はないようです。ですが……」斧をぶらりと下げて続ける。「誰もがそうなのではないでしょうか？」

この言葉は何気なく問い返したようだったが、李長《りちょう》庚《こう》はとまどい、その場で絶句した。李長庚《りちょうこう》が何も言わないので、呉剛《ごごう》は自分の仕事にもどって斧をふりあげ、またガツガツと切りはじめた。


嫦娥《じょうが》はすぐに普段着に着替えて出てきて、桂樹《けいじゅ》の下にやってきた。あいさつぬきで李長庚《りちょうこう》は尋ねた。

「巻簾大将《けんれんたいしょう》はあなたが西王母《せいおうぼ》に手配を頼んだ者か？」

嫦娥《じょうが》がうなずく。「もうすこし騙《だま》しておけると思っていましたが、仙師がこれほど早く見破るとは思っていませんでした」

「あの者が使う降魔宝杖《ごうまほうじょう》は広寒宮の桂樹の枝から作られたものじゃ。それで見破れなんだら、啓明殿の主をやめねばなるまい」李長庚《りちょうこう》は呵々と笑い、すぐにつづける。「しかも、巻簾大将《けんれんたいしょう》が宝象《ほうぞう》国でがまんしきれずに、自分から跳びだしてきおった。気づかぬふりをするのも難しかったわい」

李長庚《りちょうこう》は宝象《ほうぞう》国で起こった事件を話した。嫦娥《じょうが》はかるく嘆息して言った。「そうなのです。わたくしはあの者が隠し事をできる性分ではないとわかっていました。何度も注意なさいと言ったのですが、やはり堪《こら》えきれなかったのですね――まあ、それもよいでしょう。堪忍ができたら、あの者らしくありません」

「あやつはいったい誰だ？」李長庚《りちょうこう》は問うた。

嫦娥《じょうが》が双眸をあげる。「わたしども広寒宮の古い客です」

この答えに李長庚《りちょうこう》はとまどった。広寒宮にそんな客がいただろうか。玉兎《ぎょくと》、呉剛《ごごう》のほかに、嫦娥《じょうが》とともに住む者がいたか？　嫦娥《じょうが》は淡々と笑う。

「李《り》仙師、お忘れですか？　この広寒宮はもともと蟾《せん》宮《きゅう》と言うのです。三足金蟾《さんそくきんせん》が住んでおりました」

李長庚《りちょうこう》は額を叩き、ひそかにみずからの迂闊《うかつ》を呪った。どうして忘れていたのか。あの三足金蟾《さんそくきんせん》は嫦娥《じょうが》よりも長く広寒宮に住んでいる。ただあまり表に出たがらないだけだ。この三本足のガマガエルはあまり探しやすくはない。だから思い出しもしなかったのだ。

嫦娥《じょうが》は言った。「ご存知のように、わたくしが夫と別れて仙界に来たのは境遇から逃れるためでした。残念なことに、昇仙の正道をたどらなかったので、導いてくれる人もなく、天に昇ったところであてもなく、落ちつく宮殿さえもなく、四方を流浪するしかなかったのです。ですが、金蟾《きんせん》は親切で、蟾宮《せんきゅう》の扉をひらき、わたくしを受けいれてくれました。あの者はずっと自分を醜いと思っていて、宮殿に隠れて人に会いたがらず、話をする者を見つけるのが難しかったので、とても喜びました。後になって、そっくり宮殿をくれて、わたくしの気質にあっているからと言って〝高冷宮《こうれいきゅう》〟（高冷はクールの意）と改めました。わたくしはあまりにも直接な名前が嫌なので、〝広寒宮〟と改めたのです」

李長庚《りちょうこう》は髭をしごきながら、何も言わずに聞いていた。

嫦娥《じょうが》は続ける。「天蓬《てんほう》が広寒宮に乱入してきた時、金蟾《きんせん》はわたくしよりも憤りました。そして、天蓬《てんほう》が転生して取経一行に入ると、金蟾《きんせん》はわたくしに言ったのです。もしあのブタが天庭に帰ってきたら、広寒宮に再び安寧の日はないだろうと。わたくしが打つ手もなく、ためらっていると、金蟾《きんせん》は自分が下凡して妖怪となり、天蓬《てんほう》の仙途を阻みに行くと言ったのです。これにはびっくりしてしまいました。天蓬《てんほう》を阻むことは玄《げん》奘《じょう》の取経を阻むこと、これは小さなことではありません」

　李長庚《りちょうこう》はわずかにうなずいた。「いかにも。あやつがひそかに下凡して取経一行を襲撃していたら、その罪は大きい」

　嫦娥《じょうが》は言う。「ですが、金蟾《きんせん》は下凡すると言いはり、胸を叩いて、わたくしに累《るい》は及ばないようにすると言うのです。まるで分かっていないのです。わたくしが心配しているのが彼の無事だと言うことが……」

「だから、西王母《せいおうぼ》に頼んだのじゃな？」

「そうです。わたくしでは止められないので次善の策を取るしかありません。西王母《せいおうぼ》さまにお頼みして、彼を取経一行に入れてもらえば、しばらくは大丈夫でしょう。そうしておけば、彼と天蓬《てんほう》が正面から衝突する必要はなく、ひそかに罪状を集めるだけでよいのですから――ああ、それでも我慢できないとは思いませんでしたが」

「ということは――あやつに出口を準備してやったというわけじゃな？」

「李《り》仙師の眼光、恐れ入ります。彼が取経一行の中で本分を守り、すこし履歴を洗ってくれたら、広寒宮に数千年も蟄居《ちっきょ》しているよりよいでしょう。呉剛《ごごう》さんに頼みこんで、桂の枝を切ってもらい、護身の杖として与えたのも、不測のことが起こってはいけないと思ったからなのです」

　李長庚《りちょうこう》は目を細めた。「そういうことなら、あなたの願いは金蟾《きんせん》の将来で、八戒《はっかい》を離脱させることではないのじゃな？」

嫦娥《じょうが》がうなずく。「はい、金蟾《きんせん》の将来がひらければ、わたくしも居場所を作ってもらった恩に報いることができます」

紆余《うよ》曲折がわかって、李長庚《りちょうこう》はほっと息をついた。

協調こそ啓明殿で最も多く行い、最も熟練している仕事だ。協調をつくりだす鍵は相手の要求が一見しておかしなものであっても、本当は何を要求しているのかを知ろうとすることだ。各方面の本当に求めるものを把握さえすれば、東に騒いで西に叱りつけ、なんとかして全員が受けいれられる方策をつくりだせるものだ。

しばらく沈思し、李長庚《りちょうこう》は指を二本のばした。「あなたから金蟾《きんせん》に言ってくだされ。天蓬《てんほう》と力を比べるでないと。そのかわり、わしがあなたに二つのことを保証しよう。一つ、金蟾《きんせん》には将来を約束する。二つ、天《てん》蓬《ほう》がたとえ天庭にかえっても、けっしてあなたにつきまとわせぬ」

嫦娥《じょうが》の眼差《まなざ》しが流れ、やや暗澹《あんたん》とした表情になる。

「最初の保証については金蟾《きんせん》にかわって仙師に感謝いたします。第二の保証については……李《り》仙師はお気づきではありません。わたくしは今では光栄な地位にあり、人もうらやむように見えますが、じつは心は薄氷を踏むように戦々競々としているのです。いったいどれだけの登徒子《とうとし》（色魔。戦国時代の宋玉の「登徒子好色賦」による）がひそかに広寒宮をねらっていることでしょう。有名な神仙の親戚や金仙の門徒たち、それぞれに出自の由々しき方々です。あの人たちの目から見れば、わたくしは浮かれた恋を語る役者にすぎません。楽しむ時には天に昇るようにおだて上げ、傷つけたくなれば一言で終わりです。わたくしは権勢のない女子ですから、多方面の方々に力になっていただき、やっと静かな生活ができるのです」

〝嫦娥《じょうが》さまもひとりの百花羞《ひゃっかしゅう》にすぎません〟——李長《りちょう》庚《こう》は思わず沙《さ》僧《そう》の話を思い出し、一言うめいた。奎宿《けいしゅく》の横暴なふるまい、そして、昴宿《ぼうしゅく》の傍若無人を見れば、天界の風紀の程度は知れよう。嫦娥《じょうが》が西王母《せいおうぼ》を頼らなければ、おそらく身を保つことすら難しい。だが、西《せい》王母《おうぼ》のところが求める代価も小さくはないだろう。

嫦娥《じょうが》は天をふり仰いだ。「天蓬《てんほう》がかえったとしても、きっとわたくしを騒がせないというお約束は信じましょう。ですが、ほかの神仙がよからぬ考えを起こすことは止められません。李《り》仙師、考えてみてください。一人でも代償を払わずに事をなせば、どうやって他の者を防ぐことができましょう？　天蓬《てんほう》が何事もなかったように天庭に帰ってくるのを見た者たちはさらに憚《はばか》るところがなくなるのではありませんか？　金蟾《きんせん》は衝動的ですが、その憂いはたしかにあるのです」

李長庚《りちょうこう》はおかしいと思い、尋ねた。「天蓬《てんほう》のほかに誰かあなたに戯《たわむ》れたのか？」嫦娥《じょうが》は苦笑した。「たくさんいます。巨霊神《きょれいしん》（天王李靖麾下の武将神）、奎宿《けいしゅく》、二郎神《じろうしん》、孫悟《そんご》空《くう》……」

「……ちょっと待て」李長庚《りちょうこう》が話をさえぎる。「孫悟《そんご》空《くう》だと？　いつのことじゃ？」

そんなことがあったのか、孫悟《そんご》空《くう》の悪行は多岐にわたるが、この方面の不品行があったとは聞いたことがなかった。

「ええ、まだよいほうですが。天蓬《てんほう》が来る前日、孫悟《そんご》空《くう》は二郎神《じろうしん》といっしょに……」嫦娥《じょうが》は突然「あっ」と言って、自分が口を滑らせたことに気づいて、堅く口を閉ざす。

李長庚《りちょうこう》は問い質そうとはしなかった。二人の間にこの話題を掘りさげてはならないという暗黙の了解が生れた。〝孫悟空《そんごくう》〟のあとに〝二郎神《じろうしん》〟があるのだ。あの玉帝《ぎょくてい》の甥《おい》の名が。

これに深入りはできないとみて、前の話題にもどして李長庚《りちょうこう》は嫦娥《じょうが》に言った。

「これならどうじゃ？　わしが天蓬《てんほう》に女子の苦しみを受けさせ、これを四方に伝え、天界すべてに知らせるのじゃ」

「どうやって女子の苦しみを？」嫦娥《じょうが》の眼光が閃く。

「下界には女児国がある。子母河《しぼが》という河があってな。その水を飲めば男子も懐妊する。これをつかって、わしが天蓬《てんほう》に罪を償わせ、掲帖で大々的に宣伝しよう。これで仙子、あなたのお怒りに代えることになるじゃろうか」

嫦娥《じょうが》は氷雪のように聡明、聞くなり太白金星の意図を察した。男子から見れば懐妊は身にうける苦しみとしては大きくない。だが、辱《はずかし》めとしては強烈無比だ。これが嫦娥《じょうが》に無礼を働いた報いとして宣伝されると、懲《こら》しめの効果としては斬仙台《ざんせんだい》より強いだろう。天蓬《てんほう》の仙途を阻まなくても、こうした措置で報いがあることを示せる。

「取経一行が女児国に到達したら、あなたのために優先して手はずを整える。あなたはあの頑固者を呼び戻すことを覚えておいて下さればよい」

「でも、どうやって一行を離れるようにするのですか？」嫦娥《じょうが》が問う。金蟾《きんせん》によい将来を開いてやりたいなら、単純に一行を追われたとするのはいけない。それなりの理由が必要だった。

「〝生を舎《す》てて義を取る〟じゃ」李長庚《りちょうこう》もその点はよく考えていた。「烏鶏《うけい》国で玄奘《げんじょう》の身代わりとなって傷を負い、このさきの重責を担えず、名誉ある撤退で天に帰る。この履歴と行動なら中品の仙職をさずかって悠々と暮らせるであろう」

これなら金蟾《きんせん》に出口を作ってやれるし、取経一行に潜伏する苦難のかいもある。嫦娥《じょうが》はよろこんで承諾した。

これでなんとか妥協とつり合いを作りだし、金蟾《きんせん》、嫦娥《じょうが》、天蓬《てんほう》がそれぞれ落ちつく場所を得た。李長庚《りちょうこう》も面倒をひとつ解決できて、ほっと息をついた。

啓明殿主が親身になって解決してくれたことに、嫦《じょう》娥《が》は感激していた。〃桃《もも》をもらえば李《すもも》を返す〃もの、西王母《せいおうぼ》さまにはわたくしから言っておきますと嫦娥《じょうが》は述べ、李長庚《りちょうこう》を安心させた――これで瑶池《ようち》の因果も片がついた。

「舞いをひと差《さ》し献じましょう」とまで嫦娥《じょうが》は申しでたが、李長庚《りちょうこう》は遠回しにことわった。いま、さまざまな情況が錯綜していて、とても舞いを鑑賞できる気分ではなかった。李長庚《りちょうこう》はすっきりとした気分で広寒宮を離れようとしたが、数歩踏みだしたところで、呉剛《ごごう》が桂樹《けいじゅ》を切り倒そうと精を出しているところが目に入り、ふいにひとつ考えが浮かんだ。

近づいて呉剛《ごごう》を呼び、二郎神《じろうしん》がいつ広寒宮に来たのかと問うてみた。呉剛《ごごう》はこちらにかまわない。李長庚《りちょうこう》はすこし考えて問い方を変えてみた。

「おぬしは二郎神《じろうしん》が広寒宮にやって来た日の模様を斧で切り出せるか？」

「何度か来ましたが、どれにしますか？」呉剛《ごごう》は意気込む。

「孫悟空《そんごくう》と来た日じゃ」李長庚《りちょうこう》は答える。

斧をふりあげると、呉剛《ごごう》は桂樹《けいじゅ》に強くふり下ろす。たちまち裂け目が格好の場所にひらき、一枚の画面を描きだした。

四人がいる。二郎神《じろうしん》、奎宿《けいしゅく》、昴宿《ぼうしゅく》に孫悟空《そんごくう》……四人の顔には酔った表情まで見え、まるで生きているようだ。呉剛《ごごう》は変人ではあるが、桂を切る技はたしかに熟練の境地にいたっている。しばらくすると、裂け目は消えてしまい、表面は滑らかになった。

「うむ」と一声、李長庚《りちょうこう》の表情は沈んだ。なるほど天《てん》蓬《ほう》が前に天庭で目撃したように、あの星官二人は孫悟《そんご》空《くう》と狎《な》れあっていた。いまそれを見て、いかにもありそうだと思った。

天庭の発した掲帖にこんな事は載っていない。それも理解できる。二郎神《じろうしん》は玉帝《ぎょくてい》の甥で、化け物ザルを捕らえた主力でもある。彼とサルとの関係はむろん隠さねばならない。この桂樹《けいじゅ》の裂け目と同じように跡形もなくだ。

「あの者どもが広寒宮で何をしたのじゃ？　おぬしならその程度の光景は切り出せるであろう」李長庚《りちょうこう》は問う。

呉剛《ごごう》の眉が跳ね、やや不服な表情をした。しばらく静かに考え、また斧をふりあげると、桂樹《けいじゅ》の裂け目が一幅の画面となる。四人が広寒宮の前に立ち、大口を開けてそれぞれの武器をふるい、歯をむいて唇を裂き、雄叫びをあげている。宮殿では嫦娥《じょうが》が玉兎《ぎょくと》を抱いてブルブルと震えていた。

呉剛《ごごう》の技はたしかに凡俗を越えて聖の領域に入っていた。あの斧で切りつければ無限の効果があるようだ。呼吸ひとつで二十四層の力が桂樹《けいじゅ》に伝わり、幹では絶えず裂け目が癒合《ゆごう》し、毎回の裂け目に微妙な差異が生まれて、動きを表わすことまで可能だった。細かに観察すると、二郎神《じろうしん》が最前面に立ち、昴宿《ぼうしゅく》と奎宿《けいしゅく》が左右で叫びをあげている。この三人は異常な興奮ぶりだった。孫悟空《そんごくう》だけは後ろに立ち、なかば居心地が悪そうに、なかば緊張した様子だった。二郎神《じろうしん》がふり返って怒鳴ると、おざなりに棒をふり下ろす。

ただ、この四人はひとわたり叫んだが宮門は開かず、べろべろに酔ったまま去って行き、桂樹《けいじゅ》の裂け目の動きもここで終わった。

李長庚《りちょうこう》はほっと息をついた。どうやら天蓬《てんぽう》が室内に入りこんで手を出した情況よりはずっとましのようだ。

だが、もう一度よく考えると、どうもまずい――天蓬《てんぽう》が嫦娥《じょうが》を騒がしたのは安天大会《あんてんたいえ》の後のことだ。そして、安天大会は天庭が孫悟空《そんごくう》を鎮圧したことを祝うための祝宴だ。その前日となると、それはすなわち孫悟空《そんごくう》が大いに天宮を鬧《さわが》す前の晩でなければならぬ。その時点でサルは瑤池《ようち》から逃げ出したばかりで、兜率《とそつ》宮《きゅう》に仙丹を盗みに行っていたのではないか？　二郎神《じろうしん》と広寒宮にでかけて嫦娥《じょうが》を騒がすひまがどこにある？

宝象国《ほうぞう》の一件で、昴宿《ぼうしゅく》と奎宿《けいしゅく》が孫悟空《そんごくう》に恐れを抱いていることに李長庚《りちょうこう》は気づいたが、彼らの態度がすこし大げさではないかと思っていた。しかし、あれは実力がちがいすぎるという恐れではなく、どちらかと言えば秘密をばらされることから生まれる恐れのようだ。

いま思えば、あの二人の恐怖にはある種の理由があるにちがいない。

通背猿猴《つうはいえんこう》が世を去った時、孫悟空《そんごくう》が天を仰いで何か言っていたのが思い出される。五百年前の〝大いに天宮を鬧《さわが》す〟事件はそれほど簡単ではない。そう李長庚《りちょうこう》はひそかに思った。

だが、真相をはっきりさせたいと思っても容易な事ではない。当時の騒ぎは極めて大きく、知らぬ者もないとはいえ、公開された情況はみな曖昧なもので、啓明殿でさえ一次資料にふれることができないのだ。

李長庚《りちょうこう》はこの事をよく吟味しながら広寒宮を去った。ちょうどそこに観音《かんのん》が知らせを送ってきて、取経一行がすでに平頂山《へいちょうざん》の妖怪とかけあいを始めたと言ってきた。そして、さすが童子二人は兜率宮《とそつきゅう》の人、素養がすこぶる高いとほめている。現地で探した妖怪たちも積極的で、取経一行とのからみも生き生きとしているから、掲帖もきっと映《は》えることだろう。

李長庚《りちょうこう》はやや安心した。啓明殿に行って経費処理をせねばと心はあせるが、足下《あしもと》のことが気にかかるので、兜率宮《とそつきゅう》に行き先を変えた。

老君は煉丹《れんたん》をしているところで、傍らで奎木狼《けいもくろう》が尻をほっ立て、灰をかぶって土まみれになって火を吹いている。奎木狼《けいもくろう》は李長庚《りちょうこう》が来たのを見ると、頭を低くさげた。顔じゅう煤《すす》だらけだから、表情はよく分からない。

呵々《かか》と笑いながら老君は言った。

「どうじゃ？　わしの童子二人はよくやっておるじゃろ？」

李長庚《りちょうこう》は同意した。「大士《だいし》がたいへんほめておりますす。俗界の妖怪がみな金銀二童子のように才能があれば、九九八十一の劫難《ごうなん》も平地をいき順風に帆をかけるようなものなのですが……」そう言って、大士《だいし》の報告を老君に見せた。ちょうど孫悟空《そんごくう》がニセの宝貝《パオベイ》を取りだし、妖怪が持っていた本物の宝貝《パオベイ》をふたつ（ヒョウタンと浄瓶）をだまし取ったところだった。

老君は大喜び、こんなふうにやってくれれば、宝貝《パオベイ》の損耗を申請するにも〝名正しく言順《したが》う〟というもの、李長庚《りちょうこう》に対する態度もさらに親切になる。老君は煉丹炉に近づき、奎木狼《けいもくろう》に門を開けさせると、柄《え》の長いちり取りでひとすくい、熱々の金丹《きんたん》を取り出し、山盛りのそれを好きなだけ食えと李長庚《りちょうこう》にすすめる。

李長庚《りちょうこう》は分別がでて老君を引きとめて笑った。「金《きん》丹《たん》は一粒ずつ数えて頂くもの、それを、ひとすくいしてつまんでみよとは。それでは、金丹《きんたん》を盗んだサルになってしまいますわい」

へへっと老君は笑った。「ほかに言うではないぞ。わしのところから盗み食いする度胸なんぞ、孫猴子《そんこうし》にはないわ」

「そんなはずはないでしょう。孫悟空《そんごくう》が大いに天宮を鬧《さわが》す前に兜率宮《とそつきゅう》で炒《い》り豆のように金丹《きんたん》を盗み食いしたのは天上地下みな知る事ですぞ。老君、冗談を言ってはなりませんな」

　老君にかまをかける一番有効なやり方は嘘だと言ってやることだと、李長庚《りちょうこう》は知っている。予想どおり老君はそれを聞くなり、黙っていられず、自分から口を開いた。

「おい、あの者たちが貔貅《ひきゅう》のように呑みこんでもらさぬ秘密を知っておるか？　おぬしには教えてやるがな、ぜったいに外にもらすではないぞ！　孫猴子《そんこうし》の両目は煙に弱いのじゃ、兜率宮《とそつきゅう》は毎日濃い煙が立ちこめておる。じゃから、あやつはいつも避けて通っておったのじゃ。それをどうして自分から逃げてくる？」

「しかし……掲帖ではまちがいなく、兜率宮《とそつきゅう》は数百粒の金丹《きんたん》を失ったと言っていますぞ」

「おう、そうとでも言わねば、どうやって天庭に賠償を請求するんじゃ？」ははっと老君は笑う。

　カタッと李長庚《りちょうこう》の心で音がした。老君は無から有を生むのが得意だ。つまり、賠償をだまし取ったのだ。老君の話からは孫悟空《そんごくう》が大いに天宮を鬧《さわが》す前からまったく兜率宮《とそつきゅう》に寄りつかなかったことがわかる。

　天庭の掲帖では、孫悟空《そんごくう》が蟠桃会《ばんとうえ》をめちゃくちゃにし、その後、酒の勢いのまま兜率宮《とそつきゅう》で金丹《きんたん》を盗み食いしたことになっている。だが、その時に孫悟空《そんごくう》は二郎《じろう》神《しん》および奎宿《けいしゅく》、昴宿《ぼうしゅく》と酒の勢いで広寒宮に乱入しようとしていたことが、いま分かった——では、あの者たちはいったいどこで酩酊《めいてい》するほど飲んだ？　蟠桃《ばんとう》の宴か？　だが、この宴は孫悟空《そんごくう》一人が乱したもの、それとも……

　突然、ある小さな出来事を李長庚《りちょうこう》は思い出し、いそいで老君に問うた。

「天庭の掲帖にはあのサルが天に捕らえられて来て、あなたの炉でたっぷり七七四十九日の間、焼かれたと言っていますが、日数を見ると、なぜ一日あけているのですか？　それを飾る必要もないと思いますが？」

老君は髭をしごいた。「おぬしには分からんじゃろう。兜率宮《とそつきゅう》の煉丹炉は準備期間が一日必要なのじゃ。だが、その一日で投入する火力は四十九日の使用量じゃよ。ゆえに記録上、当然四十九日で報告されるじゃろうな」

「なるほど、掲帖ではサルが煉丹炉を蹴やぶったと言っていますが、一度に投入した火力が大きすぎて、炉がもろくなったのですか？」李長庚《りちょうこう》はあまり考えずに言っていた。

フンと老君は鼻を鳴らし、払子《ほっす》で李長庚《りちょうこう》の袖にふれる。「李《り》よ、煉丹について知りもせずにでたらめを言ってはいかん。わしの炉はそんなにもろくはないぞ。たとえ蹴りくずそうと思ってもできるものではない」

傍らで奎木狼《けいもくろう》が火を燃やしながら、「へっ」と一声もらす。李長庚《りちょうこう》は耳ざとく、その声を聞いて、そちらを見やった。奎木狼《けいもくろう》はあわてて顔を伏せて火の番に戻る。

ふいに李長庚《りちょうこう》は直感した。ここに何かある。しかも小事ではない。さまざまな隠蔽と改竄《かいざん》があるにちがいない。下手をすれば五百年前の古い帳簿をあばき出すような。

奎宿《けいしゅく》に問いただそうかと思ったが、口の端にのせようとした途端、思いとどまった。

これは自分が足を踏みいれてよい領域ではないという気がした。金仙になろうとする者は関わりのない因果に染まってはならないのだ。李長庚《りちょうこう》はむりやりに調べたいという思いを押さえつけ、老君が噂話を分けあおうと誘うのをやんわりと断り、啓明殿に帰った。

織女《しょくじょ》がちょうど門を出るところで、李長庚《りちょうこう》が帰ってきたのを見て、うれしそうに挨拶をする。それを見て思わず質問をした。

「五百年前の瑤池《ようち》の宴じゃが、あなたは行ったか？」

織女《しょくじょ》は吹きだす。「殿主さまも物覚えが悪くなられたのですね。あの年の瑤池《ようち》の宴なんて孫悟空《そんごくう》がめちゃくちゃにしてしまったじゃないですか？　宴もなにもありませんよ」

「あの時の騒ぎはどうであったかな？」

「それはひどいものでした。聞いた話ではこわせるものはすべてこわされてしまい、飲めるものはすべて飲まれてしまい、たくさんの力士や召使いの女子が傷を負って、山賊の集団が通りすぎたみたいだったとか……」その形容を聞いて、李長庚《りちょうこう》の眉が跳ねた。織女《しょくじょ》は続ける。「お母さまに詳しいことを訊いておきましょうか？」

「そっ、それは無用、無用じゃ。ちょっと訊いてみただけじゃ」李長庚《りちょうこう》はあわてて織女《しょくじょ》をかえし、門を押して啓明殿に入った。

　言うも不思議だが、この時、山のように書類が積み上がった卓の前に座ると、はじめて経費処理をしたいという欲求が起こった。原因はほかでもない、やりたくない仕事がほかにあるからで、書類に逃避をしたいという、せっぱつまった思いにかられた。

　李長庚《りちょうこう》の心は止水のごとく静まり、一気に積み上がった経費処理をすべて終わらせると、心中になにか喪失感のようなものがあった。時辰を見て経費の玉簡を袖にしまいこむと、自分で財神殿に持っていくことにする。

　財神殿には金銀が山と積まれ、まるで金ぴかの迷宮だった。李長庚《りちょうこう》がようやく正庁（大広間）にたどりつくと、全身漆黒の虎が机上にねそべっているのが見えた。

卓上の大半を占めている。趙公明《ちょうこうめい》は机のすみに縮こまり、一心に算盤《そろばん》をはじいている。黒虎《こくこ》が時おり爪を伸ばして帳簿を掻《か》き乱すので、趙公明《ちょうこうめい》は憤怒の形相をするのだが、どうしようもないようだ。

李長庚《りちょうこう》は近づいて経費の玉簡を卓上に置いた。黒虎《こくこ》が首をあげて威嚇するように牙をむく。趙公明《ちょうこうめい》は面倒そうに玉簡を繰ると言った。

「やっとですか？　とっくに期限が過ぎています」

「陛下に説明することが多くてのう、これでもやっと終わらせたのじゃ」

趙公明《ちょうこうめい》は黒虎のあごの下をそっとなでながら言う。

「それはわたしには関係ありません。財神殿にも規則があって期限を過ぎれば、今期の帳簿は締《し》めるのです。どうしようもありませんな」

「すこし融通を利かせてくれんか。額が大きいのじゃ。これは公務のため、わしに自腹を切らせる気か？」李《り》長庚《ちょうこう》は追従笑いを浮かべる。

趙公明《ちょうこうめい》のまぶたが持ち上がり、くどくどと文句を言いはじめた。

「日頃から毎日にように言ってありますぞ。経費申請は早くやり、早く提出してほしいと。それをどこ吹く風と聞き流し、毎回期限をすぎておいて、かえってこちらに要求とは、なんともはや」

「すべて天庭のためじゃろ。わしらは下界で苦労して走りまわり、もうどうにもならん情況も多い。おぬしら財神殿の規則を守りようがないのじゃ」

趙公明《ちょうこうめい》が目をむく。「まるでこちらが実情にうといような言いぶりですな。いいですか、この銭は一文たりともわたしの懐《ふところ》に入るものではありませんぞ。なんでわたしがこんな苦労を――この経費はわたしが通しても、比干《ひかん》のところで差し戻されるかもしれませんな。あの方はわたしより心がありませんから」（比干は殷の紂王の叔父、賢

者の心臓に七つの穴があるという話を確かめるために胸を裂かれて心臓を取りだされた。道教の九路財神の一人）

李長庚《りちょうこう》はかがみこんで、機嫌をとるように黒虎の頭をなでた。

「今回の経費はみな取経護法の費用じゃ。陛下が特に決定を下されたもの、趙《ちょう》元帥、もう一度よく考えてくれぬか」

「取経護法ですと？　玄奘《げんじょう》の？」趙公明《ちょうこうめい》の両目が突然大きく見ひらかれる。李長庚《りちょうこう》がうなずくと、趙公明《ちょうこうめい》は口元をゆがめた。「わたしにはとんと分からないのですが、取経は霊鷲山《りょうじゅせん》の仕事であることは明々白々、どうして天庭がこんな費用を出さねばならぬのです？」

李長庚《りちょうこう》は両手をひろげた。「それはお門《かど》違いというもの、上が相談した事で、わしは執行するだけじゃ」

趙公明《ちょうこうめい》はため息をついた。「しょうがないですな。説明を一筆お願いします。関係文書をすべて添えてですぞ」

「わかった」李長庚《りちょうこう》は重荷を下ろしたような気分だったが、趙公明《ちょうこうめい》はまた怨み言をはじめた。

「上は簡単に許可を出すが、事前に財神殿に話を通してもらいたいものだ。帳簿を付き合わせてみたら、みんなめちゃくちゃではないか、まったく――この前の五行山《ごぎょうざん》の費用もまだ精算できておらんのに、また勘定がふえた」

「五行山《ごぎょうざん》？　その費用もわれらが出しておるのか？」

「孫悟空《そんごくう》が閙《さわが》したのは天宮であって霊鷲山《りょうじゅせん》ではありませんぞ。仏祖に騒ぎを鎮圧してもらったのです。あちらに銭を出せと言えますか？」趙公明《ちょうこうめい》はくどくどと怨み言を並べる。「言っておきますが、こういう天庭と霊鷲山《りょうじゅせん》の協力事業の場合、帳簿は救いようがないほどひどいものです。あの費用は名義上、五行山《ごぎょうざん》の建設ですが、細目をみると、めちゃくちゃな項目が並んでいて、瑤池《ようち》の修繕費、老君の炉の燃料補塡、花果山の補償……」

突如、李長庚《りちょうこう》の心臓がしめつけられる。

ちょっと待て――天宮を閙《さわが》した後、花果山が補償をどうして手にするのだ？　それはどこがどこに払うのだ？

「花果山の補償とはどういうことじゃ？」

趙公明《ちょうこうめい》は黒虎をなでるのも忘れて憤《いきどお》った。「知りませんな！　霊霄殿《れいしょうでん》が文書で天地の霊気を維持するため、主《あるじ》なき洞天福地を保護すると言って費用を計上したのです――誰に与えるともはっきり言わずに。ただ現在、どの洞天福地が主なき状態ですかな？　〝群龍首なし〟（『易』乾卦・用九）の花果山のほかにないでしょ」

李長庚《りちょうこう》は奇異に思った。「だから、その費用が花果山に交付されたのか？」

「いや、この費用は通明殿から支払われ、陰曹地府《いんそうちふ》の帳簿につけられます。地府がどうやって作った補償かは知りませんが、まさかあのサルどもの生死を気にかけてはおりますまい？」趙公明《ちょうこうめい》も困惑しきっている。

財務にかけては李長庚《りちょうこう》もよく知っているほうだ。通明殿は玉帝《ぎょくてい》の個人金庫だ。趙公明《ちょうこうめい》の話を聞いていると、この費用は玉帝《ぎょくてい》の個人金庫から出て、陰曹地府《いんそうちふ》に交付され、花果山の補償にあてられる特定財源になっている。この資金の流れはやや奇妙だ。公的資金は個人金庫のほうに流れるものだが、反対の操作をする必要がどこにある？

李長庚《りちょうこう》はもうすこし突っこんで問うてみようとも思ったが、内心にふたたび警報が鳴った。これは自分が関わってよいことではない。すぐに手綱《たづな》を引き、好奇心をしまいこみ、話題を自分の経費にもどした。趙公《ちょうこう》明《めい》はくどくどとしばらく教訓を垂れ、しぶしぶ玉簡を受け取ると李長庚《りちょうこう》にこれが最後だと警告した。

財神殿を出て、啓明殿に帰り、李長庚《りちょうこう》は修行をすることにした。だが、頭のなかには雑事が渦巻いていて、どうしても心を静めることができない。広寒宮の思わぬ闖入《ちんにゅう》事件、兜率宮《とそつきゅう》が捏造した金丹盗難、何とも言いようのない花果山の補償……いわくありげな様々なことが背後で一本の糸につながっているような気がする。

李長庚《りちょうこう》が啓明殿でこれほど長く仕事をしていられるのは、仙界の論理を知りつくしているからだ。一切の不合理な事象の背後には、みな一つの合理的理由があり、自分がそれを知らないだけなのだ。そして、自分をくりかえし戒める。その理由を知ろうとしてはならない。むしろ何とかしてこんな濁念を霊台《あたま》から追い出さねば、修行の効果も知れている。

そわそわして立ち上がり、環境をかえようと決めた。自分の洞府に帰ってみよう。李長庚《りちょうこう》は門を出ていつものように呼んでみたが、何の動きもない。それでやっと瀕死の鶴がまだ啓明殿に運ばれてくる途中なのだと思い出した。心にかすかな哀切がひろがる。おそらく、あいつがなんとかして帰って来たら、最後の別れになるだろう。

かわりに祥雲を呼ぶ。帰路、どうやったらあいつと体面よく別れられるだろうかと考えていた。祥雲が九《きゅう》刹山《さつざん》に到着すると、李長庚《りちょうこう》は雲から降り、考えに沈んだまま洞府のほうに歩いた。そして、思いがけず誰かにぶつかった。目を凝らして見ると、六耳《ろくじ》でなければ誰だ。

六耳《ろくじ》はなんども抱拳《ほうけん》の礼をして謝ったが、李長庚《りちょうこう》の怒気がボッと音をたてて燃え上がる。

「じっくり調べねばならぬと言ったであろう？　どうして洞府まで押しかけてくるのじゃ？」

「修行のおじゃまをしてすみません。ただ、この前、仙師が小妖《わたくしめ》を孫悟空《そんごくう》に変身させ、妖怪を三回なぐらせました。それでちょっと疑問があって教えていただきに参りました」

李長庚《りちょうこう》の態度は変わらず強硬だった。「安心せい。お前の報酬はもう報告した。数日中に支払われる」

六耳《ろくじ》はあわてて言う。「いえいえ、報酬の催促じゃないんです。仙師のために仕事をして報酬をいただくなんてとんでもない」深く息を吸って、思い切って言う。「ちょっと分からないことがあるんです」

「ん？　何が分からんのじゃ」李長庚《りちょうこう》は怒気を押さえつける。

「白虎嶺《びゃっこれい》で孫悟空《そんごくう》の姿に変身して、妖怪を三回打てと仙師はおっしゃいました。ぼくは掲帖を見て、それが孫悟空《そんごくう》の身代わりだったと分かったんです」

カタッと李長庚《りちょうこう》の心で音がしたが、すぐに説明をする。「考えすぎじゃ。あれは護法の一環にすぎん」

六耳《ろくじ》は言う。「李《り》仙師もご存知のとおり、あいつはぼくの仙途をじゃましてて将来をつぶしたんですよ。なのにあんな事をさせるなんて、これじゃあ、仇を助けて仕事をしあげてやったようなものじゃないですか？」

「それは取経護法の大局のためでな、誰かを助けるとか助けぬとかという問題ではない」李長庚《りちょうこう》は顔をこわばらせることしかできない。

「ぼくが孫悟空《そんごくう》を助けたら、あいつは西天取経を成功させてしまいます。そうしたらもっと調査することなんてできないんじゃないですか？　ぼくをあんな風にだまして、ぼくに自分自身を殺させたんだ！」六耳《ろくじ》はしゃべっているうちに激昂していった。李長庚《りちょうこう》はおそかれ早かれ、ごまかし切れなくなると思い、開きなおって六耳《ろくじ》を傍らに引きよせた。

「じつを言うとな、孫悟空《そんごくう》の取経は上の金仙たちの意向なのじゃ。おまえがわしのところで騒いでも何もならんぞ。実際のところをじっくり考えた方がよい。どんな補償がよいのじゃ」

六耳《ろくじ》は怒った。「ぼくはきちんと説明してほしいだけです。なんでそんなふうに責めるんですか？」

李長庚《りちょうこう》は困りはてて、こめかみを揉んだ。沙悟浄《さごじょう》といい、六耳《ろくじ》といい、一番苦手なのはこういう説明にこだわる頑固者だ。ほかの事ならまだ妥協や交換もできる。だが、説明をしてほしいなどと言いだしたら、ほとんど調停する余地がなくなる。

仙界には口に出せるが実行できないこともあれば、実行できるが絶対に口にできないこともある。相手にひそかに償《つぐな》わせればいいものを、表だって態度を示せと迫れば、問題の性質がまったくちがってくる。広寒宮で約束したように、猪八戒《ちょはっかい》に公けに謝罪をさせることよりも、むしろ懐妊の罰を受けさせることにしたのはこの道理だ。

李長庚《りちょうこう》がだまりこんだのをみて、六耳《ろくじ》は冷笑をもらした。

「ぼくを助けてくれないだけじゃなくて、まだぼくを利用しようとしているんだ。あのサルのために！　仙師はほんとうに頭がいいですよ」

李長庚《りちょうこう》は一歩近づいて、慰めの言葉をかけようとしたが、六耳《ろくじ》のほうが一歩さがり、歯を食いしばって言った。「啓明殿が動いてくれないなら、三官殿に行って、孫悟空《そんごくう》の悪事をあばいてやる。ぼくはあいつがした事を知ってるんだ」

啓明殿は小さないざこざの解決に責任をおっている。だが、もし六耳《ろくじ》が三官殿で騒げば、正式な訴訟になるだろう。その言葉を聞いて、李長庚《りちょうこう》は驚いた。

「あいつが何をしたというのじゃ？」

六耳《ろくじ》は冷たく笑った。「仙師のおかげですよ。ぼくが孫悟空《そんごくう》に化けられると教えてくれましたからね。花果山ですこし調べたんです。ほんとうは仙師といっしょにどういうことか考えようと思ったけど、忙しいみたいだから、どうなるか見ていればいいですよ!」そう言うと身をひるがえして歩きだす。

李長庚《りちょうこう》はあわてて六耳《ろくじ》を引き止めようとしたが、サルは身をくねらせると、あっと言う間に姿を消した。

第十二章

李長庚《りちょうこう》は洞府にもどったが、先刻より一層そわそわと落ちつかなかった。あの六耳《ろくじ》が大胆にも花果山に潜入し、なにか後ろ暗い材料を掘りだしたらしい。

未知の危うさは確かな危険より人を不安にさせる。李長庚《りちょうこう》はしばらく打座して、事前に三官殿にひと言知らせておこうと思いながら笏板《しゃくばん》にふれたが、結局やめておいた。ひそかに自分の悪い癖を罵る。

六耳《ろくじ》が三官殿であばこうとするのは、あやつ自身に関わる事だ。啓明殿と何の関係がある? 結局のところ、孫悟空《そんごくう》が他人のふりをして修行をしたという個人的な案件にすぎない。六耳《ろくじ》が手にした材料がいくら多くても取経の大局を揺るがすことなどできないだろう。この事は三官殿も考慮するはずだから、自分から注進などすれば、かえって訴えが深刻になってしまう。

やはりあの言葉だ。金仙になろうとするなら、できるだけ因果に染まってはならない。なぜ自分から関わりあう必要がある？

李長庚《りちょうこう》は心でほっと息をついたが、どうしても愉快にはなれなかった。良心の声に耳を傾ければ、あの小さなサルに同情していたし、そのためにすこし仕事もした。しかし、それは六耳《ろくじ》に何ら実質的な助けにならなかった。〝苦難を救う〟という言葉を実行しようとすると口にするほど容易ではない。

この濁念を追いはらい、打座をはじめた。何度か周《しゅう》天《てん》をめぐらすと李長庚《りちょうこう》はある種の奇妙な境界に入っていった。識海《しきかい》のなかに二人の元嬰《げんえい》（道教の体内神の一つで赤子の姿をしている。唐の張君房『雲笈七籤』巻五十には元嬰児といい、諱は胎精、字は元陽。臍下三寸に居り、黄色の服を着ているとされる）がでてきた。

左の元嬰《げんえい》は正念の化したもので、六耳《ろくじ》には仁義を尽くしたと主張する。啓明殿はすでに訴状を受け取り、意見をつけて文書を転送したのだから、するべき事はしたのだ。手続きの上で何ら問題がない。右の元嬰《げんえい》は濁念の化したもので、観音《かんのん》が百花羞《ひゃっかしゅう》を自分の意志で助けたように、なぜ六耳《ろくじ》を助けられないのかと声も荒く訴える。あやつは権勢もなく、ただ一心に啓明殿が公道を守ってくれると頼りにしているのだ。お前が気にかけねば、あやつにはまったく希望などないのだぞ。

二つの元嬰《げんえい》はそれぞれに神通力を発揮して殴りあいをはじめた。一日中、外で紛争を調停していたのに、いま自分の道心までもが騒動を起こすとはやりきれなかった。左を叱り右を止めるうちに、ふいに一つの可能性に思いいたり、いきなり心が驚き、肉が踊る。

まさか、あの通背猿猴《つうはいえんこう》の死は……六耳《ろくじ》と関係するのでは？

孫悟《そんご》空《くう》が言うには、仙門を叩くことをすすめたサルは通背猿猴《つうはいえんこう》だった。ならば、斜月三星洞で他者になりすまして師を拝するという小細工も、内情を知っていたのかも知れない。被害者として六耳《ろくじ》はツタをたぐって瓜を見つけようとするうちに、花果山で何か寿命を吸いとるような邪法を使い、通背猿猴《つうはいえんこう》を死なせたのであろうか、それも不可能ではない。

もしそうなら事は重大だ。

李長庚《りちょうこう》は啓明殿で長年仕事をしてきて、事態が悪化するのは情報を完全に握っていないことにあると承知している。情報を握っていなければ策もあたらず、つねに受動的立場に追いやられる。元神《げんしん》（意識）は深く識海に沈み、正念の元嬰《げんえい》に言う。「はっきりさせた方がいい。前もって因果を知ってこそ面倒も避けられる」

そして、濁念の元嬰《げんえい》にも言う。「まずは調べてみて、六耳《ろくじ》の運命がひらける機会があるかどうか見ればよい」

その言葉を聞くと、元嬰《げんえい》ふたりは消えていった。李《り》長庚《ちょうこう》は目をもみ、ござの上から立ちがると、陰曹地府《いんそうちふ》に行き、通背猿猴《つうはいえんこう》の魂に対する審問を見てみようと思った。

李長庚《りちょうこう》は洞府から出て身を躍らせると、そのまま九泉《よみのくに》に向かった。この洞府は深淵の底に位置しているから、飛符を受け取るには不便だが、九泉《きゅうせん》に行くには好都合だ。鶴を呼ぶまでもなく、一路下っていけばよい。

すぐに、太白金星は酆都《ほうと》城《じょう》（あの世、重慶東北の土地ともいう）の門についた。待つことしばし、崔《さい》判官が城内からあわてて迎えに来た。李長庚《りちょうこう》はその顔に疲労困憊を見て、以前、彼が怒鳴っていた様子を思い出し、丁寧に言った。

「地府の仕事はまだ終わっておらぬのか？」崔《さい》判官は首をふった。〝殺すなら殺せ〟とでも言いたげな顔をしている。

啓明殿にひとつ案件があり、通背猿猴《つうはいえんこう》の亡魂に問う必要があると李長庚《りちょうこう》は申し入れた。崔《さい》判官は苦笑する。

「ほな、ついて来たらええ。第一殿にいけば分かりまっせ」

第一殿は秦広王《しんこうおう》（冥府の裁きを行う十王のひとり）の宮殿で、奈何橋《なか》（冥府の入り口にかかる橋）の近くにある。二人はいそいそと路をいそいだ。道中、陰風が殺々と吹いてきて、以前聞いたように幽霊は哭き、狼が吠えている。思わず好奇心がわいて、李長庚《りちょうこう》は言っていた。

「十八層地獄の悲鳴がここまで聞こえてくるのか？」

崔《さい》判官は禿げ頭をなでながら言う。「地府の騒動は終わっちゃいませんぜ。わいら判官《はんがん》に、無常《むじょう》（死神）、鬼卒《きそつ》（地獄の兵隊）の連中は昼夜ぶっ通しでこき使われてます——哭きたいのは幽霊どもじゃありませんわ、わいらでっせ」

「そんなに長くつづく騒動があるのか？　大妖怪でも攻めてきたのか？」

チッと崔《さい》判官は舌打ちをした。「大妖怪十四よりも破壊力がありまっせ」そして、わけを話しはじめる。

この数百年、人間世界は日ましに盛んになり、地府に入る魂魄《こんぱく》も以前の数倍にふくれあがり、このさき生死簿が用をなさなくなるのは明らかだった。そこで、閻羅王《えんらおう》はこれまでの生死簿を祭煉《さいれん》（道教用語、死者を祭って救うこと）し、もっと多くの魂魄を受けいれられるようにしようと決めた。その結果、祭煉の過程で思わぬ誤りが生じ、生死簿じたいが崩壊するという事態にいたった。

生死簿が崩壊すると、たちまち地府は混乱の巷《ちまた》となった。新たな死者は寿命を調べることもできず、生まれ変わる者は輪廻《りんね》に送り出せず、魂魄は地府にたまるばかりで、奈何橋《なか》の通行さえも滞るありさまとなった。閻羅王《えんらおう》は緊急に記録を修正する者をさがす一方で、判官全員を鬼門関に配置し、亡魂を一人一人、済度《さいど》させることにした。

この騒動はたしかに大きい。李長庚《りちょうこう》は驚いた。「それならば、通背猿猴《つうはいえんこう》の亡魂もいまは審問できないのか？」

「そいつは、わいには答えられませんわ。専門的な意見を聞かんと。秦広王《しんこうおう》に会って訊いてください」崔《さい》判官はあいまいに答えた。

この言葉を聞いて、李長庚《りちょうこう》はだまりこみ、秦広王《しんこうおう》の宮殿の前までやってきた。目の前には黒々とした固まりが見え、鬼哭啾々《きこくしゅうしゅう》、鼎《かなえ》の沸《わ》くようだ。無数の魂魄がめちゃくちゃに集まっている。数百の鬼吏《きり》がそのなかに交じり、声を嗄《か》らして秩序を維持している。魂魄は刻々と増えていくが、鬼吏もなんと多いことか、目にうつるのは黒無常《こくむじょう》が疲れで顔を白くし、白無常《はくむじょう》が顔を黒くし、哭喪《こくそう》棒（葬式で子が持つ棒、死神無常の武器）をだらりと垂れている姿だった。

この時、秦広王《しんこうおう》は殿上で事務などしていなかった。奈何《なか》橋の前に立ち、両足をふんばって、孟婆《もうば》になにか怒鳴っている。崔《さい》判官が進みでて、恐るおそる話をすると、秦広王《しんこうおう》は眉間にしわをよせて、こちらを見た。そして、孟婆《もうば》に大声で言いすてる。

「孟婆湯《もうばとう》（孟婆が集めた薬草と忘川の水で煮たスープで八つの味がし、飲むと生前の記憶を忘れる）が足りるかどうかなど知らん。だが、一人も記憶を持ったまま橋を渡らせてはならんぞ！」

そう言って、大きく手をふると、秦広王《しんこうおう》は李長庚《りちょうこう》の方へ歩いてきた。相手の姿をみて、李長庚《りちょうこう》は感慨を禁じえなかった。以前、王の前髪は豊かで冠をとめることができたのに、今では薄くなって、かろうじて紐でとめている。崔《さい》判官とくらべても大して変わらない。

「李《り》仙師、何用だ？」秦広王《しんこうおう》の口ぶりはぶっきらぼうだった。

「啓明殿で残魂を取り調べる必要があっての。まあ……いまは都合がよいか？」李長庚《りちょうこう》は左右を見ながら言った。秦広王《しんこうおう》は奈何《なか》橋を指さす。「見ての通り、第一殿は混乱状態だ。魂を探すによい時とは言えぬな」李《り》長庚《ちょうこう》もがんばる。「取経一行に関わることじゃ、何とかお助けいただきたい」

それに秦広王《しんこうおう》が答えぬうちに、無常《むじょう》が一人漂ってきて、なにか嘶《いなな》くように言った。秦広王《しんこうおう》がそれを怒鳴りつける。

「休みたいだと！　地獄に昼夜の別などあるか、とにかく働け、働け、働くのだ！　休むな！」そして、李《り》長庚《ちょうこう》のほうに顔をむけて言った。「あんたに捜索の権限を与えても、どうにもならんぞ。いま、生死簿は鍋の粥《かゆ》のように乱れ、いつ元通りになるかも分からん——いったい誰が閻羅王《えんらおう》に莫迦なことを吹きこんだ！」

同僚まで罵りだしたか？　李長庚《りちょうこう》はあわてて話題を変えて探りをいれる。

「人事を——いや、鬼事《きじ》（鬼は幽霊のこと）を尽くしてくれればよい。わしも帰ったら上に説明せねばならんのじゃ」

啓明殿主が言う〝上〟は霊霄殿《れいしょうでん》ではないか？　秦広《しんこう》王《おう》はやむをえず言う。

「わかった。ついて来てくれ。捜せるかどうかは保証できんぞ」

道中、秦広王《しんこうおう》は閻羅王《えんらおう》が生死簿を理解しておらんと怒り、拡張など考えたから、こんな騒動になるのだ、第一殿が責任を負わねばならぬなど尻拭いもいいところだなどと、悪罵をならべつづけた。李長庚《りちょうこう》はただただ聞いているしかない。

二人はすぐに架閣庫《かかくこ》の前についた。この文書庫は広大で、内部に無数の生死簿が積んであり、海のように広い。ここの帳簿はまるで意志があるように、頻繁に書架の間を自分で移動しているから、遠くから見ていても目がくらみそうだ。

　架閣庫の内外では無数の道士がござの上に座り、口に玄妙な法訣《ほうけつ》（呪文）を唱えているようだ。李長庚《りちょうこう》が心を静めて聞くと、彼らの唱えているのは他でもない〝陰陽〟の二文字だった。この二文字は交替で循環して綿々《めんめん》とやまず、虹色の気を形づくって庫内に注ぎこまれ、あの生死簿とたがいに感応している。

　彼らは生死簿を祭煉《さいれん》するために招かれた道士で、いまも仕事を終えていないのだと、崔《さい》判官が教えてくれた。

　秦広王《しんこうおう》は一団の中から肥《ふと》った道士を呼びだした。この道士は虎のような目をしているが、両目にはすでに大きな隈《くま》があり、格子《こうし》縞の道袍《どうほう》は薄汚れている。

　秦広王《しんこうおう》は不機嫌そうに言った。「虎力大仙《こりきだいせん》、祭煉《さいれん》はどうなっておる？　もうすぐ締めきりだぞ」

　虎力大仙《こりきだいせん》は両手をひろげた。「大王、われら兄弟全員、日に夜をついで作業をしてますよ。ここが冥土でなければ、とっくに過労死してます」

「安心しろ。お前らが生死簿を役立たずにしたのだから死なせはせん。しっかり仕事をつづけろ。それに引き受けた時、やれると答えたのだ。いまになって文句を言っても遅いわ！」

　虎力大仙《こりきだいせん》は口答えもできず、うつむいて自分の道袍《どうほう》の格子を数えている。

　罵っても何もならないことは秦広王《しんこうおう》も知っていた。ただ怒りをぶつけてみただけだ。そして、李長庚《りちょうこう》を指して言う。

「臨時の要請だ。古い生死簿から魂を捜せるか？　こちらの仙師が調べたいそうじゃ」

　虎力大仙《こりきだいせん》が苦情を述べる。「いま新旧の帳簿はごちゃごちゃで陰陽が交錯していて、分類するのが難しいんです。調べだしたら影響が大きいですよ」

　秦広王《しんこうおう》は不機嫌そうに言う。「新しい帳簿はどうでもいい。古い帳簿を調べられんわけではあるまいが？　何のために仕事をしておる？」

　虎力大仙《こりきだいせん》は平静に答えた。「貴府の生死簿はもともと副本《うつし》がなく、注や備考もなければ、更新記録もなく、ただ積みあげてあるばかりで、ごたごたと重複もあり、それがいまや混沌《こんとん》の様相をなし、一髪《いっぱつ》を引けば全身が動くというありさまです。われらが法力は浅薄、簡単に整理できるだけで、帳簿の根本に触れたら結果は予測しがたいものとなりますが……」

　秦広王《しんこうおう》は陰陽道法には詳しくないから、煩《わずら》わしそうに手をふった。

「そんな技術的なことは知らん。結果を言え、できるのか、できんのか？」

「やってみますが、保証はしません」

　虎力大仙《こりきだいせん》はもう言い訳もせず、一礼をすると、そそくさと行ってしまった。その後ろ姿をながめながら、秦広王《しんこうおう》が首をふって罵る。「生死簿を拡張するのは間違ってはおらんが、まともな人材にやらせるべきなのだ。あの牛鼻《ぎゅうび》ども（道士の蔑称。道士の髪型が牛の鼻に似ていることから）は陰陽道法の腕前が低いくせに工賃が高く、おまけにこんな面倒まで引き起こしおって、くそっ、役立たずめ」

「では……なぜ大王は生死簿を拡張させるためにあの者たちを選んだのじゃ？」

「俺が選んだだと！」秦広王《しんこうおう》は怒りで顔を紅潮させる。「天下に陰陽道法に通じた道士は多い。玄門の正統なら工賃がちと高めだが、道法の腕前も高い。だが、あいにく閻羅王《えんらおう》はあの太乙玄門《たいつげんもん》を指定するしかなくてな、あいつらの資質も高いし、陰陽に精通しておると言って、強引に祭煉《さいれん》をさせたのだ。それが見ろ、とんでもないことになったではないか？」

李長庚《りちょうこう》はあわてて王が続きを言うのを押しとどめた。きっと禁忌を犯すことになるだろうと思ったからだ。長くかからず、虎力大仙《こりきだいせん》が走ってきた。「やってみます。簡単な調査ならできるでしょうが、あまり穏当ではありませんので、仙師をお連れして書庫に入り、現場で調べていただかなくてはなりません」

「おう、そうか」秦広王《しんこうおう》は一言、「では、はやくしてもらおう」

虎力大仙《こりきだいせん》は李長庚《りちょうこう》をつれて架閣庫の内部に入った。複雑に並んだ書架の間を何度も曲がり、ついにある場所で足をとめた。虎力大仙《こりきだいせん》は大儀そうにしゃがみこむと、両手から陰陽の二気を放出し、こまかに棚の帳簿を動かすが、しばらく繰り返しても結果がでない。

李長庚《りちょうこう》は首を伸ばして様子をながめ、不思議に思って尋ねた。

「茅山《ぼうざん》（江蘇省、太湖と長江の間に位置する山。かつて道教の理論化を行った陶弘景が隠棲した。上清派の道士が住む）に行ったことがあるが、あそこの者たちは九数合和推衍《きゅうすうごうわすいえん》の法（九数とは一元、両儀、三才、四象、五行、六合、七星、八卦、九宮のこと、これらを使った占いの方法と思われる）をつかっておるが、どうしてそれを使わぬ？」

これに虎力大仙《こりきだいせん》は無表情で答える。

「地府のわずかな予算じゃ、そんな高級なしろものは使えませんよ」

「大王はおぬしらが高い工賃を要求すると言っておったぞ？　それでも賄《まかな》えぬのか？」

虎力大仙《こりきだいせん》は嘲笑した。「それは元請け価格で、上から一段ずつ下りきて、われら車遅《しゃち》国の道門の手に残るのは僅かなものです。銭のぶんだけ力を出す。それで文句はないでしょう」

「ちょっと待て、車遅《しゃち》国だと？　おぬしらは太乙玄……いや、ゆっくり探してくれ」李長庚《りちょうこう》は言いかけてやめた。太乙玄門《たいつげんもん》は道家の正統だが、自家の名簿で落札しておいて、車遅《しゃち》国の野良道士に丸投げしたのだ。その機微は深く追究する必要はあるまい。

虎力大仙《こりきだいせん》はしばらく忙しく働き、顔をあげた。

「これで大丈夫のはずです。仙師、誰を調べますか？」

「東勝神洲傲《ごう》来国、花果山の通背猿猴《つうはいえんこう》について、どう死んだのか調べてほしい」

この言葉のとおりに虎力大仙《こりきだいせん》が調べると、生死簿から滅茶苦茶な鳥篆《ちょうてん》（トリの形態に似た古代の装飾文字）が吐き出された。つむじの虎毛を掻《か》いてかがみこみ、もう一度しらべる。これを三回くりかえした。

「だめです」

「どうしてだ？」

いろいろと弄《いじ》くりまわして、虎力大仙《こりきだいせん》は説明した。

「仙師、ごらんください。花果山のサルの霊魂にはすべて名の下に遅延の法訣《ほうけつ》が書かれています。寿命がつきそうになると、この法訣が活性化され、生死簿に請求が送られるのを阻止するんです。その属性はすなわち七陰四陽、朱離青退で……」

「……たのむ、人の言葉で言ってくれ」

「つまり、理論上、あのサルどもは老死しません。たとえ寿命がきても無常《むじょう》に拘束されないのです」

何と、そんな操作がされていたのか？　李長庚《りちょうこう》の目が光を帯びる。

「だが、あのサルは確かに死んだのじゃ。崔《さい》判官も亡魂を見ておる」

虎力大仙《こりきだいせん》は肩をすくめた。「生死簿が崩壊したんですよ？　どんな間違いだって起こります。どこで問題が起こったかは予想でしかないですが、この法訣《ほうけつ》が効力を失ったにちがいありません」

李長庚《りちょうこう》はやや考えて、また問う。「ならば、いま通《つう》背猿猴《はいえんこう》の亡魂をしぼりこむことはできるか？」虎力大《こりきだい》仙《せん》が首をふる。「きっと奈何《なか》橋の近くには居るでしょうが、しばらく検索はできません。すべてのサル族の寿命が生死簿では〝空に似て空に非ず〟で、何か余分なものが書き込まれていて、それが自動で動いています。ですが、検索要求を送ると生死簿は空だという情報を返します――おそらく数百年前の故障がこれまで修理されてないな」

「では、なぜ修理せぬ？」

虎力大仙《こりきだいせん》は苦笑をもらした。「仙師は陰陽の術をご存知ないんです。それほど簡単じゃないんですよ。この生死簿は数千年の間、どれだけの法訣《ほうけつ》、符咒《ふじゅ》、封印をほどこされているか知れたもんじゃありません。それが重なりすぎて、とっくにもとに戻せなくなっていて、まるで死体の山みたいなものです。われらがその原因を理解したとしても根本を動かして万一また崩壊を起こしたら、どうなります？」

もうよかろう……李長庚《りちょうこう》はそれ以上の捜索をあきらめた。それと同時にかすかに安堵の息をついた。どうやら単なる誤解だったようだ。通背猿猴《つうはいえんこう》は運がわるく、生死簿の崩壊に巻きこまれただけで、六耳《ろくじ》が手をくだしたわけではないようだ。人命に関わる訴えさえ出なければ、万事それでよい。

いま思い起こしてみれば、通背猿猴《つうはいえんこう》が世を去ったのが前の出来事、六耳《ろくじ》が孫悟空《そんごくう》の身代わりに白骨精《はっこつせい》を打ったのが後の出来事だ。六耳《ろくじ》が手を下すことなど不可能だった。せいぜい孫悟空《そんごくう》と通背猿猴《つうはいえんこう》の不在のあいだに、六耳《ろくじ》が花果山に忍びこみ、何かを盗んだといったところだ。

「あ、忘れておった。どうも気が散っておるな……」李長庚《りちょうこう》は自分の頭を叩き、また虎力大仙《こりきだいせん》に問うた。「その遅延法は何じゃ？　詳細は見られるか？」

「閲覧権限が高いですね。金仙が設定していて、わたしじゃ見られません。ただ、来源は……あっ、通明殿です」

通明殿だと？　李長庚《りちょうこう》は両目を細めた。やはり、これは財神殿あたりとからんでいる。玉帝《ぎょくてい》のあの補償がこの法訣《ほうけつ》を維持するのに使われているのだ。ただ一つの疑問は玉帝《ぎょくてい》がなぜそんな事をしたのか？　という点だった。

「その法訣《ほうけつ》はどれほど前に施されているのか？　分かるか？」

「やってみましょう……」虎力大仙《こりきだいせん》がごちゃごちゃと呪文を唱えると、すぐに生死簿に感応があった。「五百年前です」

五百年前だと？　李長庚《りちょうこう》の心臓が高鳴る。自分は通《つう》背猿猴《はいえんこう》の死因を調べに来たのだ。禁忌にふれに来たのではない。李長庚《りちょうこう》はあわてて脳裏に浮かんだ疑惑を追いはらい、虎力大仙《こりきだいせん》に名刺を差しだす。

「おぬしは真面目な者のようじゃ、ひとつ助けてくれんか。あー、生死簿が正常に戻ってからでいいのじゃが……この亡魂のゆくえを探して知らせてくれ。おぬしの道門は車遅《しゃち》国にあるのだな？　あとですこし仕事を紹介できるでの」

虎力大仙《こりきだいせん》は無表情で名刺を受け取った。「上仙さまに憐れみの心があれば、秦広王《しんこうおう》に口添えしていただいて、わたしを早く転生させてくれれば、それでいいですよ」

「ん？　転生だと？」

「来世じゃ、陰陽道法なんか修めません。ものすごく疲れますから」

李長庚《りちょうこう》が地府を離れて自分の洞府に戻ると、ちょうど観音《かんのん》から連絡が来た。

聞いていると、観音《かんのん》の心情は悪くないようだった。平頂山《へいちょうざん》の劫難《ごうなん》が終わったばかりで、順調に〝平頂山《へいちょうざん》で魔に逢う、第二十四難〟と〝蓮華洞で吊るされしこと、第二十五難〟の二つはきちんと終わった。観音《かんのん》が掲帖も書きおわっていた。老君の宝貝《パオベイ》五つは劫難《ごうなん》のなかで最大限に活用され、一つ一つが役立った。老君はこれを口実に巨額の補償を申請するだろう。

李長庚《りちょうこう》は心ここにあらずで「そうか、そうか」と聞いていると、観音《かんのん》がまた問うた。

「つぎは烏鶏《うけい》国です。李《り》さん、考えはまとまりましたか？　沙悟浄《さごじょう》をどうやって一行から去らせるの？」

李長庚《りちょうこう》は広寒宮の因果を一通り話した。それを聞いて観音《かんのん》は大いに感動し、金蟾《きんせん》にそんな決心があったのねと連呼し、情もあるし、義もある、どうりで宝象《ほうぞう》国で先頭をきって危険に身をさらしたはずねと言った。

李長庚《りちょうこう》は言う。「大士《だいし》があの者を悪《あ》しからず思うなら、できるだけ残してはやれんじゃろうか？」

「そうね」と観音《かんのん》は一言、わたしの一存でできるなら西天まで行かせてやりたいわ、こういう者が正果をとげるのは猪悟能《ちょごのう》が得るよりずっといい事じゃない？と述べる。

観音《かんのん》が自身の思いを述べているのにすぎないことを知り、李長庚《りちょうこう》は思い切って続けた。「わしは嫦娥《じょうが》と話してみて、悟浄《ごじょう》にひとつ〝生を捨てて義を取る〟芝居を用意して、体面を保ったまま一行を離れさせようと思うのじゃが——まず、あなたの方から話してはくれんか。烏鶏《うけい》国の三番弟子はいったいどんな情況なのじゃ？」

観音《かんのん》は簡単に紹介した。もともとこの烏鶏《うけい》国の国王は信心が篤く、如来《にょらい》も敬虔な信者として、金身羅漢の位を与えてもよいと考えた。今回の取経で烏鶏《うけい》国を通るから、ちょうど一行にくわえれば、位を与える手続きの代わりにできる。

「その国王は正真正銘の凡人なのか？　霊鷲山《りょうじゅせん》のどなたかの生まれ変わりではないのか？」李長庚《りちょうこう》はやや驚

いた。

霊鷲山《りょうじゅせん》の人選も考慮の上のことなのと、観音《かんのん》は言った。出身も考慮しなければならないし、異なる経歴の者を取り入れねばならない。孫悟空《そんごくう》は罪深いけれど改心して救われ、黄風怪《こうふうかい》は野性のままだけど早くから仏性を植えつけられ、烏鶏《うけい》国の国王は一生を敬虔に過ごして果報を得た。三者は妖、怪、人の三族に属し、これがまた求法の三つの型を代表している。こうしてこそ仏法の無辺を十分に表わすことができる。ただ、惜しいことに天庭に攪乱されて、三人の弟子の配置は乱されてしまったけれど。観音《かんのん》はそう言うと、思わず咳払いをした。

李長庚《りちょうこう》は気まずそうに笑い、その話題を引き受けようとはしなかった。

「ならばよい。烏鶏《うけい》国の劫難《ごうなん》はわしが凄腕の妖怪をひとり用意して、あの者たちと戦わせる。沙僧《さそう》が負傷しても唐突ではあるまい」

「それは李《り》さんにやってもらわなくてもいいの。大雷音寺が人員を派遣してきたから協力することになる。ちょっと待って、文書を探すから……」観音《かんのん》が話を中断する。「……派遣されてくるのは文殊菩薩《もんじゅぼさつ》がのっている青獅子なの。取経一行の劫難《ごうなん》に協力するんですって」

「ん？　あのお方か」三官殿で会った文殊《もんじゅ》の、目を細めた笑顔を李長庚《りちょうこう》は思いだした。

「妖怪だけではじゃなくて、この劫難《ごうなん》の筋書きも大雷音寺が手配しているから、わたしたちはその通りに実行すればいいの」観音《かんのん》は李長庚《りちょうこう》につぶやいた。「文殊《もんじゅ》菩薩《ぼさつ》がまず凡人の僧に変身し、烏鶏《うけい》国の国王の心性を試して御水河《ぎょすいが》（宮殿の堀）の水に三日三晩つけられるの。その報復に文殊菩薩《もんじゅぼさつ》は青毛の獅子を下凡させ、偽の国王に化けさせて王位を奪う。本物の国王は井戸の底に三年落とす（『西遊記』第三十九回）――この前段階はもう完了してる。いまのところ、玄奘《げんじょう》たちが烏鶏《うけい》国に到着したら国王を救いだし、偽の王を追い出して、この事件は円満に終わることになってるわ」

李長庚《りちょうこう》は髭をしごきながら聞いていた。どうやら、大雷音寺にも護法に熟練している者があるらしい。この筋書きは一番よく見られる〝心性を試す〟計略で、偽の国王に〝李《すもも》、桃に代《か》わりて僵《たお》る〟芝居を打たせるという、ちょっとした工夫を加えたものにすぎない。

専門家の目から見れば、この工夫はわざとらしく、自然円融に欠ける――例えば、偽の国王が三年も在位するという点だが、王后や太子もいるのだから、この二人と偽国王との関係はどうするつもりだ？　だから、筋書きに継ぎ布をあてることになり、偽国王は太子に入城を許さず、また、后《きさき》を遠ざけると言っている。

だが、この継ぎ布などじっさいは必要ない。国王を試すために、井戸に落として三年のあいだ失踪させるのはよいとしても、太子か王后に摂政《せっしょう》をさせればよいではないか。なぜ節《ふし》の外から枝を生やし、青獅子が国王に化ける必要があるのか？　大雷音寺はやはり経験が浅い！　むだが多いな。

思わず批評したくなる衝動をおさえつけ、李長庚《りちょうこう》は言った。

「では、わしが国王救出に沙悟浄《さごじょう》を手配しよう。青獅子と大いに戦わせ、勇戦したが惜しくも負傷することにして、光栄ある撤退で一行をぬけさせる。これでどうじゃ？」

「それでいいわ。負傷した沙僧《さそう》が苦しい息のもとで、降魔宝杖《ごうまほうじょう》を烏鶏《うけい》国国王に手わたして、自分の代わりに取経の路についてくださいって頼むの。国王は立派な僧の恩徳に感動し、毅然と退位して取経一行にしたがって旅にでる。いくつか励ましの言葉をくわえれば、よくできた掲帖になるんじゃない？」観音《かんのん》は興奮して、この物語をいっそう美しくした。

この筋書きには何か不合理なところがあると李長庚《りちょうこう》は思っていた。だが、事は三番弟子の人選に関わる。観音《かんのん》の慎重さが気になったが、それを口にはしなかった。

二人は二言三言を交わして話を終えた。李長庚《りちょうこう》はやや ためらった。いったい花果山にどんな暗い材料が隠れていたのかという点も、観音《かんのん》から悟空《ごくう》に聞いてもらいたかったが、結局、口にはしなかった——やはり、あの話については清静無為《せいせいむい》を守り、因果に染まらず、自分の仕事に専念しているほうがいい。

笏板《しゃくばん》を置くと、鎮元子《ちんげんし》、白骨精《はっこつせい》、太上老君《たいじょうろうくん》が次々に知らせを送ってきた。

鎮元子《ちんげんし》は意気揚々と、あの劫難《ごうなん》の効果がすごいと知らせてきた。いまや新たな事業をはじめ、人参果樹の下で宴席をはることにし、これに予約客が引きも切らず、利益は単純に果実を売るよりずっと高いそうだ。

「李《り》さん、あんたは金仙になれること間違いなしだ。あたしがあんたに一つ天宮を買ってあげるよ」

白骨精《はっこつせい》の知らせは時候の挨拶だが、いろいろと遠回しではあるが、やはり支払いの催促だった。太上老君《たいじょうろうくん》は次に似たような劫難《ごうなん》があるかと訊いてきて、自分の青毛牛も使い途《みち》があるぞと売り込んできた——どうやら平頂山《へいちょうざん》の劫難《ごうなん》でずいぶん儲《もう》けて、まだまだいけると思ったらしい。

その一つ一つに李長庚《りちょうこう》は返信してから、ござに戻って、足を組んで打座をはじめた。今度はどうやら修行らしい感覚を探しあてた。そして、周天を数回めぐらすと、洞府の外からふいに激しく門を叩く音が聞こえてきた。

払子《ほっす》をひとふり、李長庚《りちょうこう》が洞府の門を開くと、王霊《おう》官のあわてふためいた顔に出会った。

「あのサルに何を言ったんです？」

李長庚《りちょうこう》は戸惑った。「六耳《ろくじ》のことか？　何も言っておらんぞ？　あやつがあなたの所に行ったのか？」

王《おう》霊官が脚を踏み鳴らす。「なんてこった。あいつ、三官殿に駆けこんだですよ！」

李長庚《りちょうこう》はやや驚いたが、べつに予想外のことではないと思った。「あのサルもむちゃをやるのう。追い返されたであろう？」

「追い返された方がよかったですよ！　いま雷部《らいぶ》がいたるところであいつを探してます。それで、わたしの所にも問い合わせが来ました！」

これには李長庚《りちょうこう》も大いに驚いた。六耳《ろくじ》が役所に駆けこんだところで、せいぜいつまみ出されるくらいが落ちだと思っていた。だが、雷部が出動したとなれば、それは大逆犯を逮捕する構えではないか。王《おう》霊官がつづける。

「あのサルはずっとあなたと連絡を取っていたんじゃないですか？　だから、わたしも訊きに来たんです。あいつが告発したのはいったい何ですか？」

「何ということはないじゃろ？　孫悟空《そんごくう》が自分の名を騙《かた》ったという小事ではないか、そんな大きな事か？」

「ほんとうに別のことではないんですね？」

李長庚《りちょうこう》は突然、六耳《ろくじ》が去り際に言ったことを思い出した。あやつは花果山で孫悟空《そんごくう》のうしろ暗い事を見つけたと言っていた。

まさか見つけたと言っていたことは……名を騙《かた》ったことと関係がないのか？　李長庚《りちょうこう》は即座に三官殿の仙吏に伝信をした。相手はこっそりと教えてくれた。

「六耳《ろくじ》は三官殿に告発を行い、どうも孫悟空《そんごくう》が〝大いに天宮を鬧《さわが》した〟時に仲間がいて、ずっと隠蔽されていると言ったらしいのです」

いきなり九霄《きゅうしょう》の神雷が李長庚《りちょうこう》の天霊蓋《てんれいがい》（天脳）に落ちた。

あのサルめ、〝無知なる者は畏《おそ》れを知らぬ〟とはこのことだ――そんな敏感なことに気やすくふれてよいとでも思ったか？　しかも、天庭ではもはや定論のあることだ。お前が別に内情があることを告発すれば、どれだけの影響がでると思う？　頭がおかしいのか？　いや、これがまさに六耳《ろくじ》の目的なのかも知れない。あやつは名を騙《かた》ったという罪では孫悟空《そんごくう》を処罰できないと知っているから、さらに重大な出来事をほじくり出してきたのだ。

李長庚《りちょうこう》は驚愕をむりやりにおさえこんで、六耳《ろくじ》の告発が具体的に何だったのかと問うた。相手は乾いた笑いをもらす。

「李《り》さん、わたしに言わないでください。地官大帝がまさに御自分で仰せになったのです。この事にふれたすべての者は調査を受けねばならないと――あなた、この禁令にふれているんですか？」

李長庚《りちょうこう》はあわてて説明した。「あのサルは以前、啓明殿に来たことがあっての、おぬしらが必要であれば、わしの方でやや資料を提供できるかと思ったのじゃ」

「そうですか」と相手は一言、李長庚《りちょうこう》はよく考えもせずに問うた。「ほんとうに地官大帝がみずから言ったのじゃな？　だとしたら、この件の等級はじゅうぶん高いものじゃ」

「そうです。三名の大帝が第一線に出てくることなど久しぶりですからね」

三官大帝は天官大帝、地官大帝、水官大帝の三名、職級は同じだが、それぞれに管轄が異なる。地官大帝が動いたということはこれ以上ない重要な特級事件ということだ。三官殿の事務は従来悠長なものだったが、突如、これほど迅速に決断したということはたしかに子細がありそうだ。

思わず李長庚《りちょうこう》は霊霄殿《れいしょうでん》の方向を見やった。あのサルめ、今度は特大のスズメバチの巣をつつきおった……

だが、そうだとしても、やはり李長庚《りちょうこう》に関わりのない因果だった。すでに三官殿にも六耳《ろくじ》の訴状の案件は知らせてあり、告知義務を果たしていた。

王《おう》霊官を見送って、李長庚《りちょうこう》は洞府に帰った。そして、今度こそ打座に没頭した。三官殿がもたらした知らせが霊台《あたま》のなかをよぎる——孫悟空《そんごくう》が天宮を鬧《さわが》した時に仲間をかばっただと？　その仲間とはいったい誰なのだ？

これまで公式には、煉丹炉から逃げ出して五行山《ごぎょうざん》の下に鎮圧されるまで、孫悟空《そんごくう》はひとりで戦ったことになっている。すべての挙動は衆目環視の下でのこと、何も疑問はない。だとすれば〝仲間をかばった〟のは上天に捕らえられる前でなくてはならない。

だが、その時点で孫悟空《そんごくう》がかばう気になった仲間とは誰だ？　花果山か？　だが、あの野ザルたちには問題となるような資格はない。あやつが義兄弟になった妖王たちか？　これなら可能性はある。だが、あの大妖怪どもは人間界におり、天界に昇ったことはない。たとえ昇ってきても三官殿にこれほどの緊張をもたらすことなど犯しはしない。

孫悟空《そんごくう》がかばうに値する者、それは天上の限られた神仙だけだ。

広寒宮のことを連想すると、霊台《あたま》が猛然と警戒を発した。正念の元嬰《げんえい》がいきなり出てきて大声で止めた。もう考えるな、まずいことになるぞ。自分とは関係ない、関係ないのだ。

こんなふうにぼんやりと修行をして、どれだけたったか、すこしも成果はない。きっぱりと打座を打ち切って、洞府を離れて啓明殿に帰った。

ちょうど老いた鶴が童子に運ばれて戻ってきていた。気息奄々《えんえん》、大限《だいげん》（寿命で死ぬ）まさに至らんとすといった様子だった。李長庚《りちょうこう》は囲いまで来て、こまやかに老鶴《ろうかく》の羽毛を梳《す》いてやった。以前はいつも羽根を洗ってやったものだ。だが、仕事に忙しくなると、それもできなくなって童子に任せるようになってしまった。

老いた鶴の目は混濁していたが、意識はまだはっきりしていた。主人が来たのに気づき、首をもたげ、両翼をひろげ、静かに羽根を梳いてくれるのを待っている。李長庚《りちょうこう》は袖をまくりあげ、払子《ほっす》に朝露をふくませて羽根の一本一本を洗っていった。汚穢《おわい》が払われていくにつれて、心中の煩いや憂いもすこしずつ洗われていき、あの頃の感覚が戻ってきた。

あの頃……境界は高いとは言えなかったが、いまよりずっと痛快だった。それに余暇もあったから、真っ白な鶴《こいつ》に乗って、四海をのんびりとめぐったものだ。

「老鶴、老鶴よ、おまえはよいの。生まれ変わって初めからやり直せる。わしはまだ啓明殿で苦労せねばならん。ふっ、誰が誰よりよいなど、言うほどのことではないか」李長庚《りちょうこう》が首をふって払子《ほっす》のヒゲを絞ると、ぽたぽたと濁った黄色い水が滴《したた》りおちる。

その時、傍らからゴウゴウという音が聞こえてきた。この音をよく知っていた。

李長庚《りちょうこう》が顔をあげると、哪吒《なた》が足下に風火輪を踏んで立っている。前回より厳粛な顔つきで拱手《きょうしゅ》をして言う。「李《り》仙師、地官大帝がお呼びです」

前回のように「三官殿からお呼びです」ではなく、「地官大帝がお呼びです」と名指ししたのだから、ずっと重大な呼び出しであることはわかった。李長庚《りちょうこう》は老いた鶴をなでた。「わしの長年の相棒がまさに転生しようとしておるところじゃ、見送ってからでもかまわぬか？」

哪吒《なた》は首をふった。「金星老、遅滞は許されません。いかなる品物を持って来ることもなりませんし、ほかの神仙と話をしてもなりません」李長庚《りちょうこう》の心は緊張した。これは調査に協力を要請するような姿勢ではない。

哪吒《なた》はさらに言う。「この事は兄者も知りません」これは観音《かんのん》に救援を求めようとするなと暗示している。李長庚《りちょうこう》は苦笑した。これは天庭の事だ。観音《かんのん》を探したところで何の役に立つ？　三官殿はやけに用心をしているではないか。

李長庚《りちょうこう》はすばやく考えをめぐらせた。自分と六耳《ろくじ》の間にはいくつか詐称の件でやりとりがあっただけで、その他の関係はない。六耳《ろくじ》も花果山でみつけた内容を自分に言わなかった。おそらく尋問には耐えられるだろう。李長庚《りちょうこう》は最後に老鶴の丹頂を洗ってやり、その首を抱いた。

老鶴は知っているかのようだった。今、主人が去れば、二度と会えぬだろうと。弱々しく悲唳《ひれい》を発し、立ち上がって主人を乗せようともがく。それを見て眼窩《がんか》に熱いものがこみ上げてきて、李長庚《りちょうこう》はただ何度もなでてやるしかなかった。

そして、ふり返りもせず囲いを出ると、哪吒《なた》の後についてその場を離れた。

三官殿に到着した。やはり、あのよく知った小部屋だ。だが、今回待っていたのは地官大帝ともう一人の仙吏だけだった。李長庚《りちょうこう》が落ちついて座ると、地官大帝がすかさず問う。

「李《り》仙師よ、六耳《ろくじ》は今どこにおる？」

李長庚《りちょうこう》はとまどった。三官殿はまだあやつを逮捕していないのか？

「あの者は三官殿に投書をして殿門で待っていた。だが、警戒の太鼓が鳴り、われらが門神に急ぎ取り押さえよと命じたので、すぐに下界に逃げてしまった。いまも行方はわからぬ」

李長庚《りちょうこう》はひそかに驚嘆した。六耳《ろくじ》は野育ちの妖怪だから極めて鋭敏だ。三官殿の太鼓を聞くや、きびすを返して逃げたのだ。三官殿の仕事はゆっくりとしているから、あやつを捕まえられるわけはない。

問題は六耳《ろくじ》がなぜ太鼓の重大性に気づいたかだ。あれは重大事でなければ鳴らない。

「六耳《ろくじ》は啓明殿に来たことはあるのか？」地官大帝は顔をこわばらせて問うた。

「来たことはある」李長庚《りちょうこう》は細かに問われる前に、自分から詳細をひと通りしゃべった。そして、六耳《ろくじ》の訴状は啓明殿にあるので、織女《しょくじょ》に持って来させられると言った。

いつもなら〝織女《しょくじょ》〟の名で、ほどほどにせよとじゅうぶんに警告できただろう。だが、意外にも、二人は毫《ごう》も動ずるところがなく、冷たい顔で続きを言うようにとうながした。李長庚《りちょうこう》は何も隠しだてなく、取経の過程で孫悟空《そんごくう》の身代わりに白骨精《はっこつせい》を三度打たせたこともふくめて、六耳《ろくじ》が何度か自分を訪ねてきたことをしゃべった。

聞きおえると、地官大帝は是非を明らかにせず、「李《り》仙師、本当は六耳《ろくじ》の行方を知っているのであろう？」と問うた。

「わしと六耳《ろくじ》のつきあいは、今述べたような次第で、やや深くなったが、どこに行ったかとなると知らぬな」と李長庚《りちょうこう》は答えた。地官大帝は身をのりだして言う。

「六耳《ろくじ》が告発した内容を見たか？」

「六耳《ろくじ》が花果山でなにかみつけたことは知っておる。だが、わしが助けてやらぬから、あいつはそれを見せることはなかった」

「それは確かであるな？」

「道心に誓って」

地官大帝が突然冷笑する。「ならば、なぜ兜率宮《とそつきゅう》に行き、孫悟空《そんごくう》が金丹《きんたん》を盗んだ事件について老君に問うた？」

相手がここを指摘してくるとは予想外だった。李長《りちょう》庚《こう》は一瞬とまどった。飛ぶように考えをめぐらし、ふいに気づいた。これは奎宿《けいしゅく》の密告にちがいない。老君と話をした時、奎宿《けいしゅく》がそばで火の番をしていた。きっと、あやつが三官殿に告げたのだろう。

千算万算をめぐらせて用心したつもりだったが、ここに一つ意外な者が潜んでいるのを忘れていた。まさに〝一飲一啄《たく》、前定《さだめ》にあらざることなし〟だ。李長庚《りちょうこう》は気持ちを立て直して説明した。

「兜率宮《とそつきゅう》に行ったのは、老君が金銀二人の童子を下界の護法に出してくれた礼のためじゃ。孫悟空《そんごくう》が金丹《きんたん》を盗んだことについては、たまたま話がそこに及んだにすぎん」

「〝たまたま〟か？」地官大帝は李長庚《りちょうこう》の言葉づかいをくりかえす。

「あれは老君から持ちだした話じゃわい。必要なら、わしが話をすべて書きとめるから、老君に確認してくれ」李長庚《りちょうこう》もやや煩《わずら》わしくなってきた。自分は押しも押されもせぬ啓明殿主だ。どうして罪人のように尋問されねばならぬ？

「それに広寒宮にも行ったであろう？」

相手がこれほど細かく調べているとは思わなかったが、李長庚《りちょうこう》は平然と言った。

「それは取経一行の二番弟子と三番弟子の紛糾《ふんきゅう》を片づけるためじゃ」

「あなたと広寒仙子との会話記録もほしい。調査のためにな」地官大帝は言う。

「わしは啓明殿主である。重責を担う身であるぞ。調査に協力せよと言うなら、まずは説明があってもよかろう」

おそらく地官大帝の手には書面による指示はないはずだ。ゆえにやみくもに王手をかけてきた。地官大帝は眉間にしわをよせた。

「啓明殿主、あなたも神仙になって長い。この事件の重大性を知っているはずだぞ」

「悟空《ごくう》が金丹《きんたん》を盗んだことにしろ、天蓬《てんほう》が広寒宮に乱入したことにしろ、すべては掲帖に明白、みなが知っておる。わしは公開された事実を述べておるのに、どうして重大になるのじゃ？」

「その二つではない。六耳《ろくじ》が告発した事を言っておる」

「あやつが告発した事など知らん。どうやって重大だと思えと？」李長庚《りちょうこう》は両手をひろげた。

この問い返しで地官大帝はややむせた。「それは天の掟で禁じられておるので、口にはできん。ただ、わしも親切で言っておるのだぞ。李《り》殿主、隠しだてせぬ方が身のためだ。今はわしとあなたの間の話だが、九《きゅう》天応元雷神普《てんおうげんらいじんふ》化《か》天尊《てんそん》が出て来るまで手こずらせるな」

三官殿が管轄するのは人間界の禍福と天の掟の遵守にすぎない。もし雷部の正神が出てくるなら、直接の尋問にほかならない。

李長庚《りちょうこう》の態度は平静だった。「言ったことは一言一句真実じゃ。ほんとうにすこしも隠しだてなどしていない」

地官大帝は卓を叩く。「そう対立するような態度では困る。わしが問うておるのは、あやつがあなたの洞府に行ったその足で、三官殿に告発をしたということだ。そこには必ず因果がある。あの六耳《ろくじ》は下界の妖怪にすぎぬのに、どこにあんな度胸と見識があって、三官殿で告発などした？きっと背後にそそのかした者があるはずだ」

李長庚《りちょうこう》はしかたなく答えた。「それはもう説明したではないか？　最初、六耳《ろくじ》は啓明殿に訴状を持ってきた。それは孫悟空《そんごくう》が名を騙《かた》って、自分のかわりに神仙の修行をしたという事案じゃ。わしが解決してやらなんだから、破れかぶれになって三官殿で悟空《ごくう》に恥をかかせようと思ったのだろう」

地官大帝は頭から信じなかった。「言い逃れをするな！　そんな下らんことを何年も言うつもりか。そんなことで、あんな大怨恨になるわけがあるか？」

その言葉を聞いて李長庚《りちょうこう》も表情を変えた。「以前なら、わしも信じなかっただろう。だが、取経の護法をやっておるうちに、わしにも心に得るものがあった。大帝にも承知しておいてもらいたい。神仙と凡人の間には区別があって、下界の者には仙家の考えは推し量れぬものだというがな、わしら仙家もおいそれと自分を高い境界におるとして、彼らの境遇を批評してはならん」

地官大帝は顔が凍りつく。「いま、何と言った？」

「宝象《ほうぞう》国で手がけた一件じゃが、百花羞《ひゃっかしゅう》という凡人の公主《ひめ》が下凡した奎宿《けいしゅく》に十三年も閉じこめられた。奎宿《けいしゅく》にとっては点呼前に下界ですこし遊んだにすぎん。それもたった十数日、指をはじくほどの短い時間にすぎぬ。だが、あの人間界の女子にとっては半生の苦痛じゃった――わしやおぬしの住む天上では一日の気晴らしが、彼女らが住む俗世では一年の血肉の消耗となるのだ」

「啓明殿主、話がそれておる！」

「わしは大帝にも知っておいてもらいたいだけじゃ。神仙として俗界から遠く離れようとしても、すくなくとも移形換位《いけいかんい》の心法（瞬間移動の仙術）を修めねば、それもできん。わしらは天地と寿命を同じくするが、凡人は朝

『西遊記事変』登場人物表

早川書房

李長庚《りちょうこう》（太白金星）　金星の神仙
玄奘三蔵《げんじょうさんぞう》　三蔵法師。仏祖の二番目の弟子・金蟬子《ぜんし》の生まれ変わり
孫悟空《そんごくう》（斉天大聖《せいてんたいせい》）
猪八戒《ちょはっかい》（天蓬《てんほう》）
沙悟浄《さごじょう》（巻簾大将《けんれんたいしょう》）　玄奘の弟子
観音大士《かんのんだいし》　仏教の菩薩の一尊
西王母《せいおうぼ》　西方崑崙山に住む女神
織女《しょくじょ》　西王母の娘
太上老君《たいじょうろうくん》　道教の最高神のひとり。老子
玉帝《ぎょくてい》　道教の最高神のひとり
仏祖《ぶっそ》　仏教の開祖。釈迦如来《しゃかにょらい》
阿儺《あなん》　仏祖の弟子
黄風怪《こうふうかい》　阿儺の腹心
二郎神《じろうしん》　玉帝の甥
嫦娥《じょうが》　月の仙女
鎮元子《ちんげんし》　五荘観の主
黒熊精《こくゆうせい》　修行中の熊の精
白骨精《はっこつせい》　鎮元子の友人の精
昴宿《ぼうしゅく》　二十八星宿の一人
黄袍怪《こうほうかい》　二十八星宿の一人・奎宿《けいしゅく》の生まれ変わり
六耳獼猴《ろくじびこう》　野ザルの精。六つの耳を持つ
通背猿猴《つうはいえんこう》　花果山のサル

に生まれて暮れには死ぬものじゃ。蜉蝣《かげろう》はもとより大《たい》亀《き》（亀は長寿の生き物）を理解できぬが、大亀もまたどうして蜉《かげ》蝣《ろう》を理解できる？　六耳《ろくじ》はこれまでの年月、倦《う》まずたゆまず告発を準備し、この事はあの者にとってすでに心魔《しんま》となっておる。このいわゆる〝疥癬《かいせん》の疾〟あるがゆえに、あやつは激しい行為にでたのじゃ」

「六耳《ろくじ》を弁護しているのか？」

「いや、わしはただ言いたいのだ。数多《あまた》ある俗世の執念をわれらが理解できぬからといって、その苦痛が存在せぬことにはならぬ」

「フン、その話に道理があるとしても、たかが妖怪一匹、どうやって〝大いに天宮を閙《さわが》す〟秘密にふれた？故意に事情をもらした者が、あやつを使嗾《しそう》したのではないか？」

李長庚《りちょうこう》は袍角《ほうかく》をはじいた。「ということは、事件は〝大いに天宮を閙《さわが》す〟と関わるのじゃな？」

地官大帝はまぶたを剝《む》いた。以前、霊鷲山《りょうじゅせん》の菩《ぼ》薩《さつ》二人がやって来て、啓明殿主を尋問したが、尾羽《おばね》をうち枯らして帰ったそうだ。いま、自分が審問してみて、やはり、この老神仙は簡単にあしらえる相手ではないとわかった。そして、虎のような顔をして言う。

「探りを入れるのはやめてもらおう。それはあなたの知るべきことではない。さあ、わしの問いに答えよ」

その言葉を聞いて、李長庚《りちょうこう》は失笑した。「大帝よ、わしが秘密を知らぬなら、どうやって六耳《ろくじ》をそそのかしたのじゃ？　また、秘密を知っておれば、今さら隠して何になる？」

地官大帝は自分が知らず知らず李長庚《りちょうこう》の口車に乗っていると思い、腹を立てて卓を叩く。「初動の調べで、李《り》殿主、あなたが今回天庭にもどった後の挙動と発言は合理的とは言えぬ点があるとされておるのだ。はやく言ってしまった方がよいぞ」

李長庚《りちょうこう》は淡然と言った。「わしは事の大小に関わらず、いちいち報告しておるし、隠しだてては絶対にないと申し上げておる」

地官大帝の背後にはきっと玉帝《ぎょくてい》の意志がある。だから、対抗するつもりはない。いろいろな態度をとってはみたが、つまりは地官大帝の威圧を相殺するにすぎず、何とか主導権を取ろうとしたにすぎない。

大帝は李長庚《りちょうこう》の態度が軟化したとみて、圧力をかけ続けるのもよくないと思い、手元の紙と筆で、天庭にもどって以降の言葉をすべて書かせることにした。すこしの遺漏もなく。李長庚《りちょうこう》も遠慮はしない。「三官殿の茶はうまいそうだの。一杯くれんか?」地官大帝はフンと鼻を鳴らし、一杯もってこさせて、取り調べの部屋を離れた。

李長庚《りちょうこう》はまずゆっくりと一口、茶をすすり、おもむろに筆をとると、紙のうえに龍が飛び鳳《おおとり》が舞うがごとく、サラサラと書き出す。仙紙の上に落ちる墨字が増すにつれて、考えもはっきりとしてくる。

広寒宮、兜率宮《とそつきゅう》と地府に関する話に李長庚《りちょうこう》は隠すことはなかった。三官殿が必ずや嫦娥《じょうが》と老君、それに崔《さい》判官のところで裏を取るのだから。ただ、呉剛《ごごう》とのやりとりについてはつとめて簡略に書いておいた――太白金星たる自分は嘘などつかない。呉剛《ごごう》が提供した重要な情報は桂樹の裂け目を通してのやりとりであり、口にした言葉ではないのだ。

あの〝対話〟が暴露されねば、大きな過ちにはなるまい。

太白金星は啓明殿できわめてながく仕事をしているのだ。俗務些事は修道と無縁のことが多いが、それでも仙界のさまざまな揉《も》め事や規則を深く知ることはできる。この時、李長庚《りちょうこう》の頭脳では推論が重ねられ、利害の選択がなされ、考えが明確にまとまっていた。脳内にたくわえた過去の経験が突きあわされていく。書くほどに玄機《げんき》がわいてきて、道心は中庸を守り、一気に万物を推し進め、千万の因果が変遷していく。有意と無意のあいだに、ひとつの可能性が徐々に霊台《あたま》の中にうかびあがる。

あの三界を震撼させた天宮の大乱はおそらく孫悟空《そんごくう》がやったことではない。少なくとも前半はちがう。あやつは他の者のかわりに濡れ衣を着せられたのだ。そして、その者とは——ほとんど二郎神《じろうしん》で間違いはない。あの風来坊はふだん人の姿で放浪しており、徒党を組んで悪さをする。李長庚《りちょうこう》の推測では、あの日、彼らはおそらく蟠桃《ばんとう》園で酒を飲んで酩酊《めいてい》した。誰が言い出したかは知らぬが、瑤池《ようち》で蟠桃会《ばんとうえ》をめちゃめちゃにし、その後、さらに酒の勢いで広寒宮に乱入しようとしたのだ。

この凶事は言ってもそれほどの大事件ではない。十数人の力士と侍女が傷を負い、仙酒の甕《かめ》が数十失われ、上等な碗《わん》や皿が数百こわされただけだ。だが、小さな事件とも言えない。蟠桃会《ばんとうえ》は最高の宴であり、上中下八洞の神仙がすべて参加する。それが突然取りやめにされ、最悪の影響があった。

玉帝《ぎょくてい》とその甥の関係は普通ではないが、やはり自分の家族である。もちろん身内の金仙の名が事件にからんでくる。いきおい、二郎神《じろうしん》をその場から離れさせ、さらに罪をかぶせる者を探すことになる。昴宿《ぼうしゅく》と奎《けい》宿《しゅく》はどちらも正式な星官だが、孫悟空《そんごくう》だけは下界から上がってきた者ゆえに後ろ盾はなく、騒ぎを起こした前科もあり、この濡れ衣を着せるのに最適だった。

あとで探ろうとする者がでることを防ぐために、金仙は念入りに時系列を乱し、広寒宮の事件は隠蔽し、蟠桃《ばんとう》園で桃を盗み、兜率宮《とそつきゅう》で金丹《きんたん》を盗んだという前後二つの偽事件を作り上げ、蟠桃会《ばんとうえ》の混乱をその中にまぎれ込ませた。

こうなると掲帖の体裁が整い、ぴたりと符合する物語となる。孫悟空《そんごくう》は蟠桃《ばんとう》園の監督をしていたのにもかかわらず自ら桃を盗み、その後、瑤池《ようち》の蟠桃会《ばんとうえ》をめちゃくちゃにし、金丹《きんたん》を盗みにいき、酔いがさめた後で罪をおそれて下界に逃げた——この物語は因果も明確なら動機もはっきりし、いかにも孫悟空《そんごくう》の能力と性格にぴたりとあった一貫した印象となる。ぜったいに達人の書いた筋書きだ。

だから、掲帖が公布されると、天庭に疑いをもつ者などいなかった。李長庚《りちょうこう》自身もこの知らせを聞いた時、〝たしかにあのサルならやるだろう〟と思って疑わなかった。

いわば、これも護法と同じだ。すべての劫難《ごうなん》がしっかりと手配され、すべての事件が念入りに演じられている。

どうせ孫悟空《そんごくう》は幸運にも天に上ってきたよそ者だ。仕事も家畜を飼ったり、果樹を管理したりと、もともと何の将来もない下っ端にすぎない。この因果を背負わせても名声に傷がつくことはなく、私的にいくらか補償してやれば割を食わせることにはならない。

李長庚《りちょうこう》には想像できた。金仙は悟空《ごくう》を説得するために、おそらく少なからぬものを提供し、少なからぬ威嚇も行ったであろう。あるいはその両者を取りまぜたかも知れぬ——たとえば、花果山のサルどもの性命《いのち》などを持ちだせば……

ここまで推論して、李長庚《りちょうこう》は思わず嘆息をもらした。孫悟空《そんごくう》の戦闘の腕前は大したものだが、心根はやはり幼稚なのだ。黒鍋（冤罪のこと）を頭にかぶるしかなく、やっていようがいまいが、一度灰をかぶれば、洗い流す可能性などもはやなかった。悟空《ごくう》よ、おぬしは他人の巧みな言葉を信じ、情にほだされ、罪をかぶってやったが、あとで素知らぬ顔をされ、弁解の機会さえなかったか。

太白金星は二郎神《じろうしん》と交際があった。あの神仙は偏狭で疑り深い。孫悟空《そんごくう》が表に出て罪をかぶったとしても安心などしなかった。だから、あのサルの罪名を確かにせずにはいなかった。あとで、あの十万の天兵が花果山を討伐した時、おそらく誰かにおだてられたものであろうが、二郎神《じろうしん》はみずから出陣までした。張本人がわざわざやって来て、濡れ衣にダメを押して確かにしようとしたのだ。人を欺《あざむ》くのもいい加減にしろとなるだろう。悟空《ごくう》の怒りを発しやすい性格から言って、こんな欺瞞《ぎまん》にがまんがならなかったはず――なんだそれは？　オレが罪をかぶってやったのに、お前たちはかばうどころか追い打ちに来るのか？　前に言っていたこととちがうだろ。そして、孫悟空《そんごくう》の情緒は徹底的に壊れた。

二郎神《じろうしん》の目的はおそらく計画的にサルの怒りを挑発することだったはずだ。お前が騒ぐほど理はなくなる。それでこそ〝名正しく言順《したが》う〟で鎮圧できるというものだ。唯一の誤算は孫悟空《そんごくう》がほんとうに怒り、その実力を思い知るはめになったことだ。一歩一歩と霊霄宝《れいしょうほう》殿に兵をなぎ倒して突きすすんで来た状況は、完全に予想を超えていた。

李長庚《りちょうこう》はずっと変に思っていた。あの時、玉帝《ぎょくてい》はなぜに三清《さんせい》（道教の最高神、元始天尊・霊宝天尊・道徳天尊（太上老君）の三柱）や四御《しぎょ》（三清の輔佐、玉皇大帝、北極紫微大帝、天皇大帝、后土）を使わず、仏祖如来《にょらい》に処理を要請したのか。いま考えれば、孫悟空《そんごくう》は天庭で交友がひろいので真相が漏れる危険があると、玉帝《ぎょくてい》は恐れたのだろう。関係のない外部の和尚にサルを制圧させ、また五行山《ごぎょうざん》に閉じこめれば、その心配もなくなる。

仏祖から言えば、この出来事も喜ばしい。孫悟空《そんごくう》が天庭で大きな間違いを犯して、霊鷲山《りょうじゅせん》によって鎮圧されるのだ。この騒ぎが大きいほど鎮圧した仏法の無辺もきわだつ。将来、悟空《ごくう》が釈門に帰依するような芝居を準備すれば、まるで天然にしつらえられたような宣伝の材料となる。

推論もここに至り、李長庚《りちょうこう》は筆を擱《お》いた。この推論は事実の支えは多くない。重要な部分の多くが頭で補ったものだ。しかし、裁判官ではなくとも、いくつかの断片を適当な位置にあわせれば、じゅうぶんに全貌をうかがうことはできる。

天庭にこんな事があるなどと人は思わないかも知れないが、李長庚《りちょうこう》にとっては何も意外なことではない。啓明殿に長くいて、似たような案件は多すぎるほど聞いている。神仙の子弟が事件を起こしておきながら、後ろ盾のない者を探して罪をかぶせるということはしばしば見られることなのだ。古い事は言わずに置くとして、この取経劫難《ごうなん》のなかでは少なくとも黄風怪《こうふうかい》がこの種の罪をかぶせられた妖怪であり、その背後には霊《りょう》鷲山《じゅせん》の大物の部下が奔走している。

このような事件は被害者がみな権勢や能力のない小人物であり、どれだけの鬱憤《うっぷん》、どれだけの無念を呑みこんでいたか知れたものではない。だが、今回、罪をかぶった者はあの孫悟空《そんごくう》、能力もあり気迫もある者が、飲酒後の乱痴気さわぎという小さな事件の罪をかぶせられ、それが〝天宮を大いに鬧《さわが》す〟という大混乱に発展したのだ。事件全体に渦巻いているものは何か複雑な大陰謀ではなく、一つ一つの身勝手が連なって引き起こされた結果だった。

いま、李長庚《りちょうこう》にも心底わかった。なぜ奎宿《けいしゅく》と昴宿《ぼうしゅく》が孫悟空《そんごくう》を見て幽霊に出会ったかのように驚いたのか。あやつらはサルを恐れたのではなく、悟空《ごくう》が身に背負う巨大な因縁を恐れたのだ。万一、サルが秘密をばらそうとすれば、二人の当事者も立場が危うくなる。

ただ、孫悟空《そんごくう》は五行山《ごぎょうざん》の下でこれも運命とあきらめていたのだろう。それを二人の星官は知らなかった。天庭は花果山に対する資金援助を続けていて、サルたちの寿命も長らえているから、悟空《ごくう》もただ忍びがたきを忍び、言いたいことも言わず、指図に服していたのだ。

なるほど取経の旅で孫猴子《そんこうし》がずっと皮肉な冷笑をたたえていたはずだ。もともと一大劫難《ごうなん》の中に身を置きながら、さらに玄奘《げんじょう》たちにしたがって八十一難を演じるなど、芝居の上に芝居を重ねた荒唐無稽もいいところだ。大羅天の金仙たちに機密をかくす腕前があっても、あの荒《すさ》んだ空っぽの瞳をさえぎることは難しい。

李長庚《りちょうこう》は墨を吹いて乾かし、供述書をもう一度読みなおした。ふいに唖然として失笑を禁じえない。

この機密を隠蔽していくことはたしかに難しい。結局、六耳獼猴《ろくじびこう》ごときに暴《あば》かれることを金仙も計算できなかった。あのサルは仙界の状勢など一つも知らず、孫悟空《そんごくう》が仲間をかばっていることを責めどころだと思い、愚かにも告発を行い、三官殿から大敵にのぞむような激しい反応を引き起こし、ついにこの自分、李長庚《りちょうこう》も巻きこまれた。

六耳《ろくじ》がはじめて啓明殿に来た時、自分がすぐに処理をしていれば、このような混乱を引き起こすことはなかったのではないか、そう思わず考えた。このように一因が万果となるとは〝誠に我を欺《あざむ》かざるや〟（『礼記』大学）とでも言おうか。李長庚《りちょうこう》はやや慚愧《ざんぎ》の念をおぼえながら気づいた。自分はずっと六耳《ろくじ》を助けると言ってきて心眼では同情をしていた。だが、結局のところ、なにも実質的な手助けをしなかったのだ。

ふいに玉帝《ぎょくてい》が文書で与えた指示を思い出し、悟るところがあった。なぜ玉帝《ぎょくてい》はあんな曖昧《あいまい》な先天太極図《せんてんたいきょくず》を示したのか？　あの指示は仕事をなしとげたら、陛下が英明にも指示していたということになり、反対にし損じれば、早々に訓戒を垂れていたと言える。どちらにしても玉帝《ぎょくてい》は先を見通していたとなるのだ。これこそ〝不昧因果《ふまいいんが》〟であり、大解脱の絶妙な境界だ！　自分は因果に深くはまりすぎた……

　ひとすじの思念がふいに起こって霊台《あたま》に灯《とも》った。そうだ、その通り、もっと早くにこの事に関わらぬと決めていれば因果に染まることもなかった。自分が態度をはっきりさせなかったから面倒を引き起こさずにはいなかったのだ。同情と憐憫《れんびん》をしまっておけば際限のない些事のために疚《やま》しさを背負いこむこともなかった。

　霊気が一直線に泥丸《でいがん》（脳のこと）を貫き、真気を導いて全身をかけめぐり、たちまち千竅百脈《せんきょうひゃくみゃく》（全身）に行きわたり、まったく滞ることなく、のびやかな風のように万里を吹きぬけた。あの正念の元嬰《げんえい》が精神を奮起させ、全身に輝きわたる。

　数百年の行きづまっていた修行が、この時ふっと突きぬけた。

第十三章

地官大帝が戻ってきた時、李長庚《りちょうこう》は供述書を書き終え、平然と茶を飲んでいた。この老人、先刻とはなにかがちがうと地官大帝は思ったが、どこが違うとも言えない。とにかく、供述書を一読する。

「まずはこちらで検討するので、李《り》殿主はお帰りください」

この反応は李長庚《りちょうこう》の予期したものだった。

六耳《ろくじ》の告発は大禁忌を犯したものだが、表沙汰にできる種類の事ではない。表沙汰にできないということは、三官殿にも啓明殿主のような地位にある神仙を拘束する正当な理由がないということだ――これはたがいに暗黙の了解がある。

下凡してはならず、自分の洞府で知らせを待つようにと地官大帝は注意をあたえた。李長庚《りちょうこう》が取経についてはどうするのかと問うと、陛下にうかがいを立ててみるとのことだった。

以前の李長庚《りちょうこう》ならここで一つ争ってみるところだ。だが、いま金仙に一歩近づいた境界では、淡然とこだわらず、笑って飄然《ひょうぜん》と三官殿を出た。

殿門を出ると、観音《かんのん》に一言かけてみた。向こうはすぐに伝音をしてきた。観音《かんのん》の緊張が聞き取れる。取経一行はすでに烏《う》鶏《けい》国に到着し、弟子を取り替える重要な時だった。李長庚《りちょうこう》がこれほど長く連絡を断ったから、観音《かんのん》もよくない連想をせざるを得ない。

李長庚《りちょうこう》は多くを語らず、三官殿で茶を飲んだとだけ話した。観音《かんのん》も察してそれ以上問わず、下界の烏《う》鶏《けい》国の進展を報告するだけだ。

いま、玄奘《げんじょう》師弟は井戸から国王を救出し、その国王を四番弟子として王城に向かっている。すべては筋書きの通りだった。李《り》さん、用事があるなら少し休んだら？　こちらの劫難《ごうなん》に問題はないわと観音《かんのん》は言った。李長庚《りちょうこう》はそうですかと返事をして、笏板《しゃくばん》を置き、ふいに何もすることがない自分に気づいた。

経費申請はもう提出してしまい、劫難《ごうなん》も手を離れているから啓明殿にもしばらく行く必要がない。普段から忙しいのに慣れていて、こんな風に突然に閑《ひま》ができると、洞府に座っていても何をしたらよいのか分からなかった。

そこへちょうど鎮元子《ちんげんし》が伝音をしてきた。「李《り》さん、茶を飲みに行ったそうだな？」こやつ耳ざといなと思いながら「そうじゃ」と答えた。鎮元子《ちんげんし》は大いに興奮して「何でだ？」と来た。李長庚《りちょうこう》は不機嫌だった。

「人参果の売りこみを助けていたことがバレたぞ。いまに三官殿の役人が五荘観の前に行くから、あの〝天地〟の二字はしまっておけ」

「フン！　オレは堂々たる地仙の祖だぞ！　そんなもん怖がるか?!」鎮元子《ちんげんし》は笑って罵ると、ふいに真面目な口ぶりになる。「なあ、李《り》よ。意にそわぬことやっておるなら、官など辞めて、わしの五荘観に来い。おぬしは仙界の人脈があるから商売を手伝ってもらえる」

「フッ、堂々たる啓明殿の主が地仙といっしょに果物など売れるか、話にもならん」

「おい、まだ地仙を見くだしてるのか！　この仕事はのんびりしていいぞ。六十年に一回果物を売る。啓明殿で一日十二時辰《じしん》、何か起こらぬかとびくびくしているのに比べたらどちらがいい？」

「わしは金仙となりたい。お前とはちがう。自分の志《こころざし》がある」

「そんな志なんざ屁だ。いまのお前は哮天犬《こうてんけん》（二郎神が連れている神犬）みたいに忙しいだろ、戦々競々《せんせんきょうきょう》として一刻でも心安まる時があるか？」

哮天犬《こうてんけん》という言葉を聞くと、李長庚《りちょうこう》はまた〝大いに天宮を鬧《さわが》す〟を思い出し、一陣の煩悶の後、あわてて話題をかえた。二人はたがいに貶《けな》しあい、笏板《しゃくばん》を置いた。李長庚《りちょうこう》はござの上から立ち上がると、啓明殿に老鶴を見にいきたいと思った。

世話係の童子は責めるような態度だった。鶴はすでに転生し、凡蛻《ぼんぜい》（亡きがら）も茶毘《だび》に付された後だった。李長庚《りちょうこう》は天庭を離れられないので、ただ欄干《らんかん》に手をついて長い間立ちつくした。

とっくに心の準備はできていたのだろうか、やはり境界が上がると、それほど悲しみを感じなかった。ただ淡い失望があるだけだ。あるいは長年の相棒を悼《いた》むのは、以前の自分との告別なのかも知れないと思った。李長庚《りちょうこう》は崔《さい》判官に連絡をして、懇《ねんご》ろに面倒をみてくれるように頼み、老鶴がよい所に生まれるように手配をして啓明殿に戻った。

目を閉じて修行に潜心する。どれだけ経ったろうか、ふいにどこからか仙楽の音が飄々と聞こえてきて、鍾《しょう》と磬《けい》がそろって鳴り、顔を上げると、キラキラと輝く符詔《ふしょう》が天から降ってきた。手を伸ばして受け取ると、すなわち霊霄殿《れいしょうでん》が発したものだった。

〝李長庚《りちょうこう》は年高く、徳すぐれ、ふかく仙法を修めたので、勅《ちょく》して提挙下八洞諸仙宮観《ていきょげはちどうしょせんきゅうかん》に当てる〟

と書いてある。

〝提挙下八洞諸仙宮観《ていきょげはちどうしょせんきゅうかん》〟という職はおもに下八洞《げはちどう》の太乙散仙たちを管理する。散仙とは日頃は四方に遊び、やるべき仕事のない者たちだ。〝提挙《ていきょ》〟とはただ定期的に彼らの面倒をみて、仙丹や蟠桃《ばんとう》などを支給することで、いくつか法会《ほうえ》を主催すればよい。じつに上品で閑《ひま》な良い地位だった。

李長庚《りちょうこう》はこの人事に心の準備はできていた。自分の供述書に破綻はない。三官殿も何か表沙汰にできる罪名をつけられるはずがない。だが、結局、自分と六耳《ろくじ》の関係は密にすぎ、敏感な材料にふれている。嫌疑をすっかり晴らすことなどできない。だから、最もよい方法は一時的に啓明殿を離れさせ、閑職を手配して、昇進にみせかけて降格し、まず一定の時間、熱を冷ますということになる。

符詔《ふしょう》を傍らに置いて、李長庚《りちょうこう》は取経以来発した掲帖をまとめて取りだし、ゆっくりと読み出した。双叉嶺《そうされい》から平頂山《へいちょうざん》まで、すくなくとも十数篇はあり、みな自分と観音《かんのん》が一字一字書いてきたものだ。いま、李長庚《りちょうこう》は取経の仕事から外され、ひとりの読者の目で読んでいくと、心は軽やかで、その感覚は大いにちがった。

それぞれの言葉づかいや文句の作り方から微妙な心づかいが透けて見え、背後に働いている力の衝突もわかる。李長庚《りちょうこう》はつぎつぎに読んでいき、なにか面白く鑑賞しているような自分がいると感じた。

読みに読むと、突然「あっ」と一声、心中に奇妙な感覚がよぎる。ふり返ってもう何篇か読んでみて、〝三たび、白骨精《はっこつせい》を打つ〟の一段で両目がきつくなり、極めて大きな問題に気づいた。

無意識に笏板《しゃくばん》をつかんで観音《かんのん》に忠告をしようとしたが、自分はもう因果に染まらず、金仙の境界を錬磨することに決めたのだと思い、憤然として笏板《しゃくばん》を置き、ござにもどって修行をつづけた。

この打座で二つの元嬰《げんえい》がまた出てきた。正念の元嬰《げんえい》はくるくると円を描いて回り、お前はすでに金仙の門をうかがっているのだから、道心を穏やかに固め、元神を清く澄ませるべきで、関係のない俗務で昇仙の道に悪影響を与えてはならないと言う。濁念の元嬰《げんえい》は小さな手をふりながら、観音《かんのん》とお前には約束があったはず、危険が迫っているのを知っていながら、肝腎な時に手をこまねいて傍観するのか？　最低限の道義と良心をくらまして、知らぬ顔をできるのかと言う。

　二つの元嬰《げんえい》はそれぞれの言葉に執着していて、言い争いで解決をはかるなど無理な話だった。また殴りあいをはじめた。李長庚《りちょうこう》はくりかえし法訣《ほうけつ》を唱えて、抑えこもうとするが、もともとこの二人は自分の本心から生まれたもの、自分の念が通達せねば、消えるはずもない。李長庚《りちょうこう》はしばらく天人交戦をつづけた。濁念の元嬰《げんえい》が強引に正念の元嬰《げんえい》を制圧し、相手を地面に押さえつけて何度も叩きつけると意気揚々と元神《げんしん》のほうを見やった。

　長いため息をひとつ、李長庚《りちょうこう》は自分の濁念がやはり優勢で、元神《げんしん》はいまだ精純でないと思った。わかった。これより新しい因《いん》に染まらぬつもりなら、古い果《か》も捨て去らねばならぬ。

　烏鶏《うけい》国には二つの因果がある。すでに観音《かんのん》と嫦娥《じょうが》に約束したことだから、いままだ金仙の境界に到達していないうちに、最後に一つ関わっておいた方がよいだろう。

　李長庚《りちょうこう》は笏板《しゃくばん》を取り上げると、観音《かんのん》に伝音をした。相手は声をひそめている。

「どうしたの？　いま烏鶏国の王宮にいるんです。もうすぐ、本物の国王と偽物の国王が対決するの」

「言っておきたいことがあるのじゃ。大雷音寺の筋書きには仕掛けがある」

「どういうこと？」観音《かんのん》の声が緊張を帯びる。

「偽の国王が真の国王で、真の国王が偽の国王じゃ」

李長庚《りちょうこう》の説明は言葉足らずで、こんな風に言っただけだった。さいわい観音《かんのん》と李長庚《りちょうこう》の間には暗黙の了解が磨かれている。呼吸ふたつほど沈黙すると、「ありがとう、李《り》さん」と低い声で言って、観音《かんのん》は伝音を切った。

話が通じたはずだと、李長庚《りちょうこう》は思った。どう処理をするかは観音《かんのん》の手腕を見るしかない。李長庚《りちょうこう》は笏板《しゃくばん》を置き、目を閉じて修行をつづけた。

烏鶏《うけい》国の劫難《ごうなん》は大雷音寺が指定したものだった。李《り》長庚《ようこう》は筋書きを読んでみて、とくに理解できなかったのが、なぜ真の国王を三年のあいだ失踪させておきながら、わざわざ青獅子に偽の国王を三年も演じさせるのか？　という点だった。これは心性を試すもので、簒奪《さんだつ》を計るものではないと言うが——この手配は純粋に余分だ。

先刻〝三たび白骨精《はっこつせい》を打つ〟を読み返してみて、孫《そん》悟空《ごくう》のかわりに六耳《ろくじ》をつかって、白骨精《はっこつせい》をなぐらせた段まで来て、猛然と烏鶏《うけい》国に連想がとび、この手配が余分などではなく、深い意図が隠されていることに気づいた。

取経の弟子の席は霊鷲山《りょうじゅせん》の大物たち誰もが欲しがっている。黄風怪《こうふうかい》には阿儺《あなん》が後ろ盾となっていたし、いま文殊菩薩《もんじゅぼさつ》はまちがいなく青獅子を入れようといている。李長庚《りちょうこう》がはじめて尋問を受けた時、文殊菩薩《もんじゅぼさつ》は沙《さ》悟浄《ごじょう》の一件を問うていたから、弟子の定員が三名であることは十分に承知しているはずだ。

三弟子の取り合わせには配慮がなされていると観音《かんのん》は言っていたが、青獅子はこの表面上の条件に合致しない。そこで文殊菩薩《もんじゅぼさつ》は苦心をかさね、大雷音寺を通して烏鶏《うけい》国の劫難《ごうなん》に特別に余分な設定をくわえた。この設定はある状況下では他に替えがたい妙筆なのだ。

つまり、烏鶏《うけい》国の王と青獅子が二度身分を入れ替えるという状況では……

表面上、烏鶏《うけい》国の王は井戸に落とされ、青獅子が取って代わったようにみえる。これで二人は一度身分を交換する。だが、実際には再度身分を入れ替えるのだ。井戸に入るのは青獅子で、偽の国王として烏鶏《うけい》国で三年間生活していたのが真の国王なのだ。

このようにすれば、青獅子は井戸の底で玄奘《げんじょう》を待ち、その後は順調に演じていくだけでよい。沙悟浄《さごじょう》が一行を離れるのを待ち、青獅子が順当に取経一行に入り、烏鶏《うけい》国王の身分で西に行く。少なくとも金身羅漢の果《か》位《い》はもらえ、これは文殊菩薩《もんじゅぼさつ》の乗り物をやっているより、ずっと良いではないか？

文殊菩薩《もんじゅぼさつ》がどうやって烏鶏《うけい》国王に役割を説明したのか、背後にどんな取引があったのか、それは李長庚《りちょうこう》にはわからない。事実上、これは何の証拠もなかった。ただ、筋書きのなかに不自然な設定が一つあることから、可能性を推理したにすぎない。

自分の疑いすぎならば、それでよいが、もし的中していれば、観音《かんのん》の立場が悪くなるだろう。だから、この警告を送らねばならなかった。観音《かんのん》が信じるか信じないか、どの程度信じるか、挽回の一手が打てるか、それは彼女自身の手腕にかかっている。

李長庚《りちょうこう》がもう一度内観をすると、ふたりの元嬰《げんえい》は果たして静かになっていた。それぞれ丹田《たんでん》の一角で打座して、もはやたがいにかまっていなかった。しかし、あの濁念の元嬰《げんえい》の体が正念の元嬰《げんえい》よりやや小さくなっているようだ。ひとつ因果が削り取られたからか？自分の濁念もまた少し減ったようにも思える。

しばらくすると、織女《しょくじょ》が入って来た。李長庚《りちょうこう》をみつけると、また、あの言葉だった。

「李《り》殿主、お母さまが呼んでいます」

李長庚《りちょうこう》はかるく笑い、心がほっと落ちついた。

提挙下八洞《ていきょげはちどう》への転任には二つの事情が考えられる。ひとつは上が徹底的に自分を棄てるつもりで、閑職にあてたまま天地が荒廃するまで飼い殺すこと。もう一つは暫定的に転任させることだ。後者の場合、任命後すぐに話しあいの場が持たれるはずで、それは主に自分をなぐさめ、人事の苦心を述べるためのものだ。

仙界ではよくある話だ。李長庚《りちょうこう》はかるく長い髭をしごくと、啓明殿の入り口を見やった。転任先はまさに西王母《せいおうぼ》の配下、織女《しょくじょ》が話しあいの場に呼びにくるのも理の当然だ。

織女《しょくじょ》はこの転任の意味について深く考えず、にっこりと笑って言った。

「李《り》殿主、今度はお母さまの言いつけを聞いてくださいね」

李長庚《りちょうこう》は笑って言った。「仕事をしっかりできるなら、誰の言うことを聞いても同じじゃ」

織女《しょくじょ》の後について李長庚《りちょうこう》はふたたび瑤池《ようち》に来た。場所はやはりあの小亭《あずまや》で、玉露茶も同じように清い香《か》がしている。西王母《せいおうぼ》は笑みを絶やさず、李長庚《りちょうこう》に座をすすめ、例のように〝三尸《さんし》を斬る〟話をした。最近は境界もずっと清みわたり、全身の根骨《こんこつ》が軽くなりましたと李長庚《りちょうこう》は答えた。西王母《せいおうぼ》は喜んで言った。

「あれほど忙しい身で修行をつづけるとは、道にむかう心が金石のように堅いようですね。次回の蟠桃会《ばんとうえ》で各地の神仙に話してさしあげる価値があります」

李長庚《りちょうこう》は茶をすすりながら、心ではあれこれと推測をしていた。あの〝大いに天宮を鬧《さわが》す〟事件で西王母《せいおうぼ》はどんな役割を演じたのか？　蟠桃会《ばんとうえ》をとりやめにさせられたという点では最大の被害者だ。しかし、金仙のたちの境界では取引できない事などない。おそらく玉帝《ぎょくてい》と西王母《せいおうぼ》の間には暗黙の了解があり……

そんなことを考えていると正念の元嬰《げんえい》がふいにパチッと目をひらき、元神《げんしん》をしたたかに平手でぶった。李《り》長庚《ちょうこう》は魂をふるわせ、すぐにその先を考えるのをやめた。〝大いに天宮を鬧《さわが》す〟事件にかかわる一切は個人的な推測にすぎず、証拠などなく、また証明することも不可能だった。さらに言えば、証明できたところでいったい何になる？　二郎神《じろうしん》の背後にどんな神仙がいるか、西王母《せいおうぼ》が果たしてどんな考えを持っていたか、それがそれほど重要なのか？　孫悟空《そんごくう》はすでに復帰への路をたどって霊鷲山《りょうじゅせん》の側にいる。他人がみな騒がずにいるものを、お前のような部外者が何を意固地になっている？

元神《げんしん》が正念の元嬰《げんえい》の助けを借りて、濁念の元嬰《げんえい》を地面に押しつけて何度も打ちすえ、それはもはや動かなくなった。そして、李長庚《りちょうこう》の感情もゆっくりと平静になっていく。いくつか言葉を交わすと、西王母《せいおうぼ》がふいに言った。

「金蟾《きんせん》のこと、ほんに苦労をかけました」

李長庚《りちょうこう》の心臓がドキリと跳ねた。はたして西王母《せいおうぼ》ははじめから広寒宮の事を知っていたのか。いそいで言う。「金蟾《きんせん》の能力はすばらしいものです。この功徳も彼自身で手に入れたものでしょう」西王母《せいおうぼ》が言う。

「わたくしもただ人に頼まれただけで、あの者を下界ですこし鍛錬させるだけだと考えていました。まさか、あの者が弟子に選ばれるとは。これもあなたが日頃からあの者に注意を与えてくれたお陰でしょう」

「はぁ？」李長庚《りちょうこう》は一瞬とまどい、次の瞬間に理解した。烏鶏《うけい》国の劫難《ごうなん》が終わったにちがいない。だが――どうやって沙悟浄《さごじょう》を残したのだ？　西王母《せいおうぼ》は李長庚《りちょうこう》のとまどいを見て、掲帖を取りだした。

「修行に沈潜しすぎて、外で起きている事を忘れたのですね」

李長庚《りちょうこう》は掲帖を受け取って一読した。すべては大雷音寺の筋書きと大きな差はない。だが、ただ一点だけが異なる。救い出された国王は自ら位を玄奘《げんじょう》に譲ろうとした。だが、玄奘《げんじょう》が固辞したので、烏鶏《うけい》国王は王座に戻り、師弟四人は西への旅を続けることになった。

あの陰謀をたくらんだ青獅子は文殊菩薩《もんじゅぼさつ》が天上に連れかえった。そして、沙悟浄《さごじょう》は妖魔と戦うこともなく、犠牲にもならず、まったく目立たなかった。掲帖ではほとんど存在感がない。

だが、李長庚《りちょうこう》には分かっていた。平坦に書いてあるほど背後に風雲が激しく渦巻いているものなのだ。観《かん》音《のん》はおそらく何か極端な手段をつかい、青獅子に身を退かせるようにせまり、文殊菩薩《もんじゅぼさつ》を手ぶらで帰らせた。ただ、烏鶏《うけい》国王がなぜ金身羅漢となる機会を棄てたのか、それは知るよしもなかった。

ああ、しまった……これでは観音《かんのん》との約束を破ったことになるではないか？　李長庚《りちょうこう》の心はかすかに震え、ゆっくりと掲帖を置いた。

「これも金蟾《きんせん》の縁でしょうな」

これに西王母《せいおうぼ》が言う。「あの者はすでに恩讐を解き、将来も開けました。これもみな李《り》さんの御苦心のゆえ、ほんにありがたいことです」

どうやら嫦娥《じょうが》は約束を守ったようだ。李長庚《りちょうこう》が金蟾《きんせん》の前途をうまく手配したので、彼女も西王母《せいおうぼ》に口添えをしてくれたようだ。李長庚《りちょうこう》はひそかにほっと息をつき、この因果は五百年前の事と関係があるのだろうかと考えた……だが、こまかに考える必要はない。

「取経の事が始まって以来、李《り》さんは上に下へと忙しく、じつに辛苦を味わいました。織女《しょくじょ》がわたくしにずっと言っていたのです。李《り》仙師は一心に護法を気にかけ、昼夜の別なく苦労をかさね、見ていて心が傷むと」西王母《せいおうぼ》はゆっくりと言った。

織女《しょくじょ》は毎日仕事を終えるとすぐに帰るし、時間前にくり上げて帰ってしまうこともあった。どこで李長庚《りちょうこう》が居残って仕事をしていた様子を見ていたのだろうか？　だが、ともかく西王母《せいおうぼ》がこのように言うのは、じゅうぶんに前職の仕事ぶりをみとめていることがわかった。

「ですが、われら神仙の道を修める者は一度に莫迦力をだすようではだめです。法門を重視せねばなりませんよ。〝張ることあれば弛《ゆる》むことあり〟（『礼記』雑記）、これぞ長生の道でありましょう」西王母《せいおうぼ》はそう言うと、意味深長に間をおいた。「いま、啓明殿主から提挙下《ていきょげ》八道《はちどう》に異動になったこと、どうお考えじゃ？」

「神仙の道は心にやどり、その形にやどらず。大道は在《あ》らざる処なし。どこでも仙途の上法はありましょう」

西王母《せいおうぼ》は李長庚《りちょうこう》の見解を聞いて、なぐさめた。「あなたが西天取経の件に力をいれていたのは知っています。ですが、結局のところ、あれは霊鷲山《りょうじゅせん》の話です。われら天庭はここまで手伝ってきて仁義をつくしました。あなたのような道門の精英がいつまでも釈門のために忙しく働いていては主客転倒となりましょう」

李長庚《りちょうこう》は何度もうなずいた。西王母《せいおうぼ》は自分の以前の行動にやや分を超えたものがあると注意し、また、天庭が烏鶏国《うけいこく》以後については護法をせず、最大でもすこし協力するだけだと暗示していた。

それは正しい。玄奘《げんじょう》の二番弟子と三番弟子はどちらも天庭の後ろ盾があり、霊霄殿《れいしょうでん》も少なからず便宜を得たのだから、そろそろ手を引く時期だ。そうしなければ本当に霊鷲山《りょうじゅせん》にたいして〝主客転倒〟になってしまう。しかも、こんなふうに李長庚《りちょうこう》を異動させれば表面上の理由は整い、あまり角《かど》が立つことがない。金仙たちの配慮は水ももらさぬと言うべきだろう。

だが、その時、濁念の元嬰《げんえい》がふらふらと立ち上がってきて、鼻血をふいた。李長庚《りちょうこう》は恐る恐る言っていた。「聞けば金蟬子《こんぜんし》は霊鷲山《りょうじゅせん》の伝承にありません。仏祖の正式な弟子たちはずっと表には出さずに不満をもっていますが、われら道門からすれば、たしかに深く介入するわけにはいきません」

これは陳述文を偽装した疑問文だ。仏祖はなぜ玄奘《げんじょう》の旅にこだわるのか？　それは今まではっきりと考えてこなかったことだ。

西王母《せいおうぼ》は李長庚《りちょうこう》の話が聞こえなかったように目を細めた。「李《り》よ、その元嬰《げんえい》はあまり精純とは言えませせぬぞ！」李長庚《りちょうこう》はあわてて顔をふせ、全身に冷や汗をかいた。また、余分なことを言ってしまった。西王母《せいおうぼ》は李長庚《りちょうこう》の態度が誠実なのを見て、淡々と言う。

「霊鷲山《りょうじゅせん》の事がたがいに因と果となることは、金仙の境界を証すれば、あなたにもわかるであろう」

この一言は情報量がひどく多い。李長庚《りちょうこう》は一瞬で脳を目まぐるしく働かせた。〝たがいに因と果となる〟だと？　つまり、仏祖が金蟬子《こんぜんし》を支えたから正式の弟子たちの一致した不満を引き起こした。この話は反対からも理解できる——正式の弟子たちが徒党を組むので仏祖が金蟬子《こんぜんし》を支えなくてはならなくなった。これもあるのではないか？

霊鷲山《りょうじゅせん》の教えの伝承には序列があり、すべての修行者はみな正式な修行をすることになっている。それが体系となっているのだ。体系というものはいったんできあがってしまえば、それ自身の考えをもつようになり、仏祖の意志でも抵抗することは難しい。仏祖はおそらく正式の弟子たちに多少いかんともしがたい点をみつけ、それでこの方便の門を開いて、外から新しい者を引き入れることに決めたのであろう。

なるほど大雷音寺が取経の旅でいろいろと小細工をし、法旨と微妙に異なる不協和があったはずだ。だから仏祖は阿弥陀仏《あみだぶつ》のところから観音《かんのん》を借りてきて護法を担当させた。しかし、金蟬子《こんぜんし》にはいったいどんな経歴がある？　こんな大任を担うほどの……

折よく西王母《せいおうぼ》の声がひびく。「李《り》よ、わたくしは言いましたぞ。霊鷲山《りょうじゅせん》の事、天庭が助けるのはここまででよい。主と客ははっきり分けなくてはなりません」

あわてて李長庚《りちょうこう》は考えの糸を収めた。そっ、そうだ。霊鷲山《りょうじゅせん》の事が自分に何の関係がある？

西王母《せいおうぼ》は続ける。「この度、わたくしがあなたを啓明殿から借りたのは太乙散仙《たいいつさんせん》たちの世話をする者が必要だからです。あの者たちは魚を釣り、碁を打ち、宴で飲み、一人ひとりはとても積極的ですが、これを組織して法会《ほうえ》を聞きにいかせようとすると、知ってのとおり、洞府に閉じこもってしまい、何度も催促しなければなりません。あなたは経歴も長く手腕もみごと、きっとうまいやり方を知っているでしょう」

「太乙散仙《たいいつさんせん》たちはみな神仙の精華、きっと心をこめてお世話をしましょう」

そう答えたが、李長庚《りちょうこう》は西王母《せいおうぼ》の言った重要な言葉を鋭くとらえていた――それは〝借りる〟だ。借りるからにはむろん返すことになる。それはまたこうも言える。自分は臨時に手助けするだけで、足場はまだ啓明殿にあると。

李長庚《りちょうこう》がこの点を悟ったのを見て、西王母《せいおうぼ》も満足そうに茶杯を取って一口すする。ふっとその目つきが深遠になる。「あなたの頭上に三花の形がはっきり見えます。境界もじきに開けるでしょう。経験者として二つ忠告しておきましょう。〝因果を超脱し、太上《たいじょう》（この上ない境地）に情けを忘れよ〟です」

すぐに瑤池《ようち》をはなれたが、李長庚《りちょうこう》はまだ頭がくらくらした。

西王母《せいおうぼ》の言葉は警告でもあり、約束でもある。はっきりしているのは、自分が書いた供述書はやはり天衣無縫で欠陥はないが、〝大いに天宮を鬧《さわが》す〟の真相にたどりついたのではないかと、金仙たちはまだ疑いを抱いているということで、それが臨時の異動という動きになった。李長庚《りちょうこう》が気をきかせて、この因果にふれなければ、未来の転任にも望みがある。もしきっぱりと俗縁を断てば、金仙にもなれるということだ。

どうやって俗縁を断つかとなると自分が〝太上に情けを忘れる〟ことができるかにかかっている。

李長庚《りちょうこう》は心中感慨を禁じえなかった。まさか、六耳《ろくじ》が起こした騒動が自分の災厄でもあり、また自分の機縁にもなるとは。以前は遅々として進まなかった境界は、つまり感情的になり、因果が身にからみついていたからで、どうやらこれからは〝情けを忘れる〟大道をつらぬく必要があるらしい。

一念がここに及ぶと、身体の内部でけんかをしていた元嬰《げんえい》にも変化があった。濁念の元嬰《げんえい》はよりどころなく、ひとまわり縮み、正念の元嬰《げんえい》が精純となり、奮起して攻勢にでて、濁念の元嬰《げんえい》を片脚で地に蹴りころがした。

啓明殿に戻ると、李長庚《りちょうこう》はまず観音《かんのん》に伝音をした。相手はすぐに出た。この時まで李長庚《りちょうこう》の心はびくびくと落ちつかなかった。沙悟浄《さごじょう》は一行を離脱していない。これは自分が約束を守らなかったことに等しく、ただただ観音《かんのん》が雷を落とすのではないかと恐れていた。

「ああ、大士《だいし》……烏鶏《うけい》国の事は終わりましたかな？」

「終わりました」観音《かんのん》は答えた。その声は冷静で、いくらか喜びをふくんでいるようだ。

「どうなされた？　なぜまだ沙悟浄《さごじょう》が一行におるのじゃ？」李長庚《りちょうこう》は小心翼々だった。

かろやかな笑い声が聞こえる。

「李《り》さん、心配しないで。今回はわたしの一存で沙悟《さご》浄《じょう》に残ってもらいました」

「いったいどうしたんじゃ？」

「李《り》さんが伝信で伝えてくれたでしょ。新たな局面に自分が間に合わなかったら、孫悟空《そんごくう》に伝信をするようにって。それで、青獅子が化けた国王を悟空《ごくう》に打ちのめしてもらって、正体を現わすようにさせたの。そうしたら戦いの途中で、空中の文殊菩薩《もんじゅぼさつ》があわてて介入してきて、もうやめ、やめよって言ったの。でも、青獅子は正体を現わしていたから〝李《すもも》、桃に代わりて僵《たお》る〟という身代わりの計も続けられなくなって、文殊《もんじゅ》は白々しく挨拶して自分の乗り物を救いだして帰って行ったわ」

観音《かんのん》がそんな直接的な力技で卓を蹴り倒すとは、李《り》長庚《ちょうこう》は思ってもみなかった。〝豪腕で手練れを降す〟という無茶なやり方に文殊《もんじゅ》も手の施しようがなかったのだ。

観音《かんのん》は微笑んで言った。「文殊《もんじゅ》にひとつ質問してやったわ。偽の国王が位に三年も居座って王宮を乱したことが霊鷲山《りょうじゅせん》に伝わったらどう思われるかしらって」

これを聞いて李長庚《りちょうこう》は咄嗟にわけが分からなかったが、よく考えてみて賛嘆を禁じえなかった。

「なんともすさまじいのう……」

大雷音寺が与えた筋書きでは真の国王が井戸のなかで苦しめられ、青獅子が扮した偽国王が王城にいることになっていた。文殊《もんじゅ》が基礎にしているのはこれだが、二人の役割をさらに交換して、じつは青獅子が扮《ふん》した国王が井戸のなかにいて、真の国王がもとどおり王城にいることにしたのだ。

この計略は青獅子を取経一行に入れるためだが、ひとつ意外な結果をもたらした。

大雷音寺の筋書きには道徳的な一線が引いてあり、偽国王が夫婦生活を行わず、后《きさき》を遠ざけると言っていた。しかし、偽国王がじつは本当の国王なのだから、妻といっしょにいれば夫婦の営みがあるのは当然ではないか？

観音《かんのん》はするどくこの矛盾を突き、青獅子が人妻に淫《みだ》らな事を行い、宮廷を乱したと言いはったのだ。これで文殊《もんじゅ》は難題の解決を放棄した。后《きさき》と寝たのが真の国王だと言えば、身代わりの計はやぶれる。后《きさき》と寝たのが偽の国王だと言えば、青獅子が邪淫戒《じゃいんかい》を犯したことを認めることになり、やはり厳しく懲戒をうける。

「あの文殊《もんじゅ》がどう対応したのじゃ?」李長庚《りちょうこう》は興味津々だった。この局面は根本的に解決不能に思えた。

「文殊《もんじゅ》はやはり決断力がある方です。青獅子の股《また》下を手でさぐり、この乗り物は去勢してあると言ったの」

李長庚《りちょうこう》の眉が軽くはねた。「そ、それは本当か?」

観音《かんのん》が笑う。「まさか本当のわけはないでしょ。文《もん》殊《じゅ》が手でさぐった後で、本当になったんだわ」

李長庚《りちょうこう》は股下が寒くなった気がして一つ息を吸いこんだ。文殊菩薩《もんじゅぼさつ》のやり方はじつに果断だった。罪を避けるためにその場で乗り物を去勢するとは——青獅子もとんだ目にあったものだ。みすみす公《おす》獅子から、獅子公公《こんこん》(公公は宦官につける呼び名)になってしまった。

「だが、たとえ青獅子が去っても三番弟子は本物の烏《う》鶏《けい》国王ではないか?」

観音《かんのん》は肩をすくめた。「国王が打ち明けてくれたのです。西天に経典を取りに行く気なんて、もともとこれぽっちもなくて、妻子といっしょに暮らしたいのだそうです。だから、はじめにわざと文殊《もんじゅ》を堀の水に三日も沈めたんです。こうすればきっと霊鷲山《りょうじゅせん》に行かなくてもよくなるだろうと思って。ほんとうにあんな人がいるなんて、わたしも感心しました……」

李長庚《りちょうこう》は「うーん」と一声、青灯《せいとう》(読書用の青い布が貼ってある灯火)で読書にはげみ、仏祖の伴《とも》となれば前途は洋々なのに、むしろ一畝《ぽ》三分の地を守って暮らすほうがいいとは、この国王も一人の鎮元子《ちんげんし》なのだ。

「青獅子に同行する機会はないし、烏《う》鶏《けい》国王も行く気がないのです。霊鷲山《りょうじゅせん》からもう一度定員を補充しようとすると、また醜い騒動が起こるから、わたしも煩わしいの。それよりは今の顔ぶれのほうがいいでしょ。金蟾《きんせん》の人柄はいいし、悪を憎むこと仇のごとしで、是と非がはっきりしている。わたしもうれしいわ。金蟾《きんせん》が西天まで行って金身羅漢になるのも当然だと思う」

ながく頭痛の種だった難題がこんな方法で解けるとは、李長庚《りちょうこう》も思いもしなかった。まさに仙算は天算にしかず。心中にあった石くれがおだやかにあるべき場所に落ちついた。

「そうじゃ、劫難《ごうなん》はいくつになった?」

「烏《う》鶏《けい》国で主を救うで、第二十六難。魔に化かされるで、第二十七難。李《り》さん、ちょうど三分の一を達成したわ」

観音《かんのん》はころころと笑ったが、李長庚《りちょうこう》はしばし躊躇して口をひらいた。

「大士《だいし》、わしに異動の辞令がくだった。啓明殿をやめて提挙下八洞諸仙宮観《ていきょげはちどうしょせんきゅうかん》にいくことになる」

相手は沈黙に落ちたが、ややあって言った。

「……黄袍怪《こうほうかい》の事が原因なの?」

李長庚《りちょうこう》は「ちがう」と言いたかったが、説明しようとすると、やはり本当の理由を言わないほうがいいような気がした。彼女まで因果に染まることはあるまい。

「それもあるな」と、あいまいに答える。

これは嘘ではない。奎木狼《けいもくろう》が口を出さねば、三官殿で尋問を受けることはなかった。

観音《かんのん》は内心にとがめるところがあるようだ。「わたしが巻きこんだのね、李《り》さん、つまらない事に引きずりこまなければ、あなたも……」李長庚《りちょうこう》はカラリと笑った。「大士《だいし》、必ずしもそうではない。あなたは以前、わしら神仙は〝衆生を普《あまね》く度《すく》うことを願いとすべし〟と言われた。たとえ、あれが芝居であっても内心にこれが正しい理《ことわり》だとみとめればこそじゃ。黄袍怪《こうほうかい》の件について、わしに一点も後悔はない。ただ大士《だいし》とともに護法をできなくなったのが誠に心残りじゃ」

この言葉に相手はすぐには答えず、ゆっくりと言葉をつむいだ。

「本当のことを言うと、この案件を担当することになった時、李《り》さん、あなたをそれほど尊敬してはいなかった。穏健なだけの古株役人で、わたしが立っているつるつるした石みたいなものだと思ってた。それから何度かやっつけられて、一度は〝笑顔の裏に刀を隠す〟と思ったわ……あ、いえ、この言葉はまだ下界にないわね（笑裏蔵刀。出典は五代後晋の『旧唐書』李義府伝で『西遊記』の作中時代より後）――一度はあなたを陰険な老神仙だと思った。それで護法がはじまって、この仕事がとても複雑なものだと思い知ったわ。あなたは千端万緒《せんたんばんしょ》を調整して、多方面のつりあいをとって、しかも、悪事まで防いでいた。じっさい大したものだと思ったわ。あなたがいなければ黄風嶺《れい》で立ち往生してしまって、ぜったい烏鶏国《うけい》までは来られなかった。ほんとうに感謝しています。ありがとう！」

意外にも観音《かんのん》は涙声になっていた。

李長庚《りちょうこう》はやや気恥ずかしそうに玉冠《ぎょくかん》をつかみ、なにか感慨を述べようとしたとき、猛然と西王母《せいおうぼ》の忠告を思い出し、あわてて強引に感情を押さえつけると、できるだけ淡泊な口調で言った。

「大士《だいし》、悲しむな。わしなど調整役にすぎぬし、戦さの先頭に立って兵解《へいかい》（修行者が刃に倒れて神仙となること）するような柄《がら》ではないしの。他日また会うこともあろう」

観音《かんのん》は相手の口調の細かな変化に敏感だった。「それもそうね、では……李《り》仙師、大道を悟られ、金仙となられること、あらかじめお祝いしておきます」

ふいに李長庚《りちょうこう》はある事を思い出し、言い残しておきたかった。

「まだやっかい事が起こるであろう。大士《だいし》、くれぐれも注意なされよ」

「え？」

「烏鶏国《うけい》からのちは、あなた自身で歩まねばならぬ」

それは観音《かんのん》にも分かっていた。これから仏祖の正式な弟子たちの小細工がふえるはずだった。たとえば、あの青獅子、みすみす去勢されたのだ。仲間をあつめて前途を阻み、復讐をたくらまぬとは保証できない。

「心の準備はあります。誰がわたしをこの役職に当てたと思うの？」観音《かんのん》は苦笑した。「李《り》さん、あなたがずっと金仙になりたかったように、わたしだって一歩進みたいと思っているんだから」

神仙と菩薩《ぼさつ》はともに軽く嘆息をもらした。

「そうだ。李《り》さん、もし次の仕事が忙しくなければ取経一行の顧問になってくれないかしら。何もしていただかなくてもいいの、何かあればいつでも相談できるだけで」

「もちろんじゃ。護法には関われなくなったが、噂を聞いたり、知らせを送ったり、天庭で一つ二つ協力するくらいのことはできるじゃろ」

こう言ってみて、李長庚《りちょうこう》は自分がまた因果に染まったと意識した。胸中にふいに衝動がわき上がる。この衝動はやや奇妙だった。正念の元嬰《げんえい》も阻止しようとはせず、濁念の元嬰《げんえい》も知らぬ顔だった。自分の元神《こころ》にまかせて言葉がでる。

「なにやら一首、送別の詩が浮かんできたので、大士《だいし》に贈ろう……」

そう言い終わらぬうちに、観音《かんのん》は伝音を切っていた。

この因果は終わった。李長庚《りちょうこう》の心中にはなぜか一抹の解放感と失望があった。〝太上に情けを忘れる〟ことは何と難しいことか！　心で自分に注意を与える。

もうつまらぬ事に関わってはならない。無情であれ、淡泊であれ、清静無為であれ……

つづく日々で、李長庚《りちょうこう》は厳しくこの原則を守った。職権は変わったが、宮殿は変わらず、啓明殿で執務をつづけた。下八洞《げはちどう》にはじっさい管理すべき仕事などなく、茶をのみ、各地から送られてくる掲帖を読み、誰かが訪ねて来たらいつも穏やかな笑顔をうかべ、「よろしい、よろしい」と言っていればよかった。

残念なことに修行は何も進まなかった。李長庚《りちょうこう》は清静無為であろうと努力し、面倒事からは距離をとったが、打座するたびにいつも心が十分には純正にならないと感じていた。あの濁念の元嬰《げんえい》は一日中殴られて、鼻を青くし顔を腫らしていたが、どうしても消し去ることはできない。金仙の門へはいつもあとひと息のところで到達できないのだった。

結局、西天取経のことを書いた掲帖だった。ひとつ残らず細かに読んだ。掲帖のなかで観音《かんのん》は取経一行を導き、あいかわらず頑強に前進していた。観音《かんのん》は紅孩《こうがい》児《じ》を弟子にして善財童子《ぜんざいどうじ》とし（『西遊記』第四十三回）、霊感大王《れいかんだいおう》を金魚の姿に戻した（『西遊記』第四十七回）。一つ一つの劫難《ごうなん》の背後にはおそらく相当の折衝があるはずだった。

李長庚《りちょうこう》は霧の中で花を観賞するように、つとめてその深意を考えぬようにしたが、やはり二度だけ例外があった。

一度は車遅《しゃち》国のことだ。観音《かんのん》に一つ挨拶をして劫難《ごうなん》を虎力大仙《こりきだいせん》と二人の師弟にやらせ、下凡して夢に出た（『西遊記』第四十四回）。これは地府の因果を返すためだった。もう一度は、女児国《じょじこく》のことで、猪八戒《ちょはっかい》が子母河《しぼが》の水を〝誤飲〟したことだ（『西遊記』第五十三回）。これは嫦娥《じょうが》との約束を守るためだった。

ついでに言っておこう。この劫難《ごうなん》では昴日星官《ぼうじつせいかん》が下凡して、孫悟空《そんごくう》が負った蠍子《さそり》精に刺された傷を癒やした。これを李長庚《りちょうこう》は奇異に思ったが、よく考えてみると、おそらく天庭が昴日星官《ぼうじつせいかん》を派遣し、孫悟空《そんごくう》の態度を確かめたのであろうと思った。あの秘事の一角が六《ろく》耳《じ》に喝破され、天庭はやや取り乱し、当事者の考えに変わりがないかを確かめなければ安心できなかったのであろう。

こうした試みはおそらく一度ではやむまい。李長庚《りちょうこう》の経験から言って、数名の星官たちや二郎神《じろうしん》が順番に下界に遣わされ、護法の旗印のもと、孫悟空《そんごくう》の底意を探りにいくだろう。現在のサルの態度では天庭の嫌疑が氷解することなどない。しかし、上に不満な顔をしないかぎり、悪くても相手にされない程度で済み、その怒りの炎はとっくに五行山《ごぎょうざん》の下で消えたと思わせられるだろう……

いかん、いかん、こんな事は自分とは関係がない。これ以上考える必要はない。

ひとつひとつの事情を目にして因果を捨てさっていき、李長庚《りちょうこう》は身がすこしずつ軽くなるのを感じ、心中ひそかに喜んだ。どうやら、つとめて淡泊に過ごした日々は無駄ではなかった。すくなくとも〝因果を超脱する〟ことには希望が出てきた。

掲帖を置き、修行の続きをしようと思っていると、突然、虎力大仙《こりきだいせん》の伝音が来た。相手が感謝でも述べに来たのかと思い、何も考えずに出ると、相手はだしぬけに言った。

「仙師、通背猿猴《つうはいえんこう》の行き先をつきとめました」

第十四章

ふたたび地府に来た。あいかわらず陰風惨々《いんふうさんさん》たる光景だったが、虎力大仙《こりきだいせん》といっしょに奈何橋《なか》へと歩いていると、道中の遊魂も明らかに減り、鬼哭もすくなからずやんでいることに気づいた。

「どうやら生死簿がうまく修正できたようだの」李長《りちょう》庚《こう》はうれしそうに言う。

虎力大仙《こりきだいせん》は口をへの字に曲げた。「何とかやりましたよ。ですが、地府がわたしらの祭煉《さいれん》に問題があると言って、残金を支払ってくれないんです。仙師が車遅《しゃち》国の件で支払いをしてくれなかったら、わたしらのような小道士は餓え死にしておりました」

「それはおぬしたちの問題ではないのか？」

虎力大仙《こりきだいせん》は苦笑して首をふった。「しらみつぶしに確認はやったんですが、あの崩壊は生死簿のサル属のところに表面上見えない項目があったせいですよ。地府が引きわたした際には、そんな事まったく言いませんでした。だから、わたしらも正常の手続きを踏んで祭煉を行ったんですが、一つ間違いがあるとあちこちで帳簿が合わなくなるから、そりゃくいちがいも出るはずでしょ？　わたしらをとがめることはできないはずです」

それが反語なのか、単純な討論上の技術なのか、李《り》長庚《ちょうこう》には分からなかった。虎力大仙《こりきだいせん》が興味深そうに言う。

「仙師も知っておられるんでしょう？　あの見えない項目を誰が書き改めたか？」

「誰じゃ？」

「閻羅《えんら》王《おう》ですよ」

「ん？　それは不可能じゃろう」

「いや、あの御方の名で登録されていました。わたしらは閻羅《えんら》王《おう》に説明を求めにいったんです。ちょうど孫《そん》悟空《ごくう》が地府を閙《さわが》した時にあたるそうです。あいつが閻《えん》羅《ら》王《おう》の名簿を強奪して書き換えたんです」

李長庚《りちょうこう》の眉が跳ねた。この事件が孫悟空《そんごくう》の身にさかのぼるとは思いもしなかった。一瞬、とまどう。

惜しむべきことに、この時、ふり返ってよく考えることはできなかった。奈何《なか》橋の方から崔《さい》判官に拘束された魂魄が歩いてきたからだ。ぼんやり見え隠れしていて、サルの形のようでもあり、ほかの生き物のようでもあり、時に集まり、時に散り、まるで手ごたえがないようだ。

「通背猿猴《つうはいえんこう》か？」李長庚《りちょうこう》は前方にむかって問うた。

魂魄がぶるぶると震える。感応があった。崔《さい》判官は言った。「やっと探しあてましたわ。発見した時はすでに魂魄が飛散しかけとり、姿形も曖昧で、ただの黒い気みたいなもんです。李《り》仙師、何か話があるなら、なるだけ早く問うてくれんか」

虎力大仙《こりきだいせん》があわてて陰陽大法をほどこして調整を試みる。それでやっと通背猿猴《つうはいえんこう》の魂魄はややはっきりして、何とか顔つきがわかるようになった。

「弁別率はこれが限界です。言葉は話せません。うなずくか首をふるかです。ですが、嘘はつけません」虎《こ》力大仙《りきだいせん》が説明する。「三魂七魄がそろっていませんし、嘘をつくには大量の魂力を使いますから、いまの処理能力を超えていて……」

技術的な説明は李長庚《りちょうこう》にはわからなかったが、通背《つうはい》猿猴《えんこう》をつれて奈何《なか》橋のそばの幽霊っ気のないところに連れていった。

「聞きたいのじゃが、孫悟空《そんごくう》が花果山を出発して、斜月三星洞で師に入門したのは、おぬしが手配したことか」

通背猿猴《つうはいえんこう》の魂魄はぼんやりと李長庚《りちょうこう》をみつめていたが、ゆっくりとうなずいた。

「菩提《ぼだい》祖師の弟子の空席は、ほかの妖怪の履歴をおぬしが改竄《かいざん》して得たのではないか?」

通背猿猴《つうはいえんこう》はやや遅れてうなずいた。

「その妖怪とは六耳《ろくじ》ではないか?」

返事は同じように、うなずきだった。

李長庚《りちょうこう》はまた問う。「では、孫悟空《そんごくう》はこの件を知っておるのか?」

通背猿猴《つうはいえんこう》は首をふった。

「なぜ孫悟空《そんごくう》は地府に押し入り、生死簿を改竄《かいざん》したのじゃ?」李長庚《りちょうこう》は問うてみて、相手がうなずきと首ふりでしか答えられないことを思い出した。質問を変える。「孫悟空《そんごくう》が大いに地府を鬧《さわが》し、生死簿を書き改めたのは自分の出身を隠すためか?」

通背猿猴《つうはいえんこう》は首をふる。

李長庚《りちょうこう》はつづいて数十の質問をしたが、終始要領を得ない。通背猿猴《つうはいえんこう》の魂魄は今にも散りそうだ。李長庚《りちょうこう》はじっと考えて、自分が陰謀論にもとづいて質問をしていたことに気づいた。じつは計算などなかったという事件は多い。そして、すばやく考えの筋道を変えた。

「孫悟空《そんごくう》が生死簿を改竄《かいざん》したのは、おぬしが何日か多く生きられるようにするためか?」

通背猿猴《つうはいえんこう》はうなずいた。形体がはげしく震えだし、ほとんど煙と化しそうになる。

やはりそうか!

李長庚《りちょうこう》は長々とため息をついた。通背猿猴《つうはいえんこう》は孫悟空《そんごくう》の修行が成ったあと、寿命がすでに尽きかけていた。石ザルと通背猿猴《つうはいえんこう》の友情は厚い。そこで地府に押し入って生死簿を書き換え、強引に命をつないだ。後で天庭と孫悟空《そんごくう》が談判し、この行為から霊感を得て、通背《つうはい》猿猴《えんこう》とほかのサルの寿命を交換条件に出したにちがいない……まて！　いかん！

正念の元嬰《げんえい》が大声で警告している。これ以上探れば危険領域に入ると。

李長庚《りちょうこう》はすこし考えてから言った。「この件をおぬしに指示した者がいるか？」通背猿猴《つうはいえんこう》は首をふる。李《り》長庚《ちょうこう》は眉間にしわをよせて方法をかえた。「おぬしが自分でこの件を行ったのか？」相手がうなずく。この答えは李長庚《りちょうこう》の意表をついた。思わず不満げに問い返していた。「おぬしが自ら願ったことから出ているなら三星洞の門徒を招く管事《かんじ》（商家の番頭などを指す）の者に賄賂を贈り、履歴を差し替えさせたのか？」

通背猿猴《つうはいえんこう》は最後に何とかうなずいた。そして、一塊の蒙々たる陰気に崩れ去った。李長庚《りちょうこう》はどうしようもなく、その残魂をつかまえて、奈何《なか》橋の前にもどり、崔《さい》判官に転生の流れにのせてくれるように言った。

じつを言えば、李長庚《りちょうこう》はこんな事実が見つかるとは思っていなかった。〝太上に情けを忘れる〟という教えには合わないだろう。しかし、六耳《ろくじ》は今なお行方不明で、おそらくこれが自分の心魔になるだろうと考えた。金仙の境界に行くためには、やはりできるだけ早くこの小事を終わらせたほうが良いだろうと思った。まずは因果を断つ。その後で情けを忘れたほうがよい。

李長庚《りちょうこう》は啓明殿に戻り、もう少し調査をくわえた。そして愕然《がくぜん》として気づいた。当時、斜月三星洞で門徒の募集に責任をおっていた管事は、数百年前に得道して飛昇し、現在は三官殿で奉職している——地官大帝につきそって李長庚《りちょうこう》を尋問していた、あの仙吏にまちがいない。

ふっ、あやつも一枚噛んでおったか。地官大帝と自分が六耳《ろくじ》の動機について押し問答をしていた時、当時の事情を知る者が傍らで口をつぐんでいたのだ。

ちょうどよい。三官殿では二度茶を飲んだが、こちらも相手を啓明殿に招いて茶を一杯飲ませてやらねば礼に欠けるというものではないか？　李長庚《りちょうこう》はすぐに文書を発すると、指名してあの仙吏を招いた。

三官殿と啓明殿は同格だが、李長庚《りちょうこう》とあの仙吏は同格ではない。仙吏はあわてふためいてやって来た。顔を見るなりお辞儀をして作り笑いを浮かべ、言いわけをした。

「以前は職責のあるところで致し方なく、けっして李《り》老仙師に他意があったわけではございません。下官《わたくしめ》は話し合いの折も一言も申し上げず、すこしも非難をいたしませんでした」

李長庚《りちょうこう》は目を細めて笑い、茶を一杯もって来させた。仙吏が気まずそうに飲むのを見ながら、ゆっくりと切り出す。「わしはいま提挙下八洞《ていきょげはちどう》の役目があるゆえ、啓明殿には関わっておらんのじゃ。今回、おぬしを呼んだのは、個人的に教えを請いたいからじゃ」

仙吏は目の前がまっくらになっていたが、この話でさらに驚いた。〝個人的に教えを請いたい〟これは公式の規制などないことを意味する。仙吏は三官殿にいるのだから、人事について敏感だった。太白金星の〝提挙下八洞《ていきょげはちどう》〟が臨時の異動にすぎず、本当の閑職に当てられたわけではないと知っていた。万一、いつか李長庚《りちょうこう》が金仙となれば、小役人ひとり、死んだ方がましな目にあわせるのに、わざわざ自分の手を動かす必要などない。

仙吏は額の汗をふいた。「わたくしめが知っていることは何でもお話しいたします。何でも」李長庚《りちょうこう》は言う。「おぬし、飛昇の前、菩提《ぼだい》祖師のもとで仕事をしておったようだの？」仙吏は何度もうなずいた。「在《わた》下《くしめ》、当時は三星洞で事務一般を取りしきっておりました」

「孫悟空《そんごくう》と六耳《ろくじ》の履歴を差し替えたのはおぬしじゃな？」

仙吏の顔色が変わり、あわてて言い逃れをする。

「はて、どうも記憶が……」李長庚《りちょうこう》は問いつめず、目を細めて笑うと相手にむかって茶杯を押しだす。仙吏はとたんに動けなくなった。三官殿に奉職しているが、自分が尋問される側になると、抵抗することがいかに難しいかを思い知った。口ごもりながら言う。

「飛昇のあとは俗世の因果をすべて断ちましたので、ほんとうに覚えがありません」

李長庚《りちょうこう》は穏やかな顔つきで言う。「そう負担に思わずともよい。わしは責任を追及しておるのではない。ただすこしはっきりしたところを知りたいだけじゃ」

仙吏は針のむしろに座っているようだ。これが李長《りちょう》庚《こう》のよく使う手だということは承知しているから、あきらめて簡単にいくつか説明をした。

菩提《ぼだい》祖師は〝教えありて類《るい》なし〟（誰でも立派になれる意、『論語』）を実践した。だから、三星洞は数年ごとに外から弟子を取った。それには一定の比率があり、それぞれ妖、怪、精、霊の四種にわりふられる。あの年、ちょうど六耳《ろくじ》というサルの妖怪が入門を申しこみ、各項目の審査もすべて通過していた。履歴はこの管事の手に送られてきた。ちょうどそこへ通背猿猴《つうはいえんこう》がやってきて石ザルを弟子の列に押しこみたいので、六耳《ろくじ》の履歴を抜きだして石ザルを代わりに入れるようにと懇願してきた。

あの二匹は姿形もそっくりで経歴も似ている。目の前に立っても普通の者ならば見分けがつかない。履歴を見ているだけなら言うまでもなく見分けなどつかなかった。三星洞の外ではその年一匹の利口なサルを取ると噂になっていたが、それがどのサルかとなるとまったくわからなかった。

仙吏が説明を終えると、李長庚《りちょうこう》は好奇心がわいた。

「通背猿猴《つうはいえんこう》はおぬしにどんな利益を提供した？　おぬしにそのような事をさせるかわりに」

仙吏はやや躊躇して答えた。「船いっぱいの新鮮な瓜です」

「なに？」

「花果山の瓜は口当たりがよく、汁気もたっぷりでとても甘いのです。ながく保存できますし、天庭でもなかなか食べられるものでは……」

李長庚《りちょうこう》はあわてて相手の話をさえぎった。「嘘を言うでない。菩提《ぼだい》祖師の弟子の定員といえば非常に貴重なものだ。それが船いっぱいの果物で決まるのか？」

仙吏は追従笑いをうかべた。「仙師は勘ちがいをなされております。菩提《ぼだい》祖師の真伝の弟子の定員はたしかに貴重で、いいかげんなことはできません。ですが、門外から取る弟子は毎年数百人もおり、名簿のすり替えなどよくあることでして——その後、孫悟空《そんごくう》が祖師の目にかなうなど誰にわかりますか？」

李長庚《りちょうこう》はややとまどい、自分の頭を拍《う》った。「たしかに勘ちがいじゃ、勘ちがいじゃな……」

ずっと疑いをもっていたのは、通背猿猴《つうはいえんこう》が山ザルの身でどうやって六耳《ろくじ》の履歴をすり替えたのか？　という点だった。いま仙吏からすこし事情を聞き、自分が根本的に考え方を誤っていたことに気づいた。

あの二匹のサルはどちらも忍耐づよく修行の成果も高いから、無意識に二人の履歴の交換には大物の指図があったと思っていた。だが、じっさいは入門の前で石ザルだろうが、六耳《ろくじ》だろうが、取るにたらぬ妖怪にすぎなかったのだ。三星洞の管事の目からみれば門外の弟子の名簿にすぎない。船いっぱいの瓜でも十分なのだった。

孫悟《そんご》空《くう》が外門から内門にまぎれ込み、また内門の弟子から抜きんでて祖師の真伝を手に入れたのは、あやつ自身の努力の成果だ。だから、天に上って名を成した後では仙吏もこれについて固く口を閉ざして一言も言わなかったのだ。

したがって、なにも驚天動地の陰謀などなく、俗塵のなかで毎日のように起こっている事にすぎないのだった。おそらく三星洞の外には他にも貧乏くじを引いた者がいるのだろう。ただ声をあげる機会もなく、どれだけの者が修行の機会もなく死んで、地府に埋もれているか知れたものではない。

孫悟《そんご》空《くう》と六耳《ろくじ》の資質は高く、修行の成果は驚くべきものだ。ただ一方は頑固で融通がきかず、名簿すり替えという事態にこだわった。

李長庚《りちょうこう》は感慨をもらして仙吏をかえした。そして、玉簡をひろげると、筆を走らせ、判明したことを一通の文書にした。

それは孫悟《そんご》空《くう》が名簿をすり替えて入門した事に関する正式な回答だった。李長庚《りちょうこう》はすこしもごまかすことなく、事実に即して筆を走らせ、原因と結果をはっきりと書いた。書いてみると、自分は神仙ではあるが、やはり運命の不思議に嘆息をもらさずにはいられなかった。

通背猿猴《つうはいえんこう》は悟《ご》空《くう》のために六耳《ろくじ》の資格を盗んだ。悟《ご》空《くう》は通背猿猴《つうはいえんこう》の恩を感じて地府に押し入り、彼のために寿命を書き換えた。数百年後、生死簿がこの小さな錯誤で崩壊にいたり、通背猿猴《つうはいえんこう》を地府に連れ去った。そして、六耳《ろくじ》はこの機会に花果山で天庭の秘密の一端を盗み見て、後につづく一連の大混乱を引き起こした。

以前、元始《げんし》天尊《てんそん》の説法を聞いたことがあった。西天霊鷲山《りょうじゅせん》にいる金翼の大鵬《たいほう》（『荘子』に出てくる巨大な鳥）がひとつ羽ばたきをすると、東海龍宮が暴風にみまわれるのだ。この話は世の無常と因果の交替を比喩で述べたもので、すべて〝遁去《とんきょ》の一〟（人を含む複雑な変化のこと）の中で変化し、大羅金仙も天数を算《かぞ》えつくすことはできない。いま思えば果たしてその通りではないか。

もちろん、こんな感慨を文書に記すことはできない。李長庚《りちょうこう》は書きおよぶ範囲を厳格に〝名簿すり替え〟の内部にとどめ、ほかに及ぶことはなかった。玉簡を書き終えると、丁寧に啓明殿の印章を捺《お》し、六耳《ろくじ》がはじめて差しだした訴状の日付を書き入れて、霊霄《れいしゅう》宝殿の裁定を請うと題書した。

この文書が何も変えることはないと、李長庚《りちょうこう》にもわかっていた。ただ、すくなくとも六耳《ろくじ》に対しては一つ説明になる。あのサルがいまどこの谷に隠れ、いまも歯を食いしばっているかは知らぬが、あの者が説明を求めたことには答えた。

心の中で濁念の元嬰《げんえい》が正念の元嬰《げんえい》にたいして何度も言いきかせている。これが啓明殿の最後の調査、金仙になる前の最後の因果、これより李長庚《りちょうこう》は毫《ごう》もさまたげられることがなくなったのだと。正念の元嬰《げんえい》はまだ半信半疑で、ただ顔を腫《は》らした濁念の元嬰《げんえい》がどんな小細工をやるつもりかと推し量るように、片目で探るようにみている。

童子に文書を持たせて送り出すと、李長庚《りちょうこう》は茶をすすり、袖にこもった六耳《ろくじ》の妖気をたどり、あの野ザルに知らせてやりたいと思った。しかし、しばらく試みてみたが応答はない。あの野ザルは三官殿から逃げ出して以来、ずっと消息を絶っていて千里《せんり》眼《がん》や順風耳《じゅんぷうじ》でさえ見つけられないのだ。

「やめておこう。風が吹きすぎるのを待ち、後日教えてやればよい」李長庚《りちょうこう》はしかたなく妖気をたどるのをやめて茶を飲んだ。ほどなく、童子が文書を届けてかえってきた。ついでに最新の掲帖を卓に置いていく。

茶も飲み飽きていたし、李長庚《りちょうこう》は目を閉じて養神を行っていたが、物憂げに掲帖を取り上げてみた。それを目にした途端、ガチャンと音がして茶杯が床に落ちた。

掲帖はすでに第四十六難に進んでいた。突如、偽《にせ》のサル王が現われ、本物のサル王と戦いをはじめていた。簡単に勝負はつかず、天上天下であまねく戦い、最後に如来《にょらい》仏祖の前で決着がついた。偽のサル王はその場に打ち殺されたが、なんとそれは六耳獼猴《ろくじびこう》だった。掲帖にはこの戦いのまとめが書いてある。このサルはじつは孫悟空《そんごくう》自身の心魔の化したもので、一体両心、善と悪を兼《か》ね備《そな》えている。ただ刻苦して修行にはげむと きのみ、はじめて善を揚《あ》げ悪を滅することができ、自我に打ち勝つことができる……

もちろん、李長庚《りちょうこう》は掲帖がまとめている道理など信じなかった。すぐに観音《かんのん》に伝音をして、いったいどういうことなのかと問うた。観音《かんのん》は向こう側で長々とため息をついた。

「李《り》さん、正直にいうけど、この劫難《ごうなん》はまったく意外なことだったの」

取経一行は火焔山《かえんざん》に向かっていて、休息をとっていた時、突如襲撃にあった。襲撃者は一匹のサルで、孫《そん》悟空《ごくう》とそっくり同じ姿をしていた。いきなり道ばたから飛びだしてきて、棒で打ちかかってきたのだった。孫悟空《そんごくう》には衝突する気はなかったが、相手がむきになるので、ついに二人は霊鷲山《りょうじゅせん》のふもとで戦うことになった。相手は気がおかしくなったのか、なんと仏祖の法座にまで打ちかかろうとしたので、護教金剛《ごきょうこんごう》たちが力をあわせて打ち殺してしまったのだった。

「あの偽のサル王は〝三たび白骨精《はっこつせい》を打った〟とき、悟空《ごくう》にかわって手を下した者でしょう？」観音《かんのん》は問うた。

李長庚《りちょうこう》は黙々とうなずいた。

「彼はどうして取経一行を襲ったのかしら？　李《り》さんが費用を払わなかったから、手当のことで苦情を言いに来たの？」

これに李長庚《りちょうこう》が答えないので、観音《かんのん》は自分で否定した。「ちがうわね。手当に不満があるって感じじゃなかった。みずから死を求めに来たみたいだった。大声で〝ぼくこそ本物だ、ぼくこそ本物だ〟って怒鳴って、孫悟空《そんごくう》に憎らしそうに打ちかかってきて、もう破れかぶれ、目は絶望でいっぱいだった。ねえ、あの顔つき、孫悟空《そんごくう》とほとんど同じよ。だから、わたしも一度迷わされたの——李《り》さん、どういう事だか知ってるの？」

「なにか心に不満があり、晴らすところもなかったのであろう」李長庚《りちょうこう》は弱々しく答え、無表情で笏板《しゃくばん》を置いた。

観音《かんのん》をふくめて世の人々はみな、六耳《ろくじ》が取経の者の目をだますために孫悟空《そんごくう》に化けたと思だろう。だが、李長庚《りちょうこう》だけは知っていた。それが六耳《ろくじ》の本意ではなかった。あの者はただ出口のない道に入りこみ、最も極端で絶望的な行為にでるしかなくなり、三界《せかい》にむけて叫びをあげた。孫悟空《そんごくう》の名、身分と運命はほんらい自分に属していたのだと。六耳《ろくじ》はこの一点だけを、どうしても言っておきたかったのだ。

残念なことに掲帖はすでに公布されてしまった。あやつは自分の身分について争ったのではなく、かえって孫悟空《そんごくう》の心魔ということになってしまい、皮肉にも再び、身代わりの運命を負うことになった。

ここまで回顧すると、李長庚《りちょうこう》は考えに沈んだ。もしかりに自分が初めからあの事をしっかりと調べていれば——いや、自分がすこし注意していたところで、結局、同じような結果になっていただろう。

いや、ちがう。はじめから自分がしっかりと腹をきめて下界に追い返し、六耳《ろくじ》を早めに失望させていればこんな事にはならなかった。自分が気まぐれに善意を起こしたために、虚しい希望をいださせ、また解決する方法をなくし、この悲劇を招いてしまった。

呉剛《ごごう》はあれほど長く働いても一条《ひとすじ》の跡すら残さないが、彼のところに桂樹《けいじゅ》を切ることを学びに行かずとも最初からすべては一場の空《くう》のみ……これが〝太上に情けを忘れる〟という言葉の真意か？

李長庚《りちょうこう》はふいにひとすじの霊光が現われるのを感じ、身をかがめて茶杯を拾いあげると、座りなおして修練を続けようとする。体内では正念の元嬰《げんえい》が「わああ」と雄叫びをあげ、濁念の元嬰《げんえい》にとびかかって押さえつける。濁念の元嬰《げんえい》は力も虚ろで身動きもできず、うめき声をあげるだけだ。

李長庚《りちょうこう》の心はふさがれ、精神を凝らすことなどできない。思い切って修練をやめ、大袖をふるうと黙って南天門の外に歩く。王《おう》霊官にすこし挨拶をし、六耳《ろくじ》が立っていた場所に来た。

南天門外には強い風が吹いていた。ふところから報告書の控えを取りだすと、かがみこんで三昧《さんまい》の真火を打ち出した。玉簡は徐々に炎となって燃えあがり、ゆらゆらと頭に花輪を巻いた幻と化した。ただ惜しむらくは風が烈《はげ》しく、この煙もけっきょく南天門には入れず、その姿でやや身を折ると、散っていき、淡くなり消えた。

あの姿が消えゆくにつれ、濁念の元嬰《げんえい》もうめき声を発しなくなった。そのまぶたがゆるやかに合わさり、正念の元嬰《げんえい》が喉を絞めて爪をたてると、ついに昏倒した。

その日から李長庚《りちょうこう》は以前にもまして寡黙になった。取経の掲帖もめったに見なくなり、たまに進行を確認するくらいで、毎日、下《げ》八洞《はちどう》の事務に打ちこんだ。彼に会った同僚たちは李《り》の双眸がだんだん深く、捉《とら》えがたくなっていくことに気がついた。話しかたも水も漏らさぬようになった。鎮元子《ちんげんし》が時々伝音をしてくるが、いまや李長庚《りちょうこう》の話しぶりは公文の発表のようだと怨みごとを言った。

数日後、ふいに啓明殿は通達文書を受け取った。本来は織女《しょくじょ》があたる仕事だったが、ちょうど衣を織り上げたところで、下界で子供に試着させねばならないようで、李長庚《りちょうこう》に代わりに行ってくれと懇願した。

「いま、わしは啓明殿で仕事をしておるが、下八洞《げはちどう》のために働いておる。どうしてそんな越権ができよう」と、李長庚《りちょうこう》は文句を言う。

織女《しょくじょ》はかわいらしく怒って、その袖を引いた。「ねえ、お母さまから聞きましたよ。異動の辞令がもうすぐ下ります。すぐに啓明殿にもどるんですよ。何日かちがうだけでしょ。これはもともと殿主の仕事だったんです。よく知っていることなんだから助けて下さいよ」李長庚《りちょうこう》はまとわりつかれるのが面倒で、わかったとだけ答えた。

織女《しょくじょ》はうれしそうに去っていき、李長庚《りちょうこう》が文書をひらいてみると、かるい笑いが全身からわき上がり、袖を払って啓明殿を出て行く。

殿外では五彩の玉鳳《ぎょくほう》が待っていた。その性格は気高く端正、容姿はきわめて華やかだ。これが李長庚《りちょうこう》の新しい乗り物だ。慣れたやりかたで跨《また》がり、払子《ほっす》をふる。玉鳳《ぎょくほう》は風に向かって一声なくと、斑《まだら》の両翼をひろげて雲霄《うんしょう》までまっすぐに飛び、金色の光を四方に放った。

瞬く間に南天門まで飛ぶ。そこにはよく知った姿が待っていた。

「斉天大聖《せいてんたいせい》、ひさしぶりだの」李長庚《りちょうこう》はまず声をかけた。

「金星老」孫悟空《そんごくう》はあいかわらず〝万縁《ばんえん》、我に関せず〟という疲れた表情で、身体も傷ついているようだ。

李長庚《りちょうこう》は親身になって問う。「大聖、いったいどうした？」孫悟空《そんごくう》は言う。「下界は太平じゃないのさ」

取経一行は獅駝《しだ》国で大きな劫難《ごうなん》に遭遇していた（『西遊記』第七十四回）。これは本当の野劫《やごう》だった。文殊《もんじゅ》、普賢《ふげん》の乗り物（青獅子と白象）と、如来《にょらい》の舅《おじ》（『西遊記』第七十七回、大鵬大王のこと）が手を組んで下凡したのだ。この三名は後ろ盾も強力で用いる計略も複雑、霊鷲山《りょうじゅせん》の内部抗争に発展した。掲帖に書かれた内容だけでも危機の連続で、実際に起こった事件は驚くべきものだったようだ。さいわいにも取経一行が常を超えた働きをし、なんとか耐えきった。しかし、この三名の妖怪は何も罰をうけず、原職に復帰していた。

天上の事はみなこうだ。呉剛《ごごう》が桂樹《けいじゅ》を切るように、どれだけ騒ぎを起こしても、結局は跡形《あとかた》もなくなる。

孫悟空《そんごくう》はまだ詳しく言いたいようだったが、李長庚《りちょうこう》は手をふった。

「順調に劫難《ごうなん》を克服できておればそれでよい。さまざまな曲折など、大聖が報告する必要はあるまい」

悟空《ごくう》もそれ以上言おうとせず、錦嚢《きんのう》をひとつ取り出し、李長庚《りちょうこう》にわたした。

「いま、オレたちは陥空山《かんくうざん》まで来た（『西遊記』第八十一回）。この劫難は天上に問い合わせる必要があるんだ。金星老がついでに持って行ってくれると助かる。〝嘘を弄《ろう》すれば気にかける人がなくなり、真をすれば自在でなくなる〟だろ、正直に頼むぜ」

その口ぶりはあいかわらず氷のように冷ややかで遠慮もない。だが、李長庚《りちょうこう》には多少理解できた。あのような事を体験すれば世界に対して何らかの親近感を抱くことはもはや難しくなるのだろう。

李長庚《りちょうこう》は筋書きに目を通したが、なにも新奇なところはないように思った。天王府の養女（地湧夫人、『西遊記』第八十三回）が下凡して乱をなしたから、孫悟空《そんごくう》が天王《てんおう》と哪吒《なた》に出馬をねがい、妖怪を取り押さえるというもので、なんとも俗な筋書きにすぎない。

観音《かんのん》も余裕がないのだ。正式の弟子たちの妨害が絶え間なくつづき、弥勒仏《みろくぶつ》の童子（『西遊記』第六十六回、黄眉大王のこと）が攪乱し、文殊《もんじゅ》と普賢《ふげん》の乗り物が復讐に来た。これに応対するだけで奔命に疲れ、筋書きに創造性を発揮する余裕などなく、ただ何とか仕事をこなしているにすぎない。

この感慨は李長庚《りちょうこう》の心中にかすかなさざ波を起こした。だが、すぐに道心をしまいこみ、淡泊に言う。

「天王府はちと遠い。大聖にもいっしょに来てもらおうか」

二人は玉鳳《ぎょくほう》の背にのり、天王府へと飛んだ。途中、どちらも黙りこんでいた。飛びに飛んで、李長庚《りちょうこう》はふいに気がついた。内心で濁念の元嬰《げんえい》がぴくりと動く。

それはすでに打ちのめされて久しく、地面に気息奄々《きそくえんえん》の状態でのびているだけだった。それがこの時、キラリと光を反射するとは誰が知ろう。

「大聖よ、どうせ天王府までには時間がかかる。話のタネがあるのじゃが」

「言ってくれ」

李長庚《りちょうこう》は玉鳳《ぎょくほう》の頭で手を後ろに組んで立ち、六耳《ろくじ》と通背猿猴《つうはいえんこう》のいきさつを語った。聞き終わると、孫悟空《そんごくう》はしばらく黙りこみ、顔つきにもやや変化があった。

「それは本当なんだな？」

「大聖の問うところが、天庭の認めるかどうかにあるなら真実ではない。わしが提出した文書には返答がなく、ふかく追究する者もない。だが、この事はわし自身が調べたことで、間違いはないはずじゃ――じゃから、この事は真実でもあり、また嘘でもある」

その時、強烈な気息がサルの身体から炸裂し、あやうく玉鳳《ぎょくほう》が墜落しそうになる。

「なるほどな……オレが花果山を出発する前、通背猿猴《つうはいえんこう》は西牛貨洲《さいごけしゅう》の霊台方寸山に行けと指示したんだ。そこに機縁があるってな。へっ、本当に自分の機縁があるんだと思っていたけど、この取経みたいに仕組まれた芝居だったんだ。オレのために通背猿猴《つうはいえんこう》のやつ、ほんとうに……ほんとうに何でもやりやがって」

否定するか、あいまいにごまかすのだろうと李長庚《りちょうこう》は思っていたが、これほどあっさりと認めるとは意外だった。

「本物と偽物のオレができた劫難《ごうなん》だけど、金星老は読んだかい?」悟空《ごくう》は突然言った。

「ああ、だいたい聞いておる」李長庚《りちょうこう》はつとめて表情に出さないようにした。

「いま思い出すと、六耳《ろくじ》の最初の襲撃はたしかに異常だった。あいつはオレの姿に化けて〝ぼくが本物だ〟と叫びながら打ちかかってきたんだ。どこからこんな仇がでてきたか、さっぱりわからなかった。仏祖の前でも戦って、あいつがその場で負けておしまいになるんだろう、降伏を受けいれればいいし、性命《いのち》までは取るまいと思ってた。だけど、仏祖が言ったんだ。〝オレが本物で、あいつが偽物〟だって。それを聞いて、あいつはオレの火眼金睛《かがんきんせい》より目を赤くして、棒をふりあげて仏祖に打ちかかった。それで……護教金剛に粉微塵にされたよ。止めようとしたけど間に合わなかった」

孫悟空《そんごくう》がみたことは、観音《かんのん》から聞いたことよりも真に迫っていた。李長庚《りちょうこう》は思わず目を閉じて、かすかに嘆息をもらした。そして、慰める。

「六耳《ろくじ》も冤罪《えんざい》を晴らしがたく、心中激しい憤怒があってのことじゃ、大聖よ、心にわだかまりを残すなかれ」

「オレはあいつに負い目がある。わだかまりも何もないだろ？」孫悟空《そんごくう》は後ろ手を組んで頭を垂れ、沈んだ口ぶりで言った。「金星老、オレが弼馬温《ひつばおん》の官職を与えられて騒いだ時のこと、まだ覚えているか？」

「覚えておるとも」

「オレが菩提《ぼだい》祖師のところで懸命に修行したのは、はやく人に抜きんでて花果山のサルたちを守ってやるためだ。そうしてやっと天庭に上ったが、後ろ盾がないために弼馬温《ひつばおん》なんて役目を与えられただけだ。どうして騒いだと思う？　満足できなかったからさ。あれだけ苦労して身につけた術は、九天の神仙たちより上だったのに、よい役目はみんなあいつらの眷族で分けちまう。オレが何をしたって功績なんてあるかい？　だけど、思いもしなかったよ。弼馬温《ひつばおん》だ、斉天大聖《せいてんたいせい》だと騒いだところで、もとをただせば他人の運命を横取りしていただけなんだ」

「そう言うな。大聖は天資《てんし》聡明、道心も立派じゃ。六耳《ろくじ》は偏屈で激情的だった。仙途を歩んだところで大聖には遠く及ばなかったであろう」

孫悟空《そんごくう》は皮肉をこめて笑った。「遠く及ばない？　オレが斉天大聖《せいてんたいせい》になってどうなった？　他人の代わりに劫難《ごうなん》を受け、濡れ衣を着ただけだ。因果は過《あやま》たずということだな」

その話にふれると、李長庚《りちょうこう》はただちに口をつぐんだ。孫悟空《そんごくう》のほうは少しも忌《い》むところがない。「あの事についちゃ、二郎神《じろうしん》がオレに罪を替わってくれと哀願した留声《りゅうせい》を残してあるだけだった。水簾洞《すいれんどう》のなかに深く隠して、いつか冤罪を晴らせる時があれば使おうと思っていたんだ。六耳《ろくじ》に探しだされて、かえってあいつの身を滅ぼしちまったが……」

これで李長庚《りちょうこう》にも完全にわかった。なぜ三官殿の反応があれほど強烈だったのか。その留声が表に出たら、二郎神《じろうしん》のことは完全に暴露される。だから、六耳《ろくじ》はよってたかって叩き殺されたのだ。護教金剛たちになにか別の意図がなかったとは言えまい。

「オレには六耳《ろくじ》のことがよく分かる、よく分かるよ。本当にな……」悟空《ごくう》の言葉は少ないが、それが多くを語っていた。顔をあげると、その双眸にかすかな心の動きが映り、わずかに内心の光があふれだしたかのようだ。

「二郎神《じろうしん》のかわりに濡れ衣を着た時、不満でならなかった。天下にこんな道理があるかってな。そして、端《はな》っから道理なんて関係ないんだと気づいた時、不満が怒りに変わった。六耳《ろくじ》と同じさ。天上から地下まですべてを打ち砕かないかぎり、この胸のむかつきは収まらなかった――惜しむべきだよな。オレは大いに天宮を鬧《さわが》したのに死なずにすんだ。五行山《ごぎょうざん》の下に押さえつけられてから、ゆっくりこれも運命だとみとめたよ」

悟空《ごくう》が言う〝惜しむべき〟がいったい誰を〝惜しむべき〟なのか、李長庚《りちょうこう》にはわからない。

「この事は五行山《ごぎょうざん》の下で五百年かけて、じっくり考えたんだ。この天地では誰もが入れ替わり、演じたり、振りをしたりしている。オレが六耳《ろくじ》の運命を盗み、別のやつがオレに罪を着せた。この劫難《ごうなん》を演じたら、さらに大きな偽の劫難《ごうなん》の中にいた。あの掲帖が言っていることは間違いじゃない。オレたち二人はほんとうに一体両心なのさ。あいつは鎮圧される前の憤怒にかられたオレで、オレはあきらめて生きてきたあいつさ」

玉鳳《ぎょくほう》の背ではびゅうびゅうと風が吹きすぎ、二人は一瞬沈黙した。

李長庚《りちょうこう》が口を開こうとすると、濁念の元嬰《げんえい》が彼をつつき、大いに天宮を鬧《さわが》した事件が推測の通りだったか問えと言う。だが、それも正念の元嬰《げんえい》に殴られて倒れた。李長庚《りちょうこう》は声を出せなかった。そんな考えを見透かしたかのように、悟空《ごくう》の口の端《は》がやや跳ねる。

「オレの見るところ、金星老、後光がやわらいで、仙気が濃厚になったたな。金仙の境界はもうすぐなんじゃないか？　どうしてこんな事に関わる？」

李長庚《りちょうこう》が払子《ほっす》をひとふりすると、顔に浮かんだ感慨がゆっくりと消え去り、荘厳な表情になる。「たしかにわしとは関係がない。たまたま言ってみたまで。大聖がその中の因果を極めようという気を起こさず、後日の道心の障《さまた》げとならぬようにと考えてのこと」

はっははと孫悟空《そんごくう》は大笑いした。「金星老、あんたが金仙になれなかったら真相を知っても有害無益だ。金仙になれたら言うことがそのまま法だろ。真相なんて重要なことじゃない――それで何がおもしろくて生きてるんだよ？」

「ああ、そうだな」と李長庚《りちょうこう》は一声、悟空《ごくう》が言う。

「そんなにもったいぶるな。きっとまだ〝太上に情けを忘れる〟までいっていないんだろ？　オレが利口なやり方ってやつを教えてやるよ。因果を超脱しようとしても因果に染まらずにはすまないぜ。太上に情けを忘れるのは無情無欲ってことじゃないのさ」

李長庚《りちょうこう》はとまどった。この考えと自分で考えたものはやや違いがあるようだ。あわてて教えを請う。孫悟《そんご》空《くう》は意に介さず、ただ手をふった。

「オレに訊くな。自分で悟ればいいだろ。オレにみたいにはなるな。その道理を通したら劫難《ごうなん》より苦しいぜ」

そう言い終わらぬうちに、悟空《ごくう》はまた大笑いをはじめた。笑いは九霄《きゅうしょう》の雲外にひろがり、耳を刺し、天庭を吹きすぎる強風よりもさらに凜烈だった。

第十五章

宝幢光王仏《ほうどうこうおうぶつ》が無底船に棹《さお》さして、ゆっくりと凌雲渡《りょううんと》に近づいてくる（大雷音寺の前にある渡し場。『西遊記』第九十八回）。玄奘《げんじょう》ら師弟四人は渡し口に立ち、首を長くして待っていた。

観音《かんのん》は雲のうえに立って、下界を見ていた。監督の三十数名の神々もそれぞれ位置についている。さらに遠くの霊鷲山《りょうじゅせん》正殿では灯火《とうか》をかかげ、色とりどりの飾りを結びつけ、神仏がずらりと並んで立っていた。

十四年の歳月をかけ、取経一行は数十の〝劫難《ごうなん》〟をへて、ついに霊鷲山《りょうじゅせん》のふもとに到着した。のこすはあと一歩、底なし船に乗って向こう岸に渡るだけで大功が成る。

するどく清らかな鳴き声とともに、上空から玉鳳《ぎょくほう》が飛来した。李長庚《りちょうこう》は取経の顧問だから、むろん招待されていて、出迎えの儀式にやって来た。太白金星の来訪を見て、観音《かんのん》は懐かしさのあまり迎えにいく。ところが、相手は淡然と笑い、ひとつ稽首《けいしゅ》（道士の行う礼、相手に正対して拳を包んで眉の前に上げる）したのみだった。観音《かんのん》は脚をとめ、唇をやや動かし、合掌をして返礼をするしかない。

「啓明殿主、ご苦労をかけます」

「職責じゃ。苦労などと言えようか。わしなどは数日の苦労にすぎぬ。だが、大士《だいし》は一路心を尽くして護持をなさり、もっとも功徳をあらわされた」

その話しぶりには一点の落ち度もなく、やや疎遠な感じがあった。李長庚《りちょうこう》の宝光はすでに極めて濃くなり、金仙になる最後の一歩の段階にあると観音《かんのん》は気づいた。今回、李長庚《りちょうこう》が来たのは天庭を代表してのことで、自然なふるまいは慎《つつし》まねばならない。

玄奘《げんじょう》師弟はまだ船を待っている。この機会に観音《かんのん》は金色の冊子を李長庚《りちょうこう》に手わたした。それをめくってみて、李長庚《りちょうこう》はこれまでの掲帖をまとめたものだと気づいた。

「どうして八十難しかないのじゃ？　計画では八十一難のはずだったと思うが？」

観音《かんのん》は微笑んだ。「わたくしが玄奘《げんじょう》のために残しておいたのです」

「玄奘《げんじょう》が言い出したのか？」

「李《り》さん、ほら。あそこで彼らが底なし船に乗るのを待っているでしょ。凡胎《ぼんたい》肉身が水中に落ちて流され、真霊だけが向こう岸に到達できる。ここで濁世の因果を断ちきり、正果を成し遂げられる――ただ玄奘《げんじょう》はそんなことをしたくないって言ったけど」

「あと一歩のところで仏に成りたくないと言うのか？」李長庚《りちょうこう》の心は淡泊になってはいたが、すこし驚いた。

観音《かんのん》が笑う。「ちょっと勿体《もったい》ぶっているんです。その時になれば分かりますよ」

二人は凌雲渡《りょううんと》に注意をもどした。

宝幢光王仏《ほうどうこうおうぶつ》の船はゆっくりと接岸した。荘厳な鐘磬《しょうけい》の音と読経の声のなか、玄奘《げんじょう》、八戒《はっかい》、沙僧《さそう》の三人が順に渡し船にのりこむ。三つの形体は次々に脱け落ち、ボトンと水中に落ちて流されていった。三人の真霊だけが船に立ち、たがいに祝いを述べあった。

孫悟空《そんごくう》だけは渡し口に立ち、じっと動かない。ゆっくりと顔をあげて、まるで雲上の太白金星を見ているようでもあり、彼など見ていないようでもあり、もっと高い空にいる誰かを見ているようでもあった。

太白金星は彼の視線をたどってふり返りはしなかった。すでに半ば金仙となっている。何ができて何ができないかを知っていた。背後の空から催促するような数本の視線が注がれていることは感じていた。

サルは最後に一度、責めるような冷笑をうかべ、耳から如意棒を取りだすと、ひと息にへし折り、船上に歩を進めた。

李長庚《りちょうこう》にはわかった。サルは完全にあきらめたのだ。すでに二郎神《じろうしん》、奎宿《けいしゅく》、昴宿《ぼうしゅく》は輪番で下界にくだり、金《きん》兜《とう》山（『西遊記』第五十回から五十三回）、祭賽《さいさい》国（『西遊記』第六十三回）、小雷音寺（『西遊記』第六十五回）で、護法の旗のもと、孫悟空《そんごくう》が何か過激な行動を取らないかと探りをいれていた。

あの天宮を鬧《さわが》したサルはたしかに死んだ。

孫悟空《そんごくう》が船にのった瞬間、まっ黒な影がひとつ、サルの形体から分離した。この影は自己の霊智のようでもあったが、数回もがいて、まるで本体と分離したくないかのようにすがりついた。孫悟空《そんごくう》が一度つよく跳びあがると、影は本体から脱け落ち、絶望したように、また怒り狂ったように、水中に落ちた。

底なし船に乗った孫悟空《そんごくう》はやや色褪《あ》せたようにみえた。冷たい厭世的な表情は消え、もはや責めるような双眸も鋭鋒を閃かせることはない。眉のあたりに慈悲がこもって柔和となり、いかなる険《けん》もない。

孫悟空《そんごくう》は三人に笑いかけて祝いを述べた。和《なご》やかな笑顔は琉璃《るり》に千里万里のかなたから陽光が差しこむように、ただ燦《きら》めきだけがあって温度というものがない。それは一種の遠く遥かな善であり、俗世の因縁のすべてを断ち切った透徹だった。

突然、李長庚《りちょうこう》は悟った。

なぜ玉帝《ぎょくてい》と仏祖が孫悟空《そんごくう》を西天取経の旅にいれたのか？　悟空《ごくう》が底なし船にのれば、形体と濁念を棄てられるからだ。これまでの憤懣、怨み、憎しみ、さまざまな因果のしがらみはすべて拋擲《ほうてき》される。あの言葉にできぬ秘密も徹底的に消え、もはやいかなる隠蔽も必要がなくなる。霊鷲山《りょうじゅせん》から言えば、天庭の頑固な妖怪が仏門に帰依し、正式な門徒以外から仏陀となるのだ。これは何と絶妙な宣伝だろう——あの天上地下に独尊を豪語する孫悟空《そんごくう》がだ。

天庭は隠蔽をする必要がなくなり、霊鷲山《りょうじゅせん》は宣伝ができる。悟空《ごくう》も前途がひらける。みな大喜びだ。これこそ……太上に情けを忘れるということの真意だろう。

李長庚《りちょうこう》はずっと道を悟る寸前で立ち止まっていた。心性を淡泊にしようとし、清浄無為であろうとしたが、終始その言葉の精髄を理解できなかった。金仙たちを目に見て、一つ一つの因果にふれ、それに遅れまいと思うと、七情六欲はつぎつぎに湧いた。これは〝因果を超脱し、太上に情けを忘れる〟という文字と矛盾しないだろうか？

いま孫悟空《そんごくう》が凡軀《ぼんく》を棄てたところを見て、玉帝《ぎょくてい》と仏祖の意図に思いいたり、李長庚《りちょうこう》はやっとあの言葉の真意に到達した。〝因果を超脱する〟とは因果に染まらぬことではなく、己の念《おもい》を保つことなのだ。〝太上に情けを忘れる〟とは無情無欲になることではなく、ただ自身を修めることだ。

一切は自身の修行を念頭におき、下界の事に心の旗を動かさないということだ。そうなれば、因果にふれても染まらず、情欲が起こっても障《さまた》げにはならない。この境界ははっきりと異なる。

李長庚《りちょうこう》の霊台《あたま》はあたかも一陣の玄妙な霊気が吹きぬけたように、ぱっと蒙昧《もうまい》の雲がひらけた。体内に残っていた最後のわずかな濁念の元嬰《げんえい》が、悟空《ごくう》の陽光のような微笑に感化され、ついにひとすじの青い煙と化し、丹田から出ていき、どこかに漂っていった。いま体内には正念の元嬰《げんえい》のみ、正しい位置にどっしりと座り、道心は清純無比となった。

広大な法力が立ちのぼるのを感じて、観音《かんのん》が傍らを見ると、李長庚《りちょうこう》が全身から金色の輝きを発していた。

その姿は神意洋々、まもなく一片の輝く虹のなかに消えた。
「おめでとう、仙師……」観音《かんのん》は十指をあわせて合掌し、礼讃した。ただその目の底には淡い名残おしさがあった。だが、彼女はふいに見た。玉浄瓶《ぎょくじょうへい》の水に何かが落ちて波を打っている。柳眉がわずかに持ちあがった。

数日後、通天河《つうてんが》（『西遊記』第九十九回）である。一冊一冊、湿った経典が石の上に取りだされている。師弟四人はまさに整理に没頭していた。彼らの頭には円光があらわれ、眉目に慈悲がやどり、心和んだ様子だ。筋書きの指示によれば、天道には不全の妙《みょう》（未完成の味）があるから、この劫難《ごうなん》を一つ補う必要があった。これがあってこそ円満になるのだ。

観音《かんのん》は河辺に立ち、手に玉浄瓶《ぎょくじょうへい》を持って河面を見ていた。ほどなく、大きな年老いた海亀が浮かんできて笑いかける（『西遊記』第四十九回で玄奘一行をのせて幅八百里の通天河を渡った海亀は自分がいつ人の姿になれるか尋ねてくれと玄奘に頼むが、玄奘はその頼みを忘れていて、『西遊記』第九十九回で海亀によって水に落とされる）。
「わしの演技もまあまあじゃろ？　大士よ」
「ご苦労さま。これで最後の劫難《ごうなん》もついに終わったわね」観音《かんのん》は満足そうにうなずいた。海亀は言う。「あの二人も連れてきた」

観音《かんのん》は瓶子《へいし》をかるく叩く。「李《り》さん、出てきてよ」

ひとすじの濁念が玉浄瓶《ぎょくじょうへい》から漂いでて、白髪の老翁の姿となる。
「やれやれ、李《り》さんと呼んでくれるな。金星本尊はすでに天庭に帰り、わしは残った濁念にすぎぬぞ」
「だからこそ、李《り》さんって呼ぶのよ——本尊に御会いしたら李《り》金仙と呼ぶことになるでしょうから」

海亀は岸にあがってきて、大きな甲羅に二つの形体を載せていた。一つは孫悟空《そんごくう》、一つは玄奘《げんじょう》のものだ。

まさに数日前、凌雲渡《りょううんと》で分離した抜け殻だ。流れにのってここまで漂って来たらしい。

李長庚《りちょうこう》が舌を鳴らして驚く。「まさかこの通天河が霊鷲山《りょうじゅせん》に通じていたとはな」

「でなきゃ、どうして通天河なんて言うの？」観音《かんのん》は言った。「李《り》さん、あの劫難《ごうなん》に間に合わなかったのは本当に残念だったわ。あんな霊感はなかなかやって来ないわよ。如来から頂いた金魚を使ったの。わたしの一番の傑作だったのに」

「どうりで、あの金魚が霊感大王《れいかんだいおう》と名乗ったはずじゃな（『西遊記』第四十七回から四十九回）」

二人が話している間に、二つの形体は身を起こし、たがいに目をあわせて観音《かんのん》を拝した。李長庚《りちょうこう》はそれをみて、大いに驚いた。

悟空《ごくう》の全身から発する濁気、たしかに抜け殻のほうに疑いはない。だが、玄奘《げんじょう》はどう見ても神魂が完全で、正念の真霊であることははっきりしている。

「李《り》さん、気づいたわね」観音《かんのん》がわずかにうなずく。「あの凌雲渡《りょううんと》で玄奘《げんじょう》が水中に落としたのは彼の真霊よ。如来《にょらい》に会いにいったのが抜け殻のほうなの。見て、あの抜け殻のほうが河辺で経文を拾いあつめているでしょ」

玄奘《げんじょう》が何のためにそんなことをしたのか。李長庚《りちょうこう》には不可解だった。玄奘《げんじょう》の真霊が言う。「仙師、わたくしの十世前の法号を覚えておいでですか？」

「金蟬子《こんぜんし》……」李長庚《りちょうこう》はその名を口にすると眉を上げた。

そうか、そうだったのか。この真霊は仏祖が自分の舎利《しゃり》（釈迦の遺骨）を分けて、玄奘《げんじょう》という容器に入れたものにすぎない。霊鷲山《りょうじゅせん》に到着すると玄奘《げんじょう》の方が脱け落ちた。金色の蟬《せみ》の抜け殻のほうが霊鷲山《りょうじゅせん》に行き、傍流の仏陀が一人ふえた――早々に〝金蟬《きんぜん》〟の二字には深い意味がこめられてあった。

だが、この真霊、どうしてまたここに来た?

真霊はやはり玄奘《げんじょう》の姿をしていて、粛然とした顔をしている。

「わたくしの宿命は霊鷲山《りょうじゅせん》に帰りつき、上法を成就することでした。ただ、前後十度にわたって生まれ変わり、菩提心《ぼだいしん》にもすこぶる変化がありました。わたくしはこの旅で御二方に護られ、これといった仕事など何もしておりませんが、世間の苦難ならば少なからず見ました。なかでも宝象国《ほうぞう》の一難には感じるところがあったのです。御二人もご存知のこととは思いますが、今生《こんじょう》のわたくしの母上もあのような難に遭い、亡くなりました。わが母もまた百花羞《ひゃっかしゅう》なのです」(『西遊真詮』第九回、玄奘の母も賊にさらわれ、愛する夫から引き離され、子供を危険から守るために捨てた)

菩薩《ぼさつ》と神仙の表情が寂しげになる。

「宝象国《ほうぞう》を離れてから、ずっと思っていました。世間に苦難をうける人々はあれほど多いのに、わたくし一人どうして取経の旅などしているのだろうと。わたくしが仏陀《ぶっだ》となり、蓮華台に高く座し、日々経を唱えて三界四洲で香を供えられるのは、もとより漏らすことない円融の完成と言えますが、それではどうやって世の苦難を救うことがかないましょう?」

李長庚《りちょうこう》は笑った。「どうやら、おぬしとわしは同じじゃな。〝太上に情けを忘れる〟ことなどできぬ者ということじゃ」

「わたくしが成仏すれば、この人間世界の苦しみから遠のいてしまい、下界の苦難にも敏感でなくなり、自分の本意を失ってしまう。それが恐いのです。だから、凌雲渡《りょううんと》で凡胎《ぼんたい》を脱ぎさる機会に身分を交換したのです」

「仏祖はご存じのことか?」

「あの御方は傍流の仏陀が何名か得られればそれでよ

いのです。真霊か脱け殻かでちがいなどありません」

真霊の玄奘《げんじょう》は対岸にむかって唇をつきだした。

「では、これから何をするつもりだ？」

「わたくしが観音大士《かんのんだいし》に頼んで、最後の劫難《ごうなん》を通天河にしていただいたのです。海亀に負われてここに来て、経をさらす機会に、取経一行と会うためです」

「それは……解《げ》せぬな。おぬしはすでに解脱《げだつ》しておる。なぜまた取経一行にもどるのじゃ？」

「観音大士《かんのんだいし》に霊鷲山《りょうじゅせん》の規則を問うてみました。取経一行は長安に帰り、経典を引き渡したら全員が霊鷲山《りょうじゅせん》に帰り、法旨を復命して真仏《しんぶつ》となるのですが、その後の仕事は何もありません（『西遊記』第百回で玄奘は栴檀功徳仏となり、孫悟空は闘戦勝仏となる）。長安で経典をどう読み、どう解するのか、気にかける人もいません。これでは本末転倒ではありませんか？　およそ物事には始めあれば終わりあるもの、ですから玄奘《げんじょう》の凡胎がわたくしのかわりに西天で成仏し、わたくし自身が玄奘《げんじょう》の身分で大唐にとどまり、長安城で経典を訳して法を説きます」

真霊はこう言うと、あごをやや震わせた。傲然《ごうぜん》とした決意がその仕草からあふれでている。

「貧僧《わたくしめ》は金蟬子《こんぜんし》の身分でやすやすと仏となり、霊鷲山《りょうじゅせん》で極楽を愉しむことなど、したくありません。むしろ、玄奘《げんじょう》の名で俗世にとどまりたいのです。それでこそ大乗の名にそむかぬことです」

李長庚《りちょうこう》はうなずき、孫悟空《そんごくう》の抜け殻のほうを見た。

「オレを見るな。オレは抜け殻だぜ。本体はあっちで莫迦みたいに笑ってら」孫悟空《そんごくう》の抜け殻は冷笑した。

向こうにみえる悟空《ごくう》の真霊は柔和な表情で、一枚また一枚と、大事そうに経典を日にさらしている、まるで悟りを得た老僧のようだ。李長庚《りちょうこう》はすこし笑った。どうやら、サルの抜け殻は分離の時に、毒舌の性格も持ち去ったようだ。

「おぬしも玄奘《げんじょう》について東土に帰るのか？　それとも花果山で小ザルたちといっしょに居てやるか？」

抜け殻の悟空《ごくう》はこれに答えなかったが、その姿にある種の変化が生じた。李長庚《りちょうこう》がその頭をみると、ゆっくりと六つの耳が現われて花輪のように並んだ。

「悟空《ごくう》、おぬし……」

「地下へ行くよ。たとえ地府をすべて巡ってでも六耳《ろくじ》の魂魄をみつける。あいつには魂魄しかないし、オレは形体しかない。あいつに因果を返すにはちょうどいいだろ」

そう言うと、悟空《ごくう》の抜け殻は二人を拝して、シュッという音とともに消えた。玄奘《げんじょう》の真霊も一つ頭を下げると、取経一行のほうに向かって、たしかな歩みをはじめた。

通天河に波がゆれている。観音《かんのん》と李長庚《りちょうこう》は肩を並べて立っていた。ふいに李長庚《りちょうこう》が感慨を述べる。「以前、わしは広寒宮で呉剛《ごごう》が木を切るさまを見た。それで、あの者にどのように樹を切ったところで桂樹《けいじゅ》はもとのまま、いかなる痕跡もとどめないではないかと言ったことがある。そして、あの者にひとこと言い返された。どんな事もそうではないかとな。だが、いま思えば、やはり何かが残るように思う。苦労も無駄ではなかろう」

観音《かんのん》は玉浄瓶《ぎょくじょうへい》に差した柳をもてあそび、苦笑した。

「李《り》さんの本尊は凌雲渡で金仙になったのに、わたしに最後の濁念を残してくれた。これって託孤《たくこ》（自分の死後に子を親友に託すこと）でしょ？　わたしがまだ法旨を復命しないうちに、どこか転生したいところはない？　できるだけ希望にそうように手配してあげる」

李長庚《りちょうこう》は両目を細めた。「大唐の宗室も李《り》姓とのことじゃ。では、何代か先の皇帝にでも生まれ変わろうか」

「うーん——別のにしてよ」

「では、詩人をやるのも悪くないな」

「……さっき、どの皇帝になりたいって言ったの？　やってみるから」

「わしは何しろ仙人の濁念じゃからな、詩人をやるとすればどうなる？」

「生まれ変わりにはつり合いがあるの。李《り》さんの条件だと詩人になりたいなら、まず前世の知恵を洗い落として官運も低く抑えないと……」（おそらく李白を指す。李白の字は太白で、金星の意味がある）

二人はしゃべりながら歩いた。遠くでは取経一行が経典をしまいこみ、祥雲《しょううん》にのせ、喜色満々で東土に向かって去っていく。満天のめでたい霞《かすみ》に、香り高い一陣の風、前方には長安が見える。それに観音《かんのん》が気を取られているあいだに、李長庚《りちょうこう》は朗々とした声で吟じた。

当年清宴《せいえん》にて昇平を楽しみ
文武安《やす》らかに俊英を顕《あら》わす
水陸会《すいりくえ》にて法を演ぜし僧を
金鑾《きんらん》殿上より主は差卿《つかわ》せり
関文《てがた》を勅賜《ちょくし》せられし唐三蔵
経巻の原因は五行にぞ配す
凶魔を苦煉《くれん》して種々滅ぼし
功なりて今ぞ喜び京に上る
（『西遊記』第百回より）

あとがき

二〇二二年の年初、わたしは大部の原稿をあげた（馬伯庸氏が二〇二二年に発表した『太医』破暁篇・日出篇と思われる）。それは三年にわたって書いてきたもので、数十万字の分量、ほとほと疲れはてた。

原稿を編集者にわたすと、古い借りを返したばかりで新しい穴はまだ掘っていない、そんな時期に、すこし休んで気分を変えないといけないと言ってみた。編集者は警戒して、出版社は旅行の費用なんか持ちませんよと言う。疫病もまだ収束していないし、誰が旅行などに行くかと言うと、PS5を買ってくれもダメですと言う。わたしは言ってやった。「〝鵷雛《えんすう》（鳳凰の雛）は梧桐にあらざれば止まらず、練実《れんじつ》（竹の実）にあらざれば食わず、醴泉《れいせん》（甘い水）にあらざれば飲まず〟誰がそんな〝腐った鼠〟につられるか？」（『荘子』秋水）

『荘子』を読んでいない――そのふりかも知れない――編集者は言った。じゃあ、どうやって休むつもりなんです？　わたしは答えた。すこし状態を整えるために短くて軽い、何の注文もない、一番いいのは出版する機会もない作品を書くつもりだと。最後のところを聞くと編集者は去って行った。

こうして『太白金星有点煩』（原題）ができた。
最初、これほど長く書くつもりはなく、三、四万字くらいだろうと思っていた。しかし、創作の楽しみとは意外にあるもの、物語が展開するにつれ、キャラクターたちが自分で動きまわり、作者の手から跳びだしてプロットの多くがあまり考える必要もなく生まれてきた。わたしがしなければならない仕事はキーボードを叩き、これらを脳内から召喚するだけだ。毎日二、三千字書いて一ヵ月あまりで書き上げると、なんと十数万字になっていた。

けっこう、これもおもしろい。疲れは一掃されたのだから損はない。

こんな質問を友人からもらった。きみは八十一難を太白金星の視点から書くつもりらしいが、後半がだれるから宝象国のあとの戦いは全て省略したらどうか？　いや、そうじゃないとは思ったが、執筆の前からぼんやりと宝象国が節目だとは感じていた。そして、宝象国のことを書くと、物語の重心に不可避的に変化が生じ、もう以前のように一つ一つの劫難《ごうなん》を書いても味気なく、意図にそぐわないものとなった。

もちろん、このように興《きょう》にのって書いたものは霊感が意図の前にあり、一気呵成にのびのびと書いたものだから細部が荒削りなのはまぬがれない。しかし、文章を書くことでは荒削りな勢いを精緻《せいち》な理性よりも貴重とすべきで、後でやや彫琢する機会があればいいと思う。

呉剛《ごごう》が桂樹を切っても痕跡は残らないが、その中にも楽しみはある。ときにまた創作もそういうものだろう。

馬伯庸

訳者あとがき

一、本作について

中国の人気作家、馬伯庸《ばはくよう》氏の『西遊記事変』をおとどけします（原題『太白金星有点煩』湖南文芸出版社、二〇二三年）。馬伯庸《ばはくよう》氏（一九八〇年、内蒙古自治区生まれ）の経歴については前作、『両京十五日　Ｉ凶兆』（早川書房、二〇二四年、原著二〇二〇年）の「訳者あとがき」をごらんになってください。

本作で馬伯庸氏が書いているのは舞台うらから見た『西遊記』です。全篇をとおして独自の解釈が冴え、その中で『西遊記』にまつわる数々の謎が展開され、解かれます。

物語の主人公は数千年を生き、やや疲れた李長庚《りちょうこう》という仙人で、原作『西遊記』ではたびたび登場して三蔵《さんぞう》法師一行を助けます。この神仙は天の朝廷では金星をつかさどる地位にあり、本作では人間界で暮らす妖怪や仙人たちの相談役で、修行者に困難をあたえる「護法」という仕事をしています。この仕事はさまざまな調整が必要で、いわば李長庚はこの調整をこなす敏腕プロデューサーなのです。

そして、李長庚《りちょうこう》はとにかく老練でしぶとく、時にビジネス・パートナーと対決しながら、ねばりづよく協調をひきだすタフな交渉者でもあります。本作の読みどころはいくつかありますが、まずはこうした主人公の〝しぶとさ〟そして仕事でみせる仲間への思いやりが読みどころになるでしょう。李長《りちょう》庚《こう》の活躍を読むうちに、〝不打不成交〟（ケンカをせねば仲良くなれない）という諺《ことわざ》のような、中国の人々が考える人間関係の知恵も読み取れるかも知れません。

また、作中に出てくる神仙・菩薩・妖怪たちが使うツール（法宝）も面白さの一つです。この小説は唐の時代を描きながら、あきらかに情報化社会の比喩にもなっています。この点は原著の表紙に書かれた次の対句からもうかがうことができます。

天庭の神仙は皆な社畜　西游の路上に打工《だこう》の人

ここに見える「社畜」という言葉は近年日本語から中国語に入ったようです。ともあれ、この対句から中国でも本作が情報の対応に忙殺される現代社会の比喩として読まれていることがわかります。

二、『西遊記』とその周辺

李長庚《りちょうこう》のほかにも『西遊記』でおなじみの面々、玄奘三蔵《げんじょうさんぞう》・孫悟空《そんごくう》・猪八戒《ちょはっかい》・沙悟浄《さごじょう》が本作でも活躍し、その一風変わった性格や行動の背景が浮彫りになります。じつは原作『西遊記』(第八回)では、観音菩薩《かんのんぼさつ》が玄奘《げんじょう》に会う前に三弟子の手配をすませているのですが、本作ではこの弟子の編成をめぐる駆けひきが謎の一つです。そこで本作の楽しみが増すかもしれないと思われる『西遊記』に関する話題をまとめておきます。

一、沙悟浄《さごじょう》について　原作では目立たない沙悟浄《さごじょう》ですが、日本独自の妖怪である河童《かっぱ》ではないことは確かで、原作では僧の姿をした大男です(上原究一「西遊記とは何か?〜原典の深淵なる世界へ」、『時空旅人別冊　大人が読みたい西遊記』サンエイムック、二〇二四年、一二頁)。そして「沙悟浄の正体はと問われるならば、〝謎〟としか言えないだろう」(武田雅哉『ビギナーズ・クラシックス中国の古典　西遊記』角川文庫、二〇二四年、一六五頁)と指摘されているように、その正体はよくわからないのです。日本の作家も沙悟浄《さごじょう》については何だか気になっていたようで、中島敦に「悟浄出世」「悟浄歎異」という短篇があり、悩みぶかい性格の沙悟浄《さごじょう》がとにかく自分の可能性を試してみようと旅にでます。芥川龍之介は「愛読書の印象」という文章で「子供の時の愛読書は『西遊記』が第一である。これ等は今日でも僕の愛読書である。比喩談としてこれほどの傑作は、西洋には一つもないであらうと思ふ」と書いているほど『西遊記』を好んだのですが、彼の「きりしとほろ上人伝」には沙悟浄《さごじょう》の住む「流沙河」が出てきて、『西遊記』の影響も指摘されています。また、近年では万城目学氏に『悟浄出立』(新潮文庫、二〇一六年)という作があります。すでに本篇を読んだかたは馬《ば》伯庸《はくよう》氏の沙《さ》悟浄《ごじょう》を知っていると思いますが、これを日本の作品と比べるという楽しみがあるのではないでしょうか。

二、仏弟子　つぎに阿難《あなん》（本作では阿儺と表記）など仏弟子についてふれておきたいと思います。『西遊記』は全百回もある長大な物語なので、玄奘《げんじょう》一行が天竺（大雷音寺）に着いたあとの印象が薄いかたもいらっしゃるのではないでしょうか。『西遊記』完結間近の第九十八回で、阿難《あなん》らは十四年もかけてボロボロになって到着した玄奘《げんじょう》に、真の経典をタダで渡すことはできないと、賄賂を要求するのです。なぜ「尊者」と言われる阿難《あなん》と迦葉《かよう》がそんな要求をしたのか、この謎も本作では独自の観点から解きあかされています。

三、道教について　本作ではインド発祥の仏教のほかに道教という中国の宗教がでてきます。道教にはいわゆる教祖がなく、最高神も元始天尊・玉皇上帝・道徳天尊（老子）などがいて、はっきりした上下関係はありません。窪徳忠『道教百話』（講談社、一九八九年）の記述をまとめると、つまり、道教とは中国古代の民間信仰に、神仙説と道家、易、陰陽、五行などの思想が混じり、仏教の体裁にならって北魏の時代に体系化され、金丹などの薬剤や呼吸法などで不老長寿をめざす宗教とされます。神仙も非常にたくさんいて、斉天大聖（孫悟空）、文昌帝君、王霊官など崇拝の対象になっています。

四、『西遊記』の版本　『西遊記』には短い版《ヴァージョン》本と長い版本があります。短い版本の翻訳は太田辰夫・鳥居久靖訳『西遊記』上下巻（平凡社、一九七一年）等で、清の『西遊真詮』（一六九六年序）にもとづいています。長い版本の翻訳は中野美代子訳『西遊記』全十巻（岩波文庫、一九九八年完結）で、明の『李卓吾先生批評西遊記』にもとづいています。ですが、大は小をふくむかと言うと必ずしもそうでない部分があり、短い版本には玄奘《げんじょう》の幼年時代の物語があるのです（第九回）。『西遊記』について概要を知りたい方には、武田雅哉『西遊記』（前掲）をおすすめいたします。

五、歴史上の三蔵《さんぞう》法師　玄奘《げんじょう》は『般若心経』などを訳したことで知られる大翻訳家です。とてもパワフルな人物であったらしく、二十六歳のときに国禁を犯して旅立ち、夜間の隠密行で唐をぬけ、タクラマカン砂漠をぬけ、インド各地をめぐり、ナーランダ寺院で五年間修行するなどして、十七年の歳月をへて唐に帰り、六百五十二部の経典をもたらします。これを二十二頭の馬で運んだそうです。（前嶋信次『玄奘三蔵』岩波新書、一九五二年、一六四頁）。こうした歴史上の三蔵《さんぞう》法師については玄奘《げんじょう》自身が語った『大唐西域記』（水野真成訳、平凡社、一九七一年。高田時雄・桑山正進訳、中央公論新社、一九八七年など）、また慧立らの書いた伝記（長澤和俊訳『玄奘三蔵』講談社、一九九八年）をごらん下さい。谷崎潤一郎にもインドで修行している三蔵《さんぞう》法師を書いた「玄奘三蔵」という作品があります。

六、『西遊記』のひろがり　『西遊記』には明代、清代からいわゆる「二次創作」があり、このうち邦訳があるものは管見のかぎり、董若雨『西遊補』（荒井健・大平桂一訳『鏡の国の孫悟空　西遊補』平凡社、二〇〇二年）と『後西遊記』（寺尾善雄訳『後西遊記』秀英書房、二〇二三年）です。

ほかに『続西遊』があります。もちろん、女性が三蔵《さんぞう》法師を演ずるという日本固有の型をつくったテレビドラマ版の『西遊記』（一九七八年〜一九七九年）以来、日本でも数度にわたって映像化されており（一九九三年、一九九四年、二〇〇六年）、また鳥山明『ドラゴン・ボール』（中国名『龍珠』）をはじめ、コミックやアニメーションをふくめると、『西遊記』が影響を与えた作品は膨大な数にのぼるでしょう（中国アニメの祖とされる万氏兄弟が作った「鉄扇公主」一九四一年作も『西遊記』に取材しています）。本作も長い歴史のなかで見れば、『西遊記』関連ストーリーの一つであり、そのアレンジのしかたをみて、「こう来たか」と読む楽しみもあります。

唐の玄奘《げんじょう》法師の旅から始まり、元代の講談などをへて、明代に小説としてまとめられた『西遊記』は、その後も世界をひろげ、現代では巨大な『西遊記』世界をつくっています。その世界に馬伯庸《ばはくよう》氏はいどみ、ここに笑って泣けて、ちょっと寂しくなる物語ができたのです。この作品も『両京十五日』と同様、さまざまに語りあえる物語となっています。

本作の翻訳では中野美代子氏の訳した『西遊記』を大いに参照しました。井戸本幹也氏をはじめ早川書房編集部各位には大変なご苦労をおかけしました。記して感謝いたします。

二〇二四年十一月

HAYAKAWA POCKET MYSTERY BOOKS No. 2011

齊《さい》藤《とう》正《まさ》高《たか》
愛知大学中日大辞典編纂所研究員，
愛知大学・岐阜大学など非常勤講師，
翻訳家

この本の型は、縦18.4センチ、横10.6センチのポケット・ブック判です。

訳書
『円　劉慈欣短篇集』劉慈欣
『両京《りょうきょう》十五日Ⅰ　凶兆』『両京《りょうきょう》十五日Ⅱ　天命』馬伯庸
（共訳／以上，早川書房刊）

〔西遊記事変《さいゆうきじへん》〕

2025年1月10日印刷　　2025年1月15日発行

著者　馬伯庸
訳者　齊藤正高
発行者　早川浩
印刷所　星野精版印刷株式会社
表紙印刷　株式会社文化カラー印刷
製本所　株式会社明光社

発行所 株式会社 **早川書房**
東京都千代田区神田多町2－2
電話　03-3252-3111
振替　00160-3-47799
https://www.hayakawa-online.co.jp

（乱丁・落丁本は小社制作部宛お送り下さい
送料小社負担にてお取りかえいたします）

ISBN978-4-15-002011-8 C0297
Printed and bound in Japan

ハヤカワ・ミステリ〈話題作〉

1983
かくて彼女はヘレンとなった
キャロライン・B・クーニー
不二淑子訳
ヘレンが五十年間隠し通してきた秘密。それは、ヘレンは本当の名前ではないということ。過去と現在が交差する衝撃のサスペンス！

1984
鏡の迷宮
パリ警視庁怪事件捜査室
エリック・ファシエ
加藤かおり訳
十九世紀、七月革命直後のパリ。若き警部ヴァランタンは、探偵ヴィドックとともに奇怪な死の謎に挑む。フランス発の歴史ミステリ

1985
木曜殺人クラブ　二度死んだ男
リチャード・オスマン
羽田詩津子訳
〈木曜殺人クラブ〉のメンバーのエリザベスが奇妙な手紙を受け取った。それを機に彼らは国際的な大事件に巻き込まれてしまい……

1986
真珠湾の冬
ジェイムズ・ケストレル
山中朝晶訳
一九四一年ハワイ。白人と日本人が殺害された事件はなぜ起きたのか。戦乱の太平洋諸国で刑事が見つけた真実とは？　解説／吉野仁

1987
鹿狩りの季節
エリン・フラナガン
矢島真理訳
女子高生失踪事件と、トラックについた血との関係とは？　鹿狩りの季節に起きた平穏な日々を崩す事件を描くＭＷＡ賞新人賞受賞作

ハヤカワ・ミステリ〈話題作〉

1988
帝国の亡霊、そして殺人
ヴァシーム・カーン
田村義進訳
〈英国推理作家協会賞最優秀歴史ミステリ賞受賞作〉共和国化目前のインド、外交官殺しの現場に残された暗号には重大な秘密が……

1989
盗作小説
ジーン・ハンフ・コレリッツ
鈴木恵訳
死んだ教え子が語ったプロットを盗用し、新作を発表した作家ジェイコブ。それはベストセラーとなるが、彼のもとに脅迫が来て……

1990
死と奇術師
トム・ミード
中山宥訳
密室殺人事件の謎に挑む元奇術師の名探偵スペクター。そんな彼の目の前で、またもや奇妙な密室殺人が起こり……。解説／千街晶之

1991
アオサギの娘
ヴァージニア・ハートマン
国弘喜美代訳
鳥類画家のロニは母の荷物から二十五年前に沼で不審な溺死を遂げた父に関するメモを見つけた。真相を探り始めたロニに魔の手が！

1992
特捜部Q
―カールの罪状―
ユッシ・エーズラ・オールスン
吉田奈保子訳
盛り塩が残される謎の連続不審死に特捜部Qが挑む。一方、カールの自宅からは麻薬と札束が見つかる。シリーズ最終章目前第九弾！

ハヤカワ・ミステリ〈話題作〉

1993
木曜殺人クラブ　逸れた銃弾
リチャード・オスマン
羽田詩津子訳
詐欺事件を調査していたキャスターが不可解な事故で死んだ。〈木曜殺人クラブ〉は、事故の裏に何かあると直感し調査を始めるが……。

1994
郊外の探偵たち
ファビアン・ニシーザ
田村義進訳
元FBIで第五子を妊娠中のアンドレアが幼馴染のケニーとともに、インド人青年殺人事件の調査を行う、オフビート・ミステリの傑作

1995
渇きの地
クリス・ハマー
山中朝晶訳
オーストラリア内陸の町で起きた乱射事件。犯人の牧師はなぜ事件を起こしたのか。ジャーナリストのマーティンが辿り着いた真実とは

1996
夜間旅行者
ユン・ゴウン
カン・バンファ訳
被災地を巡るダークツアーを企画するヨナはひき逃げ事件を目撃してしまったことで恐ろしい陰謀に加担することになる。CWA賞受賞作

1997
黒い錠剤
スウェーデン国家警察ファイル
パスカル・エングマン
清水由貴子・下倉亮一訳
ストックホルムで、女性の刺殺体が発見された。警察は交際相手の男を追うが警部ヴァネッサの元にアリバイを証言する女性が現れる

ハヤカワ・ミステリ〈話題作〉

1998 **傷を抱えて闇を走れ**
イーライ・クレイナー
唐木田みゆき訳
義父から虐待を受けているビリーは、プロのアメフト選手になろうとしていた。だが、試合の当日、自宅で義父の死体が発見される。

1999 **テラ・アルタの憎悪**
ハビエル・セルカス
白川貴子訳
スペインの田舎町テラ・アルタに住む富豪夫妻が拷問の末、虐殺された。刑事メルチョールの捜査は想像を絶する地獄を照らし出す。

2000 **両《りょう》京《きょう》十五日Ⅰ 凶兆**
馬 伯庸
齊藤正高・泊 功訳
明の皇太子・朱瞻基は南京で敵の襲撃に遭う。さらに皇帝が危篤との報が。彼は窮地で出会った仲間とともに北京帰還を目指すが……。

2001 **両《りょう》京《きょう》十五日Ⅱ 天命**
馬 伯庸
齊藤正高・泊 功訳
攫われた仲間、怪しげな教団の指導者、衝撃の真相。明王朝の存亡が決まるまで猶予は七日。北京、紫禁城で全ての謎に決着がつく。

2002 **ポケミス読者よ信ずるなかれ**
ダン・マクドーマン
田村義進訳
陸の孤島となった会員制クラブ。私立探偵。密室殺人。本格ミステリの舞台として完璧だが……。これはミステリなのか、それとも。

ハヤカワ・ミステリ〈話題作〉

2003
車椅子探偵の幸運な日々
ウィル・リーチ
服部京子訳

難病により車椅子の生活を送るダニエルの日課は、玄関から外を観察すること。ある日、女性が不審な車に乗りこむのを目撃し……。

2004
マクマスターズ殺人者養成学校
ルパート・ホームズ
奥村章子訳

舞台は殺人技術を教えるマクマスターズ校。生徒たちには、それぞれ殺したいほど憎む標的が存在する。卒業条件は標的の暗殺だが。

2005
幽囚の地
マット・クエリ
ハリソン・クエリ
田辺千幸訳

田舎に家を買ったブレイクモア夫妻。だが、その地には精霊が住んでいるというのだ。やがて精霊たちは夫妻に危害を加えはじめ……。

2006
喪服の似合う少女
陸　秋槎
大久保洋子訳

一九三四年、中華民国。私立探偵・劉雅弦は、少女探しの依頼を受ける。ロス・マクドナルドに捧げる、華文ハードボイルドの傑作。

2007
殺人は夕礼拝の前に
リチャード・コールズ
西谷かおり訳

一九八八年英国。田舎町の教会で殺人が。ダニエルは司祭として遺族や住民に寄り添い話を聞くうちに、驚くべき真実に近づいてゆく